DE
OLHO
NELA

Kate Stayman-London

DE OLHO NELA

Tradução
ALEXANDRE BOIDE

paraela

Copyright © 2020 by Kate Stayman-London

A Editora Paralela é uma divisão da Editora Schwarcz S.A.

*Grafia atualizada segundo o Acordo Ortográfico da Língua Portuguesa de 1990,
que entrou em vigor no Brasil em 2009.*

TÍTULO ORIGINAL One to Watch
CAPA E ILUSTRAÇÃO Sarah Horgan
PREPARAÇÃO Mariana Zanini
REVISÃO Renato Potenza Rodrigues e Jasceline Honorato

Dados Internacionais de Catalogação na Publicação (CIP)
(Câmara Brasileira do Livro, SP, Brasil)

Stayman-London, Kate
    De olho nela / Kate Stayman-London ; tradução Alexandre
Boide. — 1ª ed. — São Paulo : Paralela, 2021.

    Título original: One to Watch.
    ISBN 978-85-8439-209-4

    1. Ficção norte-americana I. Título.

21-57091   CDD-813

Índice para catálogo sistemático:
1. Ficção : Literatura norte-americana 813

Cibele Maria Dias — Bibliotecária — CRB-8/9427

[2021]
Todos os direitos desta edição reservados à
EDITORA SCHWARCZ S.A.
Rua Bandeira Paulista, 702, cj. 32
04532-002 — São Paulo — SP
Telefone: (11) 3707-3500
editoraparalela.com.br
atendimentoaoleitor@editoraparalela.com.br
facebook.com/editoraparalela
instagram.com/editoraparalela
twitter.com/editoraparalela

Para Dede, que acha que ninguém morreria se de vez em quando as mulheres usassem calças em vez de vestidos nas festas do The Bachelor. *Obrigada por escolher o papai e eu para fazer parte da sua família.*

Mas o amor é cego, e os amantes não conseguem ver
As grandes tolices que cometem.
William Shakespeare

Todos nós já levamos um pé na bunda. Todos nós já nos apaixonamos pelo cara errado ou pela garota errada. Todos nós cometemos erros. Mas todos queremos uma coisa especial no fim.
Chris Harrison

Prólogo

Paris, França

DEZ ANOS ATRÁS

O mercado de pulgas de Clignancourt ficava no extremo norte da cidade, a alguns quarteirões da última estação da linha 4 do metrô, onde a arquitetura parisiense se tornava mais simples, mais mundana — um lembrete de que nem toda a cidade remetia a séculos de tradição e romance. Parte dela eram apenas lugares onde moravam pessoas que iam para o trabalho e levavam as crianças à escola e compravam seus pães no supermercado, e não em *boulangeries* charmosas.

Bea chegou ao mercado de pulgas à procura de presentes para a família — talvez alguma coisa feita de renda para sua mãe, ou discos antigos para seu irmão Duncan —, mas também alimentava a esperança de encontrar algumas gravuras para ela, ou, melhor ainda, alguns livros infantis com ilustrações finalizadas à mão para ler junto com o padrasto para seu sobrinho recém-nascido. Suas amigas do intercâmbio viviam se gabando das coisas que encontravam nesses mercados, e Bea achava que o passeio valia a pena, embora soubesse que não havia a mínima possibilidade de comprar roupas chiques e vintage que servissem nela. Se já era difícil para Bea fazer compras até nos Estados Unidos, pior ainda em Paris, onde era quase inimaginável ver uma mulher que não pudesse ser descrita como esguia.

Depois de anos de prática, Bea considerava ter dominado a arte de ser invisível apesar de seu tipo físico: roupas escuras e largas, modos discretos, olhos voltados sempre para baixo. Quando chegou para estudar na UCLA e se viu cercada por californianos magros e malhados, pensou que fosse se destacar como uma espinha gigante em uma pele perfeita;

porém, graças à cultura narcisista de L.A., passar despercebida foi mais fácil do que Bea esperava.

Em Paris, no entanto, ela se sentia perseguida por olhares aonde quer que fosse. A cidade era tão linda, o lugar favorito de Bea no mundo, mas era impossível evitar a sensação de que todos os parisienses a estavam observando, julgando, desejando silenciosamente que ela não estivesse lá. Garçons e vendedores em cafés e livrarias lotadas, corredores estreitos apinhados de mesas e louças e talheres, Bea andando meio de lado para não derrubar o prato de *pain au chocolat* de ninguém, salivando ao som dos folhados crocantes e amanteigados com que parisienses de aspecto jovial se deleitavam sem culpa todas as manhãs. Sempre que Bea entrava em uma *pâtisserie* para comprar alguma coisa, havia um olhar de canto de olho, ou uma encarada mesmo, uma acusação de quem parecia dizer: "É por culpa sua que você é assim".

Tudo ficava mais fácil quando ela se afastava do centro da cidade e andava pelos bairros de população mais diversificada ao longo do canal, onde as ruas eram mais largas e o ritmo, mais lento, e onde grupos de estudantes bebiam vinho nas estruturas de concreto à beira d'água. Em Clignancourt, a sensação era parecida, Bea pensou enquanto caminhava pelos poucos quarteirões que separavam o metrô do mercado de pulgas, com as pessoas ao redor andando às pressas, ocupadas demais com a própria vida para olhar feio para ela.

Do lado de fora, Bea não tinha como saber como era o mercado de pulgas — por um quarteirão inteiro, só conseguia ver a parte de trás das barracas, encobertas por tapumes e madeirite, e começou a duvidar que aquele lugar pudesse ser tão maravilhoso quanto suas amigas haviam garantido. Mas, quando chegou à entrada, Bea entendeu tudo: a experiência era como a de Alice ao atravessar o espelho e se ver em um ambiente totalmente novo, onde tudo era maravilhoso e estranho.

O mercado era um labirinto, com caminhos que enveredavam por diagonais aleatórias — para onde quer que fosse, Bea nunca parecia passar pelas mesmas barracas duas vezes, e cada corredor trazia incontáveis cestos cheios de maçanetas de latão e paredes repletas de antigas pinturas a óleo e carretéis de fitas de cetim. As barracas em si não pareciam nem um pouco improvisadas — algumas eram decoradas com trepadeiras ou fileiras de luzinhas, outras tinham paredes com revestimento de gesso e prateleiras lotadas de livros com capa de couro tão empoeirados que Bea concluiu que deveriam estar ali havia décadas. Passeando por entre as barracas do mercado, Bea experimentou uma sensação de pertencimento que jamais sentira em nenhum outro lugar de Paris. Ou talvez, ela pensou, tudo fosse tão incrível e bizarro lá dentro que não havia nada nem ninguém que pudesse parecer deslocado em um lugar como aquele.

Antes que Bea se desse conta de quanto tempo havia se passado, o sol já se punha, então ela rumou para a porta do mercado enquanto os vendedores começavam a guardar suas coisas. Bea não havia parado em nenhum lugar que vendesse roupas, mas, perto da saída, uma barraca chamou sua atenção: as únicas mercadorias expostas eram capas — araras e mais araras de brocados pesados e peles macias e sedas bordadas.

Bea lançou um olhar de desejo para a barraca, mas era inútil. Ela tinha certeza de que ali não havia uma grande o bastante para cobrir todo o seu corpo e que, em vez de envolvê-la em luxo, a capa ficaria apenas pendurada em suas costas, como uma criança brincando de se fantasiar com uma toalha de praia amarrada no pescoço. Mas a vendedora, uma francesa magérrima e andrógina de uns sessenta e poucos anos com enormes óculos pretos, percebeu que Bea estava olhando e deu um passo em sua direção.

"*Vous désirez?*", ela perguntou, levantando de leve as sobrancelhas; sua voz era grave e rouca.

"*Non*", Bea respondeu com seu sotaque carregado, desculpando-se. "*Merci.*"

"Ah, americana." A mulher começou a falar inglês imediatamente, como os parisienses sempre faziam. "Qual é o seu nome?"

"Beatrice", ela respondeu, pronunciando seu nome à moda francesa — *Beatrriz*. "Mas todo mundo me chama de Bea."

"*Enchantée*, Bea. Eu sou a Jeanne." A vendedora pegou sua mão e apertou com força, e Bea imediatamente simpatizou com aquela senhora, que cheirava a vinho com especiarias. "Me diga uma coisa, Bea: qual é a mulher cujo estilo você mais admira?"

A mente de Bea se voltou de imediato para os filmes em preto e branco aos quais passava horas assistindo quando criança na sala de tv de casa, que contava apenas com os canais a cabo do pacote mais básico. Ela tivera algumas aulas de cinema na UCLA, e ficou encantada ao descobrir que em Paris ainda havia dezenas de salas de projeção com pequenos ingressos em papel e poltronas de veludo vermelho que exibiam filmes americanos clássicos (com legendas em francês, é claro) todas as noites da semana. Bea frequentava esses cinemas sempre que tinha algum tempo livre, deliciando-se com as aventuras daquelas atrizes tão elegantes e com suas tiradas ligeiras. Enquanto pensava no que responder a Jeanne, levou em conta diferentes estrelas que admirava: ela jamais poderia ser perfeitinha e delicada como Audrey Hepburn, nem majestosa e imponente como Katharine. Em suas fantasias mais ousadas, ela se imaginava mais como a *femme fatale* de um filme — ao mesmo tempo meiga e durona, perigosa e extremamente vulnerável. Na opinião de Bea, havia uma atriz cujo estilo personificava esse ideal mais do que qualquer outra, capaz de combinar sem esforço trajes sensuais de renda e seda com óculos escuros de formato anguloso e blazers que acentuavam a largura dos ombros.

"Pode parecer bobagem", disse Bea, baixando a cabeça, "mas acho que eu diria Barbara Stanwyck..."

Jeanne abriu um sorriso de quem tinha entendido tudo, enrugando todo o seu rosto simpático. "*D'accord... un moment.*"

Ela desapareceu entre as araras, e, depois de alguns momentos marcados pelo farfalhar de tecidos e por cabides sendo arrastados de um lado para o outro, ressurgiu com uma capa que ia até o chão, feita de veludo macio verde-escuro. Tinha capuz e forro de seda, e o fecho do pescoço era um broche de prata em formato de lírio-do-vale, com pequenas pérolas no lugar das flores.

"Oh", Bea suspirou quando Jeanne colocou a capa sobre seus ombros e o tecido foi caindo lentamente.

Jeanne a levou até um espelho bem comprido, já um tanto opaco pela idade, e Bea sentiu uma palpitação dentro do peito: era como se estivesse diante de uma desconhecida glamorosa. Bea nunca teve um vestido de debutante, nem foi ao baile de formatura do colégio, e convenceu seus pais a permitirem que usasse jeans na colação de grau (com o argumento de que, de qualquer forma, ficaria coberta pelo capelo e pela beca, que mais parecia uma tenda cor de vinho) e só depois de muita relutância se enfiou numa série de vestidos horrendos para ser madrinha de casamento dos irmãos. Em toda a sua vida, nenhuma peça de roupa que Bea tinha usado jamais a fizera se sentir daquele jeito.

"Quanto custa?", ela se viu perguntando, com um tom de voz baixo e tímido.

"Duzentos", disse Jeanne, mas ela se interrompeu quando viu o pânico surgir no rosto da cliente.

"Quanto você pode gastar?", perguntou, gentil.

Bea abriu a carteira — tinha quarenta euros e mais alguns trocados, e aquele dinheiro precisaria durar até a semana seguinte. Já tinha gastado mais do que deveria no mercado de pulgas, e o cartão de crédito de seus pais era apenas para emergências. Duzentos euros era um preço impensável.

"Desculpa", murmurou Bea, preparando-se para tirar a capa, mas Jeanne pôs a mão em seu ombro.

"Talvez a gente possa fazer um trato", ela disse.

Bea não entendeu direito o que aquilo significava. "Um trato?"

"Eu vou lhe dar a capa de presente, e em troca você vai usá-la por toda Paris e vai dizer para todo mundo que encontrar sobre a minha loja. Certo?"

"Quê? Não, eu não posso aceitar..."

"*Bien sûr*, claro que pode." Com gestos habilidosos, Jeanne removeu a capa dos ombros de Bea e tirou a etiqueta escrita à mão. "Quer uma sacola ou vai embora usando?"

Bea ficou vermelha e baixou os olhos.

"Não entendo por que você está fazendo isso", murmurou.

Jeanne pousou a capa sobre os ombros de Bea em um gesto carinhoso.

"Pelo jeito como você se veste e está sempre de cabeça baixa, acho que está se escondendo", ela falou baixinho. "Mas com essa capa."

Bea ergueu os olhos para encará-la. "Com essa capa o quê?"

Jeanne curvou levemente os cantos dos lábios em um sorriso discretíssimo.

"Você será alguém que todo mundo precisa ver."

O acordo

Los Angeles, Califórnia

PRA FICAR DE OLHO: A BLOGUEIRA DE MODA BEA SCHUMACHER
por Toni Santo, TheCut.com

A internet pegou fogo esta semana quando a pop star Trish Kelly foi ao Twitter reclamar que vários estilistas se recusaram a vesti-la para o Grammy — só porque ela usa tamanho 42! Bea Schumacher está mais do que familiarizada com o problema: com mais de 500 mil seguidores no Instagram e um blog (OMBea.com, um trocadilho com OMG) com milhões de visitantes por mês, Bea é uma das blogueiras de moda mais populares da atualidade — mas, por ser plus-size, quase ninguém no mundo da alta-costura produz roupas que servem nela.

Na edição desta semana de "Pra Ficar de Olho", conversamos com Schumacher sobre sua bem-sucedida carreira, sua invejável agenda de viagens e as melhores dicas para arrasar no tapete vermelho, seja qual for o seu tamanho:

TS: Como você virou blogueira de moda? Sempre foi apaixonada por moda?

Bea: (*risos*) Nossa, não. Quando eu estava no colégio, usava só calça jeans preta larga, camiseta e blusa de moletom. Não queria chamar atenção. Não queria que ninguém olhasse pra mim.

TS: E quando foi que isso mudou?

Bea: No terceiro ano da faculdade. Fiz um intercâmbio de um semestre em Paris, e foi lá que fiquei viciada em moda. Estava totalmente sem grana na época e passei seis meses revirando brechós em busca de tesouros escondidos. Descobri tantas coisas legais que as minhas amigas me incentivaram a fazer um blog, uma espécie de diário de viagem sobre moda. Minha melhor amiga nesse intercâmbio estudava fotografia, e tirou fotos minhas com vestidos esvoaçantes e chapéus, bebendo vinho às margens do Sena. Como eu não sabia absolutamente nada de webdesign, fiz um blog com um template padrão no Tumblr — essa foi a primeira versão do OMBea. No início, eu só postava fotos, mas depois comecei a escrever mais sobre a minha vida e os desafios de encontrar roupas legais sendo uma mulher plus-size; e isso acabou virando uma forma de expressão muito importante pra mim, principalmente depois que voltei para Los Angeles, onde os padrões de beleza são tão rígidos.

TS: O blog fez sucesso logo de cara?

Bea: Até parece! No começo, era só para as pessoas que eu conhecia mesmo. Depois da faculdade, fui trabalhar numa agência de talentos em Hollywood; pensei que talvez no futuro eu pudesse virar figurinista de filmes e programas de TV, e essa parecia uma boa forma de entrar no ramo. Eu era só uma assistente, e uma das clientes da minha chefe era uma atriz famosíssima que sempre adorava as minhas roupas. Um dia conversamos sobre o meu blog e ela tuitou a respeito — foi aí que a coisa estourou. Ganhei milhares de novos seguidores, comecei a ser incluída nas recomendações das revistas sobre quem seguir, essas coisas. Quando meu número de leitores começou a subir, consegui montar uma estrutura para atrair patrocinadores e anunciantes.

TS: Tudo isso enquanto tinha um emprego de tempo integral?

Bea: Pois é, foi uma loucura. Mas, depois de um ano de muito trabalho, todo o esforço começou a valer a pena: eu consegui largar o emprego de assistente e passei a viver só do blog, e nunca me arrependi disso. Tem sido bem mais divertido do que eu jamais poderia imaginar.

TS: Conta mais! Como é um dia típico da rotina de Bea Schumacher?

Bea: Cada dia é uma novidade, e é disso que eu mais gosto no meu trabalho. Posso ter uma reunião com uma marca plus-size para negociar uma possível parceria, ou participar de um evento de moda em Londres ou Nova York, ou fazer uma sessão de fotos no quintal de casa e mostrar aos leitores o que estou planejando em termos de looks para o verão.

TS: Mas você não se limita a escrever sobre roupas — você também conta a experiência de ser uma pessoa plus-size que é apaixonada por moda.

Bea: Acho que eu seria desonesta se não tocasse nesse assunto. Faz pouco tempo que vários fabricantes começaram a fazer roupas que servem em mim; em especial no que diz respeito a estilistas de alta-costura, várias marcas dizem que têm opções "plus-size", mas só vão até o tamanho 50! Isso é ridículo, porque o tamanho 50 na prática é o *padrão* para a maioria das americanas. Dentro da comunidade plus-size, eu me identifico como "medianamente gorda", então sou uma privilegiada em termos de opções de roupas. É muito mais difícil para mulheres que usam alguns tamanhos acima do meu, o que é revoltante, sem falar que não faz o menor sentido, comercialmente falando. Sinto vontade de sacudir os estilistas pelos ombros e dizer: "Ei, vocês odeiam tanto as gordas que estão dispostos a não atender dois terços da sua possível clientela? Vocês acham mesmo que nossos corpos não são dignos de vestir suas roupas?". Mas a verdade nua e crua é que, pra muita gente no mundo da moda, realmente seria melhor se a gente não fizesse parte dele. E acho que muitas mulheres plus-size se sentem assim no dia a dia. Para nós, uma coisa simples como postar uma selfie com o look do dia é um ato político, e ainda precisamos lidar com todas as pessoas que se julgam no direito de fazer comentários sobre o nosso corpo, dizer que somos feias, que não somos saudáveis ou que somos uma aberração.

TS: As pessoas dizem mesmo esse tipo de coisa para você?

Bea: Nos comentários do meu blog, do meu Insta e no Twitter? O tempo todo! Muita gente tem um ódio visceral de mulheres que se manifestam publicamente, em especial aquelas que têm a audácia de não se ajustar aos padrões convencionais de beleza, e nas redes sociais essas pessoas podem direcionar essa hostilidade a nós de uma forma bastante direta. Bem que eu queria dizer que isso não me atinge, mas às vezes me abala, sim. Fico magoada quando desconhecidos saem repetindo as piores coisas que eu já pensei sobre mim mesma. Mas eu amo tanto a moda justamente porque ela tem o poder de fazer com que eu me sinta mais forte e mais bonita. E o mesmo vale para o meu círculo mais próximo de amizades e para a minha incrível comunidade de leitores.

TS: E o coração? Existe alguém especial que faça você se sentir especialmente bonita?

Bea: No momento, não! Minha agenda é um caos, não tenho tido tempo nem energia para me dedicar a um relacionamento. Mas quem sabe? Talvez isso aconteça em breve.

TRANSCRIÇÃO DE MENSAGENS DE TEXTO, 9 DE JUNHO:
BEA SCHUMACHER E RAY MORETTI

Ray [9h48]: Adivinha só o que eu tenho aqui...

Bea [9h53]: Uma espaçonave. Dez rubis. Ai meu deus, é um pônei????

Ray [9h54]: Não, é melhor que tudo isso

Ray [9h55]: Eu tenho aqui, bem na minha mão... uma passagem pra Los Angeles.

Bea [9h56]: 😎 😎 😎

Bea [9h56]: Sério mesmo? Não vejo você há tanto tempo que nem lembro mais da sua cara

Ray [9h57]: Eita (você tem razão, eu mereci)

Ray [9h57]: Mas é sério sim! Chego no feriado de Quatro de Julho à tarde e aí durmo na sua casa (posso?) antes de ir pra San Diego no dia seguinte pra festa de aniversário de casamento dos pais da Sarah. Tudo bem assim?

Bea [9h58]: Claro! Quer que eu converse com o pessoal da agência pra saber quem vai estar por aqui?

Ray [9h59]: Você que sabe, mas prefiro passar o tempo com você em vez de dividir sua atenção com um monte de gente

Ray [10h00]: Eu sei que precisei mudar pra Atlanta pra "apoiar a carreira da minha noiva" e tal, mas detesto estar assim tão longe de você, Bea.

Ray [10h00]: Tô com muita saudade de você.

Bea [10h04]: Eu também.

* * *

Bea fazia questão de frisar que não estava ansiosa para ver Ray, mas o modo como respirava fundo (inspirando por entre os dentes e expirando como se estivesse apagando velas de aniversário) enquanto estava presa no trânsito das dez da manhã dizia outra coisa. Ela se esforçava para convencer a si mesma de que não era mais aquela garota que passou tantos anos obcecada por ele, a assistente tímida de uma agência de talentos de Hollywood apaixonada pelo homem mais gato do setor de correspondências.

Que coisa mais clichê, Bea pensou enquanto saía da via expressa e enveredava pelas ruas sinuosas da endinheirada Westwood, onde belas casas no estilo Tudor que pareciam ter sido copiadas de um conto dos irmãos Grimm ocupavam a paisagem a cada quarteirão. Ela preferia se manter em seu bairro na zona leste de Los Angeles, onde a diversidade era bem maior, mas sua loja de vinhos favorita ficava ali, a quase meia hora de sua casa, contando o trânsito. Para sua única noite com Ray (por mais que ela tentasse fingir que não era nada de mais), seria preciso caprichar.

A Les Caves era difícil de encontrar, com seu letreiro discreto e sua porta rústica de madeira, e bem fácil de ignorar se a pessoa olhasse de relance lá para dentro e visse apenas umas mesas esparsas cobertas por um monte de garrafas sem a menor organização. Mas Bea amava aquele lugar — amava conversar com os vendedores em seu francês meia-boca e se deliciar com os vinhos cheios de personalidade que eles separavam para ela, Meuniers secos que ardiam na boca e Savennières marcantemente adocicados.

"Bea, *bon matin!*"

Paul, proprietário da loja junto com a esposa, era baixinho, atarracado e cheio de entusiasmo. Bea costumava brincar que ele a havia transformado em uma insuportável esnobe do mundo dos vinhos, mas Paul sempre caía na gargalhada e dizia que ela devia ter orgulho de ser uma *connoisseur.*

"*Bonjour*, Paul", respondeu Bea com um sorriso.

"*Et qu'est-ce que tu désires aujourd'hui?*", ele perguntou. "Talvez algo leve, frutado e mineral? Está tão quente!"

"*C'est vrai*", Bea concordou. L.A. estava enfrentando sua tradicional onda de calor anual de julho, aqueles poucos dias do ano em que nem mesmo à noite a temperatura ficava abaixo dos trinta graus, tornando a cidade inteira inabitável. O tempo estava assim também na noite em que Ray a beijou. Aquela noite perfeita e terrível cinco anos antes, em que ele cambaleava pela calçada diante do Chateau Marmont, com hálito de uísque e cigarro e lágrimas escorrendo pelo rosto enquanto contava para Bea que sua mãe estava doente de novo, e que dessa vez podia ser fatal. Ele pôs os braços ao redor do pescoço de Bea e murmurou: "Não vou conseguir passar por isso sem você". Ela respondeu: "Você não precisa", sem entender se ele estava falando de amizade ou de outra coisa.

Depois das incontáveis noites em que haviam saído para beber juntos, trocando segredos e comentários sussurrados, com ela morrendo de vontade de engajar em contato físico e segurando a náusea quando o via flertar, beijar e, não importa o bar em que estivessem, levar para casa mais uma lindíssima aspirante a atriz/modelo/cantora, finalmente — *finalmente* — Ray estava olhando só para Bea.

Fazia muito calor, a umidade tomava conta de tudo e ela sabia que seria um erro quando Ray se inclinou para beijá-la: ele estava triste demais, bêbado demais, distraído demais. Mas no fim Bea nem se importou, porque desejava aquilo fazia muito tempo e sentia que, de alguma forma, havia conseguido pôr sua vida nos trilhos, e isso na base da pura força de vontade.

Depois do beijo, ela pensou que ele fosse dizer alguma coisa profunda (ou sincera, pelo menos), mas Ray se limitou a resmungar que precisava chamar um carro porque ia pegar um avião logo cedo no dia seguinte.

"Ah", foi tudo o que Bea conseguiu falar. "Sim. Claro."

Ele foi para a casa dos pais em Minnesota na manhã seguinte. Planejava ficar só alguns dias por lá, ou algumas semanas, no máximo, só que nunca mais voltou, a não ser para juntar suas coisas e seguir de vez para o leste. Ele passou meses em casa com a família, fazendo companhia para a mãe até o último suspiro dela; depois se mudou para a Virgínia, onde se formou em direito; em seguida conseguiu um emprego em um escritório bacana em Nova York, onde conheceu a namorada, Sarah; ele a acompanhou na mudança para Atlanta, onde ela ganhou uma desejadíssima promoção; e foi lá que os dois ficaram noivos.

E, por algum motivo, Bea ainda não conseguia acreditar em nada daquilo, como se os oito últimos anos de sua vida tivessem transcorrido sob uma espécie de paralisia. Três anos convivendo com Ray, sonhando com Ray, desejando Ray, acreditando de todo o coração que ele queria a mesma coisa. Uma noite de inebriante e dolorosa validação. E depois cinco anos se perguntando se alguma coisa daquilo tudo havia sido real.

Ela saiu com outros homens nesse meio-tempo, claro, mas nunca rolou o mesmo encantamento. Nenhum tinha aquela beleza de astro de cinema, nem era tão divertido sem qualquer esforço, nem tão absurdamente cativante. De todos os que conheceu em aplicativos de encontros ou que foram apresentados por amigos, ninguém tinha aqueles cabelos escuros e grossos e aquele olhar ardente de Marlon Brando; ninguém conseguia deixá-la de pernas bambas só de passar um dedo pelo seu braço.

E, de qualquer forma, Bea estava mais concentrada em outros aspectos de sua vida — carreira, amizades, viagens, família — e não tinha pressa de encontrar outro amor tão arrebatador e contagiante quanto o que sentiu por Ray. Ela estava certa de que isso aconteceria algum dia. E enquanto isso... bem, enquanto isso... era tão ruim assim viver de lembranças? De fantasias?

Mas aquela noite não seria de lembranças nem de fantasias: Ray estava em um avião, provavelmente sobrevoando o Meio-Oeste americano a caminho de Los Angeles, onde dormiria no quarto de hóspedes de Bea antes de pegar um trem rumo a San Diego na manhã seguinte para um fim de semana de comemoração do aniversário de casamento dos pais de sua noiva. Bea e Ray não se viam fazia mais de um ano, desde um encontro apressado em um bar lotado (com ninguém menos que Sarah a tiracolo) durante uma das caóticas viagens de Bea para a New York Fashion Week. O lugar era barulhento, Bea estava exausta, e Ray, mal-humorado. Mas daquela vez seria diferente — só os dois, sem confusão nem barulheira. Uma chance de reavivar a intimidade de que ela precisava tão desesperadamente.

"Não." Bea sacudiu a cabeça quando Paul apareceu com uma das garrafas de sempre, um vinho branco seco de vinte dólares. "Pra hoje, eu preciso de alguma coisa especial."

Três horas depois, Bea caminhava de um lado para o outro sobre o piso de tábuas desniveladas de sua casa em estilo bangalô em Elysian Heights, um pequeno imóvel alugado em não muito bom estado, empoleirado de forma precária em uma encosta com vista para o Elysian Park. As paredes eram repletas de rachaduras, o chão rangia, as torneiras estavam enferrujadas e as portas tinham frestas, mas Bea gostava ainda mais de lá por causa disso; ela preferia mil vezes uma estética acolhedora e pitoresca a qualquer coisa que fosse moderna ou arrumadinha demais — o que, para seu gosto, carecia de personalidade.

Naquele momento, porém, com Ray dentro de um carro a poucos minutos de chegar, ela começou a observar a casa pelos olhos dele: não um ambiente artístico, mas degradado; não um espaço acolhedor, mas digno de pena. Bea ajeitou a saia de seu vestido preto de verão com corpete (carinhosamente apelidado por ela de "traje típico de piranha tirolesa gótica", por deixar os ombros de fora e ter um decote profundo até para os padrões da Oktoberfest) e se perguntou se seria assim que ele a veria.

"Que idiotice", Bea murmurou, parando diante do espelho do hall de entrada para ajeitar de novo os cachos minuciosamente fixados com mousse, seus cabelos quase tão negros quanto o delineador aplicado à perfeição e que fazia seus olhos azuis se acenderem como lâmpadas elétricas. Ela respirou fundo: ele era só seu amigo, era apenas Ray fazendo uma visita. A presença dele ali não significava nada, assim como aquele beijo entre eles e tudo o que viveram juntos, tudo mesmo, provavelmente não tinha nada de especial. Era tudo coisa da sua cabeça, como sempre.

Mas assim que Bea abriu a porta e ele a envolveu nos braços, ela viu que estava errada.

"Bea." Ele expirou forte e largou a mala no chão com um estrondo para poder abraçá-la por completo, apertando-a contra si.

"Oi, sumido." Bea sorriu para ele e, minha nossa, Ray estava igualzinho, com seu nariz reto, seus lábios macios e aqueles olhos que a devoravam por inteiro e sempre a faziam corar, cheia de calor.

"Que saudade de você." Ele lhe deu um apertão de leve e baixou a cabeça para beijar sua testa.

"Você sabia onde me encontrar o tempo todo", ela respondeu, surpresa com o tom de ousadia na própria voz.

"Tem razão." Ele segurou sua mão. "Eu sou um babaca mesmo. Deveria vir mais vezes."

"Bom, você está aqui agora", Bea disse baixinho.

"E você está... feliz com isso?" Ele a encarou, tornando impossível para Bea se esquivar do que havia por trás da pergunta.

"Qual é, Ray", ela falou, fingindo estar tranquila e relaxada. "Você sabe que sim."

"E então?" Ele aproximou o corpo do dela, dando um empurrãozinho de leve. "Quanto a gente precisa pagar pra fazer o famoso tour pela casa?"

"Ai, meu Deus, você nunca veio aqui. Que estranho, né?"

"Estranho a ponto de ser inacreditável." Ele sorriu. "Mais estranho que o show de improviso no porão daquele restaurante de frango frito lá na Sunset."

"Eles deveriam chamar aquele espetáculo de 'A noite mais longa de nossas vidas'", brincou Bea, e Ray caiu na risada. "Enfim, aqui é a sala de estar. Gostou?"

Ray passeou um pouco pelo cômodo acolhedor, observando os tesouros que Bea havia encontrado em suas viagens e que ocupavam todas as superfícies disponíveis — um elefante entalhado em madeira de Siem Reap, um vaso laqueado à mão de New Orleans, a carteirinha plastificada de membro do LACMA. Ray pegou uma bonequinha de vidro que Bea encontrara em Paris e a virou de um lado para o outro nas mãos.

"Você comprou isso na época da faculdade, né? Naquele mercado de pulgas que adorava? Ficava na sua mesa lá na agência."

"Você tem boa memória", respondeu Bea, com a voz repentinamente tingida de emoção.

"Essa casa é muito legal." Ray sacudiu a cabeça. "Você precisa ver o nosso apartamento lá em Atlanta. É um pesadelo — tudo é novo e reluzente, tipo aquelas prisões projetadas em programas de decoração. Pensando bem, essa é uma ótima metáfora."

Bea ficou sem saber o que dizer — ou se deveria falar alguma coisa.

"Hã, quer beber alguma coisa?", ela arriscou. "Tem um vinho rosé na geladeira."

"Parece uma ótima ideia." Ray roçou os dedos dela com os seus, e Bea percebeu que aquilo, *sim*, era idiotice: a ideia de que pudesse ter superado o que sentia por ele.

O plano inicial era ir a uma festa no terraço do prédio de uns amigos dela no centro da cidade, mas Ray quis tomar banho primeiro. Então, depois de beberem uma taça de vinho, Bea ficou esperando no sofá, ouvindo a água correr e se esforçando para afastar da mente a imagem do corpo nu de Ray enrolado em uma das toalhas brancas macias que tinha separado para ele. Um calafrio percorreu sua espinha — ou talvez fosse só o efeito do ar-condicionado ligado no máximo.

"Estou me sentindo outro ser humano", ele comentou ao voltar para a sala.

Era um absurdo — e uma profanidade, até — o quanto ele estava lindo usando só bermuda cáqui e uma camisa branca de linho. Cabelos pretos, pele molhada, tipo o James Bond depois de saltar de um barco e nadar até a praia.

"Suor de avião", Bea se obrigou a falar, percebendo que sua voz estava uma oitava acima do normal. "Não tem nada pior!"

"Tem certeza de que quer ir a essa festa?" Ele se jogou no sofá ao lado de Bea, pousando casualmente o braço sobre o dela — ambos ficaram praticamente imóveis, como se tivessem percebido o contato de pele com pele, mas não soubessem o que fazer a respeito.

"Hã", gaguejou Bea, "você não quer sair?"

Ray encolheu os ombros. "Sei lá. A gente podia ficar aqui mesmo. Se você quiser, claro."

Ele estava sugerindo... o quê? Nada? Qualquer coisa? *Alguma* coisa?

Bea precisava sair daquela casa. Ficar ali com ele a estava deixando paranoica, tão desesperada por atenção que estava enxergando segundas intenções por trás de cada frase.

"O pessoal está esperando a gente." Ela levantou do sofá e pegou o celular para chamar um carro. "Vai ser divertido, prometo."

"Se você consegue encarar esse calor, acho que eu também aguento", falou Ray em tom de brincadeira.

Bea quase soltou um suspiro de alívio. Ray só não queria passar calor! O que ele queria não era...

Eu. Ela fez questão de concluir o pensamento. *O que ele queria não era eu.*

Ótimo, então. Ele tinha uma noiva. Não poderia rolar nada, nem se ele quisesse. O que ele não queria, aliás. Assunto resolvido.

Bea apertou o botão de confirmação para chamar o carro. O motorista chegaria em sete minutos.

A festa estava começando a enveredar para o conceito errado de diversão: todo mundo um pouco bêbado demais, agitado demais, fazendo comentários engraçadinhos que em outro contexto poderiam ser levados na brincadeira, mas que ali soavam simplesmente maldosos, gente se irritando e fechando a cara, o calor que não diminuía nem mesmo depois de o sol se pôr.

"Quem é *esse* pedaço de mal caminho?", perguntou Mark, amigo de Bea, com um olhar malicioso.

"É o Ray, e ele é hétero", retrucou Bea.

"Mas sem preconceito." Ray deu uma piscadinha, jogando todo o seu charme — como sempre, fazendo todo mundo com quem conversava se sentir especial, quando na verdade ninguém nunca era.

"Com licença, eu vou pegar outra bebida." Bea revirou os olhos e foi reabastecer seu copo de ponche. Por que teve a ideia de ir àquela festa? Aliás, por que teve a ideia de encontrar Ray? Depois de tantos anos de saudades, ela pensou que fosse se sentir bem na companhia dele, mas estava sendo péssimo. Apenas um doloroso lembrete do quanto gostava dele, e de que Ray nunca, nunca mesmo, seria seu.

"Ei, tá tudo bem?" Ray apareceu por trás dela e pôs a mão em sua cintura. Ela teve um sobressalto com aquele contato tão próximo e íntimo.

"Não faz isso", ela reclamou.

Mas ele voltou a tocá-la. "Me diz qual é o problema."

Mais acima, os fogos de artifício estouravam — flashes de luz verde e dourada, seguidos de suspiros de deleite ao redor deles, enquanto todos os olhares se voltavam para o céu. Mas não o de Ray. Seus olhos estavam cravados em Bea.

"Não tem problema nenhum", ela garantiu. "Tá tudo bem."

"Não mente pra mim", ele falou em um tom firme, mas era possível notar um certo toque de desespero. "Eu sei que você não tá bem, Bea. Eu também não estou."

As explosões e os estouros reverberavam ao redor, vermelhos e azuis e prateados, enquanto ele acariciava os punhos dela com os dedos.

"Bea..."

Ela sacudiu a cabeça. "Ray, o que você está fazendo?"

Ele a puxou mais para perto. "Você sabe o que eu estou fazendo."

Os dedos dele subiram pelos antebraços de Bea, pelos bíceps, pelos ombros, até chegarem aos cabelos. Ela o ouviu perguntar "Tudo bem se eu fizer isso?", e não estava tudo bem, claro que não, porra, ela sabia que não, mas mesmo assim assentiu com a cabeça como se fosse uma marionete controlada por cordões invisíveis, e logo em seguida os dois estavam se beijando. Foi tudo muito intenso, o corpo dele colado ao seu, as mãos dele puxando seu rosto para perto, os dentes dele roçando seus lábios, e ela não conseguia nem respirar, e nada mais importava, e quando ele falou "A gente pode ir pra casa agora?" ela concordou de novo. Dessa vez por vontade própria. Com uma intenção em mente.

O trajeto de carro foi insuportável, a mão dele em sua coxa, o trânsito parado na autoestrada 101. Quando finalmente entraram na casa de Bea, ela pensou que eles nem sequer conseguiriam chegar até a cama; ele a pressionou contra a parede com força e arrancou seu vestido. Ninguém nunca a desejara tanto assim. Bea estava mais do que confusa, mesmo enquanto a coisa acontecia — Ray sempre a quisera daquele jeito? Por que não tinha rolado nada antes, quando a vida dos dois estava na mesma sintonia, quando ele era solteiro, durante todos aqueles anos que ela passara tão apaixonada?

Não importa, ela disse a si mesma. *Ele está aqui agora. Depois de tanto tempo, ele está aqui.*

Ray estava em cima dela, beijando-a de leve, e um sorrisão se abriu no rosto de Bea.

"O que foi?", ele perguntou, sorrindo também.

"Nada." O coração dela disparou, em um momento de felicidade tão intensa que quase doía. "Eu só estou muito, muito feliz."

"Eu também." Ele a beijou de novo, e ela soltou um suspiro ao saber que o sentimento era recíproco. "Bea, você é tudo o que eu sempre quis."

TRANSCRIÇÃO DE MENSAGENS DE TEXTO, 5 DE JULHO:
BEA SCHUMACHER E RAY MORETTI

Ray [7h23]: Oi

Ray [7h23]: Você já acordou?

Ray [7h24]: Desculpa não ter te acordado antes de ir embora

Ray [7h26]: Estou no trem agora, devo chegar em San Diego lá pelas dez, e vou ter que encarar uma maratona de brunches e essas coisas com os pais da Sarah

Ray [7h27]: Mas posso te ligar mais tarde?

Bea [13h31]: Ok

8 DE JULHO

Bea [9h25]: Oi

Ray [9h28]: Olá

Bea [9h29]: Você não me ligou naquele dia

Bea [9h29]: Acho que a gente precisa conversar

Ray [9h31]: Ah sim

Ray [9h32]: Eu fiquei sem tempo

Ray [9h32]: Essa semana tá uma loucura, depois a gente se fala

TRANSCRIÇÃO DE MENSAGENS DE TEXTO, 8 DE JULHO
BEA SCHUMACHER E MARIN MENDOZA

Marin [9h33]: "Depois a gente se fala"?!?!?!?!?!

Marin [9h33]: Não

Marin [9h34]: Não

Marin [9h34]: Desculpa

Marin [9h34]: Mas não

Marin [9h34]: Não acredito que ele disse isso pra você!!!!

Bea [9h36]: Pois é...

Marin [9h36]: E o que você respondeu?

Bea [9h37]: Nada. Eu não respondi

Bea [9h37]: Fiquei sem saber o que dizer pra ele

Marin [9h38]: O que você quer dizer pra ele?

Bea [9h41]: Sei lá, oi, Ray, acho que somos apaixonados um pelo outro faz quase uma década, apesar de você sempre arrumar um jeito de mudar de cidade, de ficar com outra garota, e agora você tá noivo, mas quando a gente estava na cama de repente pareceu que a minha vida toda começou a fazer sentido, talvez porque essa minha história estivesse finalmente terminando, ou começando, ou sei lá o quê, e aí você foi embora como sempre, porque você é um covarde, mas eu te amo mesmo assim. Mas queria não amar. Mas queria que você voltasse.

Marin [9h42]: Acho melhor você não dizer isso.

Bea [9h43]: Eu odeio a minha vida

Marin [9h43]: Não sai daí. Eu já tô indo.

RECIBO DE ENTREGA FOOD2YOU

CLIENTE: BEATRICE SCHUMACHER

ENTREGA PARA:

Beatrice Schumacher
1841 Avalon Way
Los Angeles, CA 90026

Refeições congeladas Stouffer's: Macarrão com queijo (25 unidades)
Água gaseificada LaCroix (sabor Toranja) (6 fardos)

Salgadinho Doritos (sabor Cooler Ranch) (10 pacotes)
Salgadinho Doritos (sabor Nacho Cheesier) (10 pacotes)
Sorvete Skinny Cow (sabor original) (6 caixas)
Pasta de amendoim JIF Extra Cremosa (5 potes)
Biscoito Saltine (sabor original) (5 caixas)
Coca Cola Diet (12 fardos)
Indutor de sono Z-quil (2 caixas)
Papel higiênico ondulado Cottonelle (pacote com 18 rolos)

OBSERVAÇÃO:

Não tocar a campainha. A cliente abriu mão de conferir a entrega. Deixar mercadorias na porta.

TRANSCRIÇÃO DE MENSAGENS DE TEXTO, 25 DE AGOSTO:
BEA SCHUMACHER E MARIN MENDOZA

Marin [14h28]: Ei, já saiu de casa? A Sharon fez uma sangria de pêssego MTO BOA então é melhor chamar um carro em vez de vir dirigindo

Bea [14h30]: Acho que vou ficar por aqui, sabe? Tenho um monte de trabalho atrasado

Marin [14h31]: Bea, NÃO! Você já não veio no lance da Sneha ontem, e ela ficou puta!! Você saiu com o tal cara ontem?

Bea [14h35]: Não consegui

Marin [14h36]: Tudo bem

Marin [14h37]: Mas gata, você nunca vai desencanar dele se não conhecer ninguém novo

Bea [14h38]: Eu sei. Só não tô pronta.

Marin [14h38]: Queria que você viesse pra cá. Tá todo mundo querendo te ver.

TRANSCRIÇÃO DE MENSAGENS DE TEXTO, 25 DE AGOSTO:
BEA SCHUMACHER E RAY MORETTI

Bea [19h48]: Sério mesmo que você não vai responder os meus e-mails? Nem um deles que seja?

Bea [19h48]: Não tô querendo arruinar sua vida. Só queria conversar.

Bea [19h49]: Que horrível tudo isso, Ray. Estou com saudade de você.

MENSAGENS SELECIONADAS DO TINDER DE BEA SCHUMACHER

Jim: E aí!!!!!!!!

Bea: Ah, oi:)

Jim: QUERO. ESSAS. CURVAS.

Bea: Hã... o quê?

Jim: SUAS CURVAS BEA QUERO PASSEAR NESSAS SUAS CURVAS

match desfeito e usuário bloqueado

Todd: e aí b

Bea: de boa, T. como você está?

Todd: posso ir na sua casa

Todd: endereço?

Bea: você não acha que a gente tá pulando umas coisinhas nessa conversa?

Todd: que

Bea: Oi, Alex! Adorei essa foto em Paris. É minha cidade favorita. :)

Alex: Desculpa aí, mas acho não vai rolar.

Bea: Como assim?

Alex: Você precisa mostrar o corpo na foto principal. Foto só de rosto é sacanagem.

Kip: Olá, Bea. Como está sendo sua semana?

Bea: Oi, Kip! Tudo normal, trabalhando um pouquinho, fazendo umas caminhadas agora que parece que o outono finalmente chegou.

Bea: (Aimeudeus, será que eu virei uma chata que não tem assunto e fica falando sobre o tempo? Pff.)

Bea: E você, como está a sua?

Kip: Ha! Como moradores de Los Angeles, acho que temos a obrigação de fazer um registro formal quando a máxima cai de 28 para 25 graus.

Kip: Tudo bem por aqui. Que tal a gente se encontrar pra beber alguma coisa?

Bea: Claro, por mim tudo bem. Pode ser na quinta?

POSTAGEM DO BLOG OMBEA.COM

7849 COMPARTILHAMENTOS ♻ **22378 CURTIDAS** 🖤

Olá, OMBeldades! Certo, preciso confessar pra vocês: estou sorrindo na foto, mas não estou me sentindo muito bem. Fui a um encontro do Tinder hoje — o primeiro depois de um bom tempo, aliás. Como vocês podem ver, usei meu clássico Uniforme de Primeiro Encontro: calça jeans skinny com lavagem clara e uma blusinha de gola V da Universal Standard que milagrosamente valoriza as curvas de *qualquer* corpo, botas cano alto Stuart Weitzman com a estampa floral em Technicolor dos meus sonhos e brincos verdes bem chamativos que comprei em uma feira de rua em Barcelona no verão passado. Uso esse mesmo look em todos os primeiros encontros (pretendentes, estejam avisados!) por uma razão: acho que, quando a pessoa está estressada e ansiosa porque vai conhecer alguém, é bom ter uma roupa que te deixe confortável mas também confiante, não muito produzida mas sexy — isso alivia um pouco a tensão.

E, minhas beldades, eu *estava* me sentindo ótima. Pelo menos até chegar ao bar que ele escolheu.

Em geral, quando saio com alguém, inclusive amigos, sou eu que planejo tudo. Escolho o restaurante ou bar para saber se os lugares são confortáveis (sério mesmo, a gente vai ter que suportar ficar espremida naqueles sofazinhos para sempre?); peço eu mesma o carro e pago a taxa extra por um sedã ou um SUV para não me sentir sufocada e claustrofóbica no banco de trás de um desses compactos minúsculos.

Mas hoje o meu acompanhante estava superempolgado para ir a um barzinho novo todo chique aqui no bairro: um espaço minúsculo, cheio de mesinhas altas de dois lugares e lotado de gente. Fiquei o tempo todo me sentindo deslocada, pedindo desculpas para todo mundo em que inevitavelmente esbarrava, rezando para não derrubar bebida em ninguém e com a sensação de que, não importa onde ficasse, estava sempre no meio do caminho.

Um primeiro encontro é estressante para qualquer um, mas no meu caso as inseguranças naturais são amplificadas pelo eco de todas as coisas horrorosas que a sociedade já insinuou (ou declarou abertamente) sobre o fato de eu ser gorda. Meu date não disse nem fez nada que tenha me levado a pensar que talvez eu não fosse atraente, mas naquele bar cercada de gente magra (ah, Los Angeles) era fácil demais retornar ao senso comum de que eu seria muito mais feliz se fosse como aquelas pessoas. E que, caso eu conseguisse fazer meu corpo caber num daqueles banquinhos minúsculos, eu teria um relacionamento perfeito e feliz em vez de ter que me submeter a uma situação como aquela, em que eu só tinha vontade de desaparecer.

Sei que nada disso é verdade, claro. Sei que não tenho como

mudar meu tipo físico (e nem quero!), sei que as mulheres magras não são mais felizes que eu, sei que essas inseguranças foram plantadas e reforçadas no meu cérebro pela indústria da perda de peso, que lucra 70 bilhões de dólares por ano com nosso sentimento de inadequação, apesar de 97% das dietas terminarem em fracasso. (E se esse dinheiro todo fosse investido na solução de problemas de saúde de verdade? A cura para o câncer de ovário não seria descoberta rapidinho?) Eu *sei* de tudo isso. Mas às vezes, como hoje, é impossível não me sentir assim.

Certo, minhas beldades, já chega de reclamação por aqui — eu vou dormir. Obrigada pela companhia; vocês são uma luz na minha vida mesmo nas noites mais tenebrosas. Até breve.

Beijinhos, Bea

Comentário de Sierra819: Que pena que seu encontro não foi legal, Bea!!! Mas você está linda!

Comentário de djgy23987359: você devia agradecer por alguém querer sair com você vai procurar um médico antes que acabe morrendo de diabete

TRANSCRIÇÃO DE MENSAGENS DE TEXTO, 3 DE OUTUBRO:
BEA SCHUMACHER E MARIN MENDOZA

Marin [22h53]: Acabei de ler seu blog... tá tudo bem? E o Kip??

Bea [22h56]: Oi, eu tô bem. Ele foi legal. Foi tudo bem.

Marin [22h57]: Acho que a palavra "bem" nunca pareceu tão assustadora antes.

Marin [22h57]: Você acha que vai sair com ele de novo?

Bea [22h59]: Não, foi muito sem graça. A gente quase não tinha assunto, na verdade.

Marin [23h00]: Qual é, você consegue conversar até com uma porta se for preciso.

Bea [23h02]: Sei lá. Senti um aperto no peito, tava morrendo de vontade de ir embora. Acho que ainda era cedo demais pra mim.

Marin [23h03]: Argh, que pena, gata. Quer que eu vá até aí?

Bea [23h04]: Você é um anjo, mas tá tudo bem. Vou matar o resto do rosé que tenho na geladeira, ver uns episódios antigos de Brooklyn Nine-Nine e depois dormir.

Marin [23h04]: Legaaaal adorei o plano! Se inspira bastante na Rosa Diaz pra nunca mais precisar sair com homens!!

Bea [23h06]: É assim que funciona a coisa?

Marin [23h06]: Então, se eu nasci gay ou *virei* gay por causa da Julia Stiles em *10 Coisas que Eu Odeio em Você* eu nunca vou saber.

Marin [23h06]: Vê se dorme um pouco e não fica acordada até tarde escrevendo e-mails que você sabe que nunca vai mandar pra um certo alguém, certo?

Bea [23h08]: Pode deixar. Prometo.

E-MAIL NÃO ENVIADO DA PASTA DE RASCUNHOS DE BEA@OMBEA.COM

De: Bea Schumacher <bea@ombea.com>
Para: [sem destinatário]
Assunto: [sem assunto]

Ray,

Não sei o que dizer pra você, mas acho que preciso dizer alguma coisa.

Ainda sinto saudade. Muita saudade, não mais todo dia, nem toda hora, não como antes, mas quando lembro por um instante de como foi bom, nossa, eu fico sem rumo. Não é ridículo? Depois de tantos meses e dos anos todos em que fui manipulada por você, com você sumindo da minha vida e reaparecendo quando bem entende, fazendo o possível e o impossível para te esquecer, você ainda está na minha pele, no meu sangue, como se fosse a substância que me mantém viva. Puta que pariu, eu te odeio por isso, e me odeio também, por aceitar fazer parte dessa palhaçada. Porque, fala sério, por acaso eu sou uma idiota? Sou patética a ponto de cair de quatro assim que um homem bonito e inteligente me dá alguma atenção, apesar de saber o quanto ele me faz mal, e de ter plena consciência disso?

Pra mim você é como um fosso do qual eu não consigo sair. Tentar escalar a parede em busca de um fragmento da luz do dia é extenuante, é muito mais fácil deixar os seus braços ausentes me puxarem cada vez mais para baixo. Eu fico me lembrando do seu gosto e minha respiração acelera, meu corpo se contorce. Quando me lembro de você dentro de mim, não consigo nem pensar direito.

Não sei como te dei esse poder sobre mim, e sou uma louca por ter te concedido isso. E, puta merda, eu sei que deve ser tudo coisa da minha cabeça, e que você mesmo não tem nada a ver com isso. Você é apenas o receptáculo de toda a minha tristeza, que brilha graças à energia nuclear da minha solidão. Se eu tentar me imaginar sem você, não me sinto livre. Me sinto sem chão, sem rumo. Como se eu não fosse nada e não estivesse em lugar nenhum.

Mas quando imagino você me abraçando, eu desmorono. Ray, não sei mais como viver.

É loucura, eu sei que estou parecendo uma louca. Não vou te mandar isso. Eu jamais mandaria. Mas, minha nossa, Ray. Você não sente a minha falta? Não a ridícula que sou hoje, mas quem eu era até pouco tempo, sua melhor amiga?

Eu estou perdida, Ray. Não sei mais o que existe entre a gente.

TRANSCRIÇÃO DE MENSAGENS DE TEXTO, 14 DE OUTUBRO:
BEA SCHUMACHER E MARIN MENDOZA

Marin [16h15]: Então, hoje às sete e meia? Eu levo o vinho e você pede a comida?

Marin [16h16]: Tô pensando naquele tailandês metido a besta, aquele que tem aquele pad kee mao que é uma loucura... Mas sei lá de repente topo um hambúrguer. AHHHH OU UM KEBAB

Bea [16h22]: ?????

Marin [16h23]: HOJE É A ESTREIA DA TEMPORADA DO É PRA CASAR BEA OU POR ACASO VOCÊ ESQUECEU

Bea [16h26]: Eu... esqueci sim

Marin [16h26]: A boa notícia é que a gente vai assistir na sua casa então não tem como você cancelar

Bea [16h27]: Vou pedir comida vegana

Marin [16h28]: Argh, não seja vingativa. Até mais!!

SEQUÊNCIA DE TUÍTES DE @OMBEA

@OMBea Olá, OMBeldades! Esqueci totalmente que hoje era a estreia do @PraCasarABS, mas agora minha melhor amiga e eu estamos no meu sofá com tacos e tequila e prontas pra tuitar sobre tudo! Quem vem?

@OMBea É impressão minha ou o povo desse programa tá cada vez mais sem graça? Jayden é o homem branco mais branco da história e cada uma dessas meninas é basicamente uma performance ensaiada de feminilidade heterossexual.

@OMBea Tipo o que aconteceria se uma delas usasse CALÇA? Ou tivesse CABELO CURTO? Seria o fim do mundo?

@OMBea E claro que nenhuma delas JAMAIS poderia ter um manequim maior que 38, porque o pau do coitado do Jayden ia quebrar sob o peso esmagador de uma mulher normal.

@OMBea Minha amiga @MaybeMarin quer saber se a gente pode brincar de entornar uma bebida a cada vez que uma das garotas disser que precisa de um homem pra completar a sua vida. Acho que não pq a gente ia acabar enchendo a cara, mas o que vocês me dizem?

@OMBea QUEM É ESSA TAYLOR E POR QUE ELA TÁ DIZENDO TODAS ESSAS COISAS SOBRE FINANÇAS PESSOAIS CASA COM ELA JAYDEN

@OMBea (a gente resolveu topar a brincadeira da bebida)

@OMBea Ah e tem mais uma coisa. Essas mulheres supostamente são "reais" mas os corpos delas não são NADA realistas. Que pessoa normal TEM UM CORPO DESSES?

@OMBea Antes de alguém vir falar sobre a única garota plus-size que participou do programa a) ela era LITERALMENTE UMA MODELO PROFISSIONAL e b) foi eliminada na primeira noite então é melhor nem tentar

@OMBea E é claro que eu sei que isso é TV, que é tudo combinado e falso, mas eles vendem como realidade, um reality show! Com pessoas reais procurando um amor de verdade! Só que 95% dos seres humanos não têm essa aparência.

> **@CisforCatie** MANDA VER, BEA!!

> **@dcfan822828** bom você nunca vai encontrar o amor então...

> **@EmmaCsYou** adorei isso!!!!!!! quero mais!!!!! você pode postar sobre isso no blog????

TRANSCRIÇÃO DE MENSAGENS DE TEXTO, 15 DE OUTUBRO:
BEA SCHUMACHER E MARIN MENDOZA

Marin [7h29]: Uhhhhhhhhhhhhhhhhh

Marin [7h29]: Tá acordada

Marin [7h30]: Não deve estar, certo, entendi

Marin [7h31]: Quando acordar... dá uma olhada no Twitter

Bea [9h41]: Aimeudeus, por que, cancelaram quem agora

Marin [9h42]: Bea.

Marin [9h42]: Ontem depois do programa... você escreveu no seu blog?

Bea [9h43]: Bom meu notebook tá de cabeça pra baixo em cima de uma pilha de batons (?) no balcão da cozinha (??), então... é possível

Bea [9h43]: Ah peraí, sim, com certeza escrevi

Bea [9h43]: Uau eu tava com raiva mesmo, hein????

Marin [9h44]: Por favor, dá uma olhada no seu Twitter.

VIRALIZADA DA SEMANA: 18/10
por Patrick Matz, mashable.com

Nós tínhamos certeza de que o conteúdo mais compartilhado da semana seria o já infame vídeo de um gatinho sendo catapultado de uma gangorra por uma criança rechonchuda (se você ainda não viu, não deixe de *clicar aqui*), mas uma onda repentina de engajamento nos deu uma nova campeã: a crítica demolidora da blogueira plus-size Bea Schumacher ao megassucesso dos reality shows de romance *É Pra Casar* foi compartilhada mais de 1 milhão de vezes no Facebook, Twitter, Tumblr e Instagram. De acordo com nossa estimativa, a postagem foi vista por mais de 15 milhões de pessoas, e recebeu uma cifra atordoante de 3 milhões de curtidas. Leia abaixo outros conteúdos virais da semana: entre eles, uma imperdível teoria da conspiração no Twitter sobre coisas que você jamais imaginou que precisava saber a respeito dos cachorros da Hillary Clinton.

"ARRUME SUAS COISAS E VÁ EMBORA":
BLOGUEIRA PLUS-SIZE DETONA *É PRA CASAR*
por Danielle Kander, bubblegiggle.com

A blogueira plus-size Bea Schumacher adora o *É Pra Casar* — e não está sozinha nessa! Quem consegue resistir à ideia de ver um homem ou uma mulher decidir entre 25 pretendentes, estreitando o leque de escolhas semana a semana até restar uma única pessoa de sorte para um pedido de casamento de conto de fadas, um noivado tórrido e uma separação discreta entre seis e oito semanas depois?

Mas eu não gosto nem um pouco da absoluta falta de diversidade do programa, e Schumacher também não. Na segunda à noite, ela postou em seu blog OMBea (se você ainda não a segue, está usando a internet do jeito errado) um texto épico. Falou sobre a "lamentável" falta de diversidade racial, a "inacreditável" ausência de pessoas *queer* e, acima de tudo, a "vergonhosa recusa a incluir qualquer mulher que vista acima de 38, apesar de dois terços das americanas usarem tamanhos de 48 para cima".

"*É Pra Casar* é o reality show de romance de maior sucesso na história da televisão", escreveu Schumacher. "Mostra pessoas 'reais' em busca do amor — mas, de acordo com seus parâmetros, pessoas gordas não são reais. Nós não somos dignas de atenção. Nós nem sequer existimos."

Até o momento, o texto demolidor de Schumacher foi compartilhado mais de 1 milhão de vezes nas redes sociais, o que levou a uma avalanche de visitas a seu blog e seu perfil no Instagram, onde ela agora tem mais de 600 mil seguidores. Da minha parte, eu acho ÓTIMO que mais gente conheça a mensagem de positividade corporal que Bea tem a nos passar, e torço para que sua crítica provoque alguma mudança efetiva no programa *É Pra Casar* — e na televisão como um todo.

SELEÇÃO DE MANCHETES NA MÍDIA DIGITAL
DURANTE A EXIBIÇÃO DA TEMPORADA 13 DE *É PRA CASAR*

CONHEÇA A MULHER QUE ESTÁ DEMOLINDO O "REALITY" DE ROMANCE
Bea Schumacher é plus-size com orgulho!

ABAIXO-ASSINADO ONLINE FORÇA ANUNCIANTES
A BOICOTAR *É PRA CASAR*
O abaixo-assinado, lançado no site change.biz,
conseguiu mais de 40 mil assinaturas.

"UMA BLOGUEIRA DE PESO": VOCÊ TRANSARIA COM UMA GORDA?
De acordo com nossa nova pesquisa, 60% dos homens
iriam para a cama com Bea Schumacher.

INCELS FURIOSOS MANDAM CAIXAS DE SHAKES DIETÉTICOS
PARA BLOGUEIRA PLUS-SIZE
Clima esquenta no Twitter depois que ativistas pelos direitos dos
homens publicaram o endereço residencial de Bea Schumacher.

BLOGUEIRA PLUS-SIZE DOA CENTENAS DE CAIXAS DE SHAKE DIETÉTICO
PARA BANCO DE ALIMENTOS DE L.A.
"Eles têm o mesmo valor nutricional da proteína de soja,
seus misóginos de merda", diz Bea Schumacher.

POLÊMICA: EX-PARTICIPANTE DE *É PRA CASAR* REVELA
PRESSÃO PARA FAZER DIETA
Gina DiLuca afirma que as mulheres no set eram incentivadas a
tomar remédios para emagrecer e laxantes: "Era literalmente um
festival de cagadas".

EM FINAL MORNO, *É PRA CASAR* TEM MENOR AUDIÊNCIA EM CINCO ANOS

O famoso produtor Micah Faust pode estar em maus lençóis na rede ABS.

É *PRA CASAR* CONSEGUE SOBREVIVER SEM A AUDIÊNCIA FEMININA?

Em meio a polêmicas e índices de audiência perigosamente baixos, surgem boatos de que a ABS pode cancelar seu reality show de maior sucesso.

LAUREN MATHERS ASSUME CARGO DE PRODUTORA EXECUTIVA EM GRANDE REFORMULAÇÃO DO *É PRA CASAR*
por Tia Sussman, deadline.com

Depois de uma onda de publicidade negativa e dos menores índices de audiência em cinco anos, *Deadline* confirmou com exclusividade que o produtor executivo e diretor Micah Faust está FORA do *É Pra Casar*. A produtora Lauren Mathers — que por muito tempo foi o braço direito de Faust e na prática tocava as operações do dia a dia no set — foi promovida à posição de chefia e assumirá a função imediatamente, segundo o *Deadline* apurou junto à ABS.

"Fazia um bom tempo que a diretoria da ABS estava procurando um pretexto para se livrar de Faust", declarou nossa fonte na ABS, sob a condição de anonimato. "Alyssa [Messersmith, vice-presidente de reality shows e documentários da ABS] detestava a merda toda que o Faust causava — as drogas, as mulheres, o comportamento perigoso dentro do set, as produções suspensas sem aviso prévio."

A fama de *bad boy* de Faust já vem de décadas, mas pouca gente acreditava que ele pudesse ser demitido de um programa criado por ele mesmo. Quanto a sua sucessora, Mathers sempre foi uma presença discreta no ramo televisivo, mas vinha ascendendo na hierarquia da produção de *É Pra Casar* ao longo dos últimos cinco anos. Sua reputação é a de ser uma pessoa respeitada dentro do set e bem-vista pela equipe técnica. Aos 28 anos de idade, é uma das produtoras executivas mais jovens da televisão — mas, segundo nossa fonte, não deve ser subestimada.

"Lauren tem visão estratégica", explicou a fonte. "Ela sabia que era a hora certa para tentar tomar o lugar de Faust, e encontrou em Alyssa a aliada ideal para isso." Mas Mathers não tem motivos para acreditar que está segura na cadeira de Faust. Como a fonte do *Deadline* acrescentou: "Se Lauren não fizer a audiência subir na próxima temporada, sem dúvida nenhuma Alyssa vai mandá-la para o olho da rua também. Tem um monte de gente do ramo que adoraria comandar um programa do tamanho de *É Pra Casar*".

TROCA DE MENSAGENS PELO INSTAGRAM, 6 DE JANEIRO: @OMBEA E @LMATHERS1116

LMathers1116 Olá Bea, aqui é a Lauren Mathers, a nova produtora executiva do É Pra Casar. Adoraria conversar um pouco mais sobre o seu texto. A gente pode se encontrar pra um café? Onde você está?

OMBea Oi, Lauren. Nossa, que inesperado! Estou em Echo Park.

LMathers1116 Ai, NÃO! Eu estou em Venice.

OMBea Ha, do outro lado do mundo. Pode ser por telefone?

LMathers1116 Não, eu adoraria encontrar você pessoalmente. Vamos achar um meio-termo: um drinque na piscina do Standard em WeHo? Que tal amanhã às três?

OMBea Claro, está ótimo. Até mais, então.

* * *

Desde o Quatro de Julho, Bea sentia que abrir os olhos de manhã era uma espécie de máquina de caça-níqueis emocional: cinco da manhã, acordar. Mecanismo acionado. Um dia estressante e assustador: os braços de Ray e o cheiro dele já se fazem presentes. Não. Começar o dia assim não é uma boa — puxar a alavanca outra vez. Mais vinte minutos de sono, talvez quarenta. Mecanismo acionado. Certo, assim está melhor, apenas mais um dia, uma terça-feira qualquer. Isso dá para encarar. E lá vamos nós.

Ela fez esse exercício toda manhã durante meses, com desejos e presságios se misturando na hora de ir para a cama à noite. Talvez amanhã seja melhor. Talvez seja a mesma coisa.

O que enlouquecia Bea de verdade era sua total falta de controle sobre a situação. Não importava se seu dia tivesse sido bom, ou produtivo, ou se tinha desfrutado da companhia dos amigos, ou se havia chorado aos montes na terapia; não parecia existir nenhuma correlação entre tudo isso e a forma como se sentiria na manhã seguinte. Ou vinte minutos depois.

No auge da polêmica do texto sobre o *É Pra Casar* que viralizou na internet, ela foi inundada de tal forma por mensagens no celular e em seus perfis nas redes sociais, além de e-mails e pedidos de entrevistas da imprensa, que em sua rotina cansativa e corrida mal havia espaço para Ray. Durante aquelas semanas, ela não acordava pensando nele; em vez disso, ele se infiltraria em sua consciência mais tarde, ficava sempre à espreita, rondando seus pensamentos, à espera de alguns minutos entre um telefonema e outro ou um tempo perdido em um congestionamento para dar o bote.

Bea sabia que chorar por ele era inútil. Um beijo em meio de uma bebedeira cinco anos antes; uma noite ao mesmo tempo perfeita e terrível seis meses atrás. Ele não era o amor da sua vida — nem sequer respondia a suas mensagens. Então por que diabos não conseguia esquecê-lo e seguir em frente?

Ela se arrastou para fora da cama e examinou sua agenda para aquele dia: mais ou menos vazia, porque L.A. demorava para recuperar o ritmo depois das festas de fim de ano. Não havia nada além da conversa marcada no Standard para as três horas.

Lauren Mathers. Que coisa mais estranha.

Quando a postagem do seu blog bombou, Bea criou uma vaga expectativa — certo, estava mais para uma fantasia — de que alguém do *É Pra*

Casar poderia entrar em contato, talvez até convidá-la para prestar consultoria para o programa, ou de repente participar dele de alguma forma. Mas eles se recusaram até mesmo a reconhecer a existência do seu texto, não escreveram nem uma nota oficial. A estratégia era ficar em silêncio e deixar as críticas perderem a força e morrerem — e tinha funcionado, em certo sentido. As palavras de Bea só foram notícia por algumas semanas; houve uma repercussão subsequente, com alguns artigos de opinião discutindo a falta de diversidade corporal na cultura pop, mas esse debate também não durou muito.

Portanto, o motivo para a produtora executiva do *É Pra Casar* ter entrado em contato com ela justamente quando seu texto já tinha sido esquecido quase por completo era incompreensível. Bea mandou um e--mail para Olivia, sua agente, logo depois de falar com Lauren no Instagram, mas como ela não conseguiu descobrir nada com seus contatos na ABS, seria uma espécie de encontro às cegas.

Deve ser só uma tentativa de aproximação, Olivia escreveu por e-mail, *para você se sentir menos tentada a abrir fogo contra eles de novo quando a nova temporada estrear, em março. Por falar nisso, precisamos agendar umas aparições suas nos programas matinais da TV perto da estreia. Talvez em alguns talk shows noturnos também. Você sabe ser engraçada, né?*

Tentar encontrar o visual perfeito para um drinque no Standard era basicamente inútil. Aquela região da cidade era o epicentro da cultura narcisista de L.A., onde todos eram ou aspirantes a estrelas de cinema ou candidatos a ir para a cama com alguém importante no ramo — pessoas que nem sequer cogitariam que Bea pudesse ter orgulho de seu corpo. Mas ela estava determinada a comparecer àquela conversa com um estilo ousado e marcante, então, depois de uma hora avaliando as opções, optou por um de seus looks favoritos: um macacão cor de lavanda com uma estampa divertida de cobra da Nooworks, com um cinto corset marrom-acinzentado para definir melhor o contorno da cintura e botas caramelo luxuosíssimas com salto largo de madeira; para completar, seus óculos escuros prediletos, uma armação em estilo aviador da Tom Ford, e brincos de argola em ouro rosé com strass.

Chegou dez minutos adiantada, mas Lauren já estava à sua espera

— ela levantou da mesa e foi cumprimentar Bea assim que ela pôs os pés no deque da piscina.

"Bea! Que bom conhecer você." A voz de Lauren era condizente com sua aparência: rica, perspicaz e objetiva. Magérrima em sua calça jeans skinny, com uma blusinha de seda, um blazer verde-escuro e sandálias de saltos altíssimos, ela tinha a aparência exata de uma garota milionária formada em Yale que Bea tinha visto no Instagram naquela manhã. Os reluzentes cabelos ruivos eram grossos e lisos, a pele, macia e sardenta. E os olhos castanhos estavam sempre alertas. Logo ficou claro para Bea que ela era o tipo de mulher que não deixava nada passar despercebido.

"Oi Lauren." Bea sorriu e instintivamente deu uma ajeitada em seus cachos rebeldes (que se tornavam ainda mais indomáveis dada a insistência em andar o tempo todo com a capota abaixada em seu Saab conversível antigo, cuja pintura verde-abacate lhe rendeu o carinhoso apelido de Caco, o Carro).

"Então você também sempre chega mais cedo pra tudo?", Lauren perguntou enquanto elas se acomodavam em uma mesa à beira da piscina, com uma ampla vista das colinas de Hollywood mais adiante. "Não é comum entre as pessoas aqui na cidade."

"Geralmente não", Bea admitiu, "mas o trânsito estava livre. Eu adoro L.A. entre o Natal e o início do Sundance."

"Ah, nossa, eu também!", disse Lauren, rindo. "A única coisa melhor é o Coachella — é como se todos os babacas da cidade desaparecessem ao mesmo tempo, então sobra um monte de lugares pra gente estacionar. Oi!" Ela se virou para a garçonete, cuja aproximação Bea não tinha visto. "Você pode trazer pra gente uma porção de nachos e guacamole, e também alguns daqueles rolinhos de verão que não estão no cardápio? E eu pedi dois French 75 para o barman — será que estão vindo?"

"Sim! Eu pego pra vocês."

"Legal."

Lauren entregou os cardápios fechados para a garçonete, que se retirou sem nem sequer olhar para Bea. Ela se voltou para Lauren, já um tanto desconfiada.

"Então você sabe qual é o meu drinque favorito?", Bea questionou.

"Bea, você vai descobrir em breve que eu tenho uma quantidade de informações surpreendente a seu respeito."

"E por quê?", Bea perguntou, incapaz de conter a curiosidade. Um sorriso de deleite surgiu no rosto de Lauren.

"O que você responderia", ela falou bem devagar, saboreando as palavras na boca, "se eu dissesse que você é a minha escolha para a nova protagonista?"

"Como é?"

"Dois French 75!" A garçonete estava de volta com as bebidas. Lauren levantou a taça para brindar com Bea, que se sentia incapaz até de pensar, quanto mais de se mover.

"Certo", Lauren falou em um tom gentil, "acho que eu poderia ter ido com mais calma ao assunto. Mas, Bea, isso não é o máximo? Você vai ser o novo rosto dos reality shows televisivos."

"Então..." Bea sentiu sua garganta secar. "O que você está dizendo é que..."

Lauren pôs o drinque na mesa e se inclinou para a frente. "O que estou dizendo é que eu quero que você seja a próxima protagonista do *É Pra Casar*. Quero escolher a dedo vinte e cinco homens para disputar sua atenção, e quero que você seja pedida em casamento por um deles na frente das câmeras. Quero mudar a maneira como as mulheres plus-size são vistas neste país. Quero fazer sua carreira decolar e transformar sua vida."

Ao ouvir isso, Bea caiu na risada. "Desculpa, desculpa mesmo, mas... *por quê*?"

Os aperitivos foram servidos e Lauren pegou um pouco de guacamole, como se estivesse em uma conversa casual, e não participando do diálogo mais absurdo que Bea já tivera na vida.

"Bea, seu texto foi absolutamente perfeito. Tudo o que você falou sobre o programa ignorar mulheres que estão fora de determinados padrões de beleza hiperfemininos, a ausência sistemática de qualquer tipo de diversidade. Sabe os caras que comandavam tudo, os meus antigos chefes? Eles *odiavam* você. E quer saber? Eu sentia um puta ódio deles. Detestava a presunção e a falta de consideração deles pelas mulheres, e o fato de acharem que somos tão idiotas a ponto de engolir aquela versão imbecil de Cinderela que eles inventaram ano após ano, que somos incapazes de querer coisa melhor — ou de esperar mais dos homens por quem nos apaixonamos. Rainha de concurso de beleza, esposa, mãe. Como se nunca pudéssemos querer nada além disso."

"Então é verdade que você armou uma puxada de tapete?", perguntou Bea. Lauren se recostou na cadeira com um sorrisinho de satisfação nos lábios.

"Eu não diria que foi uma 'puxada de tapete'."

"Você diria que foi o quê?"

"Eu diria que comandei o dia a dia no set do *É Pra Casar* nas últimas quatro temporadas. Diria que o meu trabalho se tornou indispensável, e que o elenco, a equipe técnica e o pessoal da emissora trabalham muito melhor comigo do que com certos homens que não faziam muita coisa além de dar uma de escrotos e ganhar salários milionários."

"E você convenceu a emissora de que valia a pena tirar os escrotos de cena e economizar essa grana."

Lauren bateu com o dedo na ponta do nariz — na mosca.

"Então por que essa mudança de rumo?", questionou Bea. "Agora que você finalmente está no comando, por que não seguir a fórmula de sempre e garantir seu emprego?"

"Pra começo de conversa, a fórmula de sempre não funciona mais. O final da última temporada teve a audiência mais baixa de todas. Em segundo lugar, de que adiantaria assumir o comando se fosse só pra pôr em prática a visão retrógrada de outra pessoa? Eu falei para a emissora que daria uma sacudida nas coisas e faria a audiência subir, e estou com um monte de ideias legais pra fazer isso acontecer."

"Por exemplo?", Bea perguntou.

"Por exemplo, eliminar os *spoilers*."

"Quê? Como isso seria humanamente possível?" Bea estava incrédula: desde o surgimento dos celulares com câmeras, as imagens de quem estava dentro ou fora de cada temporada de *É Pra Casar* rodavam a internet inteira antes mesmo de as eliminações serem transmitidas pela televisão.

"Mudando o cronograma de gravações. Em vez de rodar a temporada inteira com antecedência e transmitir depois, vamos fazer um programa de estreia ao vivo e filmar os episódios quase em tempo real: tudo o que gravarmos durante a semana vai ao ar na segunda-feira seguinte."

"Puta merda." Bea estava impressionada de verdade. "E dá pra fazer isso?"

"Claro! Existem reality shows na Inglaterra com episódios *diários*. Não vai ser fácil, mas eu sei que a nossa equipe de edição consegue montar um episódio por semana sem problemas. Eliminar os spoilers é só metade da minha estratégia, na verdade. A outra é ter você no programa. Este país nunca viu alguém como você sendo protagonista de um programa como esse. Vamos entrar em sintonia com os novos tempos e levar a audiência às alturas."

"Parece uma boa estratégia, mas por que eu? Sei que o fato de eu ter muitos seguidores é um ponto positivo, mas por que não escalar alguém que, sabe como é, não tenha detonado o programa publicamente? Você não acha que as pessoas vão me ver como uma hipócrita que faz qualquer coisa pela fama se eu embarcar nessa?"

"O fato de você ter muitos seguidores é muito importante para nós", Lauren admitiu. "Mas, Bea, o que você escreveu é *o motivo* pra eu querer a sua participação. Você explicou por que nós assistimos a esse tipo de programa, pra começo de conversa — o quanto nos identificamos com essas pessoas bobas que se arriscam a passar vergonha em rede nacional porque realmente estão atrás de um amor. Você se sentiu decepcionada porque o programa dava a entender que nenhuma daquelas pessoas bobas poderia se parecer nem remotamente com alguém como você. Se fizer o programa, vai ser uma chance de provar que você — e, por extensão, milhões de outras mulheres com o seu tipo físico — podem, *sim*, encontrar um amor. E que vocês merecem estar sob os holofotes assim como qualquer outra mulher."

Bea pegou seu French 75 e deu um belo gole, sentindo a ardência da bebida gasosa descer por sua garganta.

"Posso fazer uma pergunta?" Lauren encarou Bea com seus olhos penetrantes. "Bea, por que você *não* faria isso?"

"Pra uma mulher gorda, ficar sob os holofotes não é exatamente um passeio no parque", respondeu Bea. "Eu já senti um gostinho da trollagem em massa quando meu texto viralizou."

"Eu li a respeito dos shakes dietéticos." Lauren franziu a testa. "Escrotos."

Os shakes tinham sido um baque terrível. O que a princípio foi recebido como motivo de piada por ela e Dante, o funcionário da transportadora que fez as primeiras entregas, logo se transformou em pesadelo quando centenas e depois milhares de embalagens começaram a surgir na porta de sua casa. Mas isso não foi o pior — nem de longe.

"Eu não podia postar nada no Twitter sem receber ameaças de estupro e até de morte. Publicaram o endereço da minha casa na internet, me mandaram mensagens de texto horrorosas de números anônimos, com fotos de pinto a qualquer hora do dia ou da noite, um bando de desconhecidos me diziam que iam subir em cima de mim e me fazer guinchar como a porca que eu sou. E tudo isso só por causa de um texto em um blog! Se eu participar do programa, com toda essa exposição... Sei lá. Não sei se valeria a pena."

"Muita gente pensa que a fama torna a vida mais fácil", comentou Lauren, "mas todo mundo que já esteve no centro das atenções sabe como é complicado. As pessoas projetam as próprias inseguranças em você — principalmente os homens, aqueles bostinhas de autoestima frágil."

"Esse não foi um argumento dos mais reconfortantes", retrucou Bea.

"Mas pensa bem: você encarou essa merda toda como uma pessoa relativamente anônima, sem ninguém pra te proteger. Se entrar para o nosso programa, vai ter uma equipe inteira ao seu dispor — isso sem contar os milhões de fãs, as celebridades que assistem ao programa, as feministas da imprensa, que são vozes importantíssimas e que vão escrever artigos sobre você." Lauren deu mais uma olhada em Bea. "Além disso, você não deixaria de fazer uma coisa que tem vontade só por causa de uns misóginos patéticos da internet, né? Isso não parece ser a sua cara."

"E não é mesmo... mas eu não tenho certeza de que estou a fim de fazer isso."

"Por que, Bea? Por que recusar uma oportunidade que seria tão importante para a sua carreira?"

"E se eu disser que é porque eu não confio em vocês?", rebateu Bea. "Assisto ao programa desde a primeira temporada e já vi vocês ridicularizarem pessoas que não fizeram nada pra merecer isso. Vocês têm seus próprios objetivos e podem manipular na ilha de edição tudo o que eu fizer ou disser. Por que eu daria a vocês o poder de arruinar minha reputação?"

Lauren não conseguiu conter uma risadinha ao ouvir isso, embora Bea não visse nenhum motivo para achar aquilo engraçado.

"Desculpa", disse Lauren. "É que estou tão acostumada a ouvir as pessoas me implorando pra aparecer na tv, em busca da fama apenas pela fama. É até bom que você esteja pensando no longo prazo. Mas escuta só, Bea, nossos interesses estão alinhados neste caso. Eu preciso dar um sopro de vida a uma marca que está perdendo força, e se transformasse você na nova cara do *É Pra Casar* não ganharia nada tentando prejudicar sua imagem. Se você topar, vai ser minha função fazer com que o país inteiro aprenda a amá-la — e isso significa capas de revistas, contratos de patrocínio, milhões de seguidores, um plano de carreira para a vida toda em troca de dois meses de filmagens."

"Isso não me parece... tão ruim", Bea admitiu, sentindo sua ansiedade crescer ao se dar conta de que estava ficando sem argumentos plausíveis para uma eventual recusa.

"Então por que está hesitando tanto assim?" Lauren pôs a bebida na mesa. "Por que não me conta o que está realmente incomodando você?"

Bea olhou para aquela linda mulher que não conhecia — como confessar para Lauren as coisas que mal conseguia admitir para si mesma? Por exemplo, a ideia permanente (muitas vezes mantida em segundo plano, mas nunca descartada por completo) de que o motivo para ela nunca ter tido um namorado de verdade era que havia algum problema sério com ela, e que o sumiço de Ray era a prova definitiva disso?

"Eu não tenho um bom histórico de relacionamentos", ela disse, cautelosa.

Lauren assentiu, sem se deixar abalar. "Você está solteira já faz um bom tempo."

"Bom, estou sempre ocupada com o trabalho — e o mundo da moda, sabe como é. Não tem muitos caras héteros nesse meio. A não ser os que estão interessados em levar as modelos pra cama."

"Mas você está nos apps de encontro."

Bea estreitou os olhos: até que ponto a pesquisa de Lauren havia chegado? Ela teria agido dentro da legalidade, aliás?

Lauren deu risada, como se estivesse lendo os pensamentos de Bea. "No outono passado você postou no seu blog sobre um encontro marcado pelo Tinder."

"Ah." Bea ficou vermelha, se sentindo ridícula. "Pensei que vocês tivessem hackeado meu celular."

"Não, isso eu com certeza não faria. Então a coisa não deu muito certo?"

"Você já entrou nesses apps?"

Lauren jogou para o lado os cabelos reluzentes. "Sim, só que mais pra dar umas risadas do que pra qualquer outra coisa. Eu trabalho muito, então é bom ter alguém pra me divertir quando fico entediada."

"Então você não tem namorado?"

"E passar os únicos quinze segundos de tempo livre que tenho na semana lidando com os sentimentos de um homem que deveria saber fazer isso sozinho, pra começo de conversa? Ah, não mesmo."

"Eu sei como é. Uma coisa seria conhecer alguém que me *fizesse* querer assumir um compromisso, mas..." Bea se interrompeu, na esperança de que isso encerraria a conversa.

"Você quer casar, aliás?", Lauren perguntou.

"Tudo bem se eu responder que não?"

Lauren soltou uma gargalhada. "Claro! Eu não preciso que você queira casar pra fazer o programa — só precisa estar disposta a *dizer* que sim."

"Não que esteja fora de cogitação algum dia me casar, ter filhos, família — eu quero tudo isso. Mas essa parte de namorar não está indo nada bem ultimamente, então eu meio que desencanei. Não parece o melhor momento da minha vida pra participar de um reality show de romance, né?"

"Sabe de uma coisa?", Lauren falou, pensativa, "acho que poderia dar muito certo."

"Como?", Bea se apressou em perguntar, de forma quase automática.

"A parte mais irritante do meu trabalho é lidar com a confusão sentimental das pessoas. Aquela mulherada louca atrás de um marido — você vê o programa, então sabe bem como elas são emotivas e incontroláveis. Mas se você não estiver à procura de um relacionamento no momento, isso simplifica as coisas. Você conhece os caras, se diverte com eles, conhece uns lugares incríveis, mas sempre mantendo as coisas meio que em banho-maria. Nós podemos monitorar o público, descobrir quem são os caras mais bem-vistos, e no final você escolhe seus favoritos para as viagens de fim semana, pra dizer 'Eu te amo' e pra ser pedida em casamento, claro."

"Então seria tudo falso?" Bea tentou não demonstrar que estava escandalizada.

"Por que não?", perguntou Lauren, com toda a tranquilidade.

"Porque vai ter milhões de pessoas assistindo!" Bea estava incrédula. "As pessoas não vão perceber — sabe como é, sem querer ser piegas — se eu não estiver fazendo a coisa pelos motivos certos?"

Lauren caiu na risada, se divertindo com a ingenuidade de Bea. "Me diga uma coisa. Você acha que é por coincidência que metade dos nossos casais se separam seis semanas depois que o programa vai ao ar? Quantos dos relacionamentos que surgiram nas últimas cinco temporadas você acha que viraram um casamento de verdade?"

Quanto mais Bea pensava a respeito, mais ficava claro que ela não fazia a menor ideia.

"Bea", falou Lauren, mais séria. "Eu sou muito boa no meu trabalho. É ótimo pra nós duas que o público se identifique com a sua história. E se você acabar mesmo encontrando alguém? Ei, melhor ainda: os especiais de casamento têm audiências altíssimas. Mas se você preferir ser cautelosa e não levar a questão do romance muito a sério, podemos muito bem ser sinceras e dizer: vamos fazer um ótimo programa de tv juntas. Vamos mostrar a este país que as mulheres plus-size merecem ser protagonistas das suas próprias narrativas. E, puta que pariu, você vai virar uma estrela de primeira grandeza. Não estou vendo nenhuma desvantagem aqui... você está?"

Pela primeira vez naquela conversa, Bea foi obrigada a admitir que não.

Na volta para casa, Bea decidiu pegar o caminho mais longo e passar por Griffith Park. Ela baixou a capota de Caco, o Carro, e percorreu as sinuosas ruas residenciais entre as colinas, onde as árvores enormes e a grama alta farfalhavam sob o vento do deserto. Em seguida ligou o rádio e pensou em como era sua vida antes de Ray. Era melhor? Era boa, pelo menos? Ou aquela infelicidade sempre esteve lá, à espera de ser trazida à tona?

Não participar do programa parecia a opção mais segura, mas na verdade não era: era só a mais previsível. Seriam mais semanas e meses sentindo saudade de Ray, marcando encontros e cancelando tudo de última hora, sentindo que sua vida amorosa estava amaldiçoada, encarando uma luta constante para conquistar anunciantes e manter seu sustento, sem nunca poder descansar.

Bea não tinha como saber o que aconteceria se participasse do programa — se conheceria alguém maravilhoso ou se mergulharia de cabeça em um covil de serpentes, se viraria uma heroína ou uma piada. Sua única certeza era a de que, se dissesse sim, sua vida mudaria. E, no fim das contas, isso já bastava.

CONTRATO

De acordo com os termos aqui definidos, <u>Beatrice Schumacher</u> (aqui denominada PROTAGONISTA) se compromete a aparecer no reality show televisivo *É Pra Casar* (aqui denominado PROGRAMA).

A PROTAGONISTA se compromete a participar das filmagens a serem iniciadas em 2 *de março* e permanecer disponível por pelo menos <u>dez semanas</u>, com uma possível data de conclusão dos trabalhos em <u>20 de abril</u>, além de um episódio especial de reencontro, a princípio marcado para <u>18 de maio</u>.

Durante as filmagens, a PROTAGONISTA deve conhecer, participar de "encontros" e por fim escolher um entre os vinte e cinco PRETENDENTES tendo em vista um relacionamento de longa duração e romanticamente satisfatório, considerando "longa duração" um período de no mínimo seis semanas após a transmissão de todos os episódios do PROGRAMA.

O trabalho de filmagens começará com um EPISÓDIO ESPECIAL DE ESTREIA AO VIVO, terá episódios transmitidos todas as segundas-feiras à noite detalhando os eventos da semana anterior e será encerrado com um EPISÓDIO FINAL em que a PROTAGONISTA escolherá um "vencedor", com o qual estabelecerá um noivado ou compromisso similar.

A PROTAGONISTA não revelará qualquer detalhe das filmagens a nenhuma pessoa ou grupo que não participe do PROGRAMA ou trabalhe para a <u>American Broadcasting System</u> (aqui denominada EMISSORA), em especial representantes da mídia impressa ou digital, o que inclui revistas de entretenimento, revistas de fofoca ou "blogueiros", até que todos os episódios tenham sido transmitidos, estando aqui determinado que qualquer interação não autorizada resultará em ação legal por quebra de contrato e na rescisão imediata do acordo aqui celebrado.

A PROTAGONISTA se compromete a, na medida de suas possibilidades, engajar-se em uma busca profunda e entusiasmada por amor, com sinceridade total e sem quaisquer "barreiras emocionais" (mas, caso venha a vivenciar tais "barreiras", ela deve se sentir à vontade para discutir a respeito de sua natureza e possíveis origens em detalhes com a equipe de produção), através de comunicação interpessoal ativa e, com a frequência que se mostrar necessária, contatos físicos, incluindo o nível de intimidade física que for considerado apropriado pela PROTAGONISTA e pela produção.

A PROTAGONISTA se compromete a revelar à produção quaisquer problemas que possam afetar a qualidade ou o resultado final do PROGRAMA.

A PROTAGONISTA se compromete a arcar com quaisquer prejuízos financeiros sofridos pelo PROGRAMA ou pela EMISSORA nos casos em que se derem por consequência direta de suas ações ou por uma quebra de contrato de sua parte.

A EMISSORA detém os direitos exclusivos de veiculação em primeira mão de fotografias e outros materiais relacionados a eventos futuros como Casamento e Lua de mel, bem como possíveis Dependentes resultantes dos relacionamentos surgidos no PROGRAMA.

A PROTAGONISTA deve, se possível, encontrar um Amor Verdadeiro, com potencial para evoluir para Noivado, Casamento e Tudo Que Ela Sempre Sonhou.

Beatrice Schumacher, de acordo com este instrumento, assume o papel de PROTAGONISTA da 14ª temporada do PROGRAMA *É Pra Casar*.

Tendo acordado sobre os termos, assinam:

Alyssa Messersmith

Vice-Presidente Sênior de Programação de Reality Shows e Documentários, American Broadcasting System.

Beatrice Schumacher

Blogueira de Beleza & Estilo, proprietária das marcas OMBea™ e OMBea.com.

Pré-produção

Los Angeles, Califórnia

—— **Mensagem Encaminhada** ——

De: Lauren Mathers <lmathers@kissoff.com>
Para: Bea Schumacher <bea@ombea.com>
Assunto: RE: Contrato e próximos passos

Bea! Que bom que o contrato e as questões jurídicas (blergh) já foram resolvidos, então estou mandando aqui nos anexos mais algumas coisas para você dar uma olhada: um esboço do cronograma de produção, calendários de reuniões de pré-produção com o pessoal de câmera, som, maquiagem, figurino, assessoria de imprensa e marketing, e queria que você se reunisse com algumas pessoas da produção para falar do que você gosta, de que tipo de homem nós devemos ir atrás (você pode nos dizer melhor qual é o seu tipo??) etc. Além disso, temos um acordo padrão de confidencialidade para você assinar — por favor, por favor, POR FAVOR entenda que só vamos anunciar você como a próxima protagonista cinco dias antes da estreia, então nem preciso dizer o quanto é importante que você tome cuidado para que a notícia não vaze antes disso. O anúncio vai ser espetacular, e sinceramente eu sou capaz de matar alguém se aquele filho da puta presunçoso do Reality Stefan conseguir um furo e estragar nossa festa. Então, por favor, leve o acordo de confidencialidade a sério!! (Desculpa encher o saco com isso, mas sabe como é. É para o bem do programa!)

———— **Mensagem Encaminhada** ————

De: Bea Schumacher <bea@ombea.com>
Para: Lauren Mathers <lmathers@kissoff.com>
Assunto: RE: Contrato e próximos passos

Olá, Lauren! Por mim tudo bem (quer dizer, é coisa pra caramba, mas tudo bem!). Sobre o meu tipo de homem, inteligente e divertido e gentil são as coisas mais importantes, o resto é tudo opcional. E a diversidade é um fator importantíssimo pra mim, claro!! Tipo físico, cor da pele, história de vida — quero que esses homens tragam uma nova imagem ao programa, assim como eu.

O acordo de confidencialidade está assinado e anexado — e, sendo bem honesta, já contei para a minha melhor amiga Marin sobre o programa, e acho que tudo bem falar com a família, né? Vai ser uma dor de cabeça tremenda se a minha mãe não ficar sabendo disso pela minha boca. Mais uma vez obrigada, e até breve!

———— **Mensagem Encaminhada** ————

De: Lauren Mathers <lmathers@kissoff.com>
Para: Bea Schumacher <bea@ombea.com>
Assunto: RE: Contrato e próximos passos

Você ainda não contou pra sua mãe?? bea!! Liga pra ela agora mesmo — e por falar nisso, me manda os contatos dela? Com certeza vamos precisar entrevistar seus pais e descobrir qual é o melhor dia pra você ir apresentar os caras pra eles.

* * *

"Mas é tv mesmo? De verdade? Dos canais que a gente tem em casa?"

A família inteira de Bea estava reunida em frente ao notebook de seu padrasto, no escritório no segundo andar da casa — sua mãe, seu padrasto, seus três irmãos, as cunhadas e a turma de sobrinhas e sobrinhos tentando arrumar um lugarzinho diante da webcam no topo do monitor.

Os três irmãos de Bea se casaram aos vinte e poucos anos, e, com a chegada do bebê de Duncan e Julia apenas um mês antes, agora todos tinham filhos. Os pais de Bea, Bob e Sue, eram ambos professores do ensino fundamental que adoravam crianças, e Sue em particular não tinha pudor em dizer que gostaria que Bea seguisse os passos dos irmãos o quanto antes. Ela tinha convicção de que o maior obstáculo para a felicidade conjugal da filha era a postura da própria Bea; havia lido um livro sobre autossabotagem de uma autora chamada Abyssinia Stapleton, que citava para Bea com a mesma regularidade com que os pais de outras pessoas evocavam as passagens da Bíblia.

"Abyssinia diz que, quando você se sabota no amor, está cavando duas covas."

"Mãe, essa frase é do Confúcio, e não fala de amor, e sim de vingança."

"Não, Beatrice, nesse contexto é diferente! Abyssinia usa as covas como uma metáfora."

"Confúcio também usou as covas como metáfora, mãe."

"Uma cova para você, outra para o marido que você nunca vai ter."

"Se eu nunca vou ter um marido, por que ele precisa de uma cova? Não seria um desperdício de espaço?"

"Beatrice, é por isso que é uma *metáfora*."

A possibilidade de sua família não aprovar sua participação no programa não era nem de longe uma preocupação — na verdade, Bea temia que eles ficassem *empolgados* demais. Mas ela havia adiado aquele momento por duas semanas, e era chegada a hora de deixar a coisa vir à tona. Então, naquele domingo à noite, ela se preparou para dar a notícia por Skype durante o jantar semanal da família. Como seus irmãos e as famílias deles ainda viviam todos em Ohio, iam à casa da mãe toda semana, e Bea sempre era convidada a se juntar a eles por uns dez minutinhos em um chat por vídeo — o que podia ser um pé no saco quando ela estava viajando pela Europa ou pela Ásia. Apesar de se irritar com isso, ela gostava de saber que sua família sempre fazia questão da presença dela.

"Então, qual é o programa?", Jon, o irmão mais velho de Bea, perguntou cheio de expectativa.

"É, hã... O programa *É Pra Casar*. Você conhece, né? O *É Pra Casar*?" Sozinha com seu notebook e uma taça de vinho, Bea sentiu uma pontadinha de desejo de estar lá com eles. O frio em Ohio estava congelante, então Bob, seu padrasto, devia ter feito uma bela panelada de chili, e seus irmãos ficariam vendo a partida de futebol americano enquanto as esposas fofocavam e matavam algumas garrafas de Cabernet.

"Como assim, o *É Pra Casar* mesmo? O original? Você vai ser comentarista ou alguma coisa do tipo?", perguntou Tim, o irmão do meio, estalando os dentes.

"Não", corrigiu ela. "Eu vou ser a protagonista. A pessoa que conhece vinte e cinco pretendentes e escolhe um vencedor."

Seus familiares ficaram perplexos, olhando uns para os outros e para o rosto de Bea no monitor, soltando risadinhas de descrença de tempos em tempos.

"Minha nossa, Bea, isso não é pouca coisa, não!" Tina, a mulher de Tim, era uma morena miudinha com luzes nos cabelos e um sotaque bastante pronunciado de Minnesota. "Você vai, tipo, *casar*?"

"Ai, meu Deus, *casar*?" A mãe de Bea se animou toda, e seu ceticismo inicial logo deu lugar à euforia.

"As pessoas casam mesmo nesse programa? É obrigatório?"

"Não, não é *no* programa, mas o noivado, sim! É esse o objetivo da coisa!"

"Isso é verdade, Bea? Você vai ficar noiva?"

"Você sabe quem são os caras? Já conheceu algum?"

"Você precisa sair com todos eles ou escolhe um logo no começo?"

"Você não vai fazer s-e-x-o na tv, né?"

"Mãe, na frente das crianças não, por favor!"

"Oi, tia Bea!!"

"Oi, JJ!" Bea acenou para o sobrinho mais velho, Jon Junior, que tinha onze anos e já era um pequeno astro da liga de futebol americano infantil, assim como o pai tinha sido muitos anos atrás.

"Então, Bea", Jon interferiu, "isso significa que você vai ser... sabe como é..."

"O quê?"

Jon fez um gesto esquisito tremelicando os dedos. "*Famosa.*"

Carol, a mulher de Jon, deu um soco no braço dele. "Bea já é famosa! Ela tem seiscentos mil seguidores no Instagram."

"Sim, mas ela é famosa no Instagram", rebateu Tina. "Agora estamos falando do mundo *real.*"

"Ei, espera aí um pouquinho", interrompeu Sue. "*Nós* vamos aparecer na televisão também?"

Bea soltou um suspiro. "Se vocês quiserem, sim, eu acho que sim."

Ao ouvir isso, a família inteira começou a gritar e a bater palmas, até que uma das sobrinhas acabou batendo a cabeça na quina da mesa do computador enquanto pulava, o que causou uma comoção generalizada e o encerramento precoce da chamada sem uma despedida formal. No fim, Bea achou que a coisa toda tinha sido bem melhor do que ela esperava.

Mas, algumas horas depois, o telefone de Bea tocou. Era Bob, seu padrasto, que havia ficado a maior parte do tempo em silêncio durante a chamada em grupo.

"Olá, Bean."

"Oi, Bop." Bea adorava o fato de ainda usar apelidos de infância com Bob. "Já foi todo mundo pra casa?"

"Ah, sim, a coisa estava bem animada por aqui, e as crianças ficaram com as baterias arriadas rapidinho."

"Está me dizendo que vocês não tiveram um jantar calmo e tranquilo depois que desligamos?"

"Bean, quando foi que essa família já teve um jantar calmo e tranquilo?"

"Verdade. Mas..."

"Sim?"

"Falando sério, o que todo mundo falou depois que desligamos? Eles acham que é loucura?"

"Bom, claro que é uma coisa meio maluca, né? Não é todo dia que alguém da família vira uma estrela da tv. Pra ser sincero, acho que a Tina ficou até com um pouco de inveja."

"Mas e você, Bop?", Bea perguntou baixinho. "Você acha que sou louca por ter embarcado nessa?"

"Bean, você vem trilhando seu próprio caminho na vida desde que te conheci, ou seja, desde os quatro anos de idade. Sua mãe teve um ataque de pânico quando você avisou que ia fazer faculdade em Los Angeles, e depois ainda falou que ia passar um semestre inteiro na França. Você queria alçar voos altos, e é isso que está fazendo. Só que também não é uma coisa fácil."

"Então você não acha que o país inteiro vai me odiar?"

Bob deu risada. "Este país já tomou um monte de decisões erradas — não dá pra entender o gosto dos americanos. Mas eu acho que eles vão amar você assim como todos nós amamos."

"Rumo ao topo, então?"

"Mas sem esquecer o caminho de casa, Bean. Você vai ser um sucesso, meu feijãozinho mágico."

Com as filmagens se aproximando, Bea começou a ser cada vez mais requisitada: reuniões com o departamento de relações públicas para ter algumas respostas prontas quando a avalanche de perguntas da imprensa chegasse, sessões de ensaio com consultores de mídia para saber responder do jeito certo, inúmeros testes de câmera com os cinegrafistas e o pessoal do figurino, da maquiagem e da iluminação, além de uma sessão de fotos marcada pela emissora que supostamente deveria ter sido divertida, mas que se revelou bastante exaustiva.

"Pode abrir um sorriso um pouco mais largo?", pediu Lauren. "Você está prestes a encontrar seu amor, sabe como é?"

Bea deu seu melhor para parecer felicíssima, mas quando ouviu Lauren cochichando sobre a possibilidade de "fazê-la parecer mais alegrinha na pós-produção", percebeu que pelo visto não tinha conseguido.

Uma parte de tudo aquilo, porém, Bea adorou — o tempo que passou no departamento de figurino com sua pessoa favorita na equipe do *É Pra Casar*: Alison, uma tirana com ares sérios e objetivos, que tinha o aspecto de uma professorinha que faz cachecóis de tricô para vender na internet nas horas vagas, mas que punha seu departamento para funcionar com a eficiência de uma unidade de elite de combate ao terrorismo.

Bea estava com medo de que sua figurinista para o programa fosse uma garota típica de Hollywood, alguém que não tinha a menor noção de como vestir um corpo como o seu, mas Alison se mostrou uma surpresa no melhor dos sentidos: uma mulher lindíssima, com olhos verde-mar, cabelos cor de mel e um look maravilhoso, marcado por texturas suaves e tons terrosos. E, para completar, seu manequim era alguns números maior que o de Bea. As duas caíram na gargalhada e trocaram um longo abraço assim que se conheceram.

"Bea!" Alison riu com gosto. "Que bom conhecer você!"

"Ai, meu Deus." Bea quase chorou de alívio. "Eu é que estou muito feliz de conhecer *você*."

"E vai ficar ainda mais quando der uma olhada nas roupas que eu separei." Alison sorriu. "Eu leio seu blog há anos; dá pra imaginar como estou animada com a ideia de vestir alguém que realmente entende de moda? E que se dispõe a usar, sabe como é, uma calça? Tenho umas peças ótimas pra você!"

Alison já havia inclusive entrado em contato com quase todas as marcas de alta-costura que faziam roupas plus-size e pedido para mandarem tudo o que tivessem no tamanho de Bea — vestidos Derek Lam, calças sociais Prabal Gurung e blazers Veronica Beard cujo preço de varejo era maior que o aluguel de Bea.

"Puta merda", ela exclamou, passando os dedos pelas araras cheias de peças espetaculares, não conseguindo acreditar que tudo aquilo era para ela.

"Sei que você adora umas estampas ousadas, mas não podemos abusar dos padrões diante das câmeras. Espero que você entenda", Alison explicou quando Bea pegou uma camisa Yigal Azrouël de cetim plissado.

"Claro", murmurou Bea, percebendo que a camisa combinava perfeitamente com uma saia lápis rosada de renda brilhante. Aquilo era o paraíso? Será que ela estava morta?

"Geralmente nós abusamos do brilho nas festas", continuou Alison, "mas eu me recuso a deixar você parecendo um globo de discoteca, então estou dando uma embelezada em várias peças por conta própria." Ela mostrou a Bea um vestido longo Dima Ayad no qual havia bordado à mão apliques de renda no busto.

"Isso é tão lindo", derreteu-se Bea. "Tem uma vibe meio Thierry Mugler nos anos noventa."

"Era exatamente isso que eu queria! Também quero fazer vários figurinos numa linha meio *boudoir*, pra você se sentir sexy e passar essa mesma imagem pro país inteiro."

"E quando o programa terminar..." Bea não conseguiu criar coragem para completar a pergunta.

Alison sorriu. "Você pode ficar com tudo."

Depois de passar tanto tempo com Alison, experimentando tantas coisas incríveis e se sentindo linda como nunca, Bea quase chegou a acreditar que encarar a imprensa — o que aconteceria em menos de uma semana — seria uma experiência tão confortável quanto vestir a jaqueta de couro branca Lafayette 148 que ela passou a querer usar todos os dias pelo resto da vida.

Em geral, a protagonista de *É Pra Casar* era anunciada antes das filmagens, e os pretendentes a marido, quando se candidatavam, sabiam quem era a pessoa que tentariam conquistar. Mas naquela temporada seria diferente: além de os pretendentes não saberem quem era a protagonista, Lauren os deixaria isolados e sem acesso a nenhum tipo de mídia por cinco dias antes do início das filmagens — quando a participação de Bea seria enfim revelada ao público. Ou seja, Bea e seus pretendentes se veriam pela primeiríssima vez no episódio ao vivo de estreia do programa.

"Você não acha que isso é meio arriscado?", Bea perguntou para Lauren, com a ansiedade martelando seus nervos já à flor da pele.

"A gente quer que eles cheguem sem saber o que esperar — com a mente aberta", explicou Lauren. As duas estavam percorrendo aquele que em breve seria o quarto de Bea na Mansão Pra Casar, uma casa luxuosíssima com vista para a praia de Malibu. Bea detestava aquele tipo de mobília padronizada saída diretamente do catálogo da Pier 1, mas não havia como negar que a vista para o Pacífico era deslumbrante. Ela tentou imaginar como seria estar ali ao lado de um homem, olhando para o horizonte, trocando beijos ao som das ondas, sentindo as mãos dele em suas costas. Por mais que tentasse, não conseguia imaginar ninguém além de Ray.

"A questão é que vamos antecipar algumas ações de imprensa", continuou Lauren, "e não queremos que os pretendentes saibam de nada. Nós achamos que o balanço final vai ser extremamente positivo, mas com certeza vai ter, sabe como é... alguma *polêmica*."

"O que é parte do motivo pra você ter me escalado. Polêmica atrai atenção."

"Nossa audiência vai ser gigantesca." Lauren abriu um sorriso malicioso para Bea. "Mas não quero que você se preocupe muito com o que as pessoas vão dizer a seu respeito — elas que falem o que quiserem. Quando der uma olhada no seu extrato bancário, você vai rir por último."

"Com certeza", concordou Bea, demonstrando mais convicção do que tinha na realidade. "Além disso, não vai ser nada que eu já não tenha ouvido mil vezes antes."

Lauren assentiu para Bea em um gesto solidário. "Então, eu vou fazer tudo o que puder pra que o lance com a imprensa se dê da melhor forma possível pra você. Vamos dar uma exclusiva pra *People* — você vai sair na capa —, o que vai ser uma tremenda exposição, e a matéria vai aparecer no site logo cedo na quarta-feira. Aí você vai direto pro *Good Morning, USA!* pra sua primeira entrevista ao vivo, e depois tem três dias lotados de compromissos antes de ir se preparar para a estreia. Vai ser cansativo, mas os próximos dois meses de filmagem também vão ser. Você dá conta, né?"

"Claro." Bea olhou bem nos olhos de Lauren. "É pra isso que vocês estão me pagando."

A sessão de fotos para a *People* ocorreu sem incidentes. Eles fotografaram Bea em um vestido Marina Rinaldi maravilhoso, preto com um decote profundo em formato de coração e mangas longas feitas de malha transparente com estampa de bolinhas. Com os cabelos de Bea presos em um coque enorme (e cílios postiços quase tão grandes quanto), seu visual ficou uma mistura de Jackie Onassis com Andy Warhol. Depois veio a entrevista, e a repórter escolhida, uma garota de vinte e poucos anos toda entusiasmada chamada Sheena, fez grandes elogios ao comprometimento de Bea com a positividade corporal, tanto em relação a si mesma como a toda sua legião de fãs.

"Acho que você está sendo *tão* corajosa."

"Obrigada, Sheena, eu agradeço. Mas acho que a gente não precisa exagerar... Eu vou participar de um reality show de romance, não estou indo pra guerra nem nada."

"Ah, e é humilde também?? Nossa, Bea, você é *perfeita*. Mas, falando sério, você está nervosa?", ela perguntou, se curvando mais para perto e adotando um tom conspiratório. "Eu ficaria *muito* nervosa no seu lugar... se relacionar com vinte e cinco homens ao mesmo tempo é pressão demais!"

"Sinceramente? Sim, claro que eu estou nervosa — quem não ficaria?"

"Você pode me falar especificamente sobre o que te deixa mais ansiosa?"

Que todos os homens que ela conhecesse a fizessem se lembrar de Ray? Que nenhum fosse capaz de se comparar a ele? Que todo mundo percebesse que seus flertes eram de mentira e a chamassem de hipócrita e interesseira? Que o motivo que a impedira de ter um relacionamento sério em seus trinta anos de vida, fosse qual fosse, acabasse exposto em rede nacional?

"Acho que tudo tem dois lados, na verdade", respondeu Bea, cautelosa. "Um programa como esse é uma oportunidade incrível de criar uma conexão profunda com alguém, mas também pode acontecer de não rolar aquela química especial. Acho que todo mundo entra no *É Pra Casar* com a melhor das intenções, mas no fim são só vinte e cinco caras entre bilhões de pessoas no mundo, né? Quero manter a cabeça e o coração abertos pra possibilidade de casar com um deles, e é assim que estou pensando no momento. Mas também quero ser realista: todos nós somos humanos, e pessoas são complicadas. A vida não costuma ser um conto de fadas, nem mesmo em um programa criado pra ser um."

"Qual era o conto de fadas de que você mais gostava quando era criança? Com qual princesa você se identifica?"

"Por acaso existe alguma princesa gorda e eu não fiquei sabendo?" Bea deu risada. "Não, mesmo quando eu era criança, esse lance de princesa não era muito a minha praia. O que meu padrasto lia sempre pra mim era *João e o pé de feijão*; era a minha história favorita."

"Então você gosta mais de aventura do que de romance?"

"O gosto pelo romance eu desenvolvi um pouco mais tarde... Li *E o vento levou...* tantas vezes que as páginas até começaram a cair do livro."

"E agora você está procurando seu Rhett da vida real!"

"Espero que não seja alguém que esteja lucrando com alguma guerra, mas sempre gostei do fato de Scarlett e Rhett serem tão perfeitos um pro outro. A mesma intensidade, a mesma tenacidade, o mesmo intelecto... espero encontrar tudo isso em um parceiro."

"Muito bem, Bea", Sheena disse enquanto erguia sua taça de água com gás em um brinde, "que você encontre seu Rhett no *É Pra Casar*, em vez de passar o tempo todo sofrendo por um cara que está em outra!"

Bea até engasgou com seu chá gelado. "Como assim?"

"Ah, você sabe, aquele lance da Scarlett ser obcecada pelo Ashley Wilkes, apesar de ele ser casado..." Sheena fingiu um sotaque sulista horroroso antes de acrescentar: "Oh, Ashley! Ashley!".

Bea fez de tudo para que sua risada soasse natural, mas não chegou nem perto de conseguir.

Três dias depois, antes do nascer do sol da manhã do grande anúncio, Bea estava em um quarto de hotel chiquérrimo em Manhattan, andando de um lado para outro e repassando pela milionésima vez as respostas que tinha ensaiado.

"Eu me sinto muito grata por essa oportunidade. Sempre coloquei minha carreira em primeiro lugar, e é muito legal ter a chance de me concentrar no amor. É o máximo, realmente incrível. Estou animada, muito animada." Ela respirou fundo para se controlar, mas aquele estado de nervosismo era diferente de tudo o que já havia experimentado antes.

Ela recebera a foto da capa da *People* na noite anterior. Achou que estava bem bonita, e a manchete esbanjava ousadia e confiança: "'Por acaso existe alguma princesa gorda e eu não fiquei sabendo?' A nova protagonista do *É Pra Casar* redefine os contos de fadas!". Bea precisava postar em todas as suas redes sociais a foto e o link para a entrevista assim que estivesse no ar, em uma ação conjunta que incluiria o pessoal da *People* e da ABS. Tudo isso tinha sido aprovado com antecedência com a coordenação dos executivos das corporações envolvidas, o que incluía a equipe de mídias sociais da ABS — que, para o pavor de Bea, agora tinha todas as suas senhas.

Diversas horas haviam sido investidas na elaboração de um cronograma de conteúdos pré-aprovados para a equipe postar enquanto Bea participava das filmagens, sem acesso nenhum à internet. Mas o primeiro post, o do anúncio, com certeza o de maior repercussão de sua vida, Bea quis fazer com suas próprias mãos. Parecia uma coisa necessária: dar a notícia pessoalmente significaria pelo menos um mínimo de controle sobre aquele terremoto que abalaria sua vida.

Então, exatamente às cinco da manhã de quarta-feira, 26 de fevereiro, quando a entrevista da *People* entrou no ar, Bea se sentou diante de seu notebook — que em breve seria confiscado —, fechou os olhos e postou.

@OMBea Animadíssima por ser a protagonista da nova temporada do @PraCasarABS! Leiam tudo na @People desta semana. Mal posso esperar pra começar essa jornada incrível.

> **@CounselourKaruna** aaaaaahhh QUE INCRÍVEL PARABÉNS BEA!!!!

> **@DearJohn01209** Eu não entendo. Literalmente todas as outras mulheres do país já são casadas?

> **@Bucky909** isso significa que a gente vai ser obrigado a ver o #PraCasar esse ano?? Quantas emoções conflitantes!

> **@weaver77** se eu fosse solteiro e tivesse a aparência dela não faria ninguém perder tempo e me mataria logo de uma vez

>> **@HetToToe** @weaver77 ela nem precisa se matar vai ter um ataque do coração assim que começar a transar

>> **@weaver77** @HetToToe sendo assim acho que ela não corre perigo

> **@LondonReb** Bea, você é um exemplo incrível de pessoa! Que bom que isso esteja acontecendo com você!

@Delaney333 Uau Bea parabéns por ter desistido de tudo aquilo em que acredita e ter se vendido pras pessoas que fazem as mulheres se sentirem incompletas sem um homem! Espero que seja divertido!!!!

@SSSSSScooter essa mina é burra ou é cega, porque tá na cara que ninguém vai querer nada com ela

> @halpmeout772 @SSSSSScooter sei lá é melhor amarrar na cama e pegar à força assim você não precisa ouvir as merdas que ela fala

> @SSSSSScooter @halpmeout772 não precisa nem pegar à força pq essa daí não tá em condições de dizer não pra ninguém

> @halpmeout772 @SSSSSScooter essa é a melhor parte de pegar gordas, elas topam qualquer parada na boa

É PRA CASAR ESCALA SUA PRIMEIRA PROTAGONISTA PLUS-SIZE, E NÓS DAMOS O MAIOR APOIO!
por Sonia Sarsour, teenvogue.com

A próxima protagonista do *É Pra Casar* é a blogueira plus-size Bea Schumacher, e a internet está pirando. Depois de uma década escolhendo garotas de manequim 34, e que ainda perdem mais quatro quilos antes de entrar no programa (Elas fazem raspagem de cartilagem? De *onde* sai esse peso perdido?!), finalmente veremos uma mulher que se parece com alguém que pessoas de fora de Hollywood conhecem no dia a dia — e algumas das principais estrelas de Hollywood acharam o máximo:

@TheEllenShow Amor é amor, não importa o gênero nem o tamanho. Torcendo por você, @ombea!

@JameelaJamil Puta merda, sério que NUNCA escalaram uma plus--size antes??? JÁ TAVA NA HORA, @PRACASARABS! Parabéns @ombea por quebrar uma barreira que não deveria nem existir!

@ChrisEvans81 espera aí a Bea é solteira? NÃO ENTRA NO PROGRAMA BEA LIGA PRA MIM

Como a hashtag #LigaProChris entrou nos trending topics, se as coisas não derem muito certo para Bea no *É Pra Casar* ela pode ter um ótimo plano B! Dito isso, desejamos tudo de bom para ela em sua jornada — a temporada estreia com um episódio ao vivo na noite de segunda-feira, e nós achamos que vai ser *imperdível*. Parabéns, Bea, e continue brilhando!

BEA SCHUMACHER: UM PÉSSIMO EXEMPLO
PARA MULHERES E MENINAS?
por Kiki Zaretsky, healthywomen.com

A blogueira plus-size Bea Schumacher é a mais nova estrela do programa *É Pra Casar* e, embora muita gente esteja comemorando, esta mãe aqui está preocupada. A obesidade infantil afeta mais de um quinto dos adolescentes americanos — é uma crise de saúde que se tornou uma causa célebre para figuras notáveis, de Beyoncé a Michelle Obama. Nunca é legal julgar as pessoas pela aparência, é verdade, mas precisamos discutir seriamente se essa tal "positividade corporal" não está, na verdade, promovendo um comportamento pouco saudável entre os nossos filhos.

Vamos analisar os fatos: Bea Schumacher é obesa, e a obesidade é cientificamente associada a mais de sessenta doenças. Nestes tempos em que nosso sistema de saúde já está sobrecarregado, deveríamos incentivar os americanos a comer de forma *mais* saudável e praticar *mais* exercícios físicos. Quando dizemos às pessoas gordas que elas são lindas exatamente do jeito que são, na prática estamos nos abstendo de cuidar da saúde delas — e se existe gente que acha que isso é O.K., eu certamente não acho!

Uma coisa é a ABS escolher um elenco mais diverso para seus programas (eu adorei o primeiro *É Pra Casar* latino no ano passado!), mas dizer a milhões de espectadores que tudo bem colocar sua saúde em risco é outra conversa. A ABS deveria repensar a escalação de Bea Schumacher como protagonista do programa e assumir o compromisso de promover um futuro saudável para nossas crianças.

BEA SCHUMACHER ESTÁ FAZENDO
O FEMINISMO RETROCEDER CINQUENTA ANOS
por Jess Tilovi, jezebel.com

Esta semana, parece que nenhum recanto da internet ficou a salvo da consternação ou da bajulação com o fato de Bea Schumacher ter sido escalada como a nova protagonista do lixo televisivo *É Pra Casar*.

Sério mesmo? Nós vamos *de verdade* tratar isso como um AVANÇO?

Durante décadas e décadas, o movimento feminista implorou, argumentou e insistiu para que as mulheres fossem vistas como seres humanos (e não como objetos sexuais), e finalmente estamos fazendo algum progresso: pela primeira vez, mais de cem parlamentares da Câmara são mulheres. Na esteira do movimento #MeToo, estamos recuperando a autonomia sobre nossas personalidades e nossos corpos. As ativistas gordas enfrentam um preconceito imenso na luta em prol de direitos humanos fundamentais para a comunidade plus-size, como o acesso irrestrito a serviços de saúde.

Bea Schumacher não está envolvida em nada disso. Ela só reforça a velha e desgastada narrativa que tenta ditar o que as mulheres são e devem ser:

1) Ela é uma blogueira de moda que pensa que nós, mulheres, devemos gastar nosso tempo e nosso dinheiro nos embelezando

de acordo com os padrões exigidos pelo olhar masculino. (Desculpa, mas o fato de ser plus-size NÃO torna isso nem um pouco subversivo.)

2) Ela vai participar de um programa que faz questão de afirmar que o principal objetivo da existência de uma mulher é encontrar um marido e engravidar dele. Estou fora dessa!

Que o resto da internet trate de tentar se convencer de que isso é um avanço para as mulheres. Eu vou continuar tratando essa coisa toda exatamente como ela é: a mesma merda patriarcal de sempre apresentada em uma novíssima embalagem plus-size.

O GORDAPOCALIPSE ESTÁ ENTRE NÓS
por Anders Bernard, mondaymorningqb.com

Olhando para trás, dava para ver o que estava a caminho.

O primeiro sinal do gordarmagedom foi Ashley Graham na capa da *Sports Illustrated*. E a gente pensou: tá, ela é gorda. Mas eu pegava mesmo assim. O corpo dela é todo proporcional, parece uma Kardashian com enchimentos. Ninguém imaginava que seria o começo do fim.

Então a Rihanna engordou. E a Taylor Swift também. Aquela gorda do *This Is Us* ganhou uma nomeação ao Emmy — e esse foi o momento em que a coisa inflou de vez. A mensagem para as mulheres era bem clara: você não precisa ir à academia, coma um sanduíche em vez disso! É mais fácil, e quem precisa se esforçar para ter um corpo que caiba num biquíni se dá para comprar um de tamanho GGG? E daí que você vai morrer aos sessenta anos, o negócio é se entupir de carboidratos mesmo!

Dessa vez, a "blogueira plus-size" Bea Schumacher vai ser a nova estrela do *É Pra Casar*. Se você não sabe quem ela é, imagine uma leitoa criada para engorda que acha que pode andar de regatinha por aí. E nós, os telespectadores americanos, somos obrigados a acreditar que 25 homens vão competir para *casar* com uma criatura assim. *Reality* show? Até parece. Não existe nenhum homem neste país que consiga ficar bêbado o suficiente para trepar com essa mulher, muito menos fazer um pedido de casamento — e a não ser que a ABS tenha descoberto uma seita secreta de adoradores de banha em algum pântano num fim de mundo qualquer, vai ser difícil achar 25 caras dispostos a isso.

Eu sei o que você está pensando: os homens não veem esse programa, então que diferença faz se a fulana é gorda ou magra? A questão é a seguinte: dizer que as mulheres podem chegar a esse estado e que, mesmo assim, vai ter caras babando por elas é uma mentira perigosa. Isso não é bom para elas, não é bom para nós e, se não ficarmos espertos, o gordapocalipse vai destruir a nossa vida.

* * *

"Você *precisa* ligar pro Chris Evans! Ele tem a bunda mais bonita do país, tipo, oficialmente", Marin insistiu enquanto comia um triste sanduíche de peito de peru em um triste estúdio secundário na sede da ABS em L.A. Lauren havia permitido uma última refeição a Bea com sua amiga antes de que se isolasse totalmente para as filmagens, um favor pelo qual ela seria eternamente grata, apesar de a comida em si deixar a desejar.

"Que ideia mais ridícula", Bea disse, em meio a uma risada. "Como eu conseguiria o número dele?"

"Manda uma mensagem direta, e aí é só conquistar o coraçãozinho dele. Até parece que você não nasceu na era da internet."

"Ótimo plano, mas pra isso eu precisaria esperar até devolverem o meu celular."

"Argh", suspirou Marin, se esparramando toda extravagante na cadeira dobrável onde estava sentada. Com seu pouco mais de um metro e meio, seu corpo magro e seu cabelo curtinho chiquérrimo, Marin não era uma figura intimidadora, mas enfrentava qualquer um que cruzasse seu caminho (e o de Bea também, aliás). "Não acredito que você tá sem celular faz três dias. Não tá se sentindo tipo uma pioneira do Velho Oeste? Você tá com febre tifoide? Foi devorada por um urso?"

"Estou quase lá", respondeu Bea em tom grave, mas havia um fundo de verdade em sua brincadeira. Depois de três dias seguidos de entrevistas, ela estava absolutamente exausta, e sabia que as coisas poderiam ficar piores quando as filmagens começassem.

"E então?", Marin perguntou, percebendo o estado de ânimo abalado de Bea. "Como está se sentindo? Algum arrependimento?"

Bea fez que não com a cabeça. "Não, na verdade não. Acho que... enfim, passei boa parte do último mês e meio me preparando pra esse bombardeio em público, e agora que acabou é tipo... uau. Ainda nem parei pra pensar no que estou prestes a fazer, sabe?"

"Sim, mas agora vem a parte mais legal! Minha nossa, Bea, você pode conhecer o seu futuro marido amanhã à noite. Não é uma loucura?"

"É, sim, Marin." Bea sacudiu a cabeça. "É uma loucura. Só que não vai acontecer."

Marin abriu um sorriso de quem sabe das coisas. "Você diz isso agora, mas aposto que, quando conhecer os caras, vai perceber que está dando uma de tonta. Vai se lembrar do quanto você quer se apaixonar."

"Duvido." Bea revirou os olhos. "Sei que você não concorda, mas confia em mim: Lauren e eu já cuidamos disso. Tá tudo planejado. Estou pronta pro jogo."

Marin caiu na gargalhada. "Desculpa, mas você vai conhecer vinte e cinco caras na frente das câmeras. Como alguém pode estar pronta pra isso que você está prestes a encarar?"

Episódio 1
"Hora do show"
(25 pretendentes restantes)

Filmado e exibido ao vivo em locação em Malibu, Califórnia

TRANSCRIÇÃO DO PODCAST *BOOB TUBE*
EPISÓDIO #049

Cat: Olá, aqui é a Cat!

Ruby: E aqui é a Ruby.

Cat: E esse é o *Boob Tube*, o podcast semanal em que a gente comenta como as mulheres são retratadas na televisão.

Ruby: Essa semana estamos empolgadíssimas pra conversar com nossa convidada Ane Crabtree, que faz os figurinos incríveis da série *O Conto da Aia*. Vamos falar com Ane sobre o corpo feminino e sobre como as mulheres são retratadas em uma sociedade que é ao mesmo tempo ultraconservadora e, à sua própria maneira, hipersexualizada.

Cat: Vai ser um papo ótimo, então não percam, mas antes eu tenho uma confissão a fazer.

Ruby: E das mais cabeludas.

Cat: Com certeza quem ouve a gente já sabe que eu gosto na mesma medida de coisas mais sofisticadas e de coisas mais populares.

Ruby: Você gosta de tudo que se pareça remotamente com fanfics sobre a realeza britânica.

Cat: É a minha criptonita! Será que dá pra chamar de briptonita?

Ruby: Não, não dá.

Cat: Certo. Mas vocês já devem saber que eu sou uma fã de longa data e uma telespectadora fiel do reality show de romance *É Pra Casar*.

Ruby: Acho inclusive que você já participou de vários bolões envolvendo esse programa.

Cat: Se com "participou" você quis dizer "ganhou", então sim, com certeza.

Ruby: E mesmo assim a gente nunca falou sobre isso no podcast!

Cat: Bom, tenho certeza de que muita gente vai ficar chocada ao ouvir isso, mas o *É Pra Casar* não é exatamente um símbolo de representação positiva das mulheres na televisão.

Ruby: Não diga!

Cat: Pois é. Mas hoje é a estreia da nova temporada, e este ano o *É Pra Casar* está levantando uma das questões mais interessantes sobre autoimagem que eu já vi na TV. E talvez da forma mais antiética possível, aliás! Porque, pela primeira vez, uma mulher plus-size vai ser a protagonista do programa.

Ruby: Uau. Nossa.

Cat: Sim, como se a ideia de que uma mulher que não seja um palito queira encontrar alguém fosse polêmica de alguma forma. Mas enfim, o nome dela é Bea Schumacher, uma das blogueiras plus-size mais famosas da internet. Ainda que a Bea seja bastante parecida com muitas mulheres americanas, não é muito comum ver alguém como ela na televisão, e é quase impossível que alguém com o tipo físico dela seja retratada como a mocinha, e não a amiga ou a mãe da protagonista.

Ruby: Ah, sim, e é aí que entra a tal polêmica: se a Bea fosse só a melhor amiga da protagonista, que aparece pra dar uns conselhos ou coisa do tipo, ninguém falaria nada.

Cat: Bom, as pessoas ainda falariam coisas horrorosas sobre ela na internet, porque tem um monte de gente que considera a simples existência de uma mulher gorda uma coisa revoltante.

Ruby: Claro, citando as palavras imortais da Taylor Swift: *haters gonna hate...*

Cat: Acho que essa frase não é dela.

Ruby: Pois é, como eu dizia...

Cat: Enfim, outro ponto é como a questão de gênero vai ser abordada nessa temporada, porque a gente ainda não sabe se os pretendentes a marido de Bea também vão ser plus-size.

Ruby: Ah, isso aí é interessante! Os homens também são chamados de "plus-size"? Isso existe?

Cat: Tecnicamente, sim, mas não é uma coisa que a gente escute muito por aí — a sociedade não vê muita necessidade de dividir os homens por tipo físico, como faz com as mulheres. A questão é que tem um *monte* de perguntas no ar sobre como essa temporada vai ser, e eu, pelo menos, estou muito a fim de assistir, mas também estou com medo do que os produtores possam aprontar.

Ruby: Sim, porque, por um lado, existe o potencial de um programa bastante convencional trazer algo bem subversivo, mas, por outro, estamos falando de um reality show! A gente acha mesmo que eles vão fazer uma coisa feminista e empoderadora, ou será que no fim só vão explorar e humilhar essa mulher em troca de audiência? O que parece ser mais provável?

Cat: O único jeito de descobrir é vendo o episódio de estreia hoje na ABS, o que eu com certeza vou fazer. Ruby, será que eu convenci você a dar uma chance pro programa também?

Ruby: Bom, agora acabou rolando um investimento emocional da minha parte, então acho que vou assistir ao episódio de hoje pra ver o que acontece. E por falar em investimento, está na hora de falar do nosso patrocinador de hoje, LadyVest, que, não, não se trata de uma loja de roupas inspiradas nas lésbicas dos anos noventa. O LadyVest é um serviço online que ajuda as mulheres a investir seu dinheiro e conquistar sua independência financeira, o que, a julgar pelo que vemos em *O Conto da Aia*, é uma coisa fundamental. Acesse LadyVest.com/boob — b-o-o-b — para ganhar uma consultoria grátis e conhecer melhor o serviço. Nós voltamos depois do intervalo.

—— **Mensagem Encaminhada** ——

De: Beth Malone <btmalone@gmail.com>
Para: É Pra Shipar <prashipar@googlegroups.com>
Assunto: É HOJE!

Oi, pessoal! Como vocês sabem, hoje é a estreia da nova temporada do *É Pra Casar*, então quem ainda não se cadastrou no bolão FAÇA ISSO AGORA ou não vai participar da competição este ano. Colin, faz três anos que você diz que quer entrar no bolão, mas nunca se cadastra a tempo, então se não fizer isso este ano vai ter seu e-mail removido da lista, certo?

Para quem é novo no grupo (oi, Jenna!), funciona assim: primeiro você precisa se cadastrar no PalpitePraCasar.com antes das oito da noite de hoje — é só clicar no convite do bolão que enviei semana passada, escolher um nome de usuário e pronto. Depois disso, você vai ter até as oito horas da PRÓXIMA segunda pra preencher o bolão com seus palpites pra TEMPORADA TODA. Então é bom assistir com atenção hoje, conhecer os caras e tentar adivinhar quem vai ser eliminado a cada semana e quem vai ser o ganhador! Os palpites NÃO SERÃO aceitos depois que o episódio 2 for pro ar, então, de novo, Colin, se não preencher o bolão até a semana que vem, você vai ficar mais uma temporada sem participar. Nem eu, como organizadora, tenho como mudar isso, porque é assim que o site funciona, certo?

Certo! Espero que esteja todo mundo tão animado quanto eu pra essa nova temporada!

Beijinhos, Beth

P.S.: Vocês ouviram a Cat falar sobre o nosso bolão no podcast dela hoje?? Estamos famosos!

———— **Mensagem Encaminhada** ————

De: Colin Whitman <cwhit7784@gmail.com>
Para: Beth Malone <btmalone@gmail.com>
Assunto: Re: É HOJE!

Minha nossa, Beth, eu me cadastrei no bolão, tá satisfeita agora? É você que é maluca por esse programa idiota, não eu.

———— **Mensagem Encaminhada** ————

De: Beth Malone <btmalone@gmail.com>
Para: Colin Whitman <cwhit7784@gmail.com>
Assunto: Re: É HOJE!

Sim, Colin, *agora* eu estou satisfeita. Obrigada!

———— **Mensagem Encaminhada** ————

De: Ray Moretti <rmoretti@gmail.com>
Para: Bea Schumacher <bea@ombea.com>
Assunto: uau

Então você está na capa da *People*. E vai procurar um marido na tv? O que está acontecendo, Bea?

Sei que não respondi os seus e-mails, desculpa, foi mal. Mas é que eu estou precisando me esforçar muito para não pensar em você, o que é uma missão impossível por si só, e agora ainda vejo seu rosto na internet inteira, e na tv, e até na fila do supermercado... Sei lá. Não sei o que fazer.

Você está linda, aliás. Mas já deve saber disso. Espero que saiba. Quando vejo aqueles babacas falando sobre você, tenho vontade de matar um por um.

Desculpa, sei que não estou me expressando muito bem aqui. Você é uma das pessoas mais importantes da minha vida, Bea. Quando minha mãe ficou doente, foi você que me ajudou a segurar a barra. Sempre que acontece uma coisa boa na minha vida, ou uma coisa ruim, é sempre com você que sinto vontade de conversar. Eu amo a Sarah, de verdade. Quero casar com ela. Ou, sei lá, eu achava que sim. Mas agora, vendo seu rosto por toda parte... não sei. A gente pode conversar, Bea? Eu queria muito conversar.

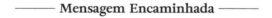

———— **Mensagem Encaminhada** ————

De: Bea Schumacher <bea@ombea.com>
Para: Ray Moretti <rmoretti@gmail.com>
Assunto: RESPOSTA AUTOMÁTICA re: uau

Olá! Por mais estranho que seja dizer isso, eu estou gravando um programa de tv e estou sem acesso a celular, e-mail e redes sociais (e provavelmente também à luz do sol). Para assuntos profissionais, você pode entrar em contato com minha agente, Olivia Smythson (smythson.olivia@theagency.com). Se for um assunto pessoal (ou uma ameaça de morte horrorosa!!), espero ter acesso à minha caixa de e-mails e responder à sua mensagem quando as filmagens terminarem, no fim de abril.

Tenha um ótimo dia!

* * *

"O que você acha?"

Bea estava diante de um espelho enorme na sala de figurino, onde Alison a vestira com um macacão azul-marinho Zac Posen de mangas compridas, mais largo nas pernas, com gola com babados e um decote profundo, todo bordado com fios cor de cobre, prateados e dourados; ela estava reluzindo como uma galáxia. Com uma maquiagem suave e romântica (e uma camada de pancake grossa o suficiente para resistir às luzes intensas de estúdio e às câmeras de alta definição) e os cabelos soltos em cachos ondulantes, Bea quase se sentia como a estrela de tv que estava prestes a se tornar.

"Você tem mãos de fada", ela falou, quase sem fôlego, e Alison abriu um sorrisão.

"Muito bem!" Lauren bateu palmas e entrou com passos apressados. "Vejamos nossa protagonista."

Bea deu uma voltinha para Lauren, que sorriu em sinal de aprovação. "Perfeito!"

Lauren estava pronta para a ação com seu look de costume: calça jeans skinny, camiseta branca, blazer preto e sapato de salto alto, com os cabelos ruivos presos em um rabo de cavalo perfeito.

"Está pronta?", ela perguntou a Bea. "Hora de ir pro set!"

"O que acontece se eu disser que não?" O coração de Bea disparou quando ela se deu conta de que aquilo estava mesmo acontecendo. Por acaso ela estava em um momento de total insanidade quando disse sim? E se aquela aventura terminasse em um desastre irreparável?

"Vai ser moleza", Lauren garantiu a Bea enquanto a guiava para o estúdio improvisado que a equipe técnica montara no gramado na frente da mansão. "Eu sei que é a primeira vez que você faz algo assim, mas é a minha quinta temporada no comando do programa e Johnny consegue apresentar o *É Pra Casar* até dormindo."

O apresentador do *É Pra Casar*, Johnny Ducey, era um ex-galã adolescente (que havia arrasado corações na fantasia com toques shakespearianos *E se o Lobisomem?*). Depois de várias crises (públicas) envolvendo dependência química e subsequentes internações para reabilitação, encontrou seu lugar no trabalho lucrativo e nada desafiador que fazia no *É Pra Casar*, onde, segundo boatos, mais de uma vez acabou indo para a cama com participantes do sexo feminino. Tendo visto Johnny, ao longo de muitos anos, conduzir entrevistas com todo tipo de estrelas de reality shows, era uma loucura para Bea pensar que, em questão de minutos, ela é que estaria diante dele.

"Vamos repassar o cronograma mais uma vez", continuou Lauren. "A Parte 1 é o vídeo apresentando você para os espectadores, daí vem sua entrevista com Johnny — são oito minutos no total. E então vamos para os comerciais..."

"Depois entram os cinco primeiros homens", interrompeu Bea, recitando a planilha que havia memorizado. "Mais um intervalo, outros cinco homens, mais um intervalo, e assim por diante até eu ter conhecido os vinte e cinco. Depois vão todos pôr fones com cancelamento de ruído nos ouvidos enquanto falo o que achei deles, e então é a minha vez de pôr os fones pra que eles falem o que acharam de mim."

Bea fez uma pausa para tentar conter a náusea que sentia — por que exatamente havia concordado em deixar um monte de desconhecidos julgá-la ao vivo em rede nacional?

"Tem certeza de que eles são do tipo que eu pedi?", perguntou a Lauren. "Em termos de diversidade, inteligência, mente aberta?"

"Bea, *com certeza*." Lauren apertou o braço de Bea. "Tem alguns vilões no meio — afinal, isso aqui ainda é um programa de tv —, mas não quero que você se preocupe. Você vai se divertir muito com esses caras."

"Mas e se eles não quiserem se divertir comigo?" Bea ficou com muita raiva de si mesma por deixar suas inseguranças transparecerem desse jeito, só que, quanto mais se aproximavam do momento de ir ao ar, mais a ansiedade tomava conta. "E se eles me detestarem, e o público também?"

"Prometo que isso não vai acontecer", Lauren a tranquilizou. "Elaborei um plano exatamente para garantir que o país inteiro torça por você."

"Um plano?" Bea se mostrou cética. "Que tipo de plano? Por que eu não estou sabendo disso?"

"Porque eu preciso que as câmeras capturem reações sinceras da sua parte!" Lauren sorriu. "Não se preocupa, tá bom? Eu vou cuidar de tudo, Bea. Todo mundo aqui está do seu lado."

"Se você está dizendo", Bea resmungou, mas ainda achava difícil acreditar que tudo funcionaria à perfeição, como Lauren dizia.

Elas chegaram à entrada da mansão: o gramado diante da porta havia sido transformado em um estúdio provisório, com palco, uma parede de luzes e câmeras montadas por toda parte, além de uma plateia de uma centena de fãs de *É Pra Casar* que haviam ganhado em um concurso no Instagram o privilégio de estar lá, e cujas conversas animadas Bea conseguia ouvir do outro lado da porta, por cima dos zumbidos dos geradores que forneciam eletricidade para pôr tudo aquilo em operação.

"Oi, Bea." Mack, um cara barbudo da equipe de som de cinquenta e poucos anos de idade, chegou para instalar o microfone de Bea. "Está pronta?"

Bea assentiu, se sentindo cada vez menos preparada.

"Onde os caras estão agora?", ela perguntou a Lauren quando Mack pôs a caixa do microfone em um bolso especial que Alison tinha costurado nas costas do macacão.

"Em um trailer lá fora." Lauren fez uma pausa para ouvir alguma coisa que diziam em seu fone. "Certo, Bea, nós entramos no ar em cinco minutos — preciso ir lá para a sala de controle. Como está se sentindo? Você está bem?"

Bea abriu a boca para falar alguma coisa — qualquer coisa —, mas não encontrou palavras. Lauren deu risada.

"Sim, eu sei, não é fácil. Mas você vai arrasar, tá bom? É só aparecer lá e ser você mesma, com toda a confiança e ousadia que já tem. Caso não consiga, é só sorrir e dizer que está disposta a encontrar um amor."

Bea se viu obrigada a concordar com Lauren, e então a produtora se foi.

"Bea, você pode falar alguma coisa? Preciso testar seu microfone."

"O que eu preciso falar?", ela perguntou para Mack. Ele abriu um sorriso gentil.

"Diga que você está empolgadíssima pro programa de hoje."

Bea sabia que era isso o que ela precisava dizer: que estava animada para conhecer seu futuro marido, mas não queria mentir — pelo menos não quando as câmeras não estivessem por perto.

"Estou empolgada porque as meninas que estiverem assistindo vão pensar: *Ela é como eu*."

Mack abriu um sorriso carinhoso e, no instante seguinte, uma pessoa da produção puxou Bea pelo braço e a conduziu pela porta da frente, pelos degraus largos de pedra e então até as salas de estar de milhões de americanos.

POSTAGENS NO TWITTER DE @REALI-TEA

@Reali-Tea Certo shipadoras e bebericadoras, está na hora da estreia da nova temporada do É Pra Casar! Vamos ver se uma mulher de peso consegue encontrar o amor na TV. Prontas?!

@Reali-Tea ... mas primeiro, um milhão de patrocinadores. A Bea usa batom Lucky Lippies no dia a dia? QUE COINCIDÊNCIA, eles também são anunciantes da ABS!

@Reali-Tea Ok, ok, ok, Bea está fazendo sua entrevista ao vivo com Johnny, está animada pra conhecer seus pretendentes, O DE SEMPRE. CADÊ ELES, ALIÁS?

@Reali-Tea Ah, que legal. Hora dos comerciais. Oi de novo, Lucky Lippies!

@Reali-Tea E LÁ VAMOS NÓS, o primeiro cara está prestes a entrar! Bea parece nervosa, mas talvez um pouco animadinha também. Pra cima deles, mulher. A gente tá torcendo por você.

@Reali-Tea Ai não. Ai não. Ai não.

@Reali-Tea Não sei se tenho estômago pra ver isso.

Bastaram uns poucos segundos para Bea se acostumar com as luzes. Em certo sentido, até que elas eram úteis; ela não conseguia ver a plateia nem a equipe, apenas o que estava acontecendo no palco a alguns passos de distância. Em seus primeiros minutos diante das câmeras, sua visão ficou restrita ao rosto maltratado mas ainda atraente de Johnny Ducey, que parecia ainda mais estranho e indistinto por uma combinação de botox e anfetaminas que ainda não deviam ter surtido efeito, transformando-o em uma espécie de réplica de cera do astro de cinema que um dia havia sido.

Johnny fez todas as perguntas banais para as quais Lauren a havia feito ensaiar, e Bea deu todas as respostas prontas que tinha decorado, arrancando risos, demonstrações de empatia e aplausos da plateia no estúdio, conforme o esperado. Quando chegou o momento do primeiro intervalo comercial, Bea estava bem mais calma. Não era como um primeiro encontro na TV, em que a opinião dos homens do outro lado da mesa tinha alguma importância; era apenas a abertura de uma narrativa programada do início ao fim. Era somente o prólogo para os encontros românticos, as declarações de amor e, por fim, a promessa de um noivado digno de capa de revista. Lauren tinha um plano, e a única função de Bea era segui-lo.

Quando o intervalo comercial terminou, Bea se posicionou em sua marca no centro do palco. Atrás da mansão, o sol se punha sobre o oceano Pacífico, e o set inteiro era iluminado por uma luz rosada, acentuada pelas luzes das lâmpadas artificiais.

Bea sorriu placidamente quando seu primeiro pretendente se aproximou.

Ele estava mergulhado nas sombras, mas, quando surgiu sob as luzes, Bea reparou nos ombros largos, na cintura estreita, nos músculos aparecendo sob o tecido do terno italiano feito sob medida, nos cabelos loiros e grossos, nos olhos castanhos e calorosos. Ele a encarava com desdém — ou talvez, o que era ainda pior, com nojo.

"Oi", ele falou, inseguro, sem deixar de ser educado, mas claramente perplexo. "Você é... a Bea?"

"Sim, oi, eu sou a Bea." Ela se esforçou para manter a compostura, apesar de sentir seu coração disparado. "Como você se chama?"

"Brian", ele respondeu. "Então é com você que vão ser os encontros? Desculpa, mas eu estou meio surpreso."

Você não é o único, amigão, Bea pensou — aquele cara não era nem um pouco diferente do padrão habitual do programa. Ela se esforçou para abrir um sorriso largo.

"Sim, sou eu! Acho que você precisa ir pra lá agora, e nós conversamos mais tarde, certo?"

Bea apontou o queixo para as plataformas onde os caras ficariam para esperar que os demais fossem apresentados. Brian se afastou, parecendo desnorteado, e Bea se sentia da mesma forma. Aquilo seria só para atiçar a audiência, jogar um deus grego daqueles no palco para que depois Bea conhecesse os homens de tipo físico mais diversificado que pudessem ter algum interesse nela? Só podia ser isso. Claro que era. Bea ajeitou os ombros e se preparou mentalmente para conhecer o pretendente seguinte, alguém que ela poderia fingir ser o príncipe encantado. Sim, para isso ela estava pronta.

Então o segundo pretendente apareceu.

Era um homem latino de físico imponente, com braços fortes e lábios carnudos, uma espécie de Javier Bardem mais jovem com um sorriso malicioso. Usava calça apertada e camisa social, mas era o chapéu de caubói que realmente definia seu look.

"Boa noite, moça", ele falou, todo simpático com um sotaque texano carregadíssimo, e Bea se viu cativada de tal forma que por um instante chegou a esquecer que estava horrorizada.

"Oi. Eu sou a Bea."

"Bea? Eu sou Jaime. É uma baita satisfação conhecer você." Ele deu um beijo em sua mão. "Será que eu podia encostar em você? Ninguém me explicou as regras."

"Quem se importa com as regras?", Bea rebateu, e Jaime caiu na risada — uma risada sincera, que se espalhou também pela plateia.

"A gente se fala daqui a pouco, espero." Ele apertou sua mão de leve e se afastou. Bea fez questão de olhar para a bunda dele quando se afastou. Uma *baita* bunda, aliás.

Só que... Até ali, tinham sido dois caras que poderiam facilmente ser modelos de um anúncio da Calvin Klein, além de participantes do programa. Antes que Bea pudesse pensar melhor a respeito, porém, um terceiro homem entrou no palco: um negro alto e musculoso, com bigode grosso e um sorriso deslumbrante, a imagem perfeita do Michael B. Jordan. Não. Aquilo não podia estar acontecendo. Aqueles eram os tipos que se via o tempo todo no *É Pra Casar* — com mais diversidade em termos de cor de pele, verdade, mas aqueles homens pareciam mais aptos a ensinar técnicas para levantar pesos do que a lhe fazer companhia.

Bea precisava falar com Lauren, mas, merda, ela estava ao vivo em rede nacional. Seria possível fazer um sinal para alguma pessoa da produção? Chamar a atenção de alguém? Ela se virou para dar uma olhada ao redor, mas, claro, nesse momento exato o terceiro pretendente estendeu os braços para cumprimentar Bea com um abraço, mas acabou batendo com a mão na barriga dela. Bea fechou os olhos e imaginou a cena sendo repetida em câmera lenta no YouTube, e um GIF nada agradável chamando toda a atenção do mundo para sua barriga indo parar na lista de *trending topics* do Twitter.

"Ai, não, desculpa. Eu ia te dar um abraço..."

Mas Bea não estava interessada no que o Bigodudo tinha a dizer, só precisava manter as aparências até poder conversar com Lauren.

"Tudo bem", ela garantiu, falando por entre os dentes cerrados. Ela obrigou seus músculos faciais a relaxarem um pouco. "Eu sou a Bea. E o seu nome, qual é?"

"Hã... Sam", ele falou, constrangido com o comportamento dela.

"Legal!" Ela tentou soar normal, mas seu pânico era evidente. "A gente se vê daqui a pouco, Sam!" Bea apontou para a plataforma, e ele foi para lá.

Só mais dois e vamos para o intervalo, ela pensou. *Aguenta firme. Só mais dois.*

O pretendente seguinte já vinha em sua direção, um cara com um look descolado e a pele bronzeada.

"Ei, eu tô no lugar certo?", ele brincou. Algumas pessoas na plateia soltaram risos constrangidos.

"Espero que sim!" Bea sorriu. "Eu sou a Bea, e você?"

"Eu tô confuso", ele respondeu. "Aqui é o *É Pra Casar*, não? Eu tô na televisão agora mesmo, certo?"

"Se não estiver, então não sei o que as câmeras estão fazendo aqui."

Bea se esforçou para manter o tom de brincadeira. Aquele cara precisava ir para a plataforma dele o quanto antes.

"Beleza. Hã. Então acho que já vou indo..."

O coração de Bea congelou, e o barulho do set — o zumbido dos geradores, o arrastar dos mecanismos de movimentação das câmeras, os ruídos da plateia —, tudo mergulhou em um silêncio repentino.

"Como assim?"

"Pois é, preciso ir... mas foi legal te conhecer."

Dito isso, ele virou as costas e se retirou do palco, cruzando com o quinto pretendente no caminho. Bea fechou os olhos, tomada pelo impulso quase incontrolável de cair na gargalhada. Que tipo de pesadelo era aquele? O que aconteceria se ela também resolvesse ir embora? O que Lauren faria para preencher a hora restante de programa?

"Oi, Bea. Eu sou o Asher."

Ah, sim, o quinto cara estava lá. Era bem bonito — ascendência asiática, óculos grossos e cabelos grisalhos.

"Ótimo. As plataformas ficam ali... ou você pode ir embora agora mesmo se preferir."

"Como é? Você *quer* que eu vá embora?" Asher parecia perplexo.

"Pra mim não faz a menor diferença!" Ela abriu um sorriso que com certeza parecia o de alguém que sofre de demência, mas estava pouco se fodendo para aqueles caras e o que pensavam dela. Asher deu alguns passos para trás, inseguro, e se dirigiu à plataforma. Então foi a vez de Johnny entrar no palco para encerrar o bloco e chamar os comerciais, dizendo que aquela temporada já começava dramática e a todo vapor, enquanto Bea se limitava a sorrir e olhar para o vazio.

"E... estamos fora do ar!", alguém da produção gritou quando o intervalo começou. "Voltamos em dois minutos!"

Dois míseros minutos — Bea não sabia o que Lauren seria capaz de dizer em cento e vinte segundos para forçá-la a continuar sofrendo aquele tormento, mas ela já vinha em passos largos em sua direção.

"Bea! Porra, o que foi isso, Bea?"

"Você tá de sacanagem comigo?" Bea não queria surtar na frente de toda aquela gente, mas a essa altura não ligava mais para isso, pelo menos não depois do que havia acabado de acontecer. "Os caras me detestaram!"

"Bea, não... puta merda, puta merda." Lauren levou as mãos à cabeça, parecendo também levemente em pânico. "Fui eu que falei pra aquele cara cair fora, entendeu?"

"*Como é?*" Bea estava estupefata. "Por que você faria uma coisa dessas?"

"Por causa da audiência, Bea! As pessoas vão crucificar o cara enquanto caem de amores por você. Elas vão te considerar a pessoa mais corajosa do planeta e vão torcer com todas as forças pra você encontrar o cara perfeito que você merece. Mas você deve ter se sentido péssima... não tinha como saber que era uma encenação, né. Desculpa, eu devia ter te avisado antes."

Foi quando tudo começou a fazer sentido na cabeça de Bea...

"Era *esse* seu plano pra fazer o país inteiro gostar de mim? Me humilhar em rede nacional?"

"Agora tô vendo que não era exatamente o plano perfeito." Lauren fez uma careta.

"Foi uma péssima ideia!"

"Noventa segundos!", a produção avisou.

"E os outros caras?", Bea quis saber.

"Que outros?"

"Os outros pretendentes. Você viu como eles me olharam. Por que me fazer passar essa vergonha?", Bea questionou, amargurada.

"Você está enganada", garantiu Lauren. "Jaime, Sam, Asher... eles são legais. Você vai ver."

"Sessenta segundos!"

"Eu quero ir embora desse set agora mesmo", Bea falou, com a voz esganiçada.

"Seu contrato proíbe isso expressamente", argumentou Lauren, "mas, mesmo que não fosse o caso, ainda acredito no que estamos fazendo. Esse programa vai mudar muitas vidas — inclusive a sua."

"Mais trinta!"

Lauren olhou no fundo dos olhos de Bea, com uma expressão desesperada.

"Bea, quando isso tudo acabar, você vai ser a mulher mais amada desse país. Mas só se ficar e lutar por isso. Você consegue? Não pense em mim, não pense no programa. Pense na sua carreira, no seu futuro. Pense em todas as mulheres que estão em casa, com os olhos colados na TV, sabendo que, se você encontrar um amor, isso significa que elas também podem."

Bea comprimiu os lábios e assentiu. Lauren saiu correndo do palco enquanto o pessoal da produção fazia a contagem regressiva para volta ao ar em cinco, quatro, três, dois, um.

"Estamos de volta, pessoal!", Johnny falou todo animado, como se ignorasse por completo o fiasco que acabara de ocorrer diante de seus olhos. "O que me diz, Bea, está pronta para conhecer mais cinco pretendentes?"

Bea ergueu o queixo e fez seu melhor para parecer simpática.

"Vamos ver, Johnny. Se eles continuarem indo embora, talvez a gente não precise nem ter o trabalho de fazer a cerimônia do beijo!"

Johnny parecia um coelho prestes a ser atropelado na estrada, com os olhos vidrados nos faróis, e fingiu achar graça da piada de Bea. "Muito bem, então! A seguir, vamos conhecer Wyatt."

Bea se virou para o canto do palco, de onde vinha o homem que caminhava em sua direção. Se Lauren tivesse entrado em contato com a agência Central Casting e pedido alguém com a aparência e a postura de um astro de futebol americano, provavelmente o resultado seria bem parecido. Alto, musculoso e loiro, Wyatt usava calça jeans, botas e uma camisa preta de flanela xadrez muito bem alinhada, como se estivesse indo para uma reunião informal de negócios, e não para um programa de televisão. Quando baixou a cabeça em um gesto tímido, pareceu ainda mais nervoso do que Bea, o que a fez simpatizar com ele logo de cara.

"Oi... hã, oi. Oi, Bea." A voz dele estava trêmula, mas o abraço que deu nela foi gentil e sem hesitação.

"Olá, Wyatt." Bea sentiu sua irritação ceder um pouco. "Que bom conhecer você."

Wyatt deu um passo para trás para olhá-la nos olhos. "O que aquele cara fez, indo embora daquele jeito, aquilo não foi legal. Isso não se faz. Foi muito errado."

"Eu também acho", Bea disse baixinho.

"Gostei muito do seu vestido." Ele sorriu. "Na verdade, parece mais uma calça. É uma calça?"

89

Bea deu risada. "É um macacão."

"Bom, seja o que for, ficou muito bem em você."

Bea sentiu as lágrimas surgindo em seus olhos. Foi totalmente desarmada por aquele pequeno ato de gentileza, aquela demonstração de apoio. Wyatt a encarou com preocupação.

"Está tudo bem?"

Bea assentiu. "Acho que sim."

"Que bom." Ele se inclinou para beijá-la no rosto e, no breve instante em que a sombra de seu corpo largo bloqueou as luzes do estúdio, Bea fechou os olhos e soltou o ar com força. Sim, aquilo era possível. Ela só precisava deixar rolar.

Depois de Wyatt, o segundo grupo de homens se parecia bastante com o primeiro: um desfile de caras de corpos atléticos com braços fortes, cinturas estreitas e rostos simétricos que se contorciam em caretas quando seus olhos pousavam em Bea. O segundo sujeito daquela leva deteve o passo antes de entrar no palco, mas se recuperou sem demonstrar tanto constrangimento.

O terceiro parecia à beira da incredulidade total: "Hã... sério mesmo?".

O quarto só dizia "uau" um monte de vezes sem parar. "Uau. Uau. Uau."

"Uau?", Bea se arriscou a repetir.

"Uau", ele papagaiou de volta.

"Quem é você?", perguntou o quinto.

"Eu sou a Bea", ela respondeu.

"Não, tipo, no programa, quem é você?"

"Sou a mulher que você está aqui para conhecer. É por isso que estamos sendo apresentados."

"Não estou entendendo nada."

Ela disse que eles voltariam a conversar em breve, e tentou respirar fundo várias vezes durante o intervalo comercial.

O terceiro grupo incluía um surfista loiro com pinta de grunge chamado Cooper, um preparador físico musculoso chamado Kumal, um simpático operador do mercado financeiro chamado Trevor, e um consultor político chamado Marco, que abriu um sorrisão quando viu Bea.

"Maravilhosa", ele sussurrou.

"Como é?" Bea ficou sem saber como reagir ao ser abordada dessa forma, ainda mais na televisão, por um homem de cabelos escuros e pele morena que deveria mesmo era estar numa praia em Capri, exibindo seus músculos sob o sol do Mediterrâneo.

"Hã, desculpa." Ele segurou sua mão e sorriu, mostrando os dentes brancos ofuscantes. "É que... você é tão linda."

"Hã... obrigada?" Ela soltou um riso constrangido. Não sabia se Marco estava encenando, mas duvidava muito que fosse possível descobrir isso nos míseros trinta segundos que tinham para interagir, então se limitou a uma troca de palavras educadas e o mandou para a plataforma.

Ela se virou para ver o último pretendente do terceiro grupo, que era o primeiro entre todos eles que não tinha o rosto nem o corpo perfeito: Jefferson Derting, um nativo do Missouri com barriga protuberante e barba ruiva desalinhada. Com calça jeans escura, camisa cinza, gravata laranja e colete de tweedy, ele parecia um barman hipster, desses que fazem questão de ser chamados de mixologistas. Fisicamente, porém, era bem mais parecido com o tipo de homem com quem Bea se envolvera no passado — e com ela própria —, o que a deixou aliviada ao vê-lo se aproximar.

"Saudações, mocinha." Seu sorriso parecia simpático, mas Bea não sabia ao certo se aquele era seu cumprimento habitual ou se ele estava só tirando sarro de sua cara.

"Que bom encontrar um cavalheiro como você em um ambiente como este", Bea respondeu, toda gentil. Caso ele estivesse fazendo tipo para o público, ela não queria estragar tudo por causa de um acesso de paranoia injustificada.

"Mas, falando sério, acho incrível você ser a estrela do programa esse ano. Já passou da hora de escalarem uma garota como você." Ele ergueu a mão para que ela batesse, o que Bea fez com um gesto meio sem jeito. "A gente se vê daqui a pouco, espero."

Bea assentiu e sorriu. "Com certeza."

Quando Jefferson foi até a plataforma e Johnny chamou o intervalo, Bea aproveitou o momento para se recompor: o programa já estava na metade. *Você consegue.*

"Bea, temos uma surpresa especial para o quarto grupo de pretendentes", Johnny avisou de forma repentina quando o programa voltou ao ar.

"Tem certeza de que já não tive surpresas demais?", Bea brincou, um tanto sem graça.

"Neste próximo grupo..." — Johnny assumiu um tom de voz mais grave e dramático — "todos os homens..."

São astronautas? São caras legais, gentis e normais? São magos que viajam no tempo e têm o poder de acabar logo com essa noite?

"... se chamam Ben."

"Quê?", perguntou Bea, sem saber por que aquilo era digno de nota, e muito menos por que exigia um grande anúncio.

"Sim!" Johnny bateu palmas. "Vamos conhecer os cinco Bens!"

E foi isso o que ela fez. Primeiro veio Ben G., um professor de jardim de infância com sandálias Birkenstock que levou o violão e forçou Bea a fazer um dueto com ele na musiquinha que usava para dar bom-dia aos alunos todas as manhãs (*ao vivo*, em rede nacional); e então Ben F., um personal trainer; Ben K., um instrutor de fitness ("Tipo um preparador físico?", Bea perguntou, o que pelo jeito era a pior coisa a se dizer); Ben Q., um estudante de odontologia; e, por fim, Ben Z., que, com seus praticamente dois metros de altura, era conhecido no grupo como "Big Ben" e cuja profissão permanecia um mistério — aparentemente, havia um consenso coletivo de que mencionar sua altura já bastava.

Quando o desfile de Bens terminou, houve um novo intervalo comercial, e Alison apareceu correndo — teoricamente para ver se estava tudo bem com o figurino de Bea, mas na verdade era para lhe dar um abraço rapidinho.

"Só mais um grupo", Alison murmurou no ouvido de Bea. "Você está se saindo muito bem."

Assim que Alison saiu e Johnny anunciou a chegada do último grupo, Bea enfim começou a relaxar — havia uma luz no fim do túnel. Não importava que aqueles homens gostassem dela, não fazia diferença se o último grupo fosse ainda mais apático, e nem mesmo que o penúltimo cara a tivesse presenteado com um cupcake surrupiado do serviço de bufê depois de ouvir que Bea era, em suas próprias palavras, "uma mulher grandona". Como se Bea não tivesse suportado milhares de olhares de censura ao comer doces (ou hambúrgueres ou batatas fritas) em restaurantes comuns, agora passava por isso na televisão também. Era como se seu peso fosse a essência de sua personalidade, e como se a manteiga e o açúcar fossem o caminho para chegar a seu coração.

"Obrigada", ela respondeu secamente ao cara do cupcake, um corretor de imóveis bajulador chamado Nash, que fez Bea se lembrar dos garotos que faziam bullying com os outros no colégio, "mas vou deixar isso pra você mesmo. Um lanchinho pra fazer na plataforma!"

Ela abriu um sorriso fingido quando Nash se afastou, depois se virou para conhecer o último pretendente, respirando fundo e garantindo a si mesma mais uma vez que a reação desse último homem não faria a menor diferença.

Mas acreditar nisso se tornou bem mais difícil quando ela percebeu que se tratava do cara mais atraente que já tinha visto na vida.

Vários dos outros eram bonitos em termos convencionais, mas aquele homem era arrebatador: cabelos escuros que desciam pelo pescoço, nariz torto, lábios cheios, olhos castanhos com ruguinhas em volta, barba estrategicamente por fazer, tatuagens de padrões geométricos aparecendo sob as mangas da camisa nos antebraços musculosos.

E ainda falava com uma voz rouca, com sotaque francês. Porque, é claro, ele *tinha* que ser francês.

"Você não gosta de doces?", ele perguntou ao se aproximar — em referência ao cupcake que ela havia acabado de recusar.

"Eu gosto até demais", ela murmurou, "mas nas circunstâncias certas."

Ele pegou a mão de Bea como se fosse apertá-la ou beijá-la, mas em vez disso só ficou segurando, traçando círculos com o polegar em sua palma, fazendo suas entranhas derreterem.

"Bom, eu sou chef", ele falou, "então talvez eu consiga descobrir que tipo de doçura você deseja."

"Acho que eu também gostaria de descobrir." O rosto de Bea se abriu em um sorriso genuíno diante daquele homem cuja presença era tão marcante que ela até se esqueceu, pelo menos por um instante, de suas inseguranças.

"Perdão se estou me precipitando demais, Bea." Ele baixou o tom de voz e a encarou profundamente. "Mas acho que você merece ter tudo o que quiser."

"Como você se chama?", ela perguntou, e suas palavras saíram como um mero sussurro.

Ele sorriu e levou a mão dela à boca, roçando os lábios dele de leve em sua pele.

"Luc", ele respondeu. "*Enchanté*."

Era um momento que tinha tudo para ser piegas, mas de alguma forma conseguiu ser o contrário: uma interação quase íntima demais para ser mostrada pelas câmeras. O simples toque dos lábios de Luc na pele de Bea foi puro sexo, e naquele momento tudo o que ela queria no mundo era fugir do set com ele e fazer todas as outras pessoas desaparecerem.

"Que comece o jogo!", exclamou Johnny, fazendo Bea despertar de sua fantasia, que não só era impossível, como talvez bastante imprudente. "Depois do intervalo, vamos descobrir o que Bea achou dos pretendentes — e o que eles acharam dela —, então não mudem de canal!"

Com relutância, Bea largou a mão de Luc, e os assistentes de produção tomaram o palco para arrumar um semicírculo de cadeiras e entregar um fone de ouvidos enorme com cancelamento de ruído para cada um dos vinte e cinco pretendentes — bem, vinte e quatro, já que um tinha resolvido ir embora antes da hora. No bloco seguinte, Johnny entrevistaria Bea sobre suas impressões a respeito de cada um deles enquanto eles ficavam sentados exatamente atrás dela, ouvindo música alta e sem conseguir entender uma palavra do que era dito. Em seguida, porém, a dinâmica se invertia, e Bea teria de ficar ali sem saber o que se passava enquanto o grupo todo falava a seu respeito.

"Então, Bea." Johnny se inclinou para perto dela em uma postura conspiratória depois de gritar alguns insultos infantis para os participantes de forma a se certificar de que não estavam ouvindo. "Está todo mundo morrendo de curiosidade para saber o que você achou deles! É um grupo impressionante, não?"

A plateia aplaudiu em sinal de concordância, e logo Bea entendeu qual era o jogo: depois de receber a atenção de um homem sarado, uma mulher gorda só poderia se sentir de um único jeito.

"Estou muito grata", ela falou, efusiva. "Sério mesmo, é muita sorte minha esses homens incríveis quererem se afastar de seus trabalhos, de suas famílias, de suas vidas, só para terem a chance de me conhecer! É sensacional."

O nível de aplausos se elevou, e Bea entendeu que estava fazendo bem o seu papel.

"Mas não foi tudo um mar de rosas, não é?" O rosto de Johnny se contorceu em uma preocupação fingida. "Foi a primeira vez na história do *É Pra Casar* que um pretendente abandonou o programa antes do fim do episódio de estreia."

E vai ser essa a manchete que a equipe de imprensa de Lauren vai espalhar por toda parte assim que o episódio terminar, Bea pensou, amargurada.

"Como você se sentiu quando ele virou as costas e saiu andando?"

"Bom, não foi exatamente a primeira vez que isso aconteceu comigo", Bea respondeu com toda a sinceridade.

Ela ouviu alguns suspiros de susto e cochichos na plateia — talvez tivesse sido franca demais.

"Sério?", insistiu Johnny. "Alguém já deixou você falando sozinha assim?"

"Fazer o quê?" Bea fez o melhor que pôde para manter uma postura digna, pois sabia que era isso que Lauren queria. "Existem muitos homens por aí que dão uma importância tremenda para a magreza das mulheres. Para alguns, é a única coisa que importa. Como se nosso valor como pessoa pudesse ser medido com uma fita métrica em torno da cintura."

Johnny concordou com a cabeça. "Vamos torcer para que os outros pretendentes não pensem assim."

Bea assentiu, lembrando a si mesma que não faria muita diferença se eles de fato pensassem assim.

"Certo, Bea, uma última pergunta, e sei que o país inteiro está esperando por essa resposta: de todos os homens que conheceu hoje, de quem você gostou mais?"

Luc veio à mente de imediato — Bea não havia sentido atração por nenhum homem desde Ray. Mas sabia que aquela não era a resposta certa para o momento; Luc era sexy demais, volátil demais, com certeza não era a escolha certa para uma mulher em uma busca sincera por sua alma gêmea. Pensou em citar Jefferson, mas alguma coisa dentro dela se rebelou contra a ideia de admitir publicamente o que mais temia em seu íntimo: que ele era o único ali que poderia se sentir de fato atraído por ela. Era seu dever encontrar um príncipe encantado que fosse bonito, nobre e, acima de tudo, capaz de fazer um bom papel ao seu lado nas entrevistas que dariam enquanto seu noivado de mentira durasse. Se o critério era esse, Bea sabia muito bem quem escolher.

"Wyatt", ela respondeu em tom confiante. "Você viu como ele falou comigo quando eu fiquei chateada? Se um homem assim não é pra casar, eu não sei quem pode ser."

A plateia aplaudiu em concordância, Johnny agradeceu Bea e chamou o intervalo comercial. Mack apareceu para pôr o fone de ouvido enorme em Bea, com um sorriso triste no rosto.

"Me desculpa por isso", ele falou quando fixou o dispositivo no lugar.

"Qual é, Mack. Todo mundo aqui só está fazendo seu trabalho."

Com o sorriso se desfazendo um pouco, Mack ajustou o fone no modo de cancelamento de ruído. Quando as luzes se acenderam e os homens ao seu redor começaram a falar, os ruídos do set se dissolveram e Bea sentiu seu estresse se dissipar em meio a um noturno de Chopin.

TRECHOS SELECIONADOS DA TRANSCRIÇÃO DAS ENTREVISTAS DE JOHNNY DUCEY COM PARTICIPANTES DO PROGRAMA *É PRA CASAR*:
Temporada 14, Episódio 1

Johnny: Então, qual foi sua reação quando você viu Bea?

Ben K.: Eu fiquei surpreso. Não tenho o menor problema em dizer pra você que fiquei surpreso.

Johnny: E foi uma boa surpresa?

Ben K.: Foi, tipo, uma *grande* surpresa.

Kumal: Ela parece legal.

Johnny: Legal em que sentido?

Kumal: Sei lá, do tipo que aprendeu um monte de coisas na escola.

Johnny: Por que você acha isso?

Kumal: [...]

Johnny: Como você acha que as coisas estão indo até agora?

Brian: Acho que a beleza pode ter várias formas e tamanhos.

Johnny: ... e?

Brian: É isso. Não dá pra julgar um livro pela capa.

Johnny: E então, como foi o encontro com a Bea?

Sam: Cara, você *viu* o que aconteceu? Eu dei um cutucão nela! Minha nossa, dei o maior vexame na TV. Minha vó vai tirar sarro de mim pelo resto da vida.

Johnny: Você já saiu com uma mulher plus-size antes?

Jaime: Depende da sua definição de "sair".

Johnny: Está com medo de que Bea mande você embora na cerimônia de eliminação de hoje?

Nash: [*risos*]

Johnny: Está ou não está?

Nash: Ah, você tá falando sério? Tomara que sim! Não quero parecer um babaca e ir embora que nem o outro cara fez.

Johnny: Você quer ir embora?

Nash: Sei lá, cara... você sabe qual é o cronograma de viagens dessa temporada? A gente vai pra algum lugar bacana?

* * *

De início, foi uma novidade quase bem-vinda para Bea, ouvir um de seus compositores favoritos ao vivo na TV, ciente de que os holofotes estavam longe dela enquanto os homens falassem. Quanto ao que estavam dizendo, bem... isso não fazia diferença, certo? Era uma sensação meio agridoce saber que o romance que viveria no programa seria fingimento, mas, por outro lado, era um grande alívio pensar que a decepção amorosa que sofreria também não seria verdadeira.

Digamos que Bea tivesse "encontros" com esses caras, viajasse para lugares exóticos com eles e acabasse "se apaixonando", mas no fim descobrisse que ele a chamara de porca comilona na primeira noite de filmagens — precisamente naquele exato momento, sob os risos da plateia. Isso não seria problema, porque Bea na verdade não sentiria nada por ele, para começo de conversa! Não seria muito diferente dos *trolls* da internet que a insultavam todos os dias, exceto pelo fato de que esses caras ajudariam a garantir seu futuro sucesso. Lauren tinha razão: quanto mais obstáculos Bea enfrentasse, mais os espectadores torceriam por ela.

E, embora uma parte dela tivesse desejado que Marin estivesse certa e que fosse possível conhecer alguém especial naquela noite... Essa possibilidade não existia mais. Só que não fazia diferença; seria inclusive mais fácil manter as coisas no nível estritamente profissional e se concentrar apenas em sua própria popularidade. Além disso, era um enorme consolo saber que nenhum daqueles caras seria capaz de magoá-la como Ray havia feito.

Será que ele estava assistindo ao programa? Aninhado no sofá de sua sala com Sarah, gargalhando com a piadinha que alguém acabara de soltar e que fizera a plateia rolar de rir? Que piada seria aquela? Aliás, *quem* estava falando? Sentada de lado, Bea não tinha como ver qual pretendente estava sendo entrevistado sem se virar para olhar — o que ela havia sido expressamente proibida de fazer.

Mas era possível ver as primeiras fileiras da plateia: influenciadoras digitais magérrimas soltando risadinhas maldosas, cochichando entre si, apontando para os caras e digitando sem parar no celular. Lauren por acaso era maluca de achar que mulheres como aquelas poderiam torcer por Bea? A sororidade era mesmo uma coisa universal, ou elas prefeririam morrer a se identificar com Bea por um segundo que fosse — ainda que se derretessem em elogios à positividade corporal na internet?

Bea se perguntou se, para aquelas mulheres, ela não passava de uma ET.

Ou para aqueles caras.

Ou para Ray.

Quando aquele sujeito lhe virou as costas mais cedo, Ray teria sentido uma pontada de culpa por ter feito a mesma coisa — duas vezes — ou teria ficado aliviado por ver mais alguém ter aquele mesmo impulso?

Bea havia começado aquela noite se sentindo linda, mas os homens do programa fizeram de tudo para mudar aquilo. E agora ela se enxergava com os olhos de Ray: não como uma lembrança preciosa, mas como uma vergonha. Ela fechou os olhos e esperou Johnny chamar os comerciais.

Todo episódio de *É Pra Casar* era encerrado com uma "cerimônia do beijo", em que Bea mandaria para casa os pretendentes nos quais não estava mais interessada. Naquela temporada, era um quadro patrocinado pelo fabricante dos batons Lucky Lippies — ou seja, Bea precisaria usar uma cor de batom pré-selecionada e, depois que anunciasse o nome de cada homem que pretendia manter na disputa, ele se aproximaria e ela o beijaria no rosto, o que garantiria mais uma semana de convivência. Bea achava tudo aquilo mais brega do que usar vestido de gala com sandália rasteirinha, mas sua agente falou que a Lucky Lippies estava em busca de uma garota-propaganda plus-size, então ela aceitou para não prejudicar futuros negócios.

Aquele foi o maior corte da temporada: sete pretendentes foram limados de uma só vez (incluindo aquele que tinha ido embora por iniciativa própria — ou de Lauren). Quando Lauren foi falar com ela durante o último intervalo comercial da noite com uma lista de candidatos à eliminação, Bea respondeu que não fazia diferença quem ficasse; a direção do programa poderia mandar embora quem quisesse, quem quer que a produção achasse que não tinha feito um bom trabalho diante das câmeras.

"Legal!" Lauren entregou a lista para Bea com um sorriso. "Viu? Eu falei pra você que ia ser moleza."

"Claro." Bea assentiu. "Moleza."

De volta ao palco, os pretendentes se reuniram nas plataformas, descendo um por um quando Bea lia o nome de quem "decidira" manter. Ela os beijava no rosto, sentindo cheiro de uísque ou de uma dose exagerada de perfume. Quando chamou o nome de Luc, ele caminhou em sua direção todo insinuante, com os olhos fixos nos seus.

"Você quer ficar, Luc?", ela perguntou, assim como havia feito para cada um dos pretendentes anteriores.

"Claro que quero ficar. Eu faço o que você quiser."

Quando o beijou no rosto, ela sentiu gosto de sal e um cheiro de alguma coisa herbal, como sabonete e tomilho. Ele pôs a mão em sua cintura, e foi como se Bea sentisse o corpo de Ray contra o seu, o peso dele sobre ela, uma boca quente em sua pele. Ele se afastou. Aquilo não tinha sido nada. Bea sorriu para a câmera e chamou o nome do próximo desconhecido.

Episódio 2
"Exposição total"
(18 pretendentes restantes)

Filmado em locação em Malibu, Califórnia

É PRA CASAR VÊ AUDIÊNCIA SUBIR EM ESTREIA
por Emmy Benson, variety.com

A nova temporada do *É Pra Casar* chegou cercada de polêmica — mas, ao que parece, também comprovando a máxima de que não existe publicidade negativa, com a ABS liderando com sobra o horário das oito às nove na noite passada. A estreia alcançou uma audiência gigantesca de 4,2 pontos entre o público adulto de 18 a 49 anos, atraindo 12,8 milhões de telespectadores no total. Foi um aumento significativo em relação à estreia da temporada passada, e só perdeu, e por muito pouco, para o recorde do próprio programa, quando se tornou público que o então protagonista, o ex-piloto de caças Jack Stanwell, estava tendo um caso com uma pop star pouco antes de o primeiro episódio ir ao ar.

A estreia de ontem também teve suas turbulências: a reação na internet foi veloz e furiosa depois que a revelação de que apenas um dentre os pretendentes da blogueira plus-size Bea Schumacher era uma pessoa plus-size. A hashtag #RobustoÉLindo ficou nos trending topics por várias horas — uma referência à categoria de modelos masculinos "robustos" que vem se consolidando cada vez mais na indústria da moda. Houve várias vozes importantes conclamando um boicote ao programa, e inclusive à própria Schumacher. Ainda não ficou claro se essa estratégia moralmente questionável do programa vai ser um tiro no pé, mas a ABS deve estar bem feliz com os números obtidos até aqui — a grande questão é se eles conseguirão mantê-los.

TRANSCRIÇÃO DO CHAT DO CANAL #PRASHIPAR NO SLACK

Beth.Malone: Oi pessoal, só passando pra lembrar que o prazo final pra preencher o bolão é HOJE às oito da noite!

Colin7784: Espera, tem um prazo esgotando hoje? Eu não sabia... você mandou algum e-mail avisando??

Beth.Malone: 😐

Colin7784: kkkkk EU JÁ MANDEI AS MINHAS APOSTAS BETH PELAMOR

KeyboardCat: Quem foi que vocês colocaram? Wyatt e Luc são as escolhas mais óbvias, mas sei lá, eu meio que curti o Asher...

NickiG: Sério mesmo, Cat? O cara mal apareceu na tela! Acho que a campeã do bolão tá perdendo a mão.

Beth.Malone: Pessoal, a gente não pode conversar sobre os palpites até todo mundo preencher o bolão.

Colin7784: Claro, ninguém vai querer comprometer a integridade do nosso bolão do É Pra Casar. Já não basta o tecido social da nação estar tão esgarçado?

Beth.Malone: 😐

Colin7784: Você vai me expulsar do grupo, né?

Beth.Malone: Estou pensando seriamente.

Enna-Jay: Sei que é uma pergunta esquisita, mas a gente precisa mesmo escolher alguém? Não tem uma opção pro caso dela não querer ficar com nenhum desses caras?

KeyboardCat: Como você não costuma ver o programa, eu até entendo por que está pensando "nossa, esses caras são todos péssimos", mas não se preocupa... lá pelo meio da temporada você vai mudar de ideia e dizer umas coisas tipo: NÃO ELA NÃO PODE ELIMINAR NENHUM DOS PRETENDENTES O AMOR DELES É TÃO PURO!

NickiG: Eu estaria sendo preconceituosa se escolhesse o Jefferson? É errado achar que ela vai escolher o cara mais cheinho?

Enna-Jay: Como o amor deles pode ser puro se os casais sempre se separam?

KeyboardCat: Nem sempre!!!!! Teve aquele bombeiro do Oregon!

Beth.Malone: Colorado

KeyboardCat: isso

Collin7784: É estranho eu estar tenso sobre o que vai acontecer hoje à noite? O que vocês acham que vai rolar hoje, aliás????

NickiG: Bea vai sair com um grupo de pretendentes, vai rolar um primeiro beijo e um monte de d-r-a-m-a!

Colin7784: Uau tá aí uma previsão bem específica.

NickiG: Pois é. Eu sou vidente. (E isso é o que sempre acontece na semana 2.)

Beth.Malone: Sério mesmo, pessoal, a gente só tem mais seis minutos pra terminar de preencher o bolão.

* * *

"Então!" Lauren bateu palmas. "Acho que foi *sensacional*."

"Não consigo acreditar que essa seja sua avaliação", Bea resmungou enquanto vestia um roupão, já se ressentindo da falta de sua dose diária de cafeína. Lauren havia aparecido em seu quarto às oito da manhã com os índices de audiência na mão — mas sem café.

"Quatro vírgula dois pontos na faixa etária alvo!", exclamou Lauren. "A *final* da temporada passada deu dois vírgula nove. Você tem ideia da dimensão dessa diferença?"

"Um vírgula três?", Bea arriscou, torcendo para que aquela conversa sobre altas audiências e desempenho acima das expectativas ajudasse a aliviar o nó que se formava em seu peito. Ela esperava que, depois da estreia, seus nervos se acalmassem e tudo se tornasse mais fácil, afinal, era a última vez que ela precisaria aparecer ao vivo na televisão até o episódio especial de reencontro, que aconteceria só depois que o programa terminasse (e, a essa altura, ela já estaria noiva). O restante da temporada seria pré-gravado e editado aos fins de semana antes de ir ao ar nas noites de segunda — isso deveria ser menos estressante, não? Se alguma coisa desse errado, era só fazer mais uma tomada.

Mas enquanto ouvia Lauren tagarelar sobre audiência e público-alvo e via as ondas do Pacífico quebrarem à distância naquela manhã nublada e melancólica, Bea sentiu seu estômago se revirar. Na noite anterior, ela havia apenas *conhecido* aqueles homens. Agora tinha chegado a hora de ter *encontros românticos* com eles.

"Certo, me diga uma coisa", Lauren falou. "Sobraram dezoito pretendentes, mas você só pode levar dez ao encontro de hoje. Luc e Wyatt já conseguiram chamar a atenção de todo mundo, então preciso deixar os dois de lado por um tempo — não se preocupa com isso, os encontros a dois vão começar daqui a uma ou duas semanas. Eles são ótimos personagens, aliás: um bonzinho, um bad boy, acho que dá pra gente armar um triângulo amoroso bem bacana."

"Parece divertido", concordou Bea, apesar de não fazer a menor ideia de como exatamente isso se daria.

"E os outros caras? Tem alguém que você queira conhecer melhor? Precisamos escolher um deles pro seu primeiro beijo!"

"Sinceramente, eu não conseguiria reconhecer nenhum deles se aparecessem na minha frente agora", murmurou Bea.

"Qual é", insistiu Lauren. "Ninguém que se destacou? Pensa bem... ou quer que eu traga umas fotos pra te ajudar?"

"Lauren..." Bea soltou um suspiro. "A gente precisa conversar sobre os caras que você escolheu."

Lauren franziu a testa. "Qual é o problema?"

"O fato de você ter ignorado tudo o que eu pedi, por exemplo? Você prometeu que ia levar em conta a diversidade."

Lauren parecia perplexa. "Esse é o elenco com mais diversidade que já tivemos no programa!"

"Não em termos de tipo físico." Bea sentiu um nó na garganta. "Uma coisa é encenar um romance de mentira, mas ficar exposta em um palco com um monte de caras que jamais sairiam comigo? Foi uma tremenda humilhação. Senti que meu corpo foi tratado como uma espécie de reviravolta no enredo, ou então como piada mesmo."

"Bea, eu sinto muito... Eu juro que não era essa a minha intenção." Lauren se aproximou e se sentou na cama ao lado de Bea. "Nós concordamos em transformar a coisa num conto de fadas... então pensei em oferecer pra você uma bela lista de príncipes bonitões. E fazer todos competirem por você. Estamos vendendo uma fantasia pras mulheres, né?"

"Claro, mas se eles não *quiserem* competir por mim, a fantasia meio que vai por água abaixo."

Lauren olhou bem para Bea, compreendendo a verdadeira natureza da situação.

"O cara que foi embora." Lauren pôs a mão no joelho de Bea. "Mais uma vez, eu peço desculpas por isso, e a ideia foi minha, não dele. Prometo que nenhum dos outros caras vai fazer isso, vão ficar todos aqui até *você* decidir quem eliminar. Bom, na verdade vamos decidir isso juntas."

Bea ergueu as sobrancelhas, e Lauren deu risada. "Escuta só, nessa temporada vamos ter vilões, assim como em todas as outras, mas não se esqueça de que quem controla o programa sou eu, certo? Quando os vilões forem babacas, você vai ser retratada como a heroína, e eles, como a pura imagem da maldade."

"Tem certeza de que eu vou ser a heroína, e não a garota gorda que não recebeu nenhum convite pro baile de formatura?"

"Juro por Deus que o país inteiro vai ver você como a rainha do baile até o fim da temporada", ela prometeu. "Enfim. Podemos falar sobre os outros caras que temos aqui, pra você escolher um pra ser o seu primeiro beijo? De repente o Jefferson pode ser uma boa escolha, pra deixar você mais tranquila."

"Porque ele é o único que não é magro?" Bea fuzilou Lauren com o olhar.

"Bea, é você que não se sente confortável com os outros caras, não eu. Se preferir beijar algum outro, pra mim está ótimo."

Bea pensou nos homens da noite anterior e tentou se imaginar beijando um deles — entre aqueles de quem conseguia se lembrar, pelo menos. Uma figura se destacou: cabelos pretos, pele morena, olhos verdes.

"Não tem um cara que trabalha com política? Não sei se ele estava sendo sincero, mas pelo menos pareceu contente em me conhecer..."

"Marco." Os olhos de Lauren se iluminaram. "Ele é superinteligente e muito gato — acho que seria um ótimo primeiro beijo. Você se sentiria bem com ele?"

"Tanto quanto com qualquer outro, eu acho", Bea falou, desdenhosa.

"Ótimo! Então já vou indo." Lauren se levantou da cama num pulo e se encaminhou para a porta.

"Aonde?"

"Falar com ele, claro." Ela abriu um sorriso. "Eu sou a produtora, Bea. Sou eu que faço as coisas acontecerem por aqui."

Quando Lauren saiu do quarto, Bea precisou de mais alguns instantes para pensar no que havia concordado em fazer: diante das câmeras, ela beijaria um homem pela primeira vez desde aquela noite de verão com Ray. Bea sentiu sua consciência pesar, e talvez até uma espécie de culpa — o que era ridículo, já que ela não tinha nada com Ray. Era *ele* quem tinha uma noiva.

Então por que Bea não conseguia se desvencilhar da sensação de que aquilo era uma péssima ideia?

Depois de vestir uma calça de moletom e tomar café, Bea foi até a sala de figurino, onde Alison a aguardava com um belíssimo caftan Reem Acra, feito com uma luxuosa seda vermelha. Bea não estava entendendo por que o pessoal que fez seu cabelo tinha usado tanto laquê, mas quando foi levada pela equipe de filmagem para os fundos da casa, tudo ficou claro: uma pequena lancha estava a postos para levá-la até um opulento iate ancorado a algumas centenas de metros da praia; ali, ela encontraria dez pretendentes para seu primeiro encontro oficial dentro do programa.

"Puta merda." Bea soltou uma risada de espanto, observando o iate que brilhava como uma pérola em meio ao azul vívido do Pacífico, sem conseguir acreditar que aquilo estava lá para ela. Durante o breve deslo-camento de lancha, com duas câmeras focadas em seu rosto, respirando o ar salgado e sentindo as gotículas de água atingirem seu rosto, Bea conseguiu relaxar. As filmagens para o programa não se limitariam à pressão de interagir com todos aqueles homens; também haveria tempo para se esbaldar no luxo e viver experiências únicas. Era hora de se sen-tir grata e curtir o momento.

Ela agradeceu mentalmente também pelo fato de os caras já estarem no convés, assim nenhum deles estaria por perto para ver sua embara-çosa subida pela escadinha minúscula que dava acesso ao iate. Uma vez a bordo, porém, Bea pôde constatar que o iate era tão espetacular quanto ela imaginava: as cabines espaçosas nos converses inferiores eram chiques e confortáveis, com carpetes grossos, muitos espelhos, banheiros com revestimento em mármore e camas macias.

"Acho que eu consigo me acostumar com isso", Bea brincou quando Lauren mostrou a cabine reservada para ser seu espaço privativo para se trocar.

"Que bom que você gostou." Lauren fez um carinho no ombro de Bea, que sentiu uma afeição genuína por sua produtora; ela de fato esta-va fazendo de tudo para tornar aquela aventura especial.

"Muito bem", continuou Lauren, "os caras estão todos esperando no convés; vamos dar um pouco de privacidade pra você se trocar antes de subir e se encontrar com eles, ok?"

"Me trocar? O que tem de errado com a roupa que eu estou usando?"

"Nada! Mas não dá pra entrar de vestido em uma banheira de hidro-massagem, né?"

Bea sentiu um frio na barriga. "Hidromassagem?"

"Sim! Pro seu primeiro encontro romântico, eu quis abusar do luxo: uma festinha numa banheira de hidromassagem no convés de um iate no Pacífico. Uau, né?"

"Pois é. Uau."

"Ótimo! Temos uma seleção de roupas de banho pra você escolher..."

"Lauren, não. Eu não vou aparecer de roupa de banho na tv. Sim-plesmente... não."

"Agora fiquei confusa — você sempre disse que era muito importante mostrar pro país inteiro que tem orgulho do seu corpo. E vive postando fotos de biquíni no seu blog!"

Bea fechou os olhos. "É diferente."

"Por quê? Me explica."

"Porque é o *meu blog*. Sou eu que controlo tudo: sou eu que escolho as fotos, sou eu que decido se vou publicar ou não, e me sinto orgulhosa de cada uma daquelas imagens. Aqui... é tudo em vídeo, e em alta definição. Se eu usar roupa de banho no programa, os trolls vão fazer capturas de tela dos meus piores ângulos e transformar em memes e GIFs dizendo barbaridades a meu respeito, e vão passar o dia todo tuitando isso."

A respiração de Bea estava acelerada e as palmas de suas mãos suavam. *Fique calma*, ela disse a si mesma. *Não entre em pânico.*

"Mas, Bea", Lauren falou com um tom de voz bem suave, "você não acha que tem mais chance de enfrentar esses trolls se entrar lá de cabeça erguida e mostrar que a opinião deles não tem a menor importância? Não seria a melhor forma de calar a boca deles?"

Bea soltou uma risadinha amargurada. "Não alimentar os trolls é a melhor forma de calar a boca deles. E, pode acreditar, eles vão ter um banquete e tanto com isso."

"Bom... então que tal não deixar que eles levem a melhor? Não deixar que eles controlem o que você faz com o seu corpo?"

"Se eles estivessem me impedindo de fazer uma coisa que eu *quisesse*, tudo bem, mas eu *não quero* fazer isso! Por favor, Lauren... Não dá pra ser uma festa normal em vez dessa coisa da banheira? Não estou entendendo por que isso é tão importante."

Lauren sacudiu negativamente a cabeça. "Os caras já estão todos de roupa de banho... e não trouxemos roupas pra eles. Se eu mandar todo mundo lá pro set pra se trocar e depois trazer todos de volta pra cá, vamos perder muito tempo; não vai ter mais luz natural. Não temos como fazer a iluminação aqui depois que anoitecer, e só alugamos o barco pra hoje."

"Tudo bem, então eles ficam de roupa de banho, e eu, de vestido. É uma roupa com clima de praia, não?"

"Bea, se você quiser ficar de vestido, a escolha é sua, mas..."

"Mas?", Bea questionou.

"Se eles estiverem todos de traje de banho e você com roupas normais... vai ficar meio ridículo, sabe? Vai parecer que você tem vergonha do seu corpo, e eu sei que não é essa a imagem que queremos transmitir aqui."

Bea queria que houvesse alguma forma de fazer Lauren entender o que ela estava pedindo, ajudá-la a ver como era difícil a luta para manter o controle sobre quem via seu corpo e como: escolhendo cuidadosamente roupas que a faziam se sentir bem, comprando quase sempre pela internet para evitar o vexame de ouvir das vendedoras esnobes que a loja não tinha nada de seu tamanho, e até adquirindo seu próprio extensor de cinto de segurança de avião, para não ter que encarar os olhares de desdém de comissários e passageiros quando era forçada a pedir um. E justo agora, com milhões de espectadores assistindo (era mais gente do que o total de pessoas que já havia colocado os olhos em Bea em toda a sua vida), Lauren queria aniquilar sua capacidade de exercer algum controle sobre a forma como era vista. Bea gostaria de ter uma forma de contornar isso, mas Lauren estava certa. Não havia alternativas viáveis.

"Se eu fizer isso", Bea falou, resignada, "você promete que não vai usar o que acontecer aqui como chamariz pro episódio?"

"Acho que não entendi o que você quis dizer."

Bea estreitou os olhos. "Entendeu, sim. O que você fez ontem, mandando aquele cara virar as costas e ir embora — *não* faça isso com esse lance da roupa de banho, com o meu corpo. Não filme os caras dizendo coisas horríveis sobre mim só pra despertar empatia no público. Se eu preciso fingir que estou numa situação normal, sem motivo pra sentir vergonha, eles também precisam ver a coisa do mesmo jeito."

"Você tem razão, Bea." O olhar de Lauren encontrou o seu. "Eu prometo."

Bea esperou que Lauren e o restante da equipe se retirassem e trancou a porta antes de fechar os olhos e respirar fundo várias vezes. Ela posava para fotos em seu blog, mas não era modelo, longe disso. Sua silhueta não era toda proporcional: a barriga arredondada lhe conferia um formato mais parecido com o de uma maçã, e ela havia se esforçado durante anos para superar as inseguranças a respeito da celulite aparente nos braços e nas coxas. Sabia que aquelas partes de seu corpo eram normais, mas, por outro lado, costumava mantê-las cobertas ou longe das vistas se valendo de todo um arsenal de truques de figurino.

"Bom", ela suspirou, "mas hoje não!"

A única parte boa era que Alison tinha separado peças maravilhosas para Bea, que escolheu um biquíni Chromat violeta fluorescente com a parte de baixo de cintura alta e um top fechado que acentuava seu decote. Depois de encontrar uma canga combinando e amarrar na cintura, ela se contentou com o fato de que pelo menos suas coxas estavam cobertas. Não era muito pior do que usar uma saia e uma regatinha, coisa que ela já havia feito várias vezes em público — só que não na televisão.

Quando Bea subiu para o convés do iate e viu meia dúzia de operadores de câmeras (além dos caras do som e dos assistentes de produção) circulando de um lado para outro, prontos para captar cada movimento seu, sentiu uma onda de adrenalina, apesar de toda a ansiedade. Sim, era assustador entregar o controle de sua imagem a Lauren e ao restante da equipe, mas havia uma parte daquilo que era excitante também. Bea adorava a sensação de selecionar a foto perfeita, de postá-la no Insta e em seu blog e de ver as curtidas e os comentários carinhosos aparecerem. Os integrantes da produção do programa eram profissionais, e Lauren queria que o país inteiro visse Bea como uma princesa. Não seria possível que o encontro fosse glamouroso e sexy como Lauren havia prometido?

Lauren reuniu o grupo de pretendentes — todos de roupa de banho, todos com corpos bem torneados (a não ser Jefferson, que era uma visão bem-vinda naquele ambiente) — em um semicírculo à espera de sua chegada, o que garantia que o nível de constrangimento da situação seria ainda maior, em especial considerando que Bea só sabia o nome de no máximo metade deles. Jefferson estava lá, assim como Jaime, o barman bonitão do Texas; Ben, o professor do jardim de infância (que ainda estava, Bea reparou, usando suas sandálias Birkenstock); o descendente de asiáticos de óculos e cabelos grisalhos (Aslam? Não, esse era o leão de Nárnia); Nash, o corretor de imóveis com uma expressão enojada no olhar (Nash Nojento! Estava aí um recurso mnemônico útil); vários outros de cujos nomes Bea seria incapaz de se lembrar mesmo que fosse para salvar a própria vida; e um cujo nome ficou martelando em sua cabeça o dia inteiro: Marco, o cara da política, que Bea tinha selecionado para seu primeiro beijo. Quando os dois trocaram um breve olhar, ele abriu um sorriso de quem já sabia de tudo.

"Ei, Lauren?" Bea puxou sua produtora de lado. "Sei que é uma situação embaraçosa, mas a gente podia repassar o nome de todo mundo antes de, sabe como é, a gente começar a conversar?"

"Claro." Lauren levantou os olhos do celular, que recebia uma avalanche de mensagens de texto no "Grupo da Produção". "Quais nomes você já sabe?"

"Jefferson, Jaime, Nash e Ben. E Marco, claro." O estômago de Bea se contorceu de leve ao dizer esse nome — um beijo falso ainda era um beijo, e ela estava começando a ficar nervosa.

"Qual Ben você conhece?"

"O Ben do Jardim de Infância."

"O Ben personal trainer também tá aqui... aquele de short vermelho, tá vendo?"

"O Ben personal trainer não tava fora do encontro dessa semana?"

"Não, esse é o personal trainer Ben F. O personal trainer Ben K. tá aqui."

"Ben K.?"

"Ah... desculpa, ele prefere 'instrutor de fitness'."

"Ah, sim. Aquele cara."

"E o outro preparador físico é o Kumal."

"Certo. E o cara do mercado financeiro é... Trent?"

"Trevor. Ele é operador da bolsa. O surfista ao lado dele é o Cooper."

"Legal. E então só sobrou o..."

"Asher. Ele é professor de história em Vermont."

"Eu sabia que não era Aslam!"

Lauren deu um tapinha de leve no braço de Bea e a levou até o círculo de homens para começar a filmagem.

"Simplesmente ignore as câmeras", Lauren lembrou, e Bea assentiu — mas era mais fácil falar do que fazer: afinal, havia três conjuntos de lentes apontados para ela.

"Sejam todos bem-vindos!" Bea fez o discurso que o roteirista mal pago do programa tinha escrito para ela. "Deem só uma olhada nesse iate... uma beleza, né? Espero que a gente navegue em *águas tranquilas* neste encontro... não quero ter que fazer ninguém *andar na prancha*!"

Esse tipo de trocadilho — se é que merecia ser chamado assim — era uma marca registrada do *É Pra Casar*. Bea só esperava ter conseguido dizer aquilo com um tom brincalhão o suficiente para fazer os espectadores darem risada em casa. Já os homens diante dela permaneceram impassíveis, e Bea se perguntou que tipo de bronca Lauren havia dado para que eles suprimissem toda e qualquer reação. Quando ela terminou seu discurso, o grupo se desfez para explorar as várias opções de lazer disponíveis (*shuffleboard*, beber até cair etc.), e Bea se preparou para circular pelo iate.

"Com quem você quer conversar primeiro?", Lauren quis saber.

"Com quem estiver mais perto do bar, eu acho."

"Muito bem. Então é o Trevor."

Bea foi caminhando na direção dele — com certeza uma taça de vinho ajudaria a lubrificar as várias horas de conversa mole que ela teria pela frente. Mas, antes que ela conseguisse chegar lá, Ben K. apareceu ao seu lado e perguntou se poderia falar com ela um minutinho, com uma expressão séria no rosto e um cinegrafista a tiracolo.

"Claro, Ben. O que foi?"

Ele a conduziu até a amurada frontal do iate — o que fez Bea se perguntar se o cara por acaso pretendia reproduzir aquela famosa cena do *Titanic*, ainda mais depois que Ben segurou suas mãos e a olhou profundamente.

"Bea, eu quero que você saiba que eu estou levando isso aqui muito a sério."

Ele fez uma pausa, e Bea supôs que precisava responder alguma coisa.

"Legal! Isso é ótimo, porque..."

"Por muitos anos, eu venho passando as minhas noites sozinho", ele declarou. "Sempre quis alguém especial, alguém pra ser minha cara--metade. Minha esposa. É isso que estou buscando aqui."

Sério mesmo que isso tá acontecendo? Bea fez um esforço para assentir, como se estivesse concordando com aquilo tudo.

"Bea, se você quiser, eu adoraria ser a tampa da sua panela e me tornar a sua cara-metade. Seu marido. E por isso trouxe um presente pra você."

Naquele momento, um assistente de produção apareceu com um embrulho quadrado e quase chato de tão fino.

"Ai, nossa, obrigada", disse Bea, completamente perplexa.

"Você não vai abrir?"

Ela abriu: era uma gravura emoldurada de uma chaleira com a tampinha apoiada na lateral.

"Entendeu?", ele perguntou. "É tipo a panela e aqui é a..."

"A tampa, sim, eu entendi. Uau. Foi muito atencioso da sua parte, Ben. Eu agradeço muito."

Ben K. abriu um sorrisão. "Estava com medo de que você não fosse entender."

"Ah, é?"

"Ah, sim. É meio que uma mensagem bem sutil, né?"

Ela deu um abraço rápido e constrangido em Ben K. e deu um jeito de se mandar dali da forma mais educada possível.

Retomando o caminho do bar, Bea deu uma olhada em alguns dos homens — Jaime, Ben do Jardim de Infância, Nash e Cooper — conversando em uma rodinha. Jaime encenava em mímica um ato sexual com uma mulher gorda, e Nash e Cooper davam risadinhas enquanto Ben do Jardim de Infância parecia estar prestando bastante atenção às dicas que o outro tinha a oferecer.

Bea sentiu uma náusea que não tinha nada a ver com mal-estar físico, mas engoliu em seco e foi até o bar, onde Trevor, o operador da bolsa, conversava sobre tequila com o barman de meia-idade; um operador de câmera a seu lado filmava tudo.

"Bea! E aí?"

Ele deu um tapinha em suas costas como se ela fosse uma velha amiga — nada romântico, mas pelo menos era um gesto simpático.

"Melhor agora, que estou no bar", ela respondeu.

"Esse é o meu tipo de mulher. Vai beber o quê?"

"Pelo jeito o clima aqui está para tequila."

"Eu ia tomar umas doses, você me acompanha?"

Bea questionou se seria um gesto inteligente limitar sua capacidade motora, prejudicar seu juízo e derrubar suas inibições. Considerou sinceramente se valeria a pena correr o risco de cair naquele convés escorregadio (o que seria um acontecimento nada irrelevante, na melhor das hipóteses) em troca do potencial benefício de se sentir um pouco menos estressada com aquela situação. Ela se virou para Trevor com um sorriso travesso.

"Pode mandar descer duas, Trevor."

"Legal, cara!"

A tequila estava geladinha e suave e, depois de duas doses, Bea sentiu o líquido se espalhando por seu organismo, afrouxando os nós de seu cérebro.

"Mais uma?", Trevor perguntou, erguendo seu copo.

"Não." Bea deu uma risadinha. "Estou ótima."

Ela se levantou do banquinho se sentindo mais relaxada, pela primeira vez naquela tarde, e um pouco mais aquecida por causa do álcool. Estava frio no barco (o clima de L.A. em março não é exatamente tropical) e, de todos os caras, Asher, o professor de história, era o único que estava coberto: ele teve a ideia de trazer uma jaqueta da L.L. Bean, e por isso parecia muito mais confortável que o restante do grupo. Estava sentado um pouco afastado dos demais, a uma mesinha perto de uma das extremidades do iate, com o rosto enterrado em um livro — de alguma forma, conseguindo ter uma tarde de sossego que Bea gostaria de curtir caso não estivesse tão ocupada estrelando um reality show. Ele pareceu sentiu o olhar dela, pois levantou a cabeça e a encarou por um instante, mas Bea se apressou em se virar para outro lado. Quando se voltou de novo para Asher, alguns segundos depois, ele já retomara a leitura.

Antes que Bea pudesse decidir aonde ir em seguida, Nash e Cooper chegaram, mas não era possível saber se estavam buscando sua companhia ou se apenas a encontraram por acaso a caminho do bar.

"Oi, pessoal! Estão se divertindo?" Bea perguntou toda animada, pois a tequila havia elevado significativamente seu estado de espírito.

"Com certeza", Nash falou, segurando uma risada, trocando olhares com Cooper. "Nós somos muito fãs de observação de baleias."

Bea cerrou os dentes, torcendo para que seu rosto não ficasse vermelho de raiva e vergonha.

"Espero que encontrem uma." Bea forçou seus lábios a abrir um sorriso frio. "Com certeza deve ser emocionante ver uma criatura com uma inteligência tão maior que a sua."

Ela virou as costas sem esperar pela resposta, disposta a encontrar Lauren e pedir a ela que as imagens daquele diálogo jamais fossem ao ar, mas quase trombou com Jefferson.

"Opa! Cuidado aí, Abelhinha."

Ele abriu um sorriso simpático, e Bea sentiu a raiva provocada por Nash e Cooper começar a se amenizar um pouco.

"Uau", ela brincou, "nós já estamos no estágio de começar a inventar apelidos um pro outro?"

"Eu achei que seria uma boa ideia." Jefferson sorriu. "Como eu me saí?"

"Bom, eu daria cinco pela originalidade, mas um belo sete pela ousadia."

Ele soltou uma risada alta e sincera. "Eu aceito a avaliação. Agora me deixa fazer uma pergunta: tem alguma coisa pra comer nesse barco? Estou com abstinência de churrasco desde o dia em que saí de casa, e umas costelinhas iriam muito bem agora."

"Você é do... Kentucky?", Bea tentou lembrar, mas a revirada de olhos bem-humorada de Jefferson mostrou que estava errada.

"Kansas City. Fica no Missouri."

"E em Kansas também", Bea rebateu.

"Mas a parte do churrasco bom é no Missouri." Jefferson esfregou a barriga coberta de pelos ruivos, que caía por cima da bermuda de surfista com estampa havaiana. "O segredo está na defumação — um processo longo e lento, de preferência feito com pelo menos quatro tipos de madeira."

"Parece delicioso", Bea concordou, "mas não algo muito seguro de se fazer num barco."

"Mais um motivo pra eu preferir a terra firme." Jefferson disse em meio a uma risada. "Instalei um defumador espetacular no meu quintal no ano passado... se as coisas de repente derem certo entre nós, você gostaria de conhecer?"

A expressão no rosto dele era tão meiga, quase esperançosa, que Bea se perguntou se não deveria ter ouvido a sugestão de Lauren e escolhido aquele cara para ser seu primeiro beijo, no fim das contas.

"E você?", ele quis saber. "Qual é o seu tipo favorito de comida?"

Bea abriu a boca para responder a uma pergunta que antes considerava bem fácil — comida tailandesa, hambúrguer, bolo de chocolate —, mas agora precisava levar em conta a onda de comentários que uma resposta como essa poderia gerar, do tipo: *Se você gosta tanto assim de comer, então merece ter todas essas doenças que tanto sobrecarregam o nosso sistema de saúde*".

"Nós temos acesso a ingredientes incríveis aqui na Califórnia", ela respondeu com sinceridade, mas com um sorriso mais largo do que o habitual. "Eu adoro ir às feiras dos produtores locais para conhecer a safra da estação."

"Você vai ter que me ensinar esses costumes misteriosos dos californianos." Jefferson riu e deu uns tapinhas na barriga. "Eu obviamente sou mais adepto de carne com batatas e coisas do tipo."

Havia um aspecto bastante atraente no jeito confiante de Jefferson. Claro, em parte era por ele ser homem e, portanto, não automaticamente sujeito ao mesmo tipo de julgamento imposto a Bea por causa de seu corpo. Mas havia algo mais profundo ali: uma tranquilidade inerente que ela gostaria de aprender a ter também, caso pudesse passar mais tempo com ele.

Mas isso teria que esperar, pois Lauren estava se aproximando para prepará-la para a próxima cena.

"Só temos mais algumas horas de luz natural", ela explicou. "Está pronta para filmar sua conversa com Marco?"

Bea abriu um sorriso tenso e seguiu Lauren até a magnífica banheira de hidromassagem, construída em uma parte mais elevada do convés, permitindo uma visão de trezentos e sessenta graus da costa e do horizonte. Cortinas de vapor espesso se elevavam da água, e alguém tinha deixado ali um balde com uma garrafa de prosecco e várias taças. Dentro da banheira estava Marco, com seus cabelos escuros e a pele morena brilhando por causa da condensação. Bea sentiu seu estômago se contorcer de novo ao se dar conta de que ele estava à espera ali com o único e expresso objetivo de beijá-la.

"Muito bem, crianças", Lauren provocou, "divirtam-se!"

Ela se afastou um pouco para dar a eles uma ilusão de privacidade (apesar de haver três câmeras ao redor), e Marco olhou para Bea com uma expressão cheia de expectativa.

"Eu estava torcendo pra você ter um tempinho pra ficar aqui comigo", ele falou em tom de flerte. "A água está gostosa. Mas faltava uma garota gostosa pra acompanhar."

Bea deu uma risada. "Você pegou mesmo o jeito dos trocadilhos do *É Pra Casar*, hein?"

"Ah, sim." Marco sorriu. "Você vai entrar? Eu garanto que está uma delícia aqui."

Bea ficou com vergonha por um momento quando tirou a canga, mas, com a coragem fornecida pela tequila e os arrepios que sentiu na pele descoberta, se desvencilhou o mais rapidamente possível do tecido e entrou na água quente e deliciosa.

"Ai, *meu Deus*, como isso é bom." Bea soltou um suspiro profundo ao sentir o nível da água chegar até seu peito. "Já estou até com raiva do frio que vou passar quando a gente sair daqui."

"Não sei você", Marco falou em tom conspiratório, "mas eu não pretendo sair daqui tão cedo."

Ele se aproximou de Bea, cujo rosto ficou vermelho de nervosismo e calor — ele não perdia tempo, né? Lauren não estava brincando quando falou que cuidaria de tudo. Mas, agora que o cenário fora preparado, Bea não tinha certeza de que era mesmo o que queria; a situação parecia ensaiada demais, um trem em movimento do qual ela não conseguiria sair mesmo se quisesse.

"Então", ela limpou a garganta, "você trabalha com política?"

"Sim." Ele sorriu. "Trabalho para uma empresa de comunicação."

"Ah, vocês criam slogans para campanhas?"

"Sim, às vezes. Nós fazemos pesquisas, descobrimos as ideias que podem ser bem aceitas pelos eleitores e ajudamos os candidatos a ajustar suas mensagens de acordo com as opiniões de quem vai votar."

"Então é de vocês que vem a imagem dos políticos como 'demagogos'."

Marco ergueu uma sobrancelha e observou Bea com seus olhos verdes reluzentes. "Ninguém é uma coisa só. Nós só ajudamos os candidatos a acentuar aquilo que tem maior apelo."

"Tipo fotografar a pessoa do melhor ângulo?"

"Exatamente." Marco chegou mais perto. "Mas no seu caso todos os ângulos são perfeitos."

Ela conseguiria beijá-lo agora, sabia que sim, mas alguma coisa parecia impedi-la.

"Se você é um especialista em criar versões mais palatáveis da verdade", ela falou baixinho, "como é que eu vou saber se está sendo sincero comigo?"

"Eu não estou de papo-furado com você." Ele assumiu um tom mais grave. "Pensei muito até chegar aqui. Muito mesmo."

"Pensou em quê?", Bea perguntou delicadamente.

"Durante anos, pensei em como seria ter alguém como você."

O corpo de Bea ficou todo tenso.

"Alguém... como eu?"

Ele aproximou o hálito quente de sua orelha, seu pescoço.

"Esses braços, esses lábios, esse corpo", ele murmurou. "Minha nossa, Bea, você é enorme. Aposto que eu conseguiria desaparecer debaixo de você."

Marco segurou seu rosto entre as mãos, e ele era tão lindo, e o coração de Bea batia disparado, e ela se sentia tão horrenda que o gosto da bile subiu até sua boca ao se lembrar do toque de Ray, ela estava com tanta saudade dele que queria gritar, e Marco continuava chegando cada vez mais perto...

"Eu quero muito te beijar."

Não, rugiu uma voz dentro dela, *assim não*.

A boca dele estava quase encostando na sua, mas Bea se levantou tão depressa que espalhou água por toda parte, derrubando uma taça de prosecco, que se espatifou no convés.

"Alguém me dá uma toalha", ela gritou na direção de um dos assistentes de produção, que veio correndo com uma que Bea rezou para que fosse grande o bastante para envolver seu corpo todo.

"Como assim?" Marco ficou de pé, limpando a água dos olhos.

"Sinto muito", disse Bea, morrendo de raiva de si mesma por se desculpar com aquele babaca que a tinha feito se sentir uma aberração. "Mas não estou interessada."

Bea virou as costas para Marco, torcendo para que ele não percebesse o quanto a havia deixado chateada. Ela só queria voltar à cabine para encontrar um roupão confortável, mas Kumal, um dos preparadores físicos escalados para o encontro, entrou em seu caminho.

"Ei, aí está você!"

"É... aqui estou eu!" Depois do choque que sofrera em sua interação com Marco, Bea não estava com paciência para conversa-fiada — principalmente estando toda molhada e enrolada em uma toalha.

"Eu estava te procurando."

"Bom, vocês estão em dez e eu sou a única mulher, então..."

"Pois é, eu sei, mas o barco é enorme."

Bea assentiu. Isso era verdade.

"Enfim, eu queria te dizer que acho muito legal você estar aqui. Fazia tempo que eu queria te conhecer, mesmo antes de saber que a gente faria o programa juntos."

"Sério? Você já me conhecia?" Bea deu uma boa olhada naquele homem de corpo sarado — não parecia ser do tipo que seguia blogueiras de moda plus-size no Instagram.

"Sim! Uma cliente minha uma vez quis me mostrar que já tinha sido enorme de gorda, só que não encontrou nenhuma foto antiga no celular, então abriu o seu perfil. E eu pensei: *Uau, eu poderia ajudar muito essa garota.* Então é mesmo uma loucura a gente ter se encontrado aqui."

Bea fechou a cara. "Me ajudar como, exatamente?"

"Bom, obviamente você não *quer* continuar assim, né? Então tem um montão de coisas que podemos fazer juntos! Dieta, exercícios, mas também umas paradas holísticas, de bem-estar físico e mental... a questão não é só mudar sua aparência. A ideia é ajudar você a ser saudável."

Bea ouviu o pulsar de seu coração ressoar nos ouvidos. A falta de noção de Ben K., os insultos de Nash e Cooper e o fetichismo de Marco ela até podia suportar, mas aquilo já era demais.

"Então me diz uma coisa, Kumal", ela falou com um tom bem grave, "o que exatamente você sabe sobre a minha saúde? Te informaram sobre a minha taxa de glicose? Minha taxa de batimentos cardíacos? Meu colesterol?"

Kumal pareceu ter ficado totalmente perplexo. "Hã... não?"

"Pois é, não mesmo. Só que mesmo assim você está dizendo que eu não posso ser saudável, por causa do meu peso. É isso mesmo?"

A discussão atraiu a atenção de alguns dos outros participantes: os dois Bens, Jaime, Nash e Cooper se aproximaram para ver o que estava acontecendo.

"Eu só acho que você poderia mudar", insistiu Kumal.

"Não", retrucou Bea, "você acha que eu *deveria* mudar, porque considera impossível imaginar que eu posso ser feliz, saudável e gorda ao mesmo tempo. Você está aqui se apresentando como um cara legal que está preocupado com a minha saúde, só que nós dois sabemos que não é nada disso. Seu verdadeiro interesse é aparecer na televisão, dizer às pessoas de casa que é inadmissível ser gordo e deixar bem claro que não sente nenhuma atração por mim. E conseguiu fazer tudo isso. Meus parabéns!"

"Você está exagerando, sério mesmo", Kumal falou com uma risadinha condescendente. "Eu só estava tentando te ajudar, mas se você quiser morrer aos trinta anos, o problema é seu."

"Bom, eu só faço trinta e um em setembro, então acho que ainda dá tempo de a sua profecia se concretizar." Bea sorriu. "E, se você quer mesmo me ajudar, eu sei de um jeito: é caindo fora desse programa agora mesmo."

O grupo inteiro ficou em silêncio. Kumal parecia incrédulo.

"Não precisa ficar chateado, Kumal." Bea deu uma risadinha de deboche. "Você não queria sair comigo mesmo. Agora já sabe que não vai precisar."

Ela virou as costas e saiu andando em direção ao bar — havia desperdiçado sua taça de prosecco fugindo de Marco e, depois daquelas duas últimas conversas, com certeza merecia outra.

Os homens continuaram conversando entre si perto da banheira, então o bar estava convenientemente vazio, a não ser pelo cinegrafista que não saía da cola de Bea. Depois de um instante, porém, Asher se aproximou e se sentou perto dela. Era a primeira vez no dia que ele abandonava seu livro e sua mesinha, pois fazia questão de sempre se manter distante do resto do grupo.

Bea o encarou com uma expressão de expectativa, mas ele não falou nada: só ficou olhando enquanto ela bebia — como se fosse um cientista em pesquisa de campo que tivesse encontrado uma espécie rara de pinguim.

"Que foi?", Bea perguntou, curta e grossa, e se sentindo muito bem por estar cagando e andando para o que aqueles caras poderiam pensar dela.

"Nada", ele falou. "Só estou tentando entender o que você está fazendo aqui."

"O que você quer dizer com isso?" Bea se virou para encará-lo, observando o formato anguloso de sua face, de seu maxilar, de suas maçãs do rosto.

"Exatamente isso", ele insistiu. "Eu fui obrigado a ver uns episódios antigos desse programa, e fiquei com a impressão de que geralmente os protagonistas vêm pra cá à procura de um amor. Passam cada minuto com todos os pretendentes mostrando que querem se apaixonar... mas, pelo que eu pude ver, você não fez isso nem uma única vez. Na verdade, não parece nem um pouco interessada em conversar com a gente. Então estou tentando entender o que você está fazendo aqui."

"Como é que é?" Bea não fazia a menor ideia de aonde aquele homem queria chegar com aquela conversa.

"Você pode ter entrado aqui pra provar uma tese. Ou pra dar um salto na sua carreira. Os dois objetivos são justos. Mas, nessas circunstâncias, a minha participação no programa seria uma enorme perda de tempo." Ele deu um gole em sua cerveja; depois de apresentar sua argumentação racional, estava à espera de uma resposta racional.

Mas Bea não estava se sentindo nem um pouco racional. Estava se sentindo exausta, desolada, exposta — ela se sentia uma fraude e, o que era ainda pior, um fracasso.

"Então por que você não me diz como eu devo me comportar?", ela falou, com um tom de voz embargado, "depois de passar o dia todo sendo ridicularizada, manipulada e insultada? Você quer que eu seja toda assanhadinha e sedutora? Ou uma megera? Ou uma mocinha inocente? É só me dizer, Asher. Me diga você como eu posso ser a mulher que você esperava encontrar, me diga como *você* se comportaria se todo mundo que cruzasse seu caminho encontrasse uma forma sádica de fazer você se sentir muito mal em relação a si mesmo e a seu corpo, e assim eu posso fazer o melhor possível pra deixar de ser essa decepção completa."

Bea viu a dor que sentia espelhada no rosto de Asher — ele claramente não teve a intenção de magoá-la. Só que aquilo era muito mais do que ela seria capaz de suportar, aquele homem e aquele lugar e seu corpo molhado e seus cabelos ensopados e todas as coisas horríveis que os outros disseram na sua cara e por trás dela. E tudo aquilo não seria nada em comparação às coisas horrendas que o país inteiro falaria quando o episódio fosse ao ar na semana seguinte. Bea pediu licença e voltou para sua cabine, e só saiu de novo quando Lauren garantiu que a lancha estava à espera para levá-la de volta para casa.

* * *

Quando Bea enfim chegou a seus aposentos dentro do set já estava escuro, e ela só queria se deitar em posição fetal e chorar. Vestiu as roupas mais confortáveis que encontrou, agradecendo silenciosamente a Alison por ter separado alguns suéteres de caxemira para ela. Envolvida em várias camadas de maciez, Bea pôs uma música e tentou esquecer o som das palavras de Asher, que ecoavam sem parar em sua mente.

Estou tentando entender o que você está fazendo aqui.

Depois dos acontecimentos do dia, Bea também não sabia mais ao certo.

Ela decidiu que a melhor opção seria dormir e tentar de novo no dia seguinte, mas logo em seguida ouviu uma batida na porta.

"Porra, Lauren", ela murmurou, "será que não posso ter um minuto de paz sem..."

Ela abriu a porta com um movimento brusco — não era Lauren.

Era Luc, o francês arrebatadoramente lindo que ela conhecera na estreia, com uma tigela de metal cheia de ingredientes nos braços e uma equipe de filmagem às suas costas.

"Olá, Bea."

"Luc, hã, oi? Eu não esperava que pudesse ser você."

"Espero não estar atrapalhando, mas é que me disseram que você teve um dia difícil, então pensei em cumprir minha promessa e te fazer um doce, que tal?"

Ele mostrou a tigela com um olhar cheio de expectativa, e Bea conseguiu ver alguns ovos e baunilha. Luc estava certíssimo: era exatamente disso que ela precisava.

"Claro." Ela abriu um pouco mais a porta. "Pode entrar."

Luc contou que iria preparar uma das sobremesas que servia em seu restaurante, um crème brûlée de mel e lavanda.

"Assim", ele falou enquanto ia até a cozinha procurar um batedor, "se você estiver brava com alguém aqui, pode bater com a colher no açúcar queimado e imaginar que está arrebentando a cabeça dele." Ele deu um tapinha de leve na testa de Bea com uma colher de prata. "Viu?"

Bea deu risada. "É uma verdadeira catarse."

"Ótimo! Então senta aí e relaxa que eu cuido de tudo."

"Não, você precisa me deixar ajudar! Eu posso ser a *sous chef*."

"Ah, então você quer trabalhar comigo? Essa é uma posição cobiçada. Eu só contrato os melhores."

"Pensei que você fosse gostar de poder me mandar fazer o que quisesse", Bea provocou, perguntando a si mesma como aquele desconhecido tão obscenamente lindo era capaz de deixá-la à vontade a ponto de flertar de um jeito tão descarado.

"Você sabe separar gemas?", ele perguntou com um tom de voz suave.

"Mais ou menos."

"Vem cá." Ele pôs as mãos sobre as suas. "Vou te ensinar."

Juntos, eles quebraram os ovos e jogaram com cuidado as gemas de uma mão para a outra, deixando as claras escorrerem pelos dedos.

"Você é uma mulher de vários talentos." Luc deu uma risadinha quando Bea pôs a última gema em uma tigela.

"Blogueira, confeiteira, será que tem alguma coisa que ela não saiba fazer?", Bea falou em tom de brincadeira.

"Me diga você. Deve existir algum ponto fraco."

"Meu ponto fraco obviamente são as sobremesas."

Ela entregou a tigela com as gemas, e ele segurou seu braço por um breve momento, passando o polegar por seu pulso.

"Não é fraqueza nenhuma gostar de coisas doces."

No fim, a parte mais demorada da preparação do crème brûlée era esperar a mistura esfriar — por uma hora ou mais — depois de ir ao forno. A equipe de filmagem já estava fazendo hora extra, então Luc tinha trazido dois potinhos com o creme já pronto para eles poderem pular direto para a parte mais divertida: queimar o açúcar.

"Mas espera aí", Bea falou, "quando você ficou sabendo que eu tive um dia difícil? Eu cheguei faz uma hora, como foi que você teve tempo de preparar isso?"

Luc lançou um olhar para a equipe de câmera, que simplesmente continuou filmando.

"Não sei se eu posso contar isso, mas Lauren mandou uma pessoa da produção vir falar comigo mais cedo. Rolou um problema com a sua roupa de banho ou coisa do tipo? Ela estava bem chateada. E me perguntou se eu podia pensar em uma forma de ajudar."

"Ah." Bea baixou os olhos, enquanto o verdadeiro caráter da situação se revelava. Aquele homem não gostava dela — era só mais uma situação armada por Lauren, um plano B para garantir que a semana não terminaria sem um primeiro beijo.

Muito bem. Se era o que Lauren queria, então o papel de Bea era fazer acontecer. Ela se obrigou a abrir outro sorriso e se preparou para a última performance do dia.

"Você precisa me ensinar a queimar o açúcar!"

Luc mostrou a Bea como usar o maçarico, e foi divertido fazer a casquinha e quebrar devagarinho com a colher. A sobremesa era espessa e doce; eles comeram sentados no carpete diante da lareira que alguns assistentes de produção acenderam discretamente enquanto os dois estavam na cozinha.

"Uma lareira, o mar, uma sobremesa caseira...uau", falou Bea.

"Pois é, um pouco demais, talvez? E olha que eu sou francês, então minha tolerância para o romance é bem alta."

"Então é isso que está rolando aqui? Romance?"

"É isso o que você quer?"

Ele chegou mais perto dela, deixando seus corpos a apenas alguns centímetros de distância. Talvez ele gostasse de Bea — ou talvez fosse só encenação. Talvez não fizesse diferença.

"Luc, posso te contar um segredo?", ela murmurou.

A voz dele saiu como pouco mais que um sussurro. "Pode falar."

"Eu não sei o que eu quero."

Ele passou um dedo em seu queixo, e ela assentiu com a cabeça. Luc a beijou de leve, como quem buscava conhecer o terreno onde estava pisando, e ela pensou em Lauren, e pensou em Asher, e pensou em Ray, até que por fim se inclinou na direção dele até que não restasse nada para pensar a não ser Luc e o gosto de açúcar e creme.

Episódio 3
"Impressões"
(14 pretendentes restantes)

Filmado em locações em Malibu, Anaheim e Los Angeles, Califórnia

É PRA CASAR: BEA SCHUMACHER É A PIOR
PROTAGONISTA DE TODOS OS TEMPOS?
por Nichole Sessuber, vanityfair.com

Quando a blogueira plus-size Bea Schumacher foi anunciada como a estrela desta temporada de *É Pra Casar*, eu fui às nuvens: seria possível que, depois de tantos anos, o programa de que me envergonho tanto de gostar pudesse se tornar interessante e até mesmo — peço perdão por dizer isso — *redentor*?

A resposta é não.

Ou talvez possa ser sim.

Ou talvez não faça diferença!

Porque uma coisa está clara: no momento, o programa está um *horror*.

O episódio de ontem foi um dos mais constrangedores que já vi, pior até do que aquela vez em que botaram um racista junto com um cara negro em um concurso de comer cachorro-quente. Porque, apesar de nojento, aquilo foi entretenimento de primeira.

O que não pode ser dito da horrenda aventura em alto-mar de ontem à noite, em que Bea foi obrigada a aparecer de biquíni (pelo menos eu acho que ela foi obrigada, porque certamente não parecia nem um pouco feliz com isso), a aturar as gracinhas de homens com a maturidade emocional do senador Lindsey Graham, a se livrar de um cara que tentou transformar seu corpo em objeto de fetiche e, por fim, a ceder um beijo a um francês cuja vontade de aparecer na

TV não poderia ser mais óbvia. (Só para deixar claro, ABS, eu veria qualquer programa que vocês inventassem para o gatíssimo chef Luc; não precisa forçar Bea a beijar o cara para me convencer disso!)

O único momento do episódio em que Bea pareceu feliz em alguma medida — bom, não exatamente feliz, mas pelo menos uma pessoa normal — foi quando esculachou Kumal, o preparador físico que ela expulsou do programa por insultar seu corpo na maior cara de pau. Foi bom ver Bea se impondo dessa maneira, mas o programa não vai conseguir se apoiar só nisso. A coisa se tornaria cansativa em pouquíssimo tempo, e ninguém vê um reality show como esse para se educar sobre imagem corporal; nós queremos romance! E drama! E a *fantasia* em meio a tudo isso!

Mas o que estamos vendo agora não tem nada de fantástico. Essa parte da temporada é sempre um pouco sem graça: ainda não conhecemos bem os pretendentes a ponto de escolhermos nosso favorito, então dependemos da conexão com a protagonista para nos motivarmos a continuar acompanhando os episódios seguintes. Passei as duas últimas semanas disposta a torcer por Bea mais do que já torci por qualquer um na vida, mas, mesmo quando não está fazendo as piadinhas infelizes que constam do roteiro do programa, ela parece travada e desconfortável — e, sinceramente, é constrangedor vê-la assim, o que impossibilita qualquer ligação emocional. Compreensível? Com certeza. Interessante? De forma alguma, jamais.

Não ficou claro se o problema é a negatividade de Bea (como Asher argumentou no episódio de ontem) ou se essa temporada como um todo foi criada como uma espécie de exercício de sadismo às custas dessa pobre mulher. Mas de uma coisa tenho certeza: se o episódio da próxima semana for lamentável como o de ontem à noite, vai ser o último para mim.

* * *

"Ei, pessoal, vocês podem sair um minutinho? Preciso conversar com a Bea."

Lauren falou em tom casual, mas o incômodo em sua voz era perceptível. A equipe de figurino, cabelo e maquiagem se retirou às pressas enquanto Bea estava sendo preparada para a gravação seguinte: uma conversa com Johnny sobre os encontros que teria na semana.

"Tá tudo bem?", Bea perguntou, cautelosa. Ela não sabia ao certo nem o que temer — será que precisaria aparecer nua naquela semana? —, mas, o que quer que fosse, não parecia coisa boa.

Lauren se sentou perto dela e respirou fundo.

"Nossa audiência sofreu um baque ontem à noite."

Bea sentiu um alívio imenso; inclusive quase caiu na gargalhada. "Só isso?"

"Bea, é um problema sério. Se for só um acidente de percurso, beleza. Mas se os números continuarem a cair, bom..."

"O que acontece se os números continuarem a cair?"

"Digamos que não seria bom pra carreira de nenhuma de nós duas."

A expressão de Bea ficou mais séria. "Certo. O que você quer que eu faça a respeito?"

"A verdade é que surgiram alguns comentários negativos sobre a sua postura em relação ao programa... e aos pretendentes."

"Comentários negativos?"

Lauren soltou um suspiro. "Bea, o público está duvidando que você possa se apaixonar aqui dentro. E é só por isso que as pessoas assistem..."

Geralmente os protagonistas vêm para cá à procura de um amor. Mas você não. As palavras de Asher continuavam a ecoar na mente de Bea, como um zumbido acusatório constante que ameaçava destruir o pouco de confiança que ainda lhe restava depois da semana anterior.

"E o que é que eu posso fazer?" Bea se esforçou para manter a compostura. "As outras mulheres que estiveram no meu lugar entraram num mundo de fantasia, mas você não para de criar cenários de pesadelo pra mim."

"Eu literalmente coloquei você pra beber champanhe num iate de luxo em Malibu cercada de um monte de homens lindos", esbravejou Lauren. "Se isso não é uma fantasia, não sei o que pode ser."

"Homens que no melhor dos casos me trataram como objeto, quando não estavam me humilhando!", Bea rebateu. "Se você quer que o público compre a ideia que está vendendo, precisa parar de achar que eu vou encarar esses encontros da mesma forma que você. Eu não tenho o seu corpo. Caras como esses não me tratam do mesmo jeito que tratam você."

"E o que dizer sobre o Luc, então?" Lauren estreitou os olhos. "Ele foi maravilhoso com você, mas, revendo as imagens, a sua cabeça parecia estar bem longe daqui."

Bea fechou os olhos e assentiu.

"Tem razão. Sei lá. Acho que eu ainda estava chateada por causa do que aconteceu no iate."

"Ou talvez", Lauren comentou de forma um pouco mais contundente, "você na verdade não tenha estômago para fingir que está apaixonada por alguém por quem não sente nada... Se for esse o caso, Bea, nós duas estamos ferradas."

Bea engoliu em seco. "Essa semana vai ser melhor. Eu prometo."

"Ótimo, então chegamos a um consenso." A expressão de Lauren se amenizou, e ela pareceu um tanto chateada. "É bem injusto a parte boa ser fingimento e a parte ruim ser real, né?"

Bea soltou uma risadinha. "Pensando dessa maneira, acho que é mesmo."

"Não esquece por que você está aqui, certo, Bea? O *seu* futuro. A *sua* carreira. Você não está fazendo isso por homem nenhum. Mas por você mesma."

TRANSCRIÇÃO DE MENSAGENS DE TEXTO, 10 DE MARÇO:
RAY MORETTI E MARIN MENDOZA

Ray [8h34]: Oi, Marin. Aqui é o Ray, amigo da Bea — a gente se conheceu no aniversário dela uns anos atrás, lembra? Desculpa incomodar, eu encontrei seu número em um grupo antigo de mensagens. Estou tentando entrar em contato com ela, mas só estou recebendo respostas automáticas no celular e no e-mail. Não sei se vocês estão em contato uma com a outra durante as gravações, mas eu queria muito conversar com ela. Então, se possível, você pode repassar essa mensagem pra ela?

Ray [8h35]: Obrigado. Eu agradeço muito.

Marin [8h39]: É muita cara de pau da sua parte vir falar comigo.

Marin [8h40]: Nunca mais faça isso. E por favor deixe a Bea em paz.

Marin [8h40]: Ela merece alguém muito melhor que você.

* * *

Meia hora depois, Bea chegou ao jardim ricamente decorado onde seria filmada sua conversa com Johnny. Mas, assim que pôs os pés para fora da mansão, a pessoa com quem se deparou — literalmente dando pulinhos de alegria — não era o apresentador do programa, e sim Marin.

"Como assim?", Bea deixou escapar. Marin já estava correndo em sua direção para um abraço apertado, e foi muito bom poder desfrutar de um momento de felicidade genuína.

"Eu estou aqui, dá pra acreditar?!"

Bea soltou uma risada que misturava alegria e confusão. "Não dá, não! Como assim, o que está acontecendo aqui?"

Johnny claramente queria ganhar um abraço, mas, como seria esquisito demais, se contentou com um aperto de mão. "As duas melhores amigas se reencontram!"

Só então Bea percebeu que as câmeras já estavam gravando.

"Uau, nós chegamos bem na hora, hein?"

Johnny abriu um sorrisão e conduziu Bea e Marin até uma mesa onde estavam sendo servidos chá e bolinhos. "Marin e eu preparamos algumas surpresas divertidas para você, Bea, mas antes... Você pode nos contar mais sobre Marin? Como foi que vocês duas se conheceram?"

"Fomos colegas de quarto no meu primeiro ano de faculdade na ucla", Bea contou. "A gente não tinha como ser mais diferente: ela estava sempre na balada, e eu só queria ficar no dormitório estudando e vendo filmes antigos."

"Era tão triste", Marin comentou, entrando na conversa com a maior naturalidade.

"Marin, é a você que nós devemos agradecer por Bea ter saído da concha para se transformar em uma estrela?"

"Não, isso ela fez sozinha." Marin abriu um sorriso orgulhoso. "Eu só arrastei ela pra uma ou outra festa ridícula de fraternidades."

"Essas festas eram as *piores*", Bea resmungou.

"Então, eu jamais diria que aquelas festas eram boas, mas os carinhas de fraternidade sempre gostavam de ver garotas beijando garotas, e era isso que *eu* queria fazer, então os meus interesses e os deles estavam muito bem alinhados na época", Marin explicou enquanto Bea caía na risada.

"Por falar em beijar", falou Johnny, aproveitando o gancho, "Marin, pode contar para a Bea por que você está aqui?"

"Posso, SIM!" Marin abriu um sorrisão. "Certo, então, eu vim pela primeira vez três dias atrás, mas você não ficou sabendo."

"Quê? E eu estava onde?"

"Sei lá, filmando seus depoimentos, ou experimentado roupas, ou seja lá o que você fica fazendo aqui."

Bea assentiu — qualquer uma das opções era possível.

"E, enquanto você fazia isso, *eu* estava conhecendo seus pretendentes."

"Como é que é?"

"Pois é! Eu entrevistei um por um pra descobrir quem são e o que querem da vida e, o melhor de tudo, o que pensam sobre você." Marin se recostou na cadeira com um sorriso todo satisfeito, enquanto Bea ficava cada vez mais ansiosa. Os homens teriam sido sinceros com Marin? Teriam falado coisas horríveis pelas suas costas — e na frente das câmeras?

"Hã, e como... Como foram essas conversas?", gaguejou Bea.

"Muito bem", garantiu Marin. "Fiquei com uma impressão ótima deles. E é por isso que estou empolgada: por ter podido escolher os dois caras com quem você vai sair a sós essa semana."

"Uau." Bea arregalou os olhos. "Você deu mesmo um jeito de se encarregar oficialmente da minha vida amorosa."

"É como quando você me deixou escolher caras no Bumble pra você, só que na TV", sorriu Marin.

"Então, Bea", disse Johnny, com seu tom de voz grave e dramático, "você está pronta para descobrir com quem você vai sair essa semana?"

"Pode falar, Johnny." Bea imitou aquele tom de trailer de cinema, e Marin deixou escapar uma risadinha.

Um assistente de produção apareceu correndo com um cartão, que Marin pôs virado para baixo sobre a mesa antes de fazer um discurso que provocou em Bea a nítida impressão de que havia sido ensaiado com Lauren.

"Bea, acho que tem uns caras bem legais aqui, mas dois deles se destacaram como pares perfeitos pra você. O primeiro que eu escolhi é um doce, muito engraçado, e tem uma postura superpositiva em relação à vida em geral e a este programa em particular. Você precisava ver como ele ficou animado quando soube que tinha sido escolhido pra sair com você. Espero que você fique contente também. Seu primeiro encontro na semana vai ser com... Sam!"

Marin virou o cartão para revelar o rosto de Sam. Além do fato de ser o mais jovem da casa e de ter dado um cutucão em sua barriga no episódio de estreia, Bea não sabia absolutamente nada sobre ele. Era um cara atraente, sem dúvida — e, se Marin tinha gostado dele, então devia ser divertido também. Bea considerou isso uma vitória.

"Está animada?" Marin olhou para a amiga, cheia de expectativa.

"Com certeza", Bea falou, entusiasmada. "Ótima escolha!"

"Muito bem, Marin", continuou Johnny. "E quem vai se juntar a Bea no segundo encontro da semana?"

"Esse cara e Bea têm muito em comum: os dois são superinteligentes, estão sempre por dentro de tudo e adoram uma discussãozinha, mas sempre com muita elegância, claro."

Humm, a descrição não parecia se aplicar a nenhum dos homens que Bea já havia conhecido. Seria possível que Marin houvesse descoberto uma joia escondida?

"De todos os caras da casa, acho que é com ele que eu consigo mais facilmente visualizar você no fim de tudo isso, e espero que concorde comigo. Então tomara que você esteja animada pro seu encontro com... Asher!"

Marin virou o segundo cartão, e o rosto de Asher encarou Bea do outro lado da mesa, parecendo capaz de decifrar suas intenções mesmo em sua versão bidimensional.

"Bea, você e Asher tiveram um pequeno desentendimento na semana passada", lembrou Johnny. "Você acha que Marin fez uma boa escolha nesse caso?"

"Eu, hã..." Bea não queria expor Marin a nenhum tipo de constrangimento; por isso, decidiu que o melhor a fazer era ser cautelosa. "Na verdade, eu não passei muito tempo com Asher. Vai ser interessante conhecê-lo melhor."

Depois de terminada a gravação, as duas puderam conversar por alguns minutos antes que Bea fosse chamada para entrevistas com a produção sobre sua expectativa em relação aos encontros. Então elas foram se esconder na sala de figurino, onde Marin imediatamente se pôs à vontade no sofá de veludo verde.

"Então, está se divertindo no programa?"

Marin deu uma boa encarada em Bea, que suspirou. Não havia como esconder nada de sua amiga.

"Eu já sei, tá bom? Tive uma conversa com a Lauren hoje de manhã... vou tentar parecer mais feliz essa semana."

"Tentar *parecer* feliz? Você tá brincando, né?"

"Hã... não?"

Marin bufou, irritada. "Bea, eu sei que você só está aqui por causa da sua carreira, mas se passar o tempo todo evitando qualquer envolvimento emocional com caras muito legais que vieram pra cá só pra te conhecer... isso seria uma autossabotagem gigantesca, até mesmo para os seus padrões."

"Uau, você andou conversando com a minha mãe?"

"Sou obrigada a dizer que desta vez eu concordo com a Sue." Marin segurou a mão de Bea e puxou a amiga para o sofá ao seu lado. "Gata, por que milhões de espectadores se importariam com a sua 'jornada para encontrar o amor' se você mesma não está nem aí?"

Bea desabou no sofá quando Marin a abraçou, se dando conta do quanto se sentia grotesca naquele papel, de como era difícil fingir que estava contente no meio daqueles homens sabendo o tempo todo que nenhum deles se sentia remotamente atraído por ela.

"Sei lá", ela falou. "Pensei que fingir seria mais fácil."

"Você não entende?" Marin se aninhou junto a Bea. "É *melhor* que não seja fácil. Se fosse fácil, isso significaria que você já desistiu de encontrar um amor. Mas eu sei que isso não é verdade, Bea. Sei que é uma coisa que você quer muito. E sei que está bem perto de conseguir."

Bea fechou os olhos. Apesar de toda a mágoa, estava aliviada por estar com alguém que sabia o verdadeiro motivo para ela não ter se sentido feliz quando beijou Luc.

Marin apertou seu braço. "Bea, será que você não quer levar a sério os encontros com esses caras porque tem esperança de ainda ficar com Ray?"

"Eu não tenho como me obrigar a esquecer o que sinto por ele", protestou Bea.

"Eu sei. Mas pode tentar seguir em frente... ainda mais levando em conta que está num programa cheio de homens literalmente escolhidos a dedo em todos os cantos do país pra namorar com você, né?"

"Homens que sentem desprezo por mim."

"Isso não é verdade! Eu conheci todos, e vários deles estão interessados de verdade em você. Principalmente o Sam e o Asher."

"Sam é uma criança, e Asher é um babaca."

"O Sam é mais maduro do que você imagina... Você vai ver, quando passar um tempinho com ele. E o Asher faz totalmente o seu tipo."

"Presunçoso e sabichão?"

"Exato! Justamente o seu tipo! Não venha querer fingir que não ficou gamada por, sei lá, uns cinquenta professores seus."

"Sim, na *faculdade*."

"E aquele editor que você conheceu num lançamento de livro dois anos atrás? Você passou um tempão falando de como ele era lindo."

"Eu não estou dizendo que o Asher não seja bonito..."

"A-há!" Os olhos de Marin se iluminaram. "Então você *está* interessada nele."

"Que diferença faz se eu estiver?", retrucou Bea. "Você viu o que aconteceu no barco. Ele me acusou publicamente de estar aqui pelo motivo errado, de ser um desperdício de tempo."

"Eu sou obrigada a concordar que a abordagem dele deixou mesmo um pouco a desejar. Mas ele falou alguma coisa que seja mentira?"

Bea suspirou. Por mais que ela detestasse admitir, era verdade. Mas nenhum daqueles homens parecia entender como era difícil para ela se abrir com eles.

"Eu sei o que acontece quando me apaixono", ela falou baixinho. "E não posso... o ano passado foi horrível. Não sei se consigo passar por tudo aquilo de novo."

Marin afastou delicadamente os cabelos de Bea da frente dos olhos. "Você pode passar a vida inteira sem se magoar e nunca ser feliz. Se é isso que você quer..."

Bea sacudiu a cabeça — não era.

"Então pelo menos tenta, Bea. Tá bom? Não precisa ficar noiva nem nada, não precisa entregar seu coração pra ninguém. Mas no mínimo me promete que vai tentar."

Depois de uma longa pausa, Bea concordou com a amiga.

"Eu prometo."

<small>TRECHO DA FICHA DE INSCRIÇÃO DO CANDIDATO SAM COX
PARA PARTICIPAÇÃO NO PROGRAMA É PRA CASAR,
DIVULGADO NO SITE ABS.COM</small>

Nome: Sam Cox

Profissão: Treinador de basquete voluntário

Cidade natal: Short Hills, Nova Jersey

Lugar favorito para onde viajou? Camboja

Sorvete favorito? Menta com gotas de chocolate. Não, baunilha com caramelo. Ou pasta de amendoim! Cherry Garcia também! E Phish Food. Uau, eu tenho essa predileção por sabores de sorvete com nomes que têm a ver com bandas, mas detesto a música delas. O que será que isso significa?

Quem é seu modelo de conduta? Minha mãe, Claudette, é a cirurgiã-chefe do setor de cardiologia do Mountainside Hospital. Ela tem a coragem de se prontificar a salvar vidas e a força necessária para encarar essa responsabilidade.

Se fosse para você realizar uma única coisa na vida, o que seria? Uau, agora vocês foram fundo. Parabéns. Ah, a resposta? Não faço ideia.

* * *

Na manhã seguinte, Bea precisou acordar absurdamente cedo para seu encontro com Sam. Alison a vestiu com maestria: jeans boyfriend rasgadinho, camiseta Monroe de tecido finíssimo, jaqueta masculina de couro com as mangas puxadas até os cotovelos e tênis Nike vintage; Bea sabia que seria alguma coisa informal, mas não tinha ideia do quê, nem de onde. Lauren fez questão de manter a surpresa — por isso, Bea e Sam estariam vendados durante o trajeto de limusine até o local.

"Sério mesmo?", Bea perguntou quando um assistente de produção apareceu com duas vendas de cetim com o logotipo do programa bordado.

Sam também não pareceu gostar da ideia, mas Lauren não cedeu.

"Eu garanto", ela falou, "que vocês ficariam mais chateados se a gente demorasse mais um minuto pra chegar ao lugar aonde estamos indo, então é melhor colocarem as vendas pra irmos logo."

E foi assim que Bea e Sam acabaram vendados e foram conduzidos até uma limusine com duas câmeras prontas para capturar cada movimento que fizessem. Assim cruzaram a cidade de Los Angeles às seis da manhã.

"Pra onde você acha que estão levando a gente?", ele perguntou.

"Uma daquelas salas de fuga, talvez?", arriscou Bea. "Se não for, não tenho ideia do motivo pra vendar a gente."

"Sou obrigado a dizer que essa vibe *De olhos bem fechados* é bem estranha pra um primeiro encontro."

"Ah, então eu não te contei que a gente está indo pra uma orgia homicida secreta?", Bea brincou.

"É bem melhor que uma orgia homicida em público", comentou Sam. "Essas sempre acabam em cadeia."

"Ai, droga, será que o pessoal vai se incomodar com as câmeras?"

Bea ouviu uma movimentação ao seu lado, como se Sam estivesse se debatendo loucamente dentro da limusine.

"Pessoal! Pessoal! Vocês sabiam que é proibido entrar com câmeras em orgias homicidas secretas? Nosso encontro já era!"

Quando o carro finalmente parou, Bea e Sam desceram juntos aos tropeços, ainda vendados, e foram obrigados a caminhar mais cinco minutos antes de pararem no local da revelação.

"Bea e Sam, bem-vindos a seu primeiro encontro a dois!"

"Obrigada, Johnny!", Bea falou, toda animada.

"Agora me digam", Johnny falou com voz suave, "vocês têm alguma ideia de onde estão?"

"Nós passamos mais ou menos uma hora no carro", Bea começou, "e sem trânsito pela via expressa, a uma boa velocidade, então rodamos uns cem quilômetros, talvez? Mas está muito mais ensolarado e quente do que quando saímos, então acho que nos afastamos da costa, e provavelmente na direção sul, e se a gente levar em conta que..."

"Certo", alguém da produção interrompeu, "era uma pergunta retórica. Bea, Sam, podemos fazer mais uma tomada e vocês só balançam a cabeça?"

"Que coisa", Sam murmurou, "me lembra de levar você junto se eu for sequestrado algum dia. Você é o quê, uma agente do serviço secreto?"

"Eu posso ser uma super-heroína cujo poder é ter passado metade da vida no trânsito de L.A.", Bea sussurrou enquanto ambos sacudiam a cabeça com um ar solene, seguido as instruções da produção.

"Muito bem", falou Johnny, em tom grandiloquente, "depois da contagem regressiva, vocês podem tirar as vendas. Em três, dois, um..."

"Puta merda!", Sam gritou.

Nesse mesmo momento, Bea deu um berro: "A gente tá na Disney!".

"Não acredito!", Sam falou, incrédulo.

"Né?" Bea deu risada. "O Lugar mais Feliz da Terra!"

"Pode acreditar." Sam sorriu, deu um abraço apertado em Bea e um beijo no seu rosto.

"Valeu a pena acordar tão cedo pra um encontro?"

"Bea, eu sairia com você a qualquer hora. Mas o parque já está aberto, por acaso?"

"Tecnicamente", Johnny explicou com um tom entusiasmado, "o parque só abre para o público daqui a três horas. Mas vocês dois podem entrar agora."

Sam vibrou e abraçou Bea de novo. Não dava para saber se ele estava a fim dela de verdade ou só empolgado com a situação, mas a voz de Marin ecoou em sua cabeça: *Pelo menos tenta.*

Tá bom, Mar, ela pensou. *É só um encontro. Eu consigo.*

A primeira hora dentro do parque foi uma correria enlouquecida entre uma atração e outra. Bea e Sam poderiam conversar discretamente em locais escondidos quando os demais visitantes entrassem, mas aquele tempo com o parque só para eles era a única oportunidade da produção de filmar Bea e Sam nos brinquedos mais populares, e eles não perderiam essa chance. Os dois berraram loucamente na Space Mountain e deram gritinhos na Haunted Mansion — Bea inclusive levou um susto de verdade quando Sam deu um cutucão em sua barriga no momento exato em que um fantasma animatrônico apareceu diante deles.

"Não acredito que você me cutucou de novo!"

"Foi cedo demais?"

Bea deu uma risada, e Sam entrelaçou seus dedos com os dela. Era a primeira vez que ela ficava de mãos dadas com um homem desde que Ray segurara sua mão no carro durante o trajeto de volta para casa no verão anterior, e Bea ficou surpresa com a sensação de tranquilidade e leveza que esse gesto transmitia, e com o clima descontraído daquele encontro. Depois de andar em mais alguns brinquedos famosos (e de quase sofrerem um acidente catastrófico quando o fio do microfone de Bea enroscou na trava de segurança da Big Thunder Mountain Railroad), eles foram para o Jungle Cruise para desacelerar a adrenalina e conversar um pouco.

"Você já tinha vindo à Disney antes?", Bea perguntou enquanto eles atravessavam um bambuzal.

"Só na da Flórida. Eu fui criado em Nova Jersey, então era mais perto."

"Nova Jersey, é mesmo? Você não tem o sotaque de lá."

Sam ergueu uma sobrancelha para Bea. "E por acaso você já ouviu algum negro falando como aquele pessoal do *Jersey Shore?*"

Bea deu uma boa risada. "Verdade."

"Mas o motivo mesmo é que os meus pais me mandaram para uma escola particular desde cedo, e não tinha muita gente com o sotaque das ruas por lá."

"Sério? Tipo aquelas escolas em que os alunos precisam ir de paletó e tudo?"

"Bem isso aí. Paletó, camisa polo e *sapato social*."

"Não!"

"Sim. Quando entrei na faculdade, a felicidade foi tanta que fiquei até desorientado. Tinha gente usando calça de moletom! Na aula! Todos os meus sonhos viraram realidade."

"E, hã, quando foi que você se formou na faculdade?"

Sam deu risada. "Certo, já sei aonde você quer chegar com isso. Eu sou o cara mais novo da casa. Me formei dois anos atrás."

"Isso significa que você tem..."

"Vinte e quatro anos. Seis a menos que você, né? Isso é muito?"

Bea fez que não com a cabeça, mas na verdade não estava tão certa disso.

"E o que você fez nesses últimos dois anos?"

"Eu entrei no programa Teach for America, dei aula de matemática pra crianças do quinto ano e fui treinador do time de basquete feminino, o que, aliás, foi a melhor experiência da minha vida. Terminei o meu voluntariado de dois anos no verão passado, e agora estou tentando descobrir o que vem a seguir."

"E você acha que o que vem a seguir pode ser um casamento? Uma família?"

Sam encolheu os ombros. "Durante a minha vida inteira eu adotei uma atitude de topar tudo o que viesse. Na faculdade, um professor me recomendou para um estágio como professor de inglês no Camboja, e foi o melhor verão da minha vida. Foi isso o que me fez decidir ser voluntário do Teach for America. Uns meses atrás, eu estava no shopping e vi que estavam selecionando candidatos pra participar do *É Pra Casar*. Meu amigo falou que eu deveria me inscrever, e eu pensei: 'Claro, por que não?'. Achei que podia ser divertido. E agora estou aqui. Talvez o universo esteja querendo me dizer alguma coisa."

"Que o seu destino é aparecer na TV?"

"Não, acho que não é isso."

Ele olhou bem para Bea — e até surgiu uma vontade de se inclinar em sua direção e beijá-lo, de acreditar que aquele cara meigo e incrivelmente lindo estava mesmo a fim dela. Mas alguma coisa em seu íntimo dizia que não, que ainda não era hora, que talvez ele estivesse fingindo. Como Luc, como Ray, como ela mesma. Então Bea apontou para um falso tigre na falsa floresta em que eles viviam sua falsa aventura e deixou o clima de romance morrer. Mas Sam voltou ao assunto alguns minutos depois, quando os dois foram à Mad Hatter's Haberdashery e começaram a experimentar toda uma variedade chapéus enormes e ridículos.

"E você?", ele perguntou. "Acha que já chegou a hora de casar, ter filhos, essa coisa toda?"

Bea pegou um chapéu enorme de peixe-palhaço que era no mínimo duas vezes maior que sua cabeça. "Casamento, sim, eu acho. Filhos, algum dia, mas provavelmente não tão cedo. Eu tenho a sorte de poder viajar muito a trabalho — Londres, Paris, Nova York. Então eu esperaria mais alguns anos."

"Humm, pelo jeito nosso cronograma não é tão diferente assim", Sam comentou. "Agora me responde com sinceridade: esse aqui é perfeito, né?"

Ele estava com um chapéu gigantesco do Pateta, que cobria metade de seu rosto. Bea caiu na gargalhada.

"Se o seu objetivo é ser levado a sério por mim, não sei se esse é o acessório certo."

Sam estendeu os braços e saiu tateando às cegas na direção da voz dela.

"E se o meu objetivo for só fazer você feliz?"

No fim, eles acabaram escolhendo as clássicas orelhas de camundongo: Mickey para ele, Minnie para ela. Enquanto estavam diante do castelo da Bela Adormecida para a última filmagem antes que o parque abrisse, Sam puxou Bea para mais perto de si — o suficiente para ela sentir os contornos do corpo musculoso dele contra o seu. A impressão transmitida pelo gesto não era a de uma coisa tranquila como ficar de mãos dadas: parecia mais arriscado, excitante e nem um pouco platônico. Era isso que ela queria? Não seria ousado demais? Ou falso demais?

140

Bea fechou os olhos. "Você acha que gostaria de mim se a gente estivesse em outro lugar, e não na tv?"

"Se alguém me dissesse: 'Ei, Sam, vou te apresentar uma mulher super bem-sucedida que trabalha com moda, está sempre chique e bem arrumada, que adora montanha-russa, que anda por aí num conversível e que está pensando em como equilibrar a vida familiar com viagens a Londres e Paris?' Hã, sim, com certeza eu me interessaria."

Ela olhou bem para aquele rosto jovem e bonito, com suas orelhas de Mickey e sorriso bobo e um bigodinho que de alguma forma combinava com ele.

"E você?", Sam quis saber. "Acha que se interessaria por um cara que saiu da faculdade há dois anos, mora com os pais e não tem a menor ideia do que quer fazer da vida? Acha que eu sou um bom partido?"

"Uau, então você mora com seus pais?"

"Sim, eu deixei essa parte de fora antes."

"Você realmente sabe como conquistar o coração de uma garota."

"Ah, duvido. Mas estou tentando aprender." Ele inclinou a cabeça, aproximando a testa da dela. "Eu quero muito beijar você agora."

"Não sei", ela falou com um tom de voz estranhamente inibido.

"E o que está te impedindo?" Ele não estava sendo agressivo, só parecia curioso mesmo.

Bea sentiu um aperto no peito, percebendo que havia alguma emoção soterrada ali, lutando para vir à tona. Queria dar uma resposta eloquente, mas, em vez disso, resolveu ser sincera: "Estou com medo".

"De quê?"

"De fazer papel de tonta. Ou de acreditar na pessoa errada. Ou de me magoar."

"E um beijo pode provocar tudo isso?"

Bea assentiu, com os olhos cheios de lágrimas. Sentiu muita raiva de si mesma por não ser capaz de desfrutar de uma coisa tão simples, que a maioria das pessoas tirava de letra.

"Tudo bem, então." Sam deu um passo para trás, se apoiou sobre um dos joelhos em um gesto dramático e beijou sua mão. "Por hoje eu vou ter que me contentar com isso."

Bea riu, apesar das lágrimas nos olhos. "O que é que você está fazendo?"

"Estamos na frente de um castelo, Bea! Você precisa me deixar fazer o papel do príncipe encantado!"

"E pra você isso basta?"

Sam se levantou e chegou mais perto dela.

"Se é de tempo que você precisa, eu posso esperar. Se é de segurança que você precisa, eu também posso te dar isso."

Bea lançou os braços em torno do pescoço de Sam e o abraçou com força.

"Obrigada", ela murmurou.

O sol estava forte e quente, e Bea ouviu à distância os gritos das crianças. O parque estava aberto, o que lembrou a Bea que aquele momento que havia sido só dos dois em breve seria compartilhado com todo mundo.

FÃS DE *É PRA CASAR* ORGANIZAM ABAIXO-ASSINADO PARA BANIR NASH E COOPER DE ATRAÇÕES RELACIONADAS AO PROGRAMA
por Amanda Tillman, vulture.com

Os viciados em *É Pra Casar* já sabem que, além de conseguir alguém com quem viver feliz para sempre, existem outros dois prêmios que os participantes do programa desejam:

O primeiro é conseguir mais seguidores no Instagram, o que garante mais #SponCon (o famoso *conteúdo patrocinado*, pelos quais os anunciantes pagam aos ~influenciadores~ até 10 mil dólares por postagem, a depender do número de seguidores). O segundo prêmio é obter mais tempo diante das câmeras (o que quer dizer mais fama, o que, por sua vez, significa — sim, isso mesmo, mais seguidores no Instagram) e, se a pessoa tiver sorte, um lugar garantido em um dos muitos programas derivados do *É Pra Casar*, como o sempre popular *Mansão Pra Casar*, em que vinte eliminados de temporadas anteriores passam o verão na casa em busca de um amor.

Essas participações em geral são reservadas aos favoritos dos fãs, mas alguns vilões da atração também conseguem seu lugar ao sol — este ano, Nash e Cooper estão liderando a disputa por esse título. A dupla se tornou completamente inseparável e passa o tempo inteiro chamando Bea de baleia, porca, elefanta, vaca, leitoa (que é outra palavra para porca, para quem quiser se manter por dentro da lista de insultos!) e, talvez a ofensa mais horrenda, de bola de sebo enrolada em bacon.

Nash e Cooper podem achar que essas palhaçadas aumentam suas chances de ser escalados para uma atração derivada do *É Pra Casar*, mas Lilia Jamm, uma fã do reality show que vive em Helena, no estado de Montana, quer garantir que eles nunca mais vejam as luzes brilhantes das câmeras da ABS.

"O que Nash e Cooper fazem é bullying", Jamm escreveu no abaixo-assinado publicado no site change.biz, com a intenção de banir a dupla de todas as atrações relacionadas ao *É Pra Casar*. "Eles só estão sendo CRUÉIS, nada além disso, e esse tipo de comportamento não pode ser recompensado. Quem pratica bullying está querendo o quê? ATENÇÃO!!!!! Então não vamos dar essa satisfação para eles!!!!"

Jamm não é a única fã que pensa assim: até a publicação desta reportagem, seu abaixo-assinado já contava com mais de vinte mil assinaturas. Ainda não sabemos se os produtores do *É Pra Casar* vão levar em conta a opinião dos fãs, mas uma coisa é certa: todo mundo que acompanha a temporada está ansioso para ver que tipo de punição Nash e Cooper vão sofrer por desdenhar de Bea o tempo todo.

* * *

No mês anterior ao início das filmagens, Lauren tinha perguntado a Bea se ela conseguia pensar em algum encontro de seus sonhos, fosse em L.A. ou em qualquer lugar do mundo. Em Los Angeles (fora um almoço ou jantar grátis em um restaurante realmente bom, ou até numa lanchonete da rede In-N-Out, para ser sincera), Bea tinha uma única resposta: uma fantasia recorrente era ter o Los Angeles County Museum of Art só para si.

O LACMA era o santuário de Bea na cidade, o lugar onde ela se sentia mais confortável. Quando saiu de casa, em uma região residencial tranquila em Ohio, para fazer faculdade na UCLA, uma das primeiras coisas que fez foi pegar um ônibus para ir visitar o museu. Ela perambulou por entre as galerias durante horas, perdida entre as cores vibrantes, os artefatos antigos e as esculturas enormes que a faziam se sentir minúscula em meio aos gigantes, como se sua história favorita da infância tivesse se tornado realidade.

Bea sonhava em ter um museu todinho só para si desde criança, quando leu *A aventura da descoberta* à luz de uma lanterna, escondida debaixo do cobertor. Então, quando Lauren contou que era isso que ela faria em seu encontro com Asher, Bea sentiu uma mistura de ansiedade e felicidade extrema. De todos os homens da casa, Asher parecia o mais avesso a fantasias autoindulgentes — e o fato de ser ele quem a acompanharia na sua a deixou um tanto desconfortável.

Alison separou uma variedade enorme de opções de roupas, mas nenhuma parecia ser a certa: o vestido com paetês Sachin & Babi parecia elegante demais (era só um museu, não um evento de gala), mas uma calça social e uma camisa Roland Mouret tinham mais cara de reunião de negócios. No fim, elas se decidiram por um conjunto de seda Sally LaPointe de um azul que combinava quase perfeitamente com os olhos de Bea: calça larga e esvoaçante e blusa com barra assimétrica, além de um par de sandálias Prada de tiras estreitas em tom nude.

"Elegante e sexy ao mesmo tempo", Alison falou, mas Bea não se sentia nem uma coisa nem outra enquanto o pessoal da maquiagem produzia seu rosto e seus cabelos ondulados.

Conforme a van da produção percorria as ruas sempre movimentadas de West Hollywood em direção ao LACMA, o nervosismo de Bea ia aumentando, pois era impossível saber se aquela noite com Asher seria agradável ou se viriam mais acusações para as quais ela estava totalmente despreparada para responder.

Bea só relaxou quando as fileiras de postes de luz no exterior do LACMA se tornaram visíveis — a instalação icônica em meio à qual tantos turistas tiram selfies, mesmo que depois nem sequer se deem ao trabalho de entrar no museu. Naquela noite, porém, não havia turistas; o complexo inteiro tinha sido fechado para as filmagens.

A instalação do lado de fora se chamava *Urban Ligths*, e era composta de duzentos e dois postes de luz antigos meticulosamente restaurados e posicionados em fileiras, arranjados por ordem de tamanho, do mais baixo para o mais alto. A produção tinha colocado Asher à espera de Bea em uma das fileiras do meio, encostado num poste, com sua silhueta alta numa postura tranquila banhada por uma luz quente entre sombras azuladas. Enquanto caminhava em sua direção, ao vê-lo iluminado por trás, vestido com calça jeans cinza e camisa social, Bea quase pensou que se tratava de Ray.

"Bea. Legal te ver. Você está muito bonita." O tom de voz de Asher soou forçado e travado, como se estivesse em um encontro de verdade. Ao perceber isso, Bea deu uma risada: se aquilo era um encontro "de verdade", então todos os outros também eram?

"Obrigada." Ela fez um gesto para a entrada do museu. "Vamos lá?"

Asher assentiu, e os dois caminharam em silêncio. *Isso vai ser entretenimento de primeira na TV*, Bea pensou, quase rindo de novo enquanto eles entravam.

"Eu sempre começo por uma galeria específica do terceiro andar", ela explicou. "Tudo bem se a gente for lá primeiro?"

"Fique à vontade."

Eles subiram de elevador, e Bea conduziu os dois pelo labirinto de galerias até chegar àquela que poderia passar despercebida caso a pessoa estivesse distraída — ou sem sorte. Escondido em um canto após salas e mais salas de obras-primas modernistas ficava o acervo de quadros impressionistas do museu: belíssimos Cézannes, alguns Renoirs e até um ou outro Monet. Bea foi até sua pintura favorita, que retratava uma ponte em Giverny ao nascer do sol; Asher a seguia de perto.

"Então." Asher se postou a seu lado, roçando de leve seu braço com o dela. "Eu te devo um pedido de desculpas."

Bea manteve o olhar fixo na pintura e tentou manter um tom de voz casual. "Ah, é?"

Asher se virou para ela. "Não é o jeito como eu gostaria de fazer isso, mas espero que você entenda os meus motivos."

Ela franziu a testa. "Como assim, não é o jeito como você gostaria de fazer isso?"

"Puta que pariu", bufou Asher.

"Sem palavrão!", gritou um produtor.

"Sim, eu sei", ele disse. "Bea, aquele dia, naquela porra de barco, parecia que você estava interpretando uma encenação malfeita do caralho com cada filho da puta que cruzava seu caminho. Só entendi a porra toda quando vi como os outros caras tinham sido cuzões com você. Se eu soubesse, não teria ido falar bosta pra você daquele jeito. Porra, você tem o direito de ficar puta comigo, e eu peço desculpas por ter me comportado como um merda. Eu estava irritado e me sentindo inseguro, e acabei fazendo aquela cagada de descontar tudo em você. E isso foi, sabe como é..."

"Uma puta sacanagem?", Bea completou com um sorrisinho.

Asher assentiu. "Uma puta sacanagem do caralho."

"Asher, qual é?" O produtor passou para a frente das câmeras e foi falar com os dois. "Você sabe que não dá pra usar um diálogo assim no programa. Vamos precisar filmar o pedido de desculpas de novo a partir do zero."

"Infelizmente não vai dar." Asher cruzou os braços. "A questão aqui era mostrar pra Bea que o meu pedido de desculpas era sincero. Se eu fizer uma coisa toda bonitinha pra ficar bem na tv, como a Bea vai saber que estou fazendo isso por ela, e não por mim?"

Bea sentiu seu coração ficar mais leve — pela primeira vez desde o início do programa, ela finalmente sentia que um homem a tratava de forma sincera. Estava quase certa de que Lauren daria um jeito de usar aquelas imagens para transformar Asher em uma piada, mas, naquele momento em particular, não estava nem aí para isso.

"Posso te perguntar uma coisa?" Bea se aproximou um pouco mais dele. "Se você achava que eu não era a pessoa que queria conhecer aqui, então por que não foi embora?"

"Eu prometi a mim mesmo que ia me esforçar pra fazer a coisa dar certo."

Bea abriu um sorriso. "Que engraçado."

"Ah, é? Por quê?"

"Eu fiz essa mesma promessa. Uns dois dias atrás, na verdade."

"Sério? E está dando certo pra você?"

Bea o encarou por tempo suficiente para criar um constrangimento — só que isso não aconteceu.

"Ainda não sei."

Asher sorriu. "É muito clichê se eu pedir pra gente recomeçar do zero?"

Bea deu risada. "É, sim, sem dúvida nenhuma."

"Então é melhor não fazer aquele lance de estender a mão e dizer: 'Oi, eu sou o Asher'?"

"A não ser que você queira ser chutado do programa agora mesmo."

"Ah, uma saída fácil! Bom saber disso."

"Ei!" Bea se fingiu de ofendida, mas estavam ambos sorrindo.

"Quer descer pra ver umas coisas mais modernas?", ela sugeriu.

Ele assentiu e, sem uma palavra, os dois desceram a escadaria central do museu lado a lado.

Quanto mais tempo os dois passavam perambulando pelas dezenas de galerias do museu, cercados de Rothkos e Picassos, mais Bea sentia que gostava da companhia de Asher. Ele ouviu com atenção quando ela contou que Picasso usava os chapéus para dar mais leveza aos retratos de sua amiga depressiva, a fotógrafa Dora Maar. Sua dissertação para o curso de história da arte na faculdade tinha sido sobre a maneira como Picasso reduzia a colega artista a suas roupas e suas emoções, como se toda a verdade a respeito dela pudesse ser resumida a isso.

"E como a gente faz pra descobrir a verdade de alguém?", Asher perguntou.

"Pelo chapéu, ora. De que outra forma poderia ser?"

"Estou falando sério." Ele a cutucou de leve. "Me conta uma verdade sobre você."

Bea abriu a boca para responder, mas fechou logo em seguida, sentindo seu coração disparar.

"Pode falar", incentivou Asher. "Eu sou todo ouvidos."

"Tenho medo de que, quando tudo isso terminar, eu fique sozinha. E que as pessoas que falam coisas horríveis sobre o meu corpo digam: 'Estão vendo? A gente estava certa. A gente estava certa o tempo todo sobre ela'."

"Se você nunca se arriscar, nunca vai ter a chance de provar que elas estão erradas, né?", Asher perguntou, em um tom bem sério.

"Você vai ter que parar de fazer isso." Bea ficou toda vermelha.

"De fazer o quê?"

"De enxergar por trás da minha casca grossa."

"Eu gosto dessa sua casca grossa." Os lábios de Asher se contorceram em um leve sorriso. "Quando olho pra você, gosto de tudo o que vejo."

Quando saíram do museu para a noite fresca de primavera, Bea não estava a fim de ir embora. A produção avisou que ainda dava tempo de fazer mais uma parada, então ela levou Asher ao cavernoso Resnick Pavillion, onde havia uma exposição que mostrava algumas das peças mais controversas exibidas no museu nos últimos sessenta anos.

"Isso se parece bastante com um vaso que eu fiz no acampamento de verão quando criança", comentou Asher, apontando para uma escultura marrom e disforme.

"É um Claes Oldenburg... uma batata assada."

"Eu deveria ter falado que o meu vaso era uma batata assada também. Por que bem que parecia."

"Você fez aula de cerâmica no acampamento de verão?"

"Está surpresa por eu não saber jogar futebol? Por mim, eu ficaria o dia inteiro lendo, se deixassem."

"Pelo jeito a gente tinha os mesmos hábitos na infância", ela comentou.

"Que bom que pelo menos um de nós saiu da concha." Ele pôs a mão no ombro de Bea. Depois de todas as roçadas de braço quase intencionais e dos cutucões de leve que haviam marcado o contato físico dos dois até ali, o toque da mão dele pareceu caloroso, até pesado — e Bea adorou. E ficou querendo mais.

O som de músicas dos anos 1940 chegava até eles do fundo do pavilhão, e os dois foram até lá descobrir de onde vinha. Era de uma réplica em tamanho real de um Dodge Cupê 1938, posicionado em um pedaço de grama falsa atulhado de garrafas de cerveja vazias. A porta do carro estava aberta, revelando duas figuras no assento traseiro: uma mulher deitada com um dos joelhos levantados e um homem em cima dela, feito de alambrado de galinheiro, completamente transparente a não ser pela mão esquerda, que, branca e opaca, estava posicionada entre as pernas da moça. A música era parte da instalação — a trilha sonora de um casal fazendo amor.

Bea leu a descrição ao lado da obra. "Isso fez parte de uma exposição na década de 1960, e o Conselho Supervisor do Condado exigiu que a peça fosse retirada. Disseram que era pornográfica. Mas o museu recusou, então o que faziam era fechar a porta do carro quando havia crianças no recinto."

Asher sorriu para ela. "Uh, que sexy."

"Sério mesmo que você disse a palavra 'sexy' na minha frente?"

Ele deu risada e estendeu o braço. "Quer dançar?"

"Você está brincando, né?"

Ele fez que não com a cabeça, e Bea se deixou conduzir, com a mão dele na parte inferior de suas costas, perto dele a ponto de sentir o cheiro de desodorante Old Spice. Asher dançava surpreendentemente bem — tinha um passo seguro e mantinha o corpo bem firme —, e o toque das mãos dele deslizando sobre sua blusa de seda era delicioso.

"Como foi que você aprendeu a dançar assim?", ela perguntou, encarando-o com uma expressão de espanto.

"Eu fui criado indo ao templo, porque meu pai é judeu, mas minha mãe é chinesa e nunca tinha ido a um bar mitzvah na vida. Quando comecei a receber convites, ela achava que todo mundo ia saber dançar e eu ia passar vergonha. Então fui obrigado a fazer aulas de dança de salão no centro comunitário da terceira idade."

"Você só pode estar brincando."

"Pior que não. Aos doze anos, eu era o Fred Astaire de Tarrytown, e passava as tardes de terça-feira dançando com as velhinhas. Juntando isso às aulas de cerâmica, dá pra imaginar que eu era um garoto *bem* popular."

Eles caíram na risada, e Bea sentiu que ele a puxava mais para perto. Sua respiração se acelerou quando Asher apertou de leve sua cintura. A música parou — a canção havia terminado, e a seguinte demorou um pouco para começar. Bea sabia o que aconteceria naquele momento se aquele fosse um encontro de verdade, se eles estivessem em outro lugar, se ele fosse um pouco mais ousado, e ela também, e se...

Asher retirou as mãos de repente, se afastou e a deixou pairando no vazio em um espaço escuro e claustrofóbico, com as câmeras rodando, sentindo o rosto quente e vermelho, a respiração rasa e acelerada.

"Desculpa", ele disse, sem jeito. Bea estava completamente imóvel, tentando afastar aquele sentimento, fosse qual fosse, pelo menos até conseguir sair dali, e desejando que Marin tivesse testemunhado aquilo para nunca mais arremessá-la naquele precipício de humilhação outra vez.

"Muito bem!", disse alguém da produção. "Vamos fazer mais uma tomada dessa parte, com vocês dançando a próxima música, e então podemos ir diminuindo o ritmo até chegar a hora do beijo do fim do encontro... estão prontos?"

Asher parecia incomodadíssimo. "Desculpa, mas não vai dar." Ele se virou para Bea. "Desculpa."

Bea manteve uma expressão impassível, e seu tom de voz perdeu todo o ânimo. "Não tem problema. Vamos encerrar a noite por aqui mesmo."

@Reali-Tea Muito bem pessoal, a cerimônia do beijo da semana: Bea está com um batom roxo (de um tom que deveria ter o nome de "Leve afogamento") e provavelmente vai dispensar alguns manés que mal apareceram no programa. Vamos ver quem vai ser gongado!

@Reali-Tea O primeiro beijo vai pro Sam — nenhuma surpresa aqui, o encontro dos dois foi uma gracinha, né?? Mas ela devia ter beijado ele, na minha opinião. BEA SE ESTIVER ME OUVINDO, NÃO PERDE A CHANCE DE BEIJAR CARAS GATOS NA DISNEY, TÁ BOM, MEU BEM?

@Reali-Tea Agora é a vez do Wyatt, o protótipo do atleta perfeito, que tá muito lindo com esse suéter! Acende uma fogueira pra mim, Wyatt! Bea pareceu feliz quando viu Wyatt e deu um abraço nele, eu preciso que esses dois saiam juntos em um encontro a dois semana que vem. @PraCasarABS pfv façam isso acontecer???

@Reali-Tea O terceiro beijo vai pro Luc, e se ele acha que ninguém viu a apalpada que deu nela quando Bea se curvou pra dar o beijo, ELE TÁ MUITO ENGANADO. (ai deus que sorte a dela mas sério quando começam os encontros em que os pretendentes passam a noite com ela hein????)

@Reali-Tea Beijos para Jefferson, Trevor, Jaime e Ben do Jardim de Infância! Deu até sono! Jefferson até tem potencial, mas precisa marcar presença logo ou vai acabar sendo chutado junto com o resto dos azarões.

@Reali-Tea Beijos inexplicáveis para Nash e Cooper?!?! Por acaso a Bea é cega e não vê que esses boys são lixo ou a produção tá manipulando o programa na cara dura? Comunidade É Pra Casar, vamos orar pela remoção imediata dessas escórias humanas. 🙏 🙏 🙏

@Reali-Tea Espera aí, ela vai eliminar o Asher?? Sei que ela ficou decepcionada porque não rolou o beijo (eu tb!!!!!!!), mas não parecia que ela tinha gostado bastante dele?? Agora não dá pra saber — ele parece estar bem chateado, e ela também.

@Reali-Tea Ufa! O último beijo foi pro Asher!!!! Estou com a sensação de que esses dois ainda vão dar o que falar — e estou ansiosa pra descobrir o quê.

Episódio 4
"De volta ao lar"
(10 pretendentes restantes)

Filmado em locação em Cheshire, Ohio

ROTEIRO DE CHAMADA DE TV DO *É PRA CASAR*
Exibido 24 horas antes do Episódio 4, Temporada 14

IMAGEM ABERTA DE UM CÉU ESTRELADO NO ESPAÇO SIDERAL. OUVIMOS UMA VOZ —

VOZ EM OFF
Esta semana, em mais um episódio inédito de *É Pra Casar*, vamos até onde nenhum namorado de Bea jamais esteve...

ZOOM EM ALTÍSSIMA VELOCIDADE ATÉ... UMA CASA CHARMOSA EM UMA ZONA RESIDENCIAL PACATA

VOZ EM OFF
A casa dos pais dela.

EFEITO SONORO: CAMPAINHA (*dim-dom!*)

VOZ EM OFF
Vamos descobrir como Bea era quando criança.

INSERIR TRECHO DE VÍDEO: ENTREVISTA COM OS PAIS DE BEA

SUE, MÃE DE BEA
Beatrice nunca trouxe nenhum garoto pra nós conhecermos. Chegamos a pensar que ela pudesse ser gay, não é mesmo, Bob?

VOZ EM OFF

Vamos saber o que a família dela acha dos pretendentes.

INSERIR TRECHO DE VÍDEO: ENTREVISTA COM OS IRMÃOS DE BEA

TIM, IRMÃO DE BEA

Eu nunca confiei num francês na minha vida, e não é agora que vou confiar.

VOZ EM OFF

E vamos descobrir o verdadeiro motivo para Asher não querer beijar Bea no último encontro — vai ser uma revelação surpreendente.

INSERIR TRECHO DE VÍDEO: BEA E ASHER NO QUINTAL DA CASA DA FAMÍLIA DELA

ASHER

Bea, tem uma coisa que eu preciso te falar sobre aquela noite...

INSERIR TRECHO DE VÍDEO: TINA, CUNHADA DE BEA, SOLTA UM SUSPIRO DRAMÁTICO.

VOZ EM OFF

Não perca nem um minuto do episódio em família de *É Pra Casar*, nesta segunda, às oito da noite, só aqui, na ABS.

TRANSCRIÇÃO DO PODCAST *BOOB TUBE*
EPISÓDIO #052

Cat: Olá, aqui é a Cat!

Ruby: E aqui é a Ruby.

Cat: E esse é o *Boob Tube*. O episódio dessa semana está bem legal — vamos mergulhar fundo na análise dos arquétipos femininos em *Buffy, a Caça-Vampiros* e escolher quais personagens das séries atuais representam melhor cada um deles.

Ruby: Eu ainda estou esperando por uma nova Willow.

Cat: Você e todo mundo. Mas, antes de falar sobre isso, precisamos voltar ao território dos reality shows televisivos, porque *alguém aqui* tem um monte de coisas pra falar sobre o episódio dessa semana de *É Pra Casar*.

Ruby: E alguém precisa falar que esse Asher é PÉSSIMO.

Cat: Aí é que você se engana: ele é inteligente e fica uma gracinha com aqueles óculos enormes!

Ruby: Ele é o típico hipster metido a intelectual do Brooklyn, que exige o impossível das mulheres, mas é incapaz de pegar o telefone e marcar um segundo encontro porque não pode perder a pose.

Cat: Nãããão, o Asher não é poser!

Ruby: Então por que ele não beijou a Bea lá no museu?

Cat: Ele é um homem à moda antiga! Um cavalheiro de verdade, que precisa saber se existe um sentimento correspondido antes de levar a coisa até o próximo patamar.

Ruby: Essa sua interpretação é tão generosa que chega a ser delirante... Acho que na verdade ele já tem namorada.

Cat: Quê?! O Asher jamais faria isso.

Ruby: Com certeza ele tá escondendo alguma coisa... E, se você quer saber minha opinião, toda essa sua disposição pra fazer a defesa dele só mostra a sua vontade de pegar o cara.

Cat: QUE ABSURDO.

Ruby: E eu estou errada?

Cat: Não, claro que não. Então, como a minha opinião claramente não é imparcial, quem você acha que é a escolha certa pra Bea?

Ruby: AQUI É TIME SAM, GALERA!

Cat: Sério mesmo? O cara é tipo uma criança!

Ruby: Ele é bonito, inteligente e cheio de vida.

Cat: É um desempregado que mora com os pais.

Ruby: Ele gosta da Bea e não fica despejando os problemas dele nela.

Cat: E ele por acaso sabe o que é ter problemas? Ou qualquer outra coisa? É um menino de vinte e quatro anos, o que ele sabe da vida?

Ruby: Uau.

Cat: Que foi?

Ruby: É que eu nunca tinha ouvido você falar assim que nem velha antes.

Cat: Tudo bem, tudo bem, as duas já marcaram suas posições. Eu estou com o Asher, e você com o Sam. Mas o que dizer do Luc?

Ruby: Argh, sinto até raiva de mim mesma por ter vontade de beijar um cara desses.

Cat: Né? Ele é tão óbvio e previsível... Por que a gente gosta tanto dele?

Ruby: Tem um negócio superatraente no jeito como ele se acha. Tipo, o.k., tá na cara que eu sou um francês ridiculamente gato tentando te seduzir com comida, mas vai dizer que você não tá gostando? Pois é, Luc, quer saber? Eu tô *adorando*.

Cat: Estou louca pra ver como vão ser as coisas entre ele e Bea daqui pra frente, agora que ela está um pouco mais confiante.

Ruby: Espera aí, tem uma coisa que eu queria saber. O que foi que aconteceu com Wyatt? Na primeira noite a Bea parecia caidinha por ele... Ela vai sair com o cara ou não vai?

Cat: Na verdade, isso é uma coisa bem comum nesse tipo de programa: quando rola uma atração logo de cara entre duas pessoas, a produção faz de tudo pra manter um distante do outro por um tempo, pros outros competidores terem uma chance também. Mas eu ficaria muito surpresa se Bea não passasse um bom tempo com Wyatt daqui a um ou dois episódios.

Ruby: Uh, um novo cara na roda. Gostei disso.

Cat: Pois é, Ruby, e pelas chamadas da próxima semana a gente já sabe que a Bea vai levar os dez pretendentes restantes pra conhecer a família dela em Ohio — e isso não é pouca coisa. O que necessariamente nos leva a uma pergunta: será que existe alguma chance de a Bea casar mesmo com um desses caras?

Ruby: Não sei, não. Ao que parece, ela não está nem um pouco a fim de casar, né? Não é tipo aquelas garotas que montam álbuns no Pinterest e tratam o casamento como a meta suprema da existência humana.

Cat: Com certeza, e acho que é por isso que eu gosto tanto dela. Por outro lado, como o próprio nome diz, as pessoas entram nesse programa pra arrumar alguém pra casar, né? Não me decepciona, Bea!

Ruby: Exatamente! Sacrifique o seu futuro no altar do entretenimento!

Cat: Imagina ela entrando na igreja pra casar com um tremendo babaca, perguntando aos prantos: "Pelo menos vocês estão se divertindo?".

Ruby: E o pior é que eu assistiria, com certeza.

Cat: Concordo mil por cento. E, por falar em fazer merda na frente das câmeras, que tal saber o que está acontecendo com o seu bichinho de estimação enquanto você está no trabalho? Com o PupperCam, é possível ver seu bichinho, conversar com ele por meio de uma caixa de som e até distribuir alguns petiscos pra mostrar que você se importa, mesmo quando não está por perto.

Ruby: Uau, igualzinho ao que a minha avó disse antes de morrer.

Cat: Se o PupperCam funcionasse também após a morte, com certeza seria o jeito ideal pra sua avó te mandar uns lanchinhos lá do céu.

Ruby: Valeu, vovó! A gente volta depois do intervalo.

* * *

Bea estava no último ano do ensino médio quando Jon, seu irmão mais velho, ficou noivo. Carol era a namorada dele desde os tempos de colégio, e o acompanhou quando ele ganhou uma bolsa para jogar futebol americano universitário pela Kent State. Bea se lembrou do feriado de Ação de Graças no qual eles contaram à família que iriam se casar — todo mundo irrompeu em gritos e abraços, e Bob desenterrou uma garrafa de uísque empoeirada de um armário em que ninguém mexia e todo mundo tomou uma dose para comemorar, até mesmo Bea.

Tina, a namorada que Tim arrumou na faculdade, estava lá, e Bea viu seus olhos faiscarem de inveja enquanto o casal posava para fotos e Carol mostrava a aliança. Bea torceu para que sua inveja não tivesse ficado tão evidente quanto a da cunhada. Ver Jon e Carol juntos, trocando sorrisos com as mãos dadas sob a mesa, provocou um aperto no peito tão forte em Bea que ela até se sentiu mal. Queria muito viver o mesmo, mas tinha quase certeza de que o seu dia nunca chegaria. Menos de um ano depois, Tim e Tina ficaram noivos também. Se Carol chegou a cogitar que Tina estava tentando ofuscar o brilho de seu casamento (e disso Bea tinha certeza), pelo menos teve a elegância de não dizer nada. Bea foi madrinha em ambas as cerimônias, encarando o cetim azul-marinho e o chiffon cor de pêssego, além do festival de cortes inapropriados e transparências imperdoáveis que a fizeram jurar nunca obrigar ninguém a se prestar a esse papel quando se casasse.

Durante anos, na Páscoa, no Dia de Ação de Graças e no Natal, Bea e Duncan, seu irmão mais novo, se uniam para revirar os olhos diante da interação dos irmãos mais velhos e suas esposas — e, logo em seguida, seus filhos.

"Sério mesmo, me mata se a minha vida algum dia virar isso", Duncan murmurou certa vez durante um brunch de Páscoa insuportavelmente barulhento que incluía os choros de cólica de um bebê, os refluxos de proporções bíblicas de outro e o chilique completo de uma criança pequena.

"Eu digo o mesmo", concordou Bea, profundamente grata por ter pelo menos um aliado nos encontros em família, nos quais se sentia cada vez mais deslocada.

Quando tinha vinte e poucos anos, porém, Duncan conheceu Julia, uma colega designer na empresa em Columbus onde os dois trabalhavam. Na primeira vez em que bateu os olhos nela, Bea se deu conta de que a batalha estava perdida. Com longos cabelos castanhos, óculos de gatinho e batom vermelho, Julia era divertida, inteligente e descolada sem fazer esforço, e Duncan tinha mudado bastante — o jovem distante e sarcástico tinha se transformado em um homem atencioso e solícito.

Duncan e Julia se casaram três anos depois, e tiveram a primeira filha no último mês de dezembro; Bea conheceu a sobrinha recém-nascida no Natal, a primeira reunião em família em que todos os seus três irmãos já tinham filhos.

Naquela manhã de 25 de dezembro, menos de três meses antes, enquanto todo mundo abria presentes ainda de pijama, Bea fechou os olhos e imaginou Ray ao seu lado, acariciando suas costas enquanto as crianças corriam de um lado para outro de forma caótica. Em sua mente, ela voltou no tempo e o incluiu em toda a sua história familiar: Ray rindo dos vestidos horrorosos que Bea usara no casamento de Jon e Tim, murmurando em seu ouvido que mal poderia esperar para arrancá-los de seu corpo; Ray a conduzindo suavemente durante a primeira dança de Duncan e Julia depois de casados; um Ray adolescente, cinco anos mais novo do que quando ela o conhecera, apertando sua mão enquanto Jon e Carol posavam para as fotografias, dizendo: *Não esquenta, Bea. um dia seremos nós dois.*

Foi o pior Natal de que Bea tinha lembrança.

E então, doze semanas depois, sem nunca ter apresentado um namorado para a família na vida, Bea estava em um avião rumo a Columbus trazendo consigo dez homens, uma equipe de produção, literalmente um caminhão de equipamentos e, em breve, os olhares curiosos de milhões de espectadores.

Sua preocupação não era a de que sua família não tratasse bem os pretendentes — na verdade, acharia até bom se isso acontecesse. O problema seria se sua mãe *gostasse* de um daqueles caras. Se isso acontecesse, a coisa jamais teria fim. "Por que você não se ajeitou com aquele francês tão simpático? E aquele professor? Era tão charmoso, tão inteligente!"

Pois é, mãe, eu me encantei com o charme dele quando ele achou a ideia de me beijar tão repulsiva que precisou estabelecer uma distância física entre nós. Que vida longa e feliz nós teríamos juntos!

Ainda era incômodo pensar no encontro com Asher no museu, em como ela tinha se deixado levar pelo momento, acreditando que ele estava mesmo interessado nela, e vice-versa. Provavelmente ele só estava tentando provar a si mesmo que havia evoluído como pessoa, a ponto de se sentir atraído por uma mulher gorda, mas, quando chegou a hora da verdade, não conseguiu criar coragem para beijá-la. Bea já tinha lidado com esse tipo de homens várias vezes, em encontros marcados pelo Tinder, nos quais os caras pareciam o tempo todo avaliar mentalmente se estavam mesmo tão desesperados assim por sexo (como Marco, esse tipo de homem supunha que uma mulher que se parecesse com Bea toparia transar com eles da maneira que fosse e ainda se sentiria agradecida). Aqueles encontros terminavam sempre da mesma forma: uma expressão constrangida, um aperto de mão sem jeito ou um abraço ou beijinho no rosto, além da sensação inevitável da parte de Bea de que o problema era *ela*.

Só que, objetou uma vozinha irritante em sua cabeça, enquanto dançava com Asher, ele não parecia estar querendo distância. A maneira como a envolveu nos braços e a puxou para mais perto — ele estava se deleitando com seu corpo, em vez de sentir repulsa. Mas talvez fosse só um otimismo exagerado da parte de Bea. Ou então ele resolveu dar a noite por encerrada por algum outro motivo. Ela não queria saber. Concordou em mantê-lo no programa por mais uma semana por insistência de Lauren, mas com uma condição: que ele se mantivesse longe dela. Bea não achava que isso seria problema. Asher tinha deixado bem claro que era isso o que queria.

TRANSCRIÇÃO DA ENTREVISTA DA PRODUÇÃO
COM A MÃE E O PADRASTO DE BEA
Realizada antes da chegada do elenco

Produção: Como Bea era quando criança?

Sue: Ah, Bea era a filha *dos meus sonhos*! Toda séria e fascinada por livros, desde pequenininha, né, Bob? Ela nem dava bola por não ter muitas amiguinhas; sempre foi muito comprometida com os estudos.

Produção: Ela não tinha muitas amigas?

Sue: Bom, você sabe como são as meninas, né, só andam em panelinhas. Bea era muito tímida, então não conseguia se entrosar muito bem com as outras crianças. Quando chegou ao ensino médio, acho que começou a se sentir mais à vontade. Eu sempre dizia que a Bea desabrocharia mais tarde, que só se descobriria mesmo depois de entrar na faculdade. Eu sempre disse isso, não é, Bob? E foi exatamente o que aconteceu.

Produção: E quanto a namorados? Bea teve alguma paixãozinha na época de colégio?

Sue: Ah, não. Os meninos sempre traziam namoradas aqui em casa, mas Bea nunca apareceu com nenhum rapaz. Sempre foi muito reservada — chegamos a pensar que ela pudesse ser gay, não é mesmo, Bob? Lembra quando ela entrou naquele grupo de teatro e só usava roupa preta? Pensamos que a nossa filha fosse lésbica, o que não seria problema nenhum, o mais importante para nós era deixar claro que ela sempre teria o nosso apoio!

Bob: Os contrarregras de teatro usam roupas pretas porque podem entrar no palco e mudar as coisas de lugar sem serem vistos pela plateia.

Sue: Verdade, é uma mão na roda — e além disso o preto emagrece. A gente nunca teve como dar muitas opções de roupas para Bea quando ela era mais nova, sabe. Com o tamanho dela e o nosso orçamento apertado, a maioria das coisas era comprada na Target. Quando era pequena, ela usava umas coisinhas lindas, vestidos floridos e tudo mais, só que no ensino médio só queria saber de roupas pretas. Umas camisetas largas, que não caem nada bem.

Bob: Parecia que ela não queria chamar atenção para si.

Produção: Por que você acha isso?

Bob: Bea nunca sofreu bullying — pelo menos não abertamente. Sue e eu somos professores do ensino fundamental, então pudemos acompanhar isso de perto quando ela estudava na nossa escola. Conforme foi ficando mais velha, Bea começou a ser deixada de lado, não era convidada para festinhas, essas coisas. E, quanto mais isso acontecia, mais ela foi se acostumando com essa espécie de refúgio. Se ninguém prestasse atenção nela, também não fariam nada de ruim com ela. Mas ser invisível também é uma espécie de sofrimento.

Produção: Quando foi que vocês perceberam que Bea estava mudando? Em termos de personalidade, de aparência?

Bob: Depois de Paris.

Sue: Isso mesmo, Paris. Ela foi fazer um intercâmbio no exterior no terceiro ano de faculdade, e quando voltou era outra pessoa. Estava usando umas roupas esquisitas, tinha uma capa de veludo que não tirava pra nada — parecia uma personagem do *Batman*! Ficamos sem entender nada, mas ela estava tão feliz, expressiva como nunca tinha sido antes. Foi uma alegria imensa, parecia que estávamos conhecendo nossa filha de novo.

Produção: Vocês ficaram surpresos por ela se tornar a estrela de um programa de TV, considerando que sempre foi tão tímida?

Sue: Com certeza ficamos muito surpresos quando ela contou — ela nunca tinha mostrado interesse em fazer nada do tipo!

Bob: Mas, pensando bem, faz sentido. Ela publica um monte de vídeos no Instagram, e tem um monte de fãs que adoram tudo o que ela faz.

Produção: Você vê os vídeos dela?

Bob: Nós dois vemos, vemos tudo. Se for preciso, acho que consigo fazer aquele negócio de *french tuck* direitinho.

Produção: Com que tipo de homem vocês gostariam que Bea se casasse?

Sue: Um que queira filhos!

Produção: Vocês já estão prontos pra ter netos, então?

Bob: Nós temos seis, e vemos todos eles aos domingos.

Sue: Mas no caso da Bea é diferente. É a nossa única filha mulher, e mora tão longe... ah, eu adoraria que ela tivesse um bebê e viesse pra cá mais vezes. E um casamento! Com todo aquele estilo que ela tem, não seria uma beleza? Bob, poderia ser lá na nossa igreja, e o Ernesto poderia cuidar do bufê.

Bob: Vamos conhecer os homens com quem ela está saindo primeiro, e depois começamos a planejar o casamento, certo?

Sue: Se ela ficar noiva no programa, você acha que o casamento pode ser ainda este ano? Seria tão romântico, um casamento no outono, com as folhas caindo...

Bob: Nós só queremos que a Bea seja feliz. Isso é o principal. Nós queremos muito que ela seja feliz.

TRECHO DA FICHA DE INSCRIÇÃO DO CANDIDATO WYATT AMES PARA PARTICIPAÇÃO NO PROGRAMA *É PRA CASAR*, DIVULGADO NO SITE ABS.COM

Nome: Wyatt Ames

Profissão: Produtor rural

Cidade natal: Boone, Oklahoma

Para onde você mais gostaria de viajar? Finlândia, talvez. Ou Alasca? Eu adoraria ver a Aurora Boreal.

Se você pudesse ter a carreira que quisesse, qual seria? Eu adoro trabalhar com a minha família. Mas se fosse pra deixar esse fator de fora, acho que eu gostaria de trabalhar com cavalos, ou talvez num hospital veterinário.

Você tem tatuagens? Minha irmã e eu tatuamos as iniciais do meu pai no ombro no ano passado. Pegamos a picape dele e fomos até Tulsa pra fazer. Quando chegamos em casa, minha mãe estava acordada esperando — pensamos que ela fosse ficar muito brava. Mas, no dia seguinte, tivemos que voltar ao estúdio pra ela fazer uma também.

* * *

"Muito bem", disse Alison com uma risadinha nervosa, "pode abrir os olhos!"

"Que diabo é isso?", Bea falou, sem conseguir se segurar. Ela estava cercada de vestidos longos e cheios de brilho no salão de convenções do hotel da rede Econo Lodge onde a equipe estava hospedada, e que foi convertido em sala de figurino, cabelo e maquiagem naquela semana.

"São para o seu encontro com Wyatt", esclareceu Alison, como se isso explicasse tudo.

"Em Cheshire, Ohio?" Bea estava incrédula. "As pessoas daqui só se vestem de um jeito *tão* formal assim quando... espera aí. Não, Alison. Não."

Alison soltou uma risada de alegria indisfarçável. "Hoje é o baile de formatura, querida!"

E assim Bea acabou em um vestido de festa Badgley Mischka de caimento justo e bordado com paetês que mudavam de cor sob a luz, num degradê de azul-marinho para um turquesa intenso. Com saltos altíssimos e os cabelos presos em cachos grossos, Bea sentia que enfim estava tendo seu dia de glamour antes do baile de formatura que tanto queria na época do colégio.

"Está vendo?", disse Alison, de forma a encorajá-la. "Não ficou nem um pouco parecida com um globo de discoteca."

"Está mais pro vestido brilhante que a Ariel usou quando saiu da água no final de *A pequena sereia*."

"Ah, nossa, está aí um look pra eternidade", comentou Alison. "A sereiazinha finalmente ganhando pernas."

"Mudando o próprio corpo pra agradar um homem, assim como todas as mulheres", retrucou Bea.

"Não você." Alison deu um abraço carinhoso em Bea.

"Pois é. Eu não conseguiria nem se quisesse!"

Bea se lembrou de sua adolescência naquele lugar, dos anos que tinha passado seguindo dietas da moda e dias passando fome que nunca resultaram em uma perda de mais de quatro ou cinco quilos (recuperados quase imediatamente depois de fazer uma refeição normal). Não importava o quanto se esforçasse, Bea sempre foi a aluna mais gorda da escola, e talvez também a mais quieta, a que fazia de tudo para não chamar atenção. Enquanto percorria de limusine o trajeto até o pequeno parque no centro da cidade onde encontraria Wyatt — cheio de carvalhos altos, com o gazebo charmoso iluminado por cordões com milhares de lâmpadas e uma multidão de gente gritando e segurando cartazes para receber sua filha mais ilustre —, ela ficou com a impressão de que, embora não estivesse reescrevendo a história naquela noite, estava ao menos fazendo uma bela retificação.

Era tudo um pouco surreal, mas, quando desceu da limusine, ela pensou que a maior loucura de todas era o homem à sua espera: alto, forte e loiro, Wyatt tinha aquele físico perfeito de um *quarterback* de futebol americano — só que com um smoking de caimento impecável, e não com seu look habitual de fazendeiro, de botas e calça jeans.

Naquela noite, ele era o rei do baile.

"Você está tão bonita." Ele abriu um sorriso tímido quando ela chegou, e inclinou-se para beijá-la no rosto.

"Você também", ela falou, de repente se dando conta de que os dois estavam cercados por uma multidão.

"Trouxe isso pra você." Wyatt mostrou uma caixa de plástico, e Bea sentiu como se estivesse revivendo uma lembrança que nunca tivera ao estender o braço para colocar o arranjo de flores vermelho no pulso. "Bom, foi a produção que trouxe, na verdade. Mas é bonito, você não acha?"

Bea o beijou no rosto e concordou que era, sim.

"Como você é cavalheiro", ela disse em tom de brincadeira quando Wyatt abriu a porta da limusine, e ele ficou todo vermelho. Apesar de sua beleza rústica, a personificação da masculinidade no estilo caubói, havia ali certa fragilidade — algo que Bea não era capaz de explicar, mas que despertava seu instinto protetor. Era uma sensação bizarra, principalmente levando em conta que os demais participantes do programa pareciam hidras de mil cabeças, com diferentes faces monstruosas sempre prontas para dar o bote.

"Como foi o seu baile de formatura?", Bea perguntou quando estavam na limusine a caminho de seu antigo colégio, com duas câmeras filmando a conversa.

"Sei lá", admitiu Wyatt. "Eu não fui."

"Sério?" Bea ficou perplexa. "Mas você era do time de futebol americano, não era? No meu colégio, esses caras eram tratados como reis."

"Comigo não tinha muito disso, não", falou Wyatt, meio tímido. "Eu me dava bem com os caras e tudo mais, só que a gente não tinha muito assunto fora dos treinos e dos jogos."

"Por que não?" A curiosidade de Bea era genuína.

Wyatt encolheu os ombros. "Nossos interesses eram diferentes."

"Ah", Bea respondeu. Estava interessada em saber mais, mas não quis parecer intrometida.

"E você?" Ele a tocou de leve no joelho. "Aposto que era a garota mais bem-vestida da formatura."

Bea sacudiu a cabeça. "Eu também não fui."

"Como assim?"

"Ninguém me convidou." Bea suspirou. "Eu andava com a equipe técnica do grupo de teatro do colégio; era um povo meio antissocial. Os eventos da escola não eram muito a nossa praia."

"Mas você queria ir, né?"

Bea sentiu um aperto no peito. Não só queria ir — estava desesperada para receber um convite.

"Pedi pro meu padrasto gravar *A garota de rosa shocking* quando passou na tv, e assisti um monte de vezes", confessou Bea. "Eu achava a Andie muito corajosa por ter ido ao baile sozinha. Só que ela era linda, e tinha um monte de caras secretamente apaixonados por ela. Se eu aparecesse no baile sozinha, todo mundo ia rir da minha cara."

"Por que você acha isso?", Wyatt perguntou em um tom gentil. "O pessoal da sua escola te tratava mal?"

Bea se lembrou de um outro jogador de futebol americano, também alto e loiro — mas o que Wyatt tinha de meigo, o outro tinha de bruto. O que Wyatt tinha de simpático e acessível, o outro tinha de frio e indiferente. Sua existência representava um castigo diário para Bea, pela audácia de sentir alguma coisa por ele.

"Não." Bea abriu um sorriso para acompanhar a mentira. "Era um pessoal bacana."

O baile de formatura na Cheshire High School só seria no final de maio, com direito a um jantar em que serviriam frango borrachudo em um salão de festas com tapetes extravagantes e lustres de cristal falso. Aquela "formatura", encenada para o episódio da semana do reality show, era um baile bancado pela produção do *É Pra Casar*. O ginásio daquela escola, cenário de diversos fiascos atléticos de Bea e de cólicas menstruais fingidas para evitar mais humilhações, estava decorado com serpentinas, balões e luzes coloridas, além de lotado até não poder mais, com alunos em roupas sociais de marcas genéricas dançando ao som de uma banda que ninguém conhecia (e cuja gravadora com certeza estava gastando uma boa grana para ter uma exposição como aquela na tv). A banda —

que, Bea reparou, na verdade era bem boa, de garotas punks com batom preto e meia arrastão rasgada — tocava em um palco improvisado, que a produção havia montado sob uma das tabelas de basquete, iluminado com luzes pesadas de estúdio.

Bea e Wyatt esperaram para fazer sua entrada grandiosa em um lugar bem menos glamouroso: o depósito de equipamentos esportivos do ginásio, lotado de coletes coloridos malcheirosos e sacos de bolas de basquete.

"Está nervosa?", Wyatt perguntou.

"Um pouco", admitiu Bea. "Adolescentes são criaturas assustadoras."

Wyatt parecia pálido. Bea notou que a tensão dele era bem maior que a sua. A banda terminou mais uma música, e o produtor posicionou Bea e Wyatt no local pelo qual entrariam. Eles ouviram os aplausos ruidosos quando Johnny subiu no palco e gritou: "Cheshire High, vocês estão se divertindo hoje?".

A molecada gritou a plenos pulmões, e um instante depois o produtor empurrou Bea e Wyatt para dentro do ginásio, onde conseguiram abrir caminho até o palco, apesar das luzes ofuscantes e do que parecia ser uma horda de fãs histéricos, cercados de holofotes e ruídos por todos os lados.

"Vamos aplaudir a nova estrela de Cheshire, Bea Schumacher!", Johnny gritou enquanto Bea e Wyatt subiam as escadas até o pequeno palco, sob os aplausos dos alunos. "Então, Bea, fiquei sabendo que você não foi a nenhuma festa nos tempos do colégio. O que está achando do seu primeiro baile de formatura?"

Bea ouviu a plateia trocar cochichos entre si — ótimo, pensou, mais uma ocasião para se sentir um fracasso no ginásio da Cheshire High.

"Por enquanto, tudo indo bem!" Ela abriu um sorriso forçado.

"Bom, e o que você diria se eu falasse que você e Wyatt foram eleitos o rei e a rainha do baile?"

Bea encarou Johnny com uma expressão de ceticismo. "Eu diria que essa votação foi forjada, porque ninguém aqui me conhece, né?"

Os alunos acharam graça, e Johnny também deu risada. "Agora você pegou a gente direitinho, Bea. Mas os alunos também votaram para escolher seu próprio casal de rei e rainha... vamos receber no palco Cort e Tara!"

Os adolescentes começaram a gritar e aplaudir de novo quando dois alunos se juntaram a Bea e Wyatt: um carinha alto de smoking alugado que com certeza era jogador de basquete (ou de futebol americano? Ou as duas coisas?) e uma garota loira toda delicada em seu vestido rosa rendado.

"Muito bem, pessoal", anunciou Johnny em um tom conspiratório, "como só pode haver *um* casal de rei e rainha do baile, que tal fazermos uma competição para ver quem fica com a coroa? Está na hora do jogo do baile de formatura!"

Bea não fazia ideia do que aquilo significava, mas no fim a tal disputa era só uma versão não exatamente repaginada do "jogo dos recém-casados", em que Bea e Wyatt competiriam contra Cort e Tara para ver quem conhecia melhor a pessoa com quem tinham ido ao baile. Bea não considerou aquilo muito justo, já que Cort e Tara provavelmente haviam passado mais de dez minutos na companhia um do outro até aquela noite, mas não adiantava tentar reclamar. Um assistente de produção entregou a cada um dos quatro uma pequena lousa branca e canetas pretas grossas, para que escrevessem suas respostas, que Johnny mais tarde pediria que fossem mostradas a todos. Depois de cinco rodadas de uma disputa prevista para ter sete, Cort e Tara haviam previsivelmente vencido todas.

"Qual é o condimento preferido do seu par?" Johnny perguntou em um tom dramático no início da sexta rodada.

Bea acertou o de Wyatt ("Ela tem razão, eu *adoro* mesmo ketchup"), e revelou que o seu era creme azedo ("Vai bem com todo tipo de batata!"), antes de Cort ser forçado a admitir que nem sabia o que era condimento.

"O meu preferido é mostarda, Cort." Tara sacudiu a cabeça, toda desgostosa. "Ele sabe que eu adoro mostarda."

Cort baixou a cabeça de vergonha, e Bea e Wyatt sorriram um para o outro, satisfeitos por enfim terem ganhado uma rodada daquele jogo — mas seu triunfo não duraria muito.

"Muito bem, pessoal, guardamos a melhor parte para o final", avisou Johnny. "Qual foi o lugar mais maluco onde vocês já transaram? Ou se beijaram, no caso de Cort e Tara?"

Cort e Tara trocaram olhares maliciosos, e ela deu uma risadinha. "É você quem está dizendo, Johnny."

Os adolescentes mostraram suas respostas primeiro, e logo ficou claro que não teriam como errar daquela vez. Estavam os dois às gargalhadas quando gritaram em uníssono: "A sala do professor Asalone!". A plateia explodiu em gritos e aplausos. Cort e Tara se cumprimentaram e, apesar de Bea ficar feliz ao ver como aqueles adolescentes falavam de sexo com tanta naturalidade, isso não a fez se sentir nem um pouco melhor sobre a resposta que estava prestes a revelar.

"Agora é a vez de vocês, Wyatt e Bea", avisou Johnny. "Bea, qual foi o lugar mais maluco onde você já transou?"

Bea suspirou e pensou que, se era para ser ridicularizada por sua resposta de qualquer forma, era melhor dizer a verdade. "Se preparem para uma grande surpresa, pessoal", ela falou, soltando uma risada que torceu para que parecesse bem-humorada. "Minha resposta é: na cama!"

A plateia ficou em silêncio, e Bea viu alguns adolescentes franzindo a testa e sacudindo negativamente a cabeça em uma demonstração de piedade. Mas sentiu uma onda de afeição quando Wyatt virou sua lousa, onde ela viu que estava escrito "DESFILE DE MODA".

"Uau." Bea deu risada. "Pelo jeito nós dois nos deixamos levar pelos estereótipos."

Ela virou a sua lousa para mostrar que tinha escrito "CELEIRO", mas, em vez de rir, Wyatt ficou vermelho como um pimentão.

"Wyatt?", instou Johnny. "A resposta de Bea está certa?"

Wyatt olhou para o chão. "Não", ele disse baixinho.

"Tudo bem", disse Bea com um tom gentil. "Quer dizer, você ouviu a minha resposta, né? Qualquer que seja a sua, tudo bem."

Os olhos de Wyatt encontraram os dela. "A resposta é em lugar nenhum."

Por um instante, Bea ficou confusa, mas então se deu conta do que ele estava dizendo.

"Então você nunca...?"

Ele fez que não com a cabeça.

O ginásio inteiro ficou em silêncio, a não ser pelo zumbido dos geradores. "E isso encerra o nosso jogo!", Johnny anunciou em tom grandiloquente, percebendo o constrangimento que tinha se instalado na plateia. "Bea e Wyatt, vocês foram grandes competidores, mas a coroa deste ano vai ficar com Cort e Tara!"

Todos aplaudiram sem muito ânimo, e, depois que os adolescentes receberam suas coroas de plástico, Johnny deu início ao que estava programado para o restante da noite: o baile. Os alunos se aglomeraram na pista quando a banda voltou a tocar, e Bea e Wyatt foram pegar ponche e se sentaram nas arquibancadas. Bea se sentiu grata por ter uma chance de conversar a sós com Wyatt, apesar de eles ainda estarem sendo filmados.

"Isso foi muito corajoso", ela falou.

Ele encolheu os ombros. "Acho que eu não tive muita escolha."

"Isso não é verdade", argumentou Bea. "Você poderia ter mentido."

"Com a minha cara de blefe?" Um sorrisinho surgiu em seus lábios. "Você teria sacado na hora."

Bea soltou uma risada sincera, e Wyatt entrelaçou os dedos dela com os seus.

"Isso te assusta?", ele perguntou. "O fato de eu ser... sabe como é."

"Não." Bea sacudiu a cabeça. "Dá até um alívio, na verdade."

Wyatt inclinou a cabeça, em um gesto interrogativo. "Sério? Por quê?"

"Acho que eu estava pensando que era a pessoa menos experiente aqui, porque nunca tive um relacionamento sério", Bea falou baixinho. "É uma coisa intimidadora, se sentir... sei lá. Pensei que vocês fossem me julgar, ou não me levar a sério. Isso faz com que eu me sinta imatura, de certa forma."

O rosto de Wyatt se iluminou.

"É exatamente isso", ele concordou. "Essa é a parte que faz com que eu me sinta empacado. Como se ainda não fosse um adulto."

"E aqui, na cidade onde eu nasci e cresci — nesse colégio, inclusive — isso fica à flor da pele, sabe? É como se eu tivesse voltado a ser uma adolescente, sozinha na noite do baile de formatura, me sentindo ridícula. Tipo uma fracassada que só beijou na boca uma vez na vida, e que não tem a menor esperança de encontrar um namorado de verdade."

"Pelo menos você beijou alguém." Wyatt parecia melancólico. "Eu nunca beijei ninguém na época da escola."

"Sério?" Bea não sabia como conciliar a imagem daquele homem com o que ele estava dizendo. "Tudo bem se eu perguntar por quê?"

"Na verdade, eu nem sei por quê", ele murmurou. "Eu era muito tímido."

"Desculpa", Bea falou. "Eu não queria parecer intrometida."

"Não, não." Ele lançou para ela um olhar intenso. "Você está só tentando me conhecer. É isso o que eu quero, Bea."

"Ah, é?"

Ele apertou sua mão. "De verdade, eu quero."

"Que bom." Bea sorriu ao constatar que Wyatt não tinha mesmo nada a ver com outros caras daquele tipo que ela conhecera quando morava em sua cidade natal. A questão principal, aliás, parecia ser justamente esta: o quanto ele era diferente dos demais.

"Vamos mudar de assunto." Ele abriu um sorriso simpático. "Por que você não me conta a história do seu primeiro beijo?"

Bea sentiu seu estômago se revirar com a lembrança — a cerveja quente e choca, o cheiro de mato, os arranhões no rosto provocados pelos galhos enquanto ela corria. A vergonha que sentiu quando seus irmãos a encontraram esperando ao lado do carro e perguntaram se ela havia se divertido na festa.

Wyatt notou a expressão no rosto de Bea.

"Desculpa... não precisa me contar, não", ele falou.

Uma parte de Bea não queria contar mesmo; não queria reviver a humilhação, e com certeza não queria que seus irmãos descobrissem o que realmente havia acontecido depois de tantos anos. Mas havia uma outra parte dela que estava comovida com a coragem de Wyatt, com o fato de ele ter subvertido todas as suas expectativas. Com seu desejo — motivado por algo que ela não sabia explicar ao certo — de confiar nele.

"Quando eu era menina, meus irmãos eram todos atletas", ela começou, meio sem jeito. "Os amigos deles estavam sempre lá em casa, e eu passava a maior parte do tempo escondida no quarto, mas às vezes eles tentavam ser legais comigo, ou fazer alguma brincadeirinha — para que eu me sentisse a típica irmã mais nova dos filmes, sabe? Eles eram quase todos escandalosos e imaturos, só tinha um cara que era mais quieto. O nome dele era James. Era alto e tinha uns cabelos loiros bem grossos — era do time de futebol americano do meu irmão Tim."

"Você gostava dele?", Wyatt perguntou.

"Pois é." Bea ficou toda vermelha e se sentiu uma tonta por, mais de uma década depois, mesmo sabendo que ela era a estrela de um programa de tv enquanto James estava sabia-se lá onde, ainda ser tão difícil admitir que havia gostado de um menino.

"Pensei que ele fosse mais quieto por ser tímido, ou por ser uma pessoa mais sensível." Ela soltou uma risada constrangida. "Imaginei que ele quisesse ter essas conversas intensas, que ele fosse adorar falar de coisas mais profundas. Pensei que fosse um grande segredo o fato de eu gostar dele, mas os meus irmãos sabiam — uma vez Tim comentou alguma coisa a respeito na mesa de jantar, e eu fiquei morrendo de vergonha. Saí da mesa chorando."

"Não tem nada de errado em ser uma pessoa emotiva", Wyatt falou baixinho. "Você não precisa se envergonhar disso."

"Seria bom se ele fosse mais assim como você", Bea comentou. "Você é a versão de James que na verdade eu queria."

"O que aconteceu quando ele te beijou?", Wyatt quis saber.

"Bem", Bea respirou fundo, "teve uma festa em um lugar que tinha um bosque, foi logo nas primeiras semanas do meu ano de caloura. Tim e Duncan me levaram junto, e no começo foi legal, sabe? Conversar com os amigos dele, as meninas estavam sendo legais comigo, fazendo eu me sentir bem-vinda. Mas aí... Aí James me chamou pra dar uma volta."

"E você foi, claro."

"Lógico que sim! Parecia até um milagre, como se um desejo que eu alimentava fazia tanto tempo estivesse se realizando." Bea fez uma pausa, sentindo uma onda de náusea invadir seu corpo ao se dar conta de que usara quase as mesmas palavras para descrever seu primeiro beijo com Ray.

"Enfim", continuou, "ele meio que me levou pros lados do bosque, pra longe de todo mundo. Pensei que quisesse conversar ou coisa assim, mas ele simplesmente me atacou, começou a me beijar e enfiar as mãos dentro do meu vestido. Ele foi muito bruto comigo. E eu... eu não queria. Fiquei com medo, fiquei confusa, porque pensava nele fazia tempo, mas aquilo tudo estava sendo horrível e assustador, nada parecido com o que eu esperava. Depois de uns minutos, eu já não aguentava mais. Comecei a chorar e pedir pra ele tirar a mão de mim."

"E ele escutou?", Wyatt perguntou em tom cauteloso.

"Sim", Bea respondeu com firmeza. "Graças a Deus ele escutou. Mas depois ficou me olhando com a maior cara de nojo. Disse que só tinha me beijado porque os meus irmãos tinham pedido. Que ninguém mais iria querer nada comigo, e que eu deveria agradecer. Eu pedi desculpas... Dá pra imaginar? *Eu* pedi desculpas pra *ele*."

"Nossa." Wyatt sacudiu a cabeça. "E o que aconteceu depois?"

"Nada. Ele voltou pra festa, e eu me escondi atrás do carro do Tim até a hora de ir embora. Fiquei morrendo de vergonha de contar pros meus irmãos o que tinha acontecido. Acho que James também nunca falou nada — ou, se falou, eles nunca comentaram nada comigo."

Wyatt soltou um suspiro pesado, como se estivesse absorvendo a carga do passado de Bea e tirando-a dos ombros dela para levá-la nos seus.

"Bea, tudo bem se eu abraçar você?", ele perguntou.

"Claro", ela murmurou, e se sentiu muito bem quando se aninhou nos braços fortes de Wyatt.

"Você pensa muito nesse James?"

"Na verdade, não." Ela soltou o ar com força quando se ajeitou confortavelmente no peito dele. "Mas acho que tem alguma coisa nos homens que se parecem com ele — com a sua aparência, e com a aparência de todos os homens do programa, pra ser sincera... Uma parte de mim ainda acha que eu deveria me sentir grata pela atenção de vocês, mesmo se for de um jeito que não tem nada a ver com a maneira como eu quero ser amada."

"O que aconteceria se um de nós provasse que você está errada?" Wyatt tocou gentilmente os cabelos de Bea, inclinando de leve o rosto dela na direção do seu. "O que você acha que aconteceria?"

"Acho que eu seria obrigada a repensar tudo." Ela sorriu, e Wyatt se abaixou para beijá-la.

Foi um beijo bem lento e tranquilo, um beijo acolhedor que fez um calor se espalhar pelo corpo de Bea, um beijo que provocou um pequeno aperto em seu coração quando ela sentiu que aquele mesmo anseio que alimentava na adolescência (anseio por romance, por paixão — e, claro, por um maldito baile de formatura) ainda estava vivo. E quanto mais ela tentava se convencer de que estava bem sendo solteira, de que não precisava de nada daquilo, mais aquele anseio vinha à tona, ameaçando destruir tudo aquilo em que Bea imaginava acreditar.

Quando eles se afastaram um do outro, alguns adolescentes gritaram e aplaudiram, e Bea riu de alegria, de constrangimento e do próprio absurdo da situação. Só mais tarde ela se deu conta de que tinha sido apenas a segunda vez que tinha sido beijada em sua cidade natal.

TRANSCRIÇÃO DE MENSAGENS DE TEXTO, 21 DE MARÇO:
JON, TIM E DUNCAN SCHUMACHER

Jon [11h18]: O que vocês vão usar pra esse lance? Tem algum código de vestimenta?

Tim [11h20]: É só um churrasco na casa da mãe, a gente pode usar o que quiser

Duncan [11h21]: Não é bem assim, pessoal — não pode usar estampas, nem roupas com mensagens escritas ou logotipos, lembram? Estava tudo explicado no e-mail da produção

Tim [11h22]: SORVETE SORVETE SORVETE

Jon [11h22]: ??

Tim [11h23]: Desculpa aí, a Amy pegou meu celular

Tim [11h24]: A gente precisa passar a mesma mensagem, mostrar pra esses caras que eles não podem nem pensar em zoar com a nossa irmã

Tim [11h24]: Tem que ser uma roupa que mostre que a gente tá falando sério

Duncan [11h25]: Tipo... um terno?

Jon [11h25]: Se eu vestir um terno, a Carol vai querer trocar de roupa, e eu não tô a fim de encarar todo esse drama de novo

Tim [11h26]: O que pode ser então?

Duncan [11h27]: De repente umas roupas de ginástica. Calça de moletom, camiseta sem manga pra mostrar pra eles que a gente pode pegar PESADO se for preciso

Jon [11h28]: ISSO. É esse o espírito. Vamos nessa.

Tim [11h29]: Sério? A Carol vai deixar você aparecer de calça de moletom na televisão?

Jon [11h29]: Cara, quem é que manda na sua casa? Eu tô nessa, o Duncan também. E você?

Tim [11h30]: Beleza, foda-se. Eu também tô.

Tim [13h17]: Porra, como vocês são filhos da puta

Jon [13h17]: Hahahahahaahhaahahahaha

Jon [13h17]: Cara, você tá muito ridículo

Tim [13h18]: Tá achando graça? A Tina passou a manhã inteira fazendo o cabelo. Ela quer me matar.

Duncan [13h19]: Bom, eu acho melhor ela nem tentar, você tá parecendo um serial killer

Tim [13h20]: Vão se foder. Eu vou pegar umas costelas.

Duncan [13h20]: Desde que não seja de uma das suas vítimas...

Jon [13h20]: Não acredito que você vai aparecer na televisão parecendo um rato de academia

Tim [13h21]: A Bea tá brava?

Jon [13h21]: Não, ela achou bem típico da gente

Jon [13h22]: Putz aquele cara do jardim de infância tá vindo falar comigo

Jon [13h22]: Ele tá com o violão

Jon [13h22]: Socorro

Tim [13h23]: Eu é que não vou ajudar

Tim [13h23]: Você merece

Tim [13h24]: Curte aí a dona aranha subindo pela parede

Duncan [13h24]: Uau Tim, é isso o que você fala na hora do assassinato? Puta parada sinistra!

Tim [13h25]: VOCÊS SÃO UNS BOSTAS

Jon [13h58]: Certo, tá na hora de dividir as forças. Quem vai falar com qual cara?

Duncan [13h58]: Podem deixar o Asher comigo

Tim [13h59]: Quem é esse?

Duncan [13h59]: O professor que deu um fora na Bea lá no museu!

Jon [13h59]: Ah verdade, a Carol ficou PUTA DA VIDA com aquilo.

Duncan [14h00]: Eu também. Preciso resolver essa parada

Jon [14h00]: Legal. Eu vou ver qual é a desse Luc

Jon [14h00]: Esse cara é cheio da conversa mole

Duncan [14h01]: Tim, você vai fazer aquele lance com o Nash e o Cooper?

Tim [14h01]: Com certeza. Só preciso encontrar a mãe.

* * *

"Oi, Bea... por acaso você viu o Nash e o Cooper?"
O tom de Lauren era casual, mas Bea conseguiu notar sua preocupação.

"Desculpa, mas não vi, não." Bea sacudiu a cabeça. "Você já deu uma olhada na lateral da casa, lá onde tem as árvores? O terreno é maior do que parece, pode ser que eles tenham ido dar uma caminhada..."

"Eu vou procurar, obrigada!"

Lauren partiu naquela direção, e Bea fechou os olhos. Que ótimo. Como se não fosse estressante o suficiente trazer dez homens em casa para conhecer sua família, dois deles tinham se mandado! E, ao contrário da primeira noite, não era uma ação orquestrada por Lauren; Nash e Cooper pelo jeito simplesmente decidiram que estavam cansados até de fingir ter algum interesse em Bea. Não que ela quisesse alguma coisa com qualquer um dos dois, claro, mas aquele sumiço (e as buscas subsequentes da produção) com certeza fariam parte do roteiro de humilhações do episódio da semana.

Mais um item pra acrescentar à lista, Bea pensou, fazendo um X imaginário em cada um deles. O cara que foi embora na primeira noite. Os que não foram, mas que ficaram chocados e horrorizados ao conhecê-la. O show de horrores no iate. E, o pior de tudo, Asher conseguindo induzi-la a acreditar, por um segundo que fosse, que aquilo poderia ser real.

Mas e quanto a Sam?, uma vozinha em sua cabeça retrucou. *E quanto a Wyatt?*

Bea percorreu o quintal com os olhos e viu que Sam e Wyatt estavam envolvidos em um disputado jogo de rouba-bandeira junto com outros pretendentes e algumas das crianças mais velhas. Sam abriu um sorriso e acenou para Bea quando a viu — ela sentiu um nó nas entranhas ao retribuir o gesto. Queria muito acreditar que aquilo era possível, que poderia ter marido e filhos e reuniões de domingo em família tranquilas como aquela.

Mas tudo o que havia dentro dela lhe dizia que era impossível.

"Bea, posso roubar a sua atenção um minutinho?"

Como sempre, Bea sentiu uma atração involuntária quando viu Luc, que estava perfeito com uma calça estrategicamente amarrotada e uma camisa branca. Ele trazia duas taças de vinho rosé nas mãos — aquele cara sabia como abordar as pessoas.

"Claro." Bea sorriu, tentando afastar os pensamentos turbulentos e curtir o momento com um homem que poderia não estar de fato interessado nela, mas pelo menos parecia curtir de verdade sua companhia.

Bea não havia passado nenhum tempo a sós com Luc desde a noite do crème brûlée e do beijo — ela se lembrava de como tinha se sentindo bem naquele dia enquanto os dois caminhavam até um pátio perto de um carvalho alto, onde se sentaram em um banco. O vestido fúcsia Mara Hoffman que Bea usava era quentinho e macio, o vinho estava gelado e refrescante, e todas essas sensações tácteis se intensificaram quando Luc passou o braço em torno de sua cintura.

"Eu senti sua falta", ele falou baixinho. "É ridículo eu dizer isso? Nem faz tanto tempo assim."

"Parece que faz um tempão."

"Ah, pra você parece que faz tempo porque você saiu com outros caras, fez um monte de coisas. Já pra mim o tempo parece mais longo porque eu só ficava pensando em você."

Bea revirou os olhos. "Qual é? Eu sei que isso não é verdade."

Ele se inclinou para dar um beijo no rosto de Bea, e aproveitou para aproximar a boca de sua orelha: "Você não faz ideia do tédio que pode ser aquela casa".

"E aí! Como é que vocês estão?" Jon, um dos irmãos de Bea, interrompeu o momento e se acomodou em uma cadeira diante dos dois.

"Tudo bem." Bea pigarreou. "Esse é o Luc... Luc, esse é o Jon, meu irmão mais velho. Luc é um chef francês."

Os dois trocaram um aperto de mãos. "Francês, é? Espero que você não fique entediado com a falta de glamour aqui de Ohio."

"O lugar de onde eu venho, na Normandia, não é muito diferente daqui."

"Sério mesmo?", perguntou Bea. "Você é do interior?"

"Sim, eu fui criado em uma cidade chamada Rouen, a norte de Paris, não muito longe da costa. A cidade onde Joana D'Arc foi queimada na fogueira."

"Ah, então vocês têm umas ideias bem progressistas a respeito das mulheres."

"*Exactement*." Luc deu risada, e Jon deu uma boa encarada nele e em Bea.

"Vocês dois parecem se dar bem. Estão gostando um do outro?"

Bea ficou vermelha e olhou torto para o irmão.

"Eu não posso responder por Bea", Luc falou, "mas, sim, eu gosto muito dela."

"Do que você gosta nela?"

"Jon!"

"Que foi?"

"Que pergunta mais ridícula!"

"Alguém fez uma pergunta ridícula?", intrometeu-se Tim, com sua calça de moletom realmente ridícula.

"Luc disse que gosta da Bea, e eu perguntei por quê", Jon explicou enquanto Tim se acomodava em uma cadeira. "Ele é francês", Jon acrescentou com uma antipatia bem desnecessária.

"Hã, pessoal, que tal a gente não ter essa conversa?", reclamou Bea.

"Você está incomodada?", perguntou Luc, virando-se para Bea.

"Claro que sim."

"Mas por quê? Pra mim não é problema nenhum dizer que gosto do seu senso de humor, da sua companhia, do jeito como seu rosto fica vermelho quando você se irrita, como está acontecendo agora." Ele passou de leve o dorso dos dedos por sua bochecha, e ela riu e suspirou de nervosismo. Luc se virou de novo para Jon e Tim.

"Além disso, acho que ela é linda. E beija muito bem."

"Qual é, cara."

"Ela é nossa irmã!"

Bea deu uma risada, e Luc a beijou para provar o que estava dizendo — só um beijinho rápido, mas com uma naturalidade que deixou Bea perplexa. Depois de anos vendo seus irmãos com as namoradas, e depois esposas, e de centenas de beijos trocados sem motivo e sem ao menos pensar a respeito, era a primeira vez que um homem a beijava diante de seus parentes.

Bea ficou pensando naquilo por um bom tempo, até que alguém da produção a chamou para ir até a mesa onde estavam as bebidas e gravar uma conversa com Jefferson — ao que parecia, ele havia se apossado das poucas garrafas do armário de Bob e Sue e estava preparando um drinque todo elaborado.

"Ah, aí está ela!" Ele abriu um sorrisão quando Bea chegou. "Que tal um gim fizz para a senhorita?"

"Não sei como você conseguiu encontrar todas essas coisas na casa dos meus pais", Bea comentou quando Jefferson lhe entregou uma bebida espumosa cor de limão em um dos copos da coleção de antiguidades de Sue.

"É só gim, limão, açúcar, água com gás e clara de ovo", Jefferson explicou, listando os ingredientes.

"O que você fez com a gema?", Bea perguntou, lembrando-se da sensação dos ovos escorrendo por seus dedos com Luc atrás dela.

"Joguei num canteiro de flores." Jefferson abriu um sorriso. "Os nutrientes fazem bem pras plantas."

"Uau, barman e jardineiro!" Bea sorriu, imaginando como Bob apreciaria esse fato curioso. "Se os meus pais descobrirem, vão fazer você ficar aqui pra sempre."

"Sério? Você acha mesmo?" A voz de Jefferson ficou mais aguda, e ele desviou o olhar, observando o quintal com um sorriso no rosto. Bea não sabia o que ele estava pensando, mas, quando se voltou de novo para ela, Jefferson parecia emocionado.

"É muito legal estar aqui, sabe, e conhecer todo mundo", ele falou. "Porque tudo isso — a casa, o quintal, as crianças, o pessoal se divertindo... Isso é exatamente o que eu quero pra mim, sabe? E acho que... eu preciso perguntar se é isso o que você quer também."

Bea sentiu um nó nas entranhas: *Sim*, ela queria gritar, *eu quero tudo isso mais do que você é capaz de imaginar*. Só que a ideia de dizer aquilo em voz alta — naquela casa, no meio daqueles homens, sob os olhares e o julgamento de milhões de espectadores — era assustadora. Era como se dar voz a esse seu pequeno segredo fosse revelar ao mundo como ela era tonta por querer algo tão risivelmente fora de seu alcance.

"Ei." Jefferson se aproximou dela, baixando o tom de voz. "Tem algo errado?"

"Não", murmurou Bea, sacudindo a cabeça. "É que... eu amo tanto a minha família, sabe? Fico muito feliz de saber que você gostou daqui."

Jefferson segurou a mão de Bea e a apertou de leve.

"Queria muito beijar você agora", ele murmurou.

Bea o encarou, confusa. "Ah, é?"

"É." Ele deu uma risadinha. "Está surpresa?"

"Acho que sim, um pouquinho", ela admitiu.

"Bom, a culpa é minha por não deixar as minhas intenções mais claras."

"Suas intenções?"

"Bea", ele falou, se inclinando em sua direção, "acho você incrível."

Por um instante, Bea pensou que ele fosse beijá-la, mas Jefferson se inclinou na direção contrária e caiu na risada.

"Desculpa, mas seria muito esquisito se o nosso primeiro beijo fosse na frente da sua família e dessa criançada toda."

"Pois é, dá pra entender", ela riu também.

"Mas que tal na semana que vem?" Ele a olhou bem nos olhos. "Posso ter essa esperança?"

"É isso mesmo que você quer?"

"É, sim", ele afirmou. "Espero que você acredite em mim."

Bea ficou sem saber se estava mentindo ou não quando garantiu a ele que sim.

Atordoada e desorientada, Bea não sabia para onde ir em seguida. Ela viu seus pais perto de onde estava a comida, mas a ideia de suportar o interrogatório de sua mãe sobre qual dos pretendentes escolheria para se casar era insuportável. Então Bea foi na direção do jogo de rouba-bandeira, que suas duas cunhadas, Carol e Tina, acompanhavam de perto. No entanto, deteve o passo quando se aproximou e ouviu o que as duas estavam conversando.

"Eu não entendi *mesmo* a postura do Asher", comentou Tina. "Primeiro deu a entender que queria alguma coisa e depois voltou atrás."

"A Bea pareceu ter ficado tão chateada, tadinha", falou Carol com um tom todo gentil.

"Você também não ficaria?" Tina deu um bom gole em seu vinho. "Quando ela finalmente deu uma abertura pra um desses caras, ele deixou ela na mão, sozinha! Eu teria saído do programa na hora."

Era o que eu queria ter feito também, pensou Bea, amargurada. Ela deu um passo para trás e quase deu um encontrão em sua outra cunhada,

Julia, que estava chique como sempre com um suéter preto de gola canoa, calça jeans cropped e o batom vermelho que era sua marca registrada. Levava Alice, sua bebê, enroladinha em um cobertor macio, dormindo como um anjo.

"Puta merda!", Bea exclamou o mais baixo que podia para não acordar a pequena. "Desculpa, eu não vi você."

"As mães com crianças dormindo aprendem a se locomover como ninjas mesmo." Julia deu uma piscadinha. "Que tal uma voltinha comigo? O movimento acalma ela."

"Eu adoraria", falou Bea, sentindo-se grata por poder fazer uma coisa descomplicada pela primeira vez naquele dia — e também pelo fato de a câmera que as filmava estar a uns três metros de distância, proporcionando pelo menos uma ilusão de privacidade. "Como estão as coisas com ela? Vocês estão conseguindo dormir bem?"

"Acredite se quiser, eu estou dormindo mais que o Duncan", contou Julia. "Ele está se esforçando tanto pra manter a casa em ordem que eu posso me concentrar só na Alice. Ele está fazendo de tudo pra preservar meu tempo e minha energia."

"Duncan?" Bea ergueu uma sobrancelha. "*Meu irmão* Duncan?"

Julia deu risada. "Ele mudou bastante desde a época em que protestava aos berros contra a farsa antropológica que é a família tradicional americana."

"Ai, meu Deus." Bea revirou os olhos. "Sério, quem deixou meu irmão entrar na faculdade?"

"Não serviu pra nada, com certeza." Julia abriu um sorriso. "Falando agora é até engraçado, mas no começo do nosso namoro eu tinha certeza de que a coisa não tinha futuro, porque ele vivia na defensiva, fazendo esses discursos anticasamento."

"Sério mesmo?" Bea estava incrédula. "Pra mim estava na cara que ele era louco por você desde o primeiro dia em que vi vocês dois juntos."

"Pode até ser", Julia falou, encolhendo os ombros, "mas ele também morria de medo de se abrir comigo, de se colocar numa posição vulnerável da qual pudesse sair magoado. Sempre que eu tentava ter uma conversa séria sobre nós, ele fazia piadinhas ou mudava de assunto. E no fim a coisa ficou tão insuportável que eu terminei com ele."

"*Quê?*" Bea não conseguia acreditar. "Como eu nunca fiquei sabendo disso?"

"Ele voltou atrás rapidinho", explicou Julia, "quando percebeu que na verdade estava sofrendo por escolha própria, ao recusar a possibilidade de ter um relacionamento feliz. E por falar nisso... Bea, espero que você não fique chateada comigo por dizer isso, mas vendo você nas últimas semanas sou obrigada a me perguntar se você não está passando por uma situação parecida."

"Como assim?" Bea estava de fato intrigada. "Na verdade, a questão aqui é que nenhum desses caras quer alguma coisa comigo."

"Bom, pra começo de conversa, isso não é verdade. O que você me diz de Luc e Sam? E Asher, principalmente?"

"Acho que o Asher deixou mais do que claro que não sente nenhuma atração por mim", Bea fungou.

"Sente, sim." Julia parecia pasma. "Eu vi a cara dele enquanto vocês dançavam. O motivo pra ele ter voltado atrás... eu te garanto, Bea, não foi o que você está pensando."

"Então..." Bea olhou para Julia, completamente confusa. "Então qual é?"

"Sinceramente, eu não sei", respondeu Julia. "Mas acho que não é essa a questão aqui."

"Como assim?"

"Nesse programa, quem está no comando é *você*. Durante três semanas, nós vimos você surtar por achar que os caras vão te rejeitar, sendo que o programa inteiro gira em torno das suas decisões a respeito deles. Esse sofrimento e essa autopiedade, me desculpa, Bea, mas essa é uma versão sua que nem o Duncan nem eu entendemos. Você é toda confiante e assertiva, além de totalmente maravilhosa — como é possível que esses homens que você nem conhece possam te tirar do prumo desse jeito?"

Bea sentiu um nó na garganta repentino e teve dificuldade de encontrar as palavras — qualquer palavra. Ficou só olhando para o quintal, inexpressiva, e viu Duncan falando com Asher, aparentemente numa conversa bem séria. Uma porta de tela bateu e Asher se virou para ver, seu olhar cruzando com o de Bea enquanto ela o encarava. Ela sentiu um embrulho no estômago e se virou para o outro lado, às pressas. Depois de um instante, voltou a dar uma espiada e Asher ainda estava lá, olhando para ela. Ele acenou com a mão. Bea mal conseguiu retribuir o gesto com a cabeça.

"Bea", Julia falou em um tom gentil, "o que você quer, na verdade? É uma pergunta tão assustadora assim?"

Sua cabeça estava a mil. Antes, Bea tinha certeza de que manter uma postura estritamente profissional no programa — priorizar sua carreira, como sempre tinha feito — era a decisão correta. Mas quando pensava nas noites solitárias que passou se lembrando de Ray, quando pensava na grande mentira escondida nos recônditos de sua mente desde os tempos de colégio, de que ela era gorda e feia demais para ter o tipo de amor que parecia ser tão fácil para seus parentes e amigos, ou em como desejara que Asher a beijasse naquele museu — quando pensava que o medo de admitir suas vontades só acrescentaria mais humilhações, enquanto, por outro lado, *não* as admitir poderia selar seu destino de ficar sozinha para sempre... De repente ficou claro que na verdade ela só estava lutando contra si mesma, e que nessa disputa não havia como vencer.

"Acho que eu preciso... me dá licença um pouquinho." Ela se afastou de Julia. "Desculpa. Preciso ir."

Ela disse a uma pessoa da produção que precisava ir ao banheiro e se dirigiu à casa que tanto amava desde quando era criança. Depois que se casaram, Bob e Sue sempre davam um jeito de fazer uma nova melhoria todo ano, reformando a casa antiga e dilapidada e mais tarde acrescentando várias extensões. Àquela altura, décadas depois, o imóvel tinha um ar meio de colcha de retalhos: um labirinto estranho e meio disforme, mas confortável e sempre cheio de gente.

Bea entrou pela cozinha quente e lotada de gente da produção e do serviço de bufê, passou pelo lavabo e entrou por um dos corredores sinuosos da casa. Duas curvas depois, abriu a porta que tinha uma plaquinha de madeira simples com seu nome.

O quarto de Bea era o mesmo de quando ela era criança, com as paredes cor de lavanda e um tapete branco macio, uma cama de solteiro e uma parede coberta de prateleiras de livros.

Bea se sentou no chão e levou os joelhos para junto do peito, aspirando o cheiro do lugar. Ela fechou os olhos e de repente estava se deitando na cama às quatro da madrugada na noite em que James a beijou, depois de jogar o vestido rasgado no cesto de lixo embaixo da escrivaninha branca. Era aqui que ela estava na noite do baile de formatura, lendo mais um romance enquanto sonhava com aquilo que faltava em sua vida. E foi também aqui, no Natal do ano anterior, que chorou tanto de saudade de Ray que pensou que fosse morrer, perguntando a si mesma se chegaria um dia em sua vida em que visitaria seus pais e precisaria de algo além daquela cama de solteiro.

O que a Bea de dezessete anos acharia se pudesse ver seu futuro como uma estrela de TV com um monte de homens lindos como pretendentes? A admiração dela se despedaçaria se soubesse que era tudo uma farsa?

Bea enterrou o rosto nos joelhos e tentou respirar — mais devagar, mais fundo, da maneira que fosse —, e nesse momento ouviu uma leve batida na porta.

"Beatrice? Você está aí?"

Ela pensou em ficar em silêncio, porém acabou concluindo que, quanto mais se escondesse, mais deixaria a produção em frenesi, e quando voltasse a aparecer as coisas estariam ainda piores.

"Sim, mãe. Estou aqui."

A porta se entreabriu, e Bea viu Bob e Sue, ambos com expressões preocupadas.

"Ah, Beatrice." Sue entrou no quarto e ajoelhou no chão junto de Bea, envolvendo a filha nos braços. "Está sendo um dia longo e terrível mesmo."

Bea sorriu em meio às lágrimas que nem sabia que estavam escorrendo pelo seu rosto. "Pois é, mãe. Um dia longo e terrível."

Bob entrou logo depois de Sue e fechou a porta.

"Nenhuma câmera?", Bea perguntou, em tom esperançoso. Bob sorriu.

"Não. Nós demos uma fugidinha."

"Querida", Sue perguntou com toda a delicadeza, "como você está se sentindo?"

"Eu..." Bea sentiu vontade de fazer uma piadinha para aliviar a tensão, mostrar a seus pais que estava tudo bem. Mas não conseguiu. Porque não estava.

"É um peso enorme nos seus ombros, tudo o que você está fazendo", Bob falou. "A pressão deve ser imensa."

Bea assentiu com a cabeça: era mesmo.

"Nós conhecemos vários jovens muito legais hoje", comentou Sue.

"Ah, é?" Bea tentou sorrir. "De quem você gostou, mãe?"

"Eu gostei muito do Sam. Nós não gostamos dele, Bob?"

Bob confirmou; eles tinham gostado, sim.

"Ele é tão novinho", continuou Sue, "mas por outro lado deve ser por isso que é tão otimista também, né? Foi bom conversar com alguém tão cheio de esperança. E Wyatt é um doce. E tão bonito! E, claro, nós ouvimos os seus irmãos falarem sobre aquele francês. É com ele que você vai casar?"

"Sue!" O tom de advertência na voz de Bob era claro.

"Bob, ela precisa ficar noiva, é esse o objetivo, é por isso que ela está no programa! Se eu não puder perguntar agora, vou perguntar quando?

"Eu entendo, mãe. Sei que é uma coisa que você quer, e eu também. Não queria ser uma decepção tão grande pra você o tempo todo."

Sue abriu a boca para responder, mas Bob interveio primeiro. "Calma lá, Bea. Você acha que sua mãe e eu estamos chateados por você ser solteira?"

"Chateados, não." A voz de Bea começou a falhar. "Só decepcionados mesmo. Os meninos estão todos casados, têm filhos, e eu nunca consegui nem... sei lá. Isso nunca foi uma possibilidade pra mim. Mas tenho o maior orgulho da minha carreira, de tudo o que eu consegui."

"Nós também!", garantiu Sue.

"Eu sei, mãe. Sei que sim. Mas, quando venho aqui e vejo todos vocês juntos... é uma coisa que eu quero tanto. Só que parece impossível. É como se vocês vivessem em uma ilha, um lugar onde as pessoas sabem como se amar, mas não importa o que eu faça — eu nunca consigo chegar lá."

"O que acontece quando você tenta?", Bob perguntou em um tom gentil.

Bea sacudiu a cabeça, chorando abertamente a essa altura. "Eu me afogo, Bop. Toda vez. Eu me afogo."

Bob assentiu com um gesto curto, com lágrimas nos olhos também. Sue acariciou os cabelos de Bea.

"Então parece mais seguro ficar onde está, né?", ela falou baixinho. "Mesmo se estiver infeliz."

"O que eu faço, mãe?", Bea perguntou, sentindo-se uma criança de novo. "Eu não sei o que fazer."

"Escuta só", a voz de Sue soou bem séria, sem a animação afetada de sempre, "quando seu pai foi embora — não Bob, o seu pai biológico —, eu pensei que a minha vida estava acabada. Uma mulher sozinha com quatro filhos, sem dinheiro, nessa casa caindo aos pedaços. Eu pensava: *Quem vai querer ficar comigo?*"

"Mãe..." Bea soltou o ar com força. Era possível contar nos dedos de apenas uma das mãos as vezes que ela ouviu sua mãe falar de seu pai biológico.

"A noite em que ele ligou avisando que não ia mais voltar pra casa foi a pior da minha vida", continuou Sue. "Vocês estavam todos dormindo, ou pelo menos pensei que estivessem, mas eu ouvi o seu choro. Então entrei no quarto, e você estava de pé no berço, e falou: 'Pega eu, mamãe'. Era assim que você falava: 'Pega eu'. Então peguei você no colo, minha menina linda, e você estava chorando, e eu também. E fiquei morrendo de medo, Bea. Não sabia o que ia fazer da vida. Se você acha que está num beco sem saída agora, bem, a minha situação era muito pior, até a entrada do beco tinha sido fechada. Pelo menos até eu conhecer Bob."

"E ele fez você voltar a acreditar?"

Bob caiu na risada. "Até parece. A sua mãe não queria absolutamente nada comigo."

"Espera aí, isso é sério?"

Sue confirmou com a cabeça. "Com um emprego e quatro filhos pra criar, eu só conseguia pensar em sobreviver, resolvendo um pepino atrás do outro — não dava nem pra imaginar ter outra pessoa na minha vida! Bob percebeu que eu estava sobrecarregada e ofereceu ajuda. Foi na primeira vez que ele veio aqui que as coisas começaram a mudar."

"Por causa de você, Bean." Bob fez um carinho no joelho de Bea.

"Por minha causa?" Bea ficou perplexa. "Como assim? Eu não tinha, tipo, só cinco anos?"

"Quatro", corrigiu Bob. "Quando cheguei aqui, a casa estava um caos. Seus irmãos corriam pelo quintal, sua mãe tentava servir o jantar na mesa, e eu não fazia ideia de como ajudar. Aí você veio correndo na minha direção, e era a coisinha mais linda do mundo. Tinha um livrão enorme de contos de fadas nas mãos, lembra? Arrastava aquilo pra tudo que era lado."

Bea apontou para a prateleira de baixo, onde o livro ainda estava guardado, em péssimo estado de conservação.

"Aquele ali?"

Bob sorriu. "O próprio. Você estendeu pra mim e falou: 'Conta história?' Bean, não sei como algum homem é capaz de dizer não pra você, porque eu nunca consegui. Você era tão confiante, sentou no meu colo e ficou lá durante horas."

"Isso mudou tudo." Sue estava com a voz embargada. "Eu vi vocês dois juntos e pensei: 'Ah. Ela vai ter um pai'."

"Você faz tudo parecer tão fácil", murmurou Bea.

"Não", Sue falou, segurando a mão de Bea. "Não, Beatrice, é a coisa mais difícil do mundo. Ser magoada, estar morrendo de medo e saber que a única maneira de ser feliz de verdade é se arriscar a passar por tudo aquilo de novo? É assustador. Mas, se você quiser realmente que alguém se torne íntimo de você, essa é a saída."

"Isso mesmo!" A expressão de Bob se iluminou, como sempre acontecia quando alguém propunha uma nova solução para um problema. "É uma escolha. Um monte de gente passa a vida no piloto automático, aproveitando as oportunidades que aparecem pelo caminho porque esse é o jeito mais prático. Essa é uma das maneiras de formar uma família. Mas nós dois? Nós escolhemos estar juntos. E é isso que você está fazendo agora, Bean... é por isso que é tão assustador. Porque é mesmo. Você está escolhendo a sua família."

"E se eu não conseguir?" Bea limpou as lágrimas dos olhos. "E se tiver alguma coisa dentro de mim que me torna... sei lá, incapaz?"

"Impossível." Bob sorriu, e seu rosto inteiro se enrugou. "Bean, todo mundo nessa família sabe quanto amor existe dentro de você. Estamos juntos por sua causa. O seu bom coração foi a chave que abriu a porta das nossas vidas."

"Eu não sei o que fazer, Bop. Quero ser corajosa como vocês, mas... eu não sei o que fazer."

"Tudo começa com a escolha, como disse a sua mãe. Agora mesmo, estou com uma ligeira impressão de que você pode querer que um desses rapazes faça parte da nossa família. E, se é isso que você quer, você pode ter. Mas antes precisa deixar bem claro a todo mundo o que quer. Precisa fazer sua escolha, Bean."

Bea receava que Lauren estivesse uma fera quando ela saísse do quarto, mas havia tanta coisa acontecendo ao mesmo tempo que sua ausência de vinte minutos pareceu ter passado despercebida.

Ela percorreu com os olhos o quintal lotado em busca de Asher. Ele conversava com Duncan e Julia, os três rindo. Asher estava com Alice no colo, mexendo no narizinho dela e inflando as bochechas para fazê-la sorrir. Dava para ver que era ótimo com crianças, e Bea se perguntou como alguém que ficava tão à vontade até com uma bebezinha poderia se sentir tão travado diante dela. Duncan abraçava Julia pela cintura, e ela se recostava confortavelmente no marido com uma naturalidade que provocou um aperto no peito de Bea. Era aquilo que ela queria. E, se continuasse sendo como era, corria o risco de nunca ter.

Bea não sabia se era possível se apaixonar em um programa como aquele, mas estava disposta a tentar — tentar para valer. Esse precisava ser o primeiro passo, mesmo que significasse um mergulho profundo na humilhação total.

"Ei", ela falou para Asher quando se aproximou dos três. "A gente pode conversar um minutinho?"

"Ah." Ele parecia apreensivo. "Sim, claro."

Asher entregou a bebê de volta a Julia, e os dois caminharam juntos até o quarteto de bordos japoneses que Bob havia plantado quando Bea era pequena — um para cada criança. As árvores não passavam de mudas na época, mas com o tempo chegaram a seis metros de altura, com galhos compridos e retorcidos e folhas que brilhavam em tons de vermelho sob a luz alaranjada do pôr do sol.

"Tudo bem com você?" Asher parecia preocupado. "Eu pensei que... quer dizer, estou surpreso por você querer falar comigo."

"Eu também." Bea deu uma risadinha de nervoso, mas também — o que foi uma descoberta incrível para ela — de alegria. "Eu queria pedir desculpas, na verdade."

Agora Asher estava claramente preocupado. "Pelo quê?"

"Aquilo que você falou lá no barco..." — Bea lutava para encontrar as palavras certas — "... sobre eu não estar aqui à procura de um amor. Fiquei irritada por você dizer isso na frente das câmeras, e no final de um dia horroroso. Mas o que me irritou mesmo foi você estar certo."

Asher compreendeu o motivo da conversa, e a expressão em seu rosto se amenizou.

"Quando entrei aqui, eu ainda, hã, eu estava lutando pra esquecer alguém. Estava muito, muito magoada e... e não sabia se estava pronta pra conhecer outra pessoa. Então, na primeira noite, quando vi todos vocês, eu me fechei de vez. Considerei impossível que qualquer um de vocês pudesse sentir alguma coisa por mim, então por que me arriscaria a outra decepção, e por alguém que nem valeria a pena? Parecia uma péssima ideia. Mas aí, lá no museu, eu pensei que talvez pudesse estar enganada, só que no fim da noite, quando você... enfim."

Asher deu um passo na direção dela. "Bea, tem uma coisa que eu preciso te falar sobre aquela noite..."

"Por favor", ela interrompeu, "só me deixa terminar de falar, tá bom? Eu preciso dizer isso."

Ele assentiu. Com o coração aceleradíssimo, ela pensou em mudar de ideia, mas em seu íntimo sabia que era preciso ir em frente.

"Não sei por que você não quis me beijar", ela falou baixinho. "Pode ser porque não sente atração por mim, ou porque achou que eu ainda estava na defensiva, ou... sei lá, algum outro motivo. Mas queria dizer que, hã... Eu te acho ótimo. Gosto muito de você. E se você puder — quer dizer, se você quiser —, eu gostaria de tentar. Era isso que eu tinha pra falar."

Asher deu mais um passo à frente, e por um momento Bea achou que ele fosse abraçá-la — o que não aconteceu.

Mas, nossa, como ela queria.

"Bea, o motivo de eu não ter beijado você no museu aquela noite é que eu tenho dois filhos."

Bea ficou boquiaberta, totalmente incrédula. "Espera aí. Como é?"

"Pois é." Ele abriu um sorriso tristonho. "Eu deveria ter te contado. Foi o meu filho que me inscreveu no programa. Eu nem teria vindo se não fosse uma coisa tão importante pra ele. Pensei que jamais poderia me interessar por uma mulher que conhecesse num reality show, que ficaria na casa uma semana, no máximo duas, e voltaria pra casa com uma história divertida pra contar pros meus alunos. Mas aí conheci você, que era... não era o que eu estava esperando."

Bea sentiu uma pontada de ansiedade. "No mau sentido?"

"Não." Asher deu risada. "No *melhor* sentido. Você foi tão sagaz nas suas conversas com Johnny e os outros caras, e parecia não estar nem aí pra essa coisa toda, exatamente como eu. Fiquei com vontade de te conhecer melhor, e me irritei quando percebi que você não estava a fim. Lembra qual foi a primeira coisa que você me falou?"

Bea ficou vermelha, horrorizada ao se lembrar da frieza com que tratara Asher na noite da estreia, ainda perplexa por causa do homem antes dele, que tinha simplesmente virado as costas e se mandado.

"Eu falei pra você ir embora."

Asher assentiu. "Eu disse a mim mesmo que ficaria só o suficiente pra te conhecer, pra ver se poderia rolar alguma atração entre nós. E lá no museu... nem me lembro de quando foi a última vez que me senti daquele jeito. Eu queria... bom, você sabe o que eu queria."

"Mas eu não sabia, Asher. Pensei que você tivesse sentido nojo de mim."

O rosto dele assumiu uma expressão desolada. "Você não pode estar falando sério."

Ela confirmou com a cabeça, e ele segurou sua mão.

"Bea, eu sinto muito."

"Eu também", ela murmurou.

Ele levou a mão de Bea ao peito, para que pudesse sentir seu coração disparado, e foi se aproximando até ficar a centímetros do rosto dela.

"Quando eu fui embora do museu", ele falou baixinho, "pensei que estivesse protegendo os meus filhos. Eles sabem como dói ser abandonado e, considerando como o programa é feito, qual é a possibilidade de se manter um relacionamento de verdade fora daqui? A ideia de destruir as esperanças deles — e as minhas — não parecia fazer nenhum sentido."

A respiração de Bea se acelerou. "E agora?"

"Agora a única coisa que não parece fazer nenhum sentido é a ideia de abrir mão de você."

Logo em seguida, as mãos dele estavam nos cabelos dela e os dois estavam se beijando — um gesto repentino e impulsivo que não teve nada de falso, nada de fingido e nada de cauteloso. Foi uma mistura de alegria e pânico e conforto e queda livre, e cada segundo foi capturado pelas câmeras, os dois corpos quentes unidos em um abraço numa noite fresca de primavera.

Foi aterrorizante. Foi libertador.

E parecia o início de algo maior.

TRANSCRIÇÃO DA ENTREVISTA DA PRODUÇÃO COM SUE, MÃE DE BEA
Horário registrado na câmera: 15h17

Produção: Você estava conversando com Nash e Cooper na cozinha hoje mais cedo. Qual era o assunto?

Sue: Ah, o corretor de imóveis! E aquele surfista, seria tão melhor se ele lavasse o cabelo. Teve um surto de piolho na minha classe esse ano, e nós aprendemos que é muito importante examinar o couro cabeludo regularmente. Se esse Cooper não se cuidar, pode acabar *empesteado* de piolhos.

Produção: É um ótimo conselho, Sue. Foi sobre isso que vocês conversaram?

Sue: Na verdade, foi, sim! Ah, e depois eu pedi aos dois que fossem comprar sorvete para o pessoal. As crianças adoram. Eu teria comprado se fosse a encarregada da comida da festa.

Produção: Sue, nós já falamos sobre isso, o programa contrata profissionais pra providenciar a alimentação para os nossos eventos. Não podemos obrigar você a cozinhar o dia inteiro, precisamos que esteja livre pra conversar, como está fazendo agora!

Sue: Tudo bem, mas *eu* teria comprado sorvete.

Produção: Então você pediu pra Nash e Cooper irem ao supermercado?

Sue: De jeito nenhum! Nós só compramos sorvete de uma leiteria que fica lá na estrada. É um lugar incrível, dá pra ver onde ficam todas as vacas, e eles fazem sorvete fresquinho todos os dias! Pedi pra eles irem até lá com o Tim.

Produção: Mas o Tim está aqui, brincando de rouba-bandeira. E Nash e Cooper ainda não voltaram.

Sue: Ora, mas que absurdo. Eles foram juntos. Se o Tim já voltou, então já estão todos de volta. Acho melhor vocês procurarem de novo.

TRANSCRIÇÃO DA ENTREVISTA DA PRODUÇÃO COM OS PARTICIPANTES
NASH E COOPER
Horário registrado na câmera: 18h41

Produção: Quando foi que vocês perceberam que alguma coisa estava errada?

Nash: Foi estranho eles terem pedido pra gente ir comprar comida. Quer dizer, a produção não tem pessoas pra isso? Nós somos *do elenco*.

Produção: Então por que vocês foram?

Cooper: Sei lá, cara. O irmão da Bea tava lá, e o cara é assustador pra caralho. Ficou sacudindo a chave da picape pra gente. Aí a gente entrou no carro e foi.

Produtor: E depois aconteceu o quê?

Nash: Ele falou que o tal lugar ficava numa estrada ali perto, mas não disse que era uma estradinha de terra no meio do nada com tipo uns quinze entroncamentos. E quando a gente chegou lá... aquele cheiro.

Cooper: Eu nunca tinha visto tantas vacas na minha vida. Aquele fedor, o esterco... um horror.

Produção: Então vocês compraram o sorvete?

Cooper: Não, cara! O Tim largou a gente numa porteira qualquer e falou pra gente cortar caminho pelo pasto das vacas, que a sorveteria ficava logo ali na frente e ele ia estacionar. Só que aí o cara se mandou, caralho! A gente teve que atravessar um campo *cheio* de merda.

Produção: (*risos*)

Nash: Ah, vai se foder. Não tem graça *nenhuma*.

Produção: Qual é, pessoal. É engraçado, sim.

Nash: A gente tava no meio do nada, sem ninguém por perto, sem saber pra onde ir, sem telefone...

Produção: Sem câmeras.

Cooper: Exatamente! A gente demorou, tipo, três horas pra encontrar o caminho de volta pra civilização!

Produção: E estão com cheiro de bosta de vaca.

Cooper: (*se virando para Nash*) Ei... você acha que eles fizeram isso porque você chamou a Bea de vaca gorda?

Nash: (*entendendo tudo*) Filho da puta.

Episódio 5
"Deserção"
(5 pretendentes restantes)

Filmado em locação em Marrakesh, Marrocos

TRANSCRIÇÃO DO CHAT DO CANAL #PRASHIPAR NO SLACK

NickiG: Td mundo já viu o episódio de ontem? Pq eu tô MORRENDO aqui e não quero dar spoiler mas preciso falar a respeito!!!!

Enna-Jay: Eu digo o mesmo

Beth.Malone: Ei, vocês sabem que a gente só dá spoilers sobre os episódios a partir da noite de quarta-feira, é essa a regra

NickiG: BETH A GENTE PODE ABRIR UMA EXCEÇÃO

KeyboardCat: Eu já assisti! E você, Beth?

Beth.Malone: Eu já, então só falta o Colin. Colin, você já assistiu?

Colin7784: Como assim você acha que eu sou tão fanático pelo programa que assisto na hora que passa, como se eu não tivesse nada melhor pra fazer numa segunda à noite?

Beth.Malone: 😑

Colin7784: Tá, eu já assisti

NickiG: CERTO, então o Asher tem filhos?!?! Aimeudeus, quem é que imaginava isso??

Enna-Jay: Era óbvio que ele tava escondendo *alguma coisa*

Enna-Jay: Mas isso é tipo, muito fofo

NickiG: Né?? Ou será que ele só quis dar um jeito de se livrar dos filhos e ainda dar uma de babaca na TV com uma mulher tão legal?

KeyboardCat: Mas foi o filho dele que fez a inscrição no programa!

NickiG: Relaxa Cat todo mundo aqui já sabe que você é uma defensora feroz do Asher

KeyboardCat: Eu posso ser uma grande fã da Bea que considera o Asher literalmente a única opção possível

Beth.Malone: Hummmmm sei lá o beijo dela com o Luc não foi uma graça?

KeyboardCat: Espera aí você não tá achando que o Luc está lá ~pelos motivos certos~ né?

Beth.Malone: Ele é o chef francês bonitão que a gente precisa nesses tempos difíceis e eu tô torcendo por ele

Collin7784: E a Bea por acaso quer ser uma mamãe do Instagram?

Enna-Jay: Ela já falou que quer ter filhos um dia

Colin7784: Sim, mas um dia é diferente de tipo, agora

Beth.Malone: Esse é um argumento interessante

Colin7784: Uau Beth doeu muito em você dizer isso?

KeyboardCat: E eu já posso dizer aleluia que o Nash e o Cooper finalmente se mandaram????

Enna-Jay: Pois é, não vai ser muito mais legal assistir a partir de agora sem nenhum vilão no programa? Só os caras que gostam MESMO da Bea?

NickiG: O que eu não entendo é que o Nash e o Cooper nem eram bonitos — tinham um corpo sarado e tudo mais só que de rosto eram no máximo aceitáveis

KeyboardCat: E não é sempre assim?? Esses caras mais ou menos que são obcecados pela ideia de só sair com as mulheres mais lindas pra validar a existência deles

Colin7784: Certo, falando em defesa dos homens aqui...

Beth.Malone: Não, Colin. Não mesmo.

ELENCO DE *É PRA CASAR* É VISTO PEGANDO VOO PARA MARRAKESH
postado em TMZ.com

AEROPORTO JOHN F. KENNEDY, NOVA YORK — O elenco e a equipe técnica do reality show *É Pra Casar* foram vistos embarcando em um avião para Marrakesh no aeroporto internacional de Nova York. O TMZ apurou com exclusividade que **Bea Schumacher** estava comendo um pão doce de canela no portão de embarque — pelo jeito, ela ignora mesmo as críticas! (*Clique aqui para ver fotos de Bea com o queixo sujo de cobertura de cream cheese.*) Se você está em Marrakesh e viu o elenco e a equipe na cidade, mande seu relato e suas fotos para tips@tmz.com.

* * *

"Então", Lauren abriu a tampa da garrafa de chá gelado com um estalo bem alto, "pelo jeito você desistiu totalmente do nosso plano de não se apaixonar por nenhum desses caras."

"Pois é, acho que é isso mesmo." Bea tentou parecer constrangida, mas não conseguiu — seus lábios se contorceram em um sorriso enquanto ela se esbaldava em sua poltrona de primeira classe no voo transatlântico para o Marrocos. "Como foi a audiência de ontem à noite?"

"Gigantesca, claro." Lauren abriu um sorriso. "As pessoas adoram esse negócio de romance. Mas você percebe que isso cria um novo problema pra nós, certo? Se você quer tentar de verdade se acertar com o Asher, vai ter que fazer o mesmo com os outros quatro."

"Quê?" Bea ficou pasma. "Por quê?"

"Porque você é uma péssima atriz!", cochichou Lauren, baixando o tom de voz quando uma comissária de bordo passou com uma bandeja com toalhas quentes. "Se você se apaixonar de verdade pelo Asher e só fingir que dá bola pros outros quando sair com eles, o país inteiro vai perceber. Só estamos na metade da temporada e, se todo mundo souber com antecedência com quem você vai ficar, nossa audiência vai *sangrar* a cada semana. Isso não é bom pra você — e é insustentável pra mim."

"Certo", concordou Bea. "O que você quer que eu faça?"

"Eu tenho certeza absoluta de que o Asher não é o único cara do programa que gosta de você. Na verdade, acho que qualquer um dos cinco que restaram estariam abertos à ideia de um relacionamento sério."

Bea levantou uma sobrancelha. "Até o Luc?"

Lauren deu risada. "Bom, ok, mas, nesse caso, seja lá o que for que Luc considere um relacionamento sério, acho que ele estaria disposto a tentar com você. Ele gosta de você, Bea. E você, o que acha dele?"

"Hã, claro que a atração que eu sinto por ele é muito forte, mas não sei se é uma coisa que funcionaria no longo prazo." Ela arriscou uma olhada para o fundo do avião, mas obviamente não dava para ver Luc, que estava em algum lugar na classe econômica junto com os outros quatro pretendentes e a maior parte da equipe técnica. Bea evocou uma imagem mental dele, sentindo a firmeza com que ele passou os dedos por seus cabelos na hora do beijo.

"A química entre vocês já existe, o que é um bom começo", Lauren falou, trazendo os pensamentos de Bea de volta ao momento presente. "Vou marcar um encontro a dois pra vocês essa semana. É uma coisa que todo mundo quer ver desde a estreia. Assim vocês podem se conhecer melhor e, no mínimo, vamos poder filmar uns bons amassos."

Bea sorriu e assentiu com a cabeça. "Não é um trabalho fácil, mas alguém precisa fazer."

"É assim que se fala. E o Sam? Vocês se deram muito bem quando saíram juntos."

Era verdade — ainda assim, porém, Bea não conseguia acreditar que poderia ter um relacionamento sério com um cara de apenas vinte e quatro anos.

"Acho que eu nem parei pra pensar no que posso sentir pelo Sam depois do nosso encontro", Bea refletiu, "porque a idade dele já é um fator de descarte bem claro pra mim, e àquela altura eu ainda não estava aberta à ideia de deixar rolar algum sentimento pelos pretendentes."

"Mas a atração existe?"

"Bom, cega eu não sou."

"Acho que vocês dois têm potencial — e a Marin também, lembra? Vou providenciar uma coisa especial pro encontro de vocês dois essa semana. Você pode fazer esse favor pra mim — e pro Sam — e dar uma chance a ele?"

"Sim." Bea assentiu. "Posso, sim."

"Legal! Então só restam Wyatt e Jefferson. O que você acha deles?"

"Gosto dos dois como pessoa, principalmente do Wyatt."

"A pergunta aqui é com quem vai ser o terceiro encontro da semana — nesse você vai sair com dois caras."

"Isso significa que eu vou ter que eliminar um deles no fim do encontro?", Bea perguntou, apreensiva.

"Não. Como você vai eliminar só um cara essa semana, vamos deixar isso pra cerimônia com todos os cinco." Lauren batucou com os dedos no apoio de braço entre as poltronas das duas. "Você e Wyatt precisam de mais tempo, isso está claro, mas não tenho como justificar outro encontro com alguém com que você já saiu na semana passada. Principalmente porque eu acho que você quer conhecer melhor o Asher, né?"

Bea assentiu, sentindo seu rosto ficar vermelho. Ela realmente queria.

"Que tal o Jefferson, então? Você tem algum interesse nele?"

"Bom, quando ele apareceu lá na primeira noite, eu pensei: *Ah, graças a Deus, um homem com quem eu consigo me imaginar tendo alguma coisa.*"

Lauren a encarou, com os olhos faiscando de interesse. "Você é a fim dele."

Bea encolheu os ombros. "Um pouco."

"Combinado, então: ele vai participar do terceiro encontro junto com o Asher." Lauren sorriu para Bea, mas logo voltou a ficar séria.

"O que foi?", Bea quis saber. "Algum problema?"

"Bea, eu já trabalhei em muitas temporadas desse programa, e vi pessoas que saíram disso tudo muito magoadas. Você sabe o quanto eu te admiro e te respeito — pelo menos espero que saiba."

Bea assentiu de leve.

"Então, antes de entrar nessa, quero ter certeza de que você sabe mesmo o que isso significa", Lauren avisou. "Antes era eu a responsável por arquitetar as surpresas e reviravoltas. Só que, quanto mais você se envolver com esses caras — e eles com você —, mais o programa vai depender dos seus altos e baixos emocionais. Seus momentos de euforia. Suas decepções. Sei que o processo não foi fácil até aqui, mas já estou nesse emprego há cinco anos, e acredite em mim quando eu digo que pode ficar muito pior. Eu só queria... Eu preciso saber se você está pronta pra tudo isso."

Bea não tinha a menor convicção de que estava, mas qual era a alternativa? Mentir para Asher, ignorar os outros? Passar a vida toda como a única solteira nos eventos em família, dizendo a si mesma que não se incomodava com isso? Deitar na cama noite após noite apenas com a lembrança do corpo de Ray, e não com a sensação concreta de alguém de verdade a seu lado?

Aquilo com que ela havia sonhado desesperadamente por tanto tempo estava ali, ao seu alcance — ela precisava correr atrás, mesmo que acabasse tropeçando e caindo.

"Sim", ela disse a Lauren, com uma confiança muito maior do que aquela que de fato sentia. "Eu estou pronta."

Bea queria conhecer Marrakesh fazia anos, por isso ficou empolgadíssima quando soube que ela e seus pretendentes passariam vários dias por lá. A produção havia conseguido um *riad* gigantesco bem no centro da cidade, com andares e mais andares de paredes de azulejos com padrões intricados, tecidos suntuosos em cores vibrantes e abajures de metal feitos à mão que espalhavam padrões de luz radiantes sobre todas as superfícies possíveis. O ambiente como um todo era um deleite para os sentidos, e Bea imediatamente se sentiu muito mais em casa ali do que na Mansão Pra Casar, com sua decoração estéril em tons de branco e bege.

Bea só teve algumas horas depois de chegar para dormir um pouco e tentar se adaptar ao fuso horário. Deitada sobre cobertores grossos de lã em uma cama de madeira maciça ricamente entalhada, já pensando em seu encontro daquela noite com Sam, Bea experimentava, pela primeira vez desde que as filmagens começaram, a sensação de magia de conto de fadas que o *É Pra Casar* fazia de tudo para vender aos telespectadores.

Bea acordou no fim da tarde, e Lauren pediu aos empregados do *riad* que providenciassem um café turco. Em seguida, ela foi à sala de figurino escolher as roupas para o jantar com Sam — Alison sugeriu uma calça de cintura alta e uma regatinha.

"Não é um look ousado demais pra um país onde tantas mulheres precisam andar de véu?"

"Acho que... no fim você vai ficar contente por ter essa opção", Alison falou, cautelosa.

"Como assim?", Bea quis saber, mas Alison não entrou em detalhes.

Bea queria usar alguma coisa que a fizesse se sentir sexy e confortável, então decidiu por um vestido Cushnie drapejado de jérsei, que marcava levemente suas curvas, e sapatos de salto alto Sophia Webster bem chamativos. Quando encontrou Sam na frente do *riad*, a reação dele mostrou que a escolha tinha sido acertada.

"Como é possível você estar tão bonita depois de passar a noite toda num avião?" A mão dele passeou por suas costas enquanto os dois se cumprimentavam com um abraço, deixando um rastro carregado de eletricidade em sua pele.

No trajeto até o restaurante, Bea se sentia ansiosa, empolgada, quase eufórica — era a primeira vez que estava animada para um encontro desde sua última noite com Ray. Ao chegar, porém, sua empolgação se transformou em pavor ao se dar conta do motivo por que Alison insistiu tanto no look que havia escolhido para aquela noite.

"*Dança do ventre*", Bea murmurou. "Puta que pariu."

"O que aconteceu?", Sam questionou, intrigado com a súbita mudança de humor de Bea.

O restaurante era um ambiente opulento, cheio de drapejados de damasco e seda, com os clientes acomodados em mesas redondas com sofás presos às paredes. E as dançarinas estavam por toda parte: cobertas de sedas finíssimas e vestindo sutiãs minúsculos com guizos ornamentais, as mulheres curvilíneas rodopiavam pelo local deliberadamente pouco iluminado, parando de mesa em mesa.

"Você não curte muito?", Sam perguntou com um sorriso.

"Eles vão me fazer dançar", Bea falou, com uma expressão sombria. "Foi por isso que Alison queria que eu usasse uma regatinha — pra ter uma opção que não fossem essas coisas minúsculas que as dançarinas estão usando."

"Espera aí, como é que é?" Sam fez uma pausa, incrédulo. "Se você não quiser dançar, eles não têm como te obrigar, né?"

Bea revirou os olhos. "Você não estava lá quando me obrigaram a ficar desfilando num iate de biquíni, quase totalmente contra a minha vontade."

"Eu não estava mesmo, mas bem que gostaria."

"Por quê? Você tem fetiche por mulheres constrangidas?"

"Não, mas gostaria de ver você ao vivo com aquele biquíni."

Bea ficou observando Sam enquanto eles seguiam o *maître* até uma mesa bem no meio do restaurante, desviando-se de duas mulheres que dançavam em ondulações frenéticas.

"Você detestou mesmo isso aqui, né?" Sam massageou os músculos tensos da base da coluna de Bea enquanto se acomodava em uma cadeira ao seu lado.

"É que fica parecendo que eu estou numa espécie de teste de Turing, sendo obrigada a convencer o mundo a cada momento que me sinto bem de verdade com o meu corpo."

"E você se sente?" Não havia maldade alguma na pergunta de Sam, nem o mínimo tom de desconfiança. Como não viu motivo para ficar na defensiva, Bea respondeu a sério.

"Eu me esforcei muito pra isso, só que também preciso ter o mínimo de controle sobre as circunstâncias. Tipo, eu jamais iria à academia de short e top, apesar de ser assim que eu malho em casa."

"E você está me dizendo que ficar seminua pra fazer uma dança que não conhece pra um público de milhões de pessoas é... ainda pior?"

Sam ergueu as sobrancelhas e lançou um olhar dramático para Bea, que caiu na risada. "É, só um pouquinho."

Antes que eles pudessem continuar a conversa, Johnny apareceu para dar as boas-vindas e explicar o conceito por trás daquele encontro.

"Bea e Sam, bem-vindos a Marrakesh!" Ele parecia entusiasmado até demais — só de olhar para aquele par de olhos brilhando Bea já se sentiu cansada. "O Marrocos é famoso por sua cultura vibrante e sua comida deliciosa — e esta noite vocês vão ter um pouquinho das duas coisas. Mas, antes disso, que tal um pouco de entretenimento?"

Depois de dizer isso, Johnny deu um passo para o lado, e meia dúzia de dançarinas apareceu; a música típica marroquina fluía pelo sistema de som, e elas executaram uma coreografia impecável. Enquanto via aquelas mulheres curvilíneas rebolarem e sacudirem diversas partes do corpo, o pavor de ter que fazer a mesma coisa só crescia dentro dela.

"Então, Bea", falou Johnny, "você não vai deixar que só elas se divirtam, não é? O que me diz? Está a fim de dançar um pouquinho?"

Bea se preparou para mais um vexame, mas, antes que pudesse responder, Sam se manifestou:

"Na verdade, eu tenho uma ideia diferente. Já cansei dessa coisa de só a Bea se divertir nesses encontros — será que eu não posso dar uma dançadinha em vez dela?" Ele se virou para Bea. "Quer dizer, se você não se incomodar, claro."

Bea queria dizer alguma coisa que mostrasse o quanto se sentia grata por aquele gesto, mas parecia uma coisa profunda demais para falar diante de um sorriso tão aberto e cheio de expectativa.

"Nunca na minha vida um homem se ofereceu pra dançar pra mim", ela falou num tom malicioso.

"Bom, acho que está na hora de corrigir essa injustiça", Sam respondeu, inclinando-se para dar um beijo no rosto de Bea. "A gente se vê daqui a pouco."

Sem pedir a permissão de Johnny, nem da produção, nem de ninguém, Sam se levantou e foi andando na direção das dançarinas — e Bea notou, com uma leve pontada de incômodo, que elas também ficaram mais contentes em dançar com ele.

Enquanto Sam ensaiava, Bea experimentou uma enorme variedade de entradinhas vegetarianas: cenouras assadas temperadas com cominho, repolho picado com za'atar crocante, e picles de beterraba azedinho na medida certa. Meia hora depois, as luzes diminuíram, a música ficou mais alta e Sam surgiu de algum lugar com uma calça bufante de seda e uma camiseta preta bem justa que, infelizmente, não era curta o suficiente para mostrar sua barriga. Bea virou sua cadeira para que Sam pudesse dançar bem de frente para ela.

Ele fez uma pose junto com três dançarinas, e outra música começou a tocar. A princípio, Bea pensou que fosse uma canção tradicional marroquina, mas tinha algo de familiar ali. Sam abriu um sorriso quando a batida foi acrescentada à melodia: era "If You Had My Love", de Jennifer Lopez, e ela riu e aplaudiu enquanto Sam se balançava languidamente no mesmo ritmo que as mulheres. Caso estivesse com dificuldade de acompanhar a coreografia, a confiança com que balançava os quadris e os ombros, como se fizesse aquilo havia anos, disfarçou muito bem isso.

"If you had my love and I gave you all my trust, would you comfort me?" Ele cantou a letra com um jeito brincalhão, e então se inclinou para a frente e murmurou em seu ouvido: "Dança comigo, Bea".

Quando ela ficou de pé para se juntar a Sam, nada daquilo parecia uma piada — foi divertido, mas não cômico, e sério, mas sem se levar a sério demais. Bea adorava dançar e, enquanto se movia atrás dela, Sam passava a mão por seus braços, sua cintura e seus quadris. Ela entrou no ritmo e se permitiu imaginar onde ele poria as mãos (e o que faria com elas) caso não houvesse ninguém vendo. O rosto de Asher surgiu por um instante em sua mente — ela estaria sendo infiel? Era loucura sentir uma atração tão intensa por outro homem logo depois de declarar seus sentimentos por ele?

É isso o que você veio fazer aqui, ela lembrou a si mesma. *Então trate de curtir.*

Quando a música terminou, o restaurante inteiro irrompeu em aplausos. Sam fez uma mesura e em seguida estendeu o braço para que os presentes aplaudissem Bea, no que foi obedecido com entusiasmo. Ela estava toda vermelha, por causa do calor, da energia e do que estava pensando sobre Sam. Quando se sentaram para jantar — um prato de linguiça merguez com uma montanha de cuscuz marroquino fofinho —, Bea percebeu que estava morrendo de fome.

"Não sabia que você dançava assim." Sam lançou para Bea um olhar cheio de malícia.

"'Pois é, e eu não sabia que você conhecia tão bem as letras da sra. Lopez", Bea rebateu com um sorriso. "Você já era nascido quando essa música foi lançada?"

"Desculpa aí, mas eu tenho duas irmãs mais velhas. As letras de tudo o que elas ouviam na época de colégio ficaram impregnadas na minha alma."

"Uau, então você é o caçula! Elas mimavam muito você?"

"Não exatamente." Sam desviou o olhar para encher sua taça de vinho branco seco. "Minha família não é tão tranquila quanto a sua."

"Como assim?"

"Meu pai é um executivo e a minha mãe é médica cirurgiã — eles sempre tiveram expectativas altíssimas para nós. Minhas irmãs deram conta, mas..."

"Você ainda não sabe o que fazer."

"Não é bem isso o que eles dizem."

"E o que eles dizem?"

Ele se remexeu na cadeira. "Que sou desmotivado, que prefiro ser sustentado por eles em vez de fazer alguma coisa da vida, que eu não me levo a sério."

"É assim que você se vê?"

"Pras minhas irmãs foi tudo bem fácil. As duas entraram em universidades da Ivy League, e hoje Jessica é médica, como a minha mãe, e Zoe é engenheira. Elas sabiam o que queriam, e foram lá e fizeram. Acho que da segunda parte eu daria conta sem problemas... só não consigo passar da primeira."

"E dar aulas? Você gostou de fazer isso?"

"Adorei. Mas pelo resto da vida? Eu queria fazer mais, conhecer mais coisas. Não consigo me imaginar numa sala de aula por quarenta anos."

Bea brincava distraidamente com um pedaço de cenoura em uma pilha de cuscuz. "Você acha que o programa pode ter sido uma forma de evitar essa decisão? Enfim... sei lá. Uma forma de ganhar tempo?"

Sam soltou um suspiro. "Em certo sentido, sim. As coisas são bem tensas lá em casa — sair um pouco pra fazer um programa de tv pareceu uma alternativa bem mais divertida."

"E você está se divertindo?"

"Qual é?" Ele baixou o tom de voz. "Você sabe que sim."

"O que... hã..." Bea não sabia muito bem como fazer a pergunta. "É *só* diversão, então?"

"Está me perguntando se eu quero alguma coisa além de me divertir?"

Bea ficou vermelha, se sentindo um pouco envergonhada. "Acho que sim."

"Bea", ele segurou sua mão, "eu gosto de você de verdade. Tipo... de verdade mesmo. É sério. Entendeu?"

Bea percebeu que aquela ênfase toda tinha o objetivo de tranquilizá-la, mas na verdade teve o efeito contrário — ela de repente começou a se sentir mais nervosa do que estava antes.

"E você?", Sam perguntou. "Em que pé você diria que nós estamos?"

Bea baixou a cabeça e o tom de voz. "Só sei que você me faz rir. E que gostaria de passar mais tempo com você."

"Nesse caso", ele falou com um sorriso malicioso, "você está com sorte."

Sam tirou um envelope do bolso do paletó e entregou para ela.

"O que é isso?" Bea virou o envelope em branco de um lado para o outro nas mãos, cheia de desconfiança.

"É um convite para um *hammam* de luxo. Me disseram pra te convidar pra ir até lá depois do jantar; ao que parece, tem um tratamento privativo de spa reservado pra gente por lá."

"Que tipo de tratamento?", Bea perguntou, se inclinando para a frente. Por baixo da mesa, o joelho de Sam tocou o seu.

"Não sei exatamente. Mas parece que envolve umas piscinas, água quente, vários tipos de óleos e massagens." Ele pressionou a perna contra a sua, e Bea sentiu o calor da dança voltar a percorrer seu corpo.

"Você falou que não queria usar roupa de banho lá no iate", ele acrescentou, "mas como dessa vez seremos só nós dois... e como você me privou dessa visão da outra vez..."

Bea assentiu. "Sim. Vamos lá."

A entrada do *hammam* ficava escondida em um labirinto de ruelas laterais nas entranhas das almedinas de Marrakesh. A sala de recepção era bem parecida com a de um spa normal, com o piso de madeira encerada e prateleiras de produtos que os clientes podiam comprar para tentar recriar a experiência em casa, como esfoliantes de sal do deserto e xampu de flor de laranjeira. Bea e Sam se registraram, vestiram as roupas de banho que Alison entregara às escondidas à produção e se cobriram com roupões de tecido fino; então, desceram uma escadaria de pedra e adentraram o que parecia ser um universo paralelo.

O *hammam* era um ambiente cavernoso, com piso de pedra cinza polida e teto formado por arcadas altas enfeitadas com intricados mosaicos de azulejos azuis e roxos. Luminárias esculpidas à mão enfeitavam todo o perímetro do recinto, circundando uma piscina azul iluminada por centenas de pontos de luz. Aquela era a área de banho comunal; dois funcionários do *hammam* — um homem robusto e uma mulher magrinha — levaram Bea e Sam até uma sala privativa para receberem seu tratamento tradicional.

"Assim fica uma coisa mais íntima", disse a mulher, que se chamava Rehana.

"Não tem nada de muito íntimo com esse pessoal por perto", respondeu Bea, apontando para as câmeras, mas Rehana se manteve impassível.

"Você vai ver como vai relaxar bastante", garantiu a Bea com um sorriso.

A sala de tratamento era quente e profunda, iluminada apenas por velas. Era feita da mesma pedra cinza do piso da sala comunal, com teto baixo e curvo e uma banheira fumegante que ocupava toda a extensão da parede oposta à porta.

"Seu roupão?" Rehana estendeu a mão. Sam entregou o dele sem hesitação a Issam, que era quem o atendia, dando a Bea a primeira oportunidade de ver os músculos bem definidos que até então estavam escondidos sob as roupas. Ela ficou toda vermelha, e o rosto de Sam se franziu de preocupação.

"Nós não precisamos fazer isso. Podemos voltar pro *riad* e beber alguma coisa na frente da lareira."

"Não." Bea engoliu em seco. "Eu quero."

Ela entregou o roupão a Rehana, revelando o traje de banho enviado por Alison: um maiô preto Cynthia Rowley com um decote profundo amarrado com um lacinho entre os seios de Bea. Ela manteve os olhos fixos no rosto de Sam, à espera de que a expressão dele revelasse alguma repugnância. Mas as pupilas dele se dilataram enquanto o olhar passeava pelo corpo de Bea, e ele segurou com mais força a toalha que tinha na mão.

"Estão prontos para começar?" A voz de Issam era grave e adocicada. Bea assentiu. Issam e Rehana posicionaram Bea e Sam no centro do recinto, de frente um para o outro. Então encheram baldes de madeira com a água da banheira e derramaram suavemente sobre os braços, as pernas, o tronco e, por fim, a cabeça dos dois, até que ambos estivessem bem molhados e aquecidos.

Sam estendeu o braço e segurou um cacho dos cabelos molhados de Bea entre os dedos. De repente, ela desejou que ele a puxasse para junto de si, a beijasse com vontade e a imprensasse contra a parede quente e lisa daquele local escuro cujas superfícies estavam escorregadias e úmidas de vapor.

"Que foi?", ele perguntou, abrindo um sorriso que acompanhava o dela.

"Você consegue ler os meus pensamentos?"

"Espero que sim, porque eu queria *muito* que você estivesse pensando o mesmo que eu."

Ele precisou dar um passo atrás para que Issam e Rehana pudessem prosseguir com o ritual, primeiro passando em seus corpos um sabão preto e áspero, depois enxaguando e aliviando a sensação na pele com uma agradável manteiga de manga, e por fim massageando o couro cabeludo dos dois com óleo de rosas. Quando eles terminaram, Bea e Sam ficaram bem perto um do outro no centro da sala, enquanto a água quente descia por sua pele e removia todos os resíduos. O ar ao redor parecia quente e espesso, a tensão entre os dois corpos era nítida, e Bea desejava tão ardentemente o toque de Sam que não conseguia pensar em mais nada.

Quando estavam secos e novamente de roupão, os dois foram para a sala de banho comunal, que, a não ser por Bea e Sam e alguns operadores de câmera e de som, estava vazia. Até os produtores haviam se retirado, provavelmente para induzir os dois a pensar que tinham alguma privacidade. Eles tiraram os roupões e entraram com cuidado na piscina quente, cuja água estava aquecida no ponto exato para se igualar à temperatura do ar úmido e também a de seus corpos. Os dois foram andando até o centro da piscina, onde a água chegava até o peito de Bea. Em comparação com a barulheira de água sendo despejada do recinto onde tinham se lavado, aquela sala parecia incrivelmente tranquila e silenciosa, sem nenhum ruído audível além da respiração de Bea e Sam.

"Se eu não te beijar agora, vou ficar maluco", ele falou com a voz rouca.

"Não podemos deixar isso acontecer", Bea respondeu, e logo em seguida sentiu as mãos dele em seu corpo, abraçando-a pelos quadris por baixo da água. Sam a beijou com firmeza, com vontade, do jeito que ela queria — não havia nenhuma hesitação, nenhuma possibilidade de fingimento naquele gesto. Ele a desejava e o desejo era correspondido. Em seguida, ele a beijou na bochecha, e depois logo abaixo da orelha. Bea soltou um grunhido, um som gutural, mas logo depois levou as mãos à boca, assustada.

"O que foi?", Sam perguntou, preocupado.

"A gente tá na *televisão*", Bea falou num tom agudo, caindo na risada logo em seguida.

Sam se virou e espirrou água na direção das câmeras em um gesto brincalhão. "Vocês não podem dar uma folguinha pra gente, não?"

Bea cobriu o rosto, sentindo uma mistura de excitação, vergonha e alegria extrema. Sam abriu seus dedos para espiar por entre eles.

"Oi, Bea."

"Oi, Sam."

"Eu gosto muito de você."

O coração de Bea disparou de tal maneira que Sam poderia sentir — ela sabia disso.

"Eu também gosto muito de você."

Na manhã seguinte à visita ao *hammam*, Bea acordou se sentindo, se não totalmente confiante, pelo menos mais confortável do que nunca desde o início das filmagens. Aproveitou para curtir a preguiça na cama enquanto os empregados do *riad* lhe traziam chá de hortelã, suco de laranja natural e ovos mexidos com ervas e azeite. Deixou sua mente divagar, pensando no beijo de Asher, em Ohio, e na conexão profunda entre eles, e depois no beijo de Sam, na noite anterior, e na eletricidade que aquilo provocara em seu corpo. Não era justo comparar aqueles beijos com o do Quatro de Julho do ano anterior — ela e Ray se conheciam havia muito mais tempo, e a expectativa de Bea para aquela noite juntos era tão alta que beijá-lo foi como mergulhar em um poço de águas límpidas depois de anos em um deserto sem fim, bebendo com tanta pressa e avidez que foi de desidratada a afogada em questão de instantes.

Com Asher, e agora com Sam, era diferente: eles estavam trilhando juntos um caminho cheio de emoções e incertezas. E além disso... havia

Luc. Bea estava ansiosa para o encontro com ele naquela tarde — e talvez por beijos que fossem menos trepidantes e complexos que o da noite do crème brûlée.

Bea sentiu a mesma química de sempre entre os dois quando o viu esperando por ela na frente do *riad*, de calça jeans escura, suéter preto e barba por fazer no comprimento perfeito.

"O Marrocos combina com você", ele murmurou ao se inclinar para beijá-la nos lábios, um cumprimento suave cujo efeito se estendeu por um momento delicioso.

"Você gosta de me ver com roupas de homem?", provocou Bea. Ela estava usando Veronica Beard dos pés à cabeça: calça de linho marrom--clara de cintura alta, blusa branca canelada com decote redondo e um maravilhoso blazer com caimento folgado e estampa *pied de poule* que a fazia se sentir como Rosalind Russell na época de *Jejum de amor*.

"Gosto de você de qualquer jeito." Luc sorriu e a beijou de novo; ele tinha gosto de sal e fumaça.

"Se isso for verdade, então acho que vai gostar muito de mim hoje."

"Ah, é?" Ele pôs as mãos em sua cintura, abraçando-a confortavelmente enquanto conversavam. "Que aventuras temos planejadas para hoje?"

"Pensei em apimentar um pouco as coisas. Conferir um tempero extra ao nosso encontro."

"Você está fazendo piadinhas gastronômicas, é?"

"Sim. Trocadilhos gastronômicos, pra ser mais exata."

"Ah. E esses trocadilhos são ruins ou é culpa do meu inglês?"

Bea abriu um sorriso. "Os trocadilhos são péssimos."

Eles seguiram em um antigo carro de luxo até a feira de especiarias de Marrakesh, uma praça com dezenas de vendedores cujos potes de vidro com temperos multicoloridos preenchiam as prateleiras do chão ao teto. Os olhos de Luc brilhavam enquanto ele conduzia Bea de barraca em barraca, provando sabores que iam da ardidíssima pimenta-caiena ao pungente cominho e ao saboroso ras el hanout. Luc ofereceu a ela um pistilo dourado de açafrão; Bea ia pegar com o dedo, mas ele sacudiu a cabeça.

"É delicado demais. Assim é melhor." Ele levou o dedo aos lábios dela, e a sensação do açafrão puro dominando sua língua foi muito mais erótica do que qualquer beijo.

Luc manteve o dedo apoiado nos lábios dela por um instante, e Bea sentiu vontade de lambê-lo, de beijá-lo e de sair do meio daquela multidão de curiosos e de vendedores aos risos que com certeza estavam zombando dela em árabe.

Em vez disso, ela simplesmente sorriu, e Luc acariciou seu queixo. "Pena que eu preciso das minhas mãos de volta. Por mim, deixaria com você."

Depois do mercado de especiarias, eles foram até a casa de uma vovó baixinha e enérgica para ter aulas de culinária em sua cozinha cheia de utensílios de cobre.

"Hoje é frango com cuscuz, legumes e açafrão. Vocês gostam de açafrão, não gostam?"

Luc apoiou a mão nas costas de Bea. "Ela adora."

A tendência ao exagero de Luc era um dos motivos pelos quais Bea não conseguia confiar totalmente nele: será que ele estava fingindo ser romântico ou os europeus eram assim mesmo? Mas ali, picando frango e legumes enquanto vovó Adilah gritava para que trabalhassem direito, com Luc resmungando em francês que Bea não fazia ideia de como lidar com facas, e logo rindo ao perceber que ela havia entendido bem o suficiente para respondê-lo, foi possível ter noção de como seria viver uma vida ao lado dele, de como sua personalidade se revelava por trás das aparências e dos gestos grandiosos.

"Me conta sobre o seu restaurante?", Bea perguntou, triturando gengibre enquanto Luc trinchava o frango, encontrando com facilidade os pontos certos entre as articulações para rompê-las com a faca.

"O restaurante não é meu." Ele fungou.

"Mas você é o chef principal, né?"

"Sim, é esse o meu cargo... mas eu estou executando a visão de outra pessoa. Na verdade, nada pode ser considerado de fato seu a não ser que você possa fazer todas as escolhas, a não ser que o sucesso ou o fracasso dependa somente das suas decisões. No seu trabalho é a mesma coisa, não é? Não tem ninguém dizendo pra você o que fotografar, o que dizer. Você escreve aquilo que pensa, e é por isso que é adorada por tanta gente."

Bea se inclinou sobre o gengibre para que Luc não visse que seu rosto estava vermelho. "É muita gentileza sua."

Luc encolheu os ombros. "Mas é a verdade, não? E é isso o que eu quero, ter o meu próprio estabelecimento — vários, se possível."

"Nos Estados Unidos ou na Europa?"

Ele deu um sorrisinho. "E por que se limitar a um lugar só? Você teria alguma coisa contra passar o verão em Nova York e o inverno em Paris?"

"A primavera em L.A. e o outono em Roma?"

Luc parou o que estava fazendo com a faca e se inclinou na direção de Bea. "Acho um excelente plano." Eles se beijaram, e tudo parecia tão fácil, tão estimulante. Uma pequena fantasia em comum que agradava a ambos.

Depois de cozinhar, eles fizeram sua refeição no jardim repleto de luzinhas de vovó Adilah, onde mantas grossas e aquecedores evitavam que congelassem na noite fria do deserto. Depois do jantar, eles deram na boca um do outro fatias de laranja mergulhadas em mel — para Bea, a coisa mais perfeitamente doce que já havia provado na vida.

De volta ao *riad*, Luc deu um beijo de boa-noite em Bea, com os dois ainda cercados pelas câmeras e a iluminação artificial. Quando Lauren deu o grito de "corta" e declarou que o encontro estava encerrado, Bea se despediu rapidamente dele e voltou ao quarto. O passeio tinha sido agradável, marcado por um clima de sedução — com Luc era sempre assim —, mas Bea não se sentia tão certa quanto antes em relação a ele. Ela tirou a maquiagem do rosto, vestiu uma calça de moletom, uma camiseta velha e foi para a cama; precisava de uma bela noite de sono antes de sair com Asher e Jefferson no dia seguinte.

Quando tinha acabado de apagar a luz, ouviu uma batida na porta.

"Argh", ela grunhiu, e acendeu o abajur da mesinha de cabeceira de novo. Em seguida se arrastou até a porta, esperando encontrar alguém da produção que estaria lá para avisar a que horas deveria acordar.

Em vez disso, deu de cara com Luc, que vestia uma calça de ginástica escura chiquérrima (que devia ser mais cara que os melhores ternos da maioria dos homens) e segurava uma garrafa de vinho. Foi como em sua primeira visita surpresa para fazer o crème brûlée — mas, desta vez, não havia câmeras.

"Luc, o que você está fazendo aqui?" Bea cruzou os braços e se arrependeu de não ter vestido uma das camisolas macias que Alison tinha mandado, ou pelo menos ter penteado os cabelos em vez de prendê-los de qualquer jeito em um coque, sem sequer tirar o laquê. "A produção sabe onde você está?"

Luc abriu um sorriso malicioso. "Nós somos adultos, certo? Não podemos fazer o que quisermos?"

Bea sentiu uma onda de pânico surgir dentro de seu peito — ela mal conhecia aquele homem. Até então, o comportamento dele havia sido previsível: os flertes, a vontade de aparecer diante das câmeras, a busca pela fama. Mas agora ele estava sozinho na porta de seu quarto às escuras; o que poderia querer com ela? Por acaso estava pensando em transar? Ela não estava pronta para aquilo, de jeito nenhum... Deus, o que diabos estava acontecendo ali?

"Ei, relaxa", ele murmurou, ficando bem sério ao ver a expressão no rosto de Bea. "Só achei que seria gostoso passar um tempo com você longe das câmeras, mas agora estou vendo que te deixei constrangida, não é?"

"Não", ela gaguejou, tentando encontrar as palavras a dizer em seguida. "Estou surpresa, só isso. Hã, preciso dormir daqui a pouco, mas uma taça de vinho não faria mal, né? Eu acho..."

"Tem certeza?" Ele pareceu inseguro. "A última coisa que eu quero é arrumar problema pra você."

"Tudo bem." Bea sorriu, aliviada pelo fato de ele também parecer nervoso. "Por favor, entra."

Ela acendeu mais alguns abajures no quarto enquanto ele entrava e fechava a porta. Bea pegou um roupão no guarda-roupa para vestir por cima do pijama.

"Não", Luc falou com um sorriso. "você fica ótima com essa camiseta."

"Sério?" Bea deu risada. "Eu devia ter usado no nosso encontro hoje, então."

Luc tirou um saca-rolhas do bolso e começou a abrir a garrafa de um tinto marroquino com uma coloração bem forte.

"Eu posso estar errado", ele falou, "mas quando vejo você produzida, maquiada, com o cabelo feito, fico com a impressão de que essa é sua armadura, sua roupa de guerra."

"E o amor é o campo de batalha?" Bea ergueu uma sobrancelha.

"*Non*, sra. Pat Benatar." Ele sorriu. "Tem alguma coisa nessa produção toda que me parece... um desafio, acho que é essa a palavra certa. Sua forma de dizer ao mundo que é assim que quer ser vista."

"E por acaso não é assim com todo mundo?", ela perguntou, um pouco envergonhada por aquele homem tão autocentrado conseguir decifrá-la com tanta clareza.

"Sim, mas não profissionalmente." Ele pegou duas taças em um armário e serviu o vinho, que levou até o canapé no qual Bea estava sentada. "Agora, deste jeito, você parece mais acessível. De guarda baixa. Eu prefiro assim."

Eles brindaram e beberam; o vinho era escuro e frutado.

"Então..." Bea tentou encontrar um tom de flerte, mas acabou soando mais direta do que tinha pensado. "Você vai me dizer o que veio de verdade fazer aqui?"

"Aqui no seu quarto? O que você estiver a fim."

"Não." Bea corou. "Aqui no programa."

Luc inclinou a cabeça. "O que você está querendo dizer com isso?"

"Bom, hoje à noite, por exemplo", explicou Bea. "Você falou sobre o restaurante, que queria ter seu próprio lugar. Ser famoso ajudaria nisso, não? Ficaria mais fácil arrumar investidores..."

Luc parecia confuso. "Sim, claro."

"Então, é por isso que você está participando do programa, né? Pra ficar mais conhecido, virar celebridade? Ajudar sua carreira?"

"Claro", admitiu Luc. "E isso é um problema?"

"Não, mas..." Bea fez uma pausa, sem saber ao certo como expressar sua preocupação. "Eu bem achava que era por isso mesmo que você queria passar esse tempo comigo. Não que não seja divertido, mas é que... sei lá. Se eu não estivesse aqui, nesse programa, você jamais me daria bola. É por isso que não entendo por que está aqui no meu quarto agora, sem as câmeras por perto."

Luc largou o vinho, e sua expressão assumiu um tom mais sério. "Você está me dizendo que não está interessada em mim, então."

"Luc, qual é? Eu tinha certeza de que era *você* que não estava interessado em *mim*."

"Mas por quê? De onde veio essa certeza?"

214

"Dá só uma olhada em você!", Bea falou. "Quanto mais tempo continuar aqui, mais famoso vai ficar. E, se eu escolher você no final, isso vai significar capas de revistas, especiais de tv, entrevistas e..." Bea se sentiu uma idiota. Era óbvio que ele estava ali, no seu quarto, para aumentar suas chances de ser o escolhido, principalmente sabendo que ela estava se tornando cada vez mais íntima de Asher e Sam. Mas é claro. "Eu acabei de responder à minha própria pergunta, né?"

Luc franziu a testa. "Eu não entendi."

"Tá tudo bem, Luc. Eu gosto de você, e a sua companhia me diverte. Só vou mandar você embora se tiver um motivo pra isso, certo? Não quero atrapalhar os seus planos."

Bea se levantou e foi até a porta, supondo que era aquele tipo de garantia que Luc queria, mas ele parecia bem chateado quando veio atrás dela.

"Você me acha um mentiroso."

"Quê? Eu não disse nada disso!"

"É isso o que você está dizendo!" Ele passou os dedos pelos cabelos, em um gesto de frustração. "Pensa que eu estou te usando para o meu próprio benefício, que estou fingindo gostar de você. Sério que é isso mesmo que acha de mim? Que eu seria cruel a esse ponto?"

"Luc, você precisa entender o meu lado também."

"Por que *você* decidiu entrar no programa?", ele questionou. "Você trabalha em um ramo em que a visibilidade é fundamental, assim como eu... isso pesou na sua decisão?"

"Claro que sim." Ela bufou. Não adiantava tentar mentir, por mais hipócrita que pudesse parecer ao admitir aquilo.

"E então?", ele insistiu. "O que eu devo pensar a partir disso? Que está dando bola pra mim, fingindo que está tendo um lance comigo, para o público gostar mais de você?"

"Não é a mesma coisa!", protestou Bea.

"Qual é a diferença? Eu estou sendo acusado de fingir interesse por ser um mentiroso, mas você nunca faria isso comigo?"

"Eu tinha vinte e cinco homens pra escolher, Luc. Por que elegeria você pra fingir algum interesse?"

"Talvez porque, na primeira semana, eu tenha sido o único que mostrou algum interesse em você."

Ouvir isso, para Bea, foi como um soco no estômago — aquela noite horrorosa de estreia, a tarde catastrófica no barco, e Luc, justo ele, se empenhando em fazer com que ela se sentisse bonita. Mas Bea não se sentia nem um pouco bonita agora.

"O fato de ter mostrado interesse desde o começo talvez seja bem o motivo por que eu não confio em você."

Luc pareceu genuinamente confuso. "Por quê?"

"Porque faz parecer que você tem uma intenção muito clara! Você tem muito a ganhar estando aqui e, quanto mais tempo ficar, melhor. Você é um dos caras mais bonitos do programa, um dos mais bonitos que eu já conheci na vida, aliás. Eu não costumo sair com caras como você, e acredito que você não saia com mulheres como eu. Então o que você quer que eu pense, Luc? Que um príncipe perfeito apareceu pra me salvar do pesadelo que é a minha vida amorosa? Ou que você veio aqui com um objetivo em mente, e que já começou a trabalhar nisso desde o início?"

"Foi isso que você pensou quando me conheceu?", ele perguntou baixinho. "Foi isso que você pensou na primeira vez que a gente se beijou?"

"Eu pensei que você estivesse só querendo me fazer entrar no seu jogo." Bea encolheu os ombros. "E talvez estivesse certa."

"E você acha isso porque não consegue acreditar que eu te ache atraente. É assim que você se vê?"

Bea queria falar, mas as lágrimas ameaçaram começar a cair. "É assim que os caras como você me veem", ela respondeu com a voz embargada. Luc parecia estar a ponto de chorar também, e a raiva desapareceu de seu rosto.

"Entendi, entendi", ele murmurou, puxando-a para mais perto. "Você não é tão durona assim no fim das contas, minha Bea."

"E quem foi que te falou que eu sou durona?", ela brincou, enterrando o rosto no peito dele.

"Eu te acho linda", ele sussurrou. "Seu rosto, seu corpo, sua risada. Você não acredita?"

Bea ergueu a cabeça para encará-lo e ler sua expressão. "Eu não sei."

"Humm. Acho que no fim isso é uma boa notícia pra mim."

Bea franziu a cara. "De que forma?"

"Porque isso significa que eu vou ter que provar o quanto eu tô a fim de você."

Ele tocou as bochechas de Bea de leve com a ponta dos dedos, suavemente fazendo movimentos circulares pelos contornos de seu rosto. Foi um gesto tão simples, tão íntimo, que Bea estremeceu. Ela fechou os olhos. Luc se inclinou para beijá-la e, sem câmeras, sem maquiagem (e, porra, sem sutiã), pareceu tudo mais sincero, distante da atmosfera artificial do programa, como se, em vez de um *riad* de luxo no Marrocos, eles pudessem estar no apartamento dele em Nova York, ou no dela em Los Angeles. Tudo era mais lento, mais lânguido; nada parecia apressado ou ensaiado. Ele a beijou por um longo tempo, e então a abraçou, os dois de pé, respirando bem devagar.

"Fico feliz que você tenha vindo", ela murmurou.

Ele sorriu e a beijou no topo da cabeça. "Eu também."

TRANSCRIÇÃO DE MENSAGENS DE TEXTO, 27 DE MARÇO: GRUPO DA PRODUÇÃO DE *É PRA CASAR*

Shareeza [6h38]: A Bea ainda tá no figurino? A gente precisa sair em dez minutos

Mike [6h38]: Ela tá ENROLANDO demais hoje, toda preguiçosa e resmungona e tá tudo demorando uma eternidade

Mike [6h39]: O que nem faz sentido, né, a gente não liberou ela mais cedo ontem à noite?

Jeannie [6h39]: Um assistente de produção cruzou com o Luc no corredor às quatro da manhã

Jeannie [6h40]: Será que isso explica???

Shareeza [6h41]: Lauren, você tá lendo isso? O que você quer que a gente faça?

Mike [6h44]: Bea acabou de rejeitar o quarto look do dia. Lauren?? Cadê você???

Lauren [6h49]: Estava com Luc tentando descobrir o que rolou ontem à noite

Lauren [6h49]: (Ele foi até o quarto da Bea e NINGUÉM viu! Qual é, pessoal!!!)

Lauren [6h50]: Reezy, desce lá no figurino e diz pra Alison que a gente precisa ir agora — só reservamos os camelos por quatro horas

Shareeza: [6h51]: Beleza! Bea falou que se o café gelado dela não vier vai cortar relações com todo mundo

Lauren [6h51]: Sinceramente bem que eu queria

* * *

Bea estava completamente exausta depois da noite com Luc. Mas assim que um abençoado assistente de produção providenciou sua dose de cafeína e ela finalmente deixou a cidade a caminho do ar fresco das montanhas, Bea começou a se sentir melhor. A cordilheira do Atlas era deslumbrante: picos azulados e irregulares cobertos de vegetação verdinha na face ocidental, onde a chuva caía, e rochosa e estéril na porção oriental, onde o Marrocos se transformava de forma abrupta em um areal sem fim. Bea subiu até a encosta de uma montanha em um veículo 4×4 com seu guia para aquele dia, Rahim, que tinha uma barba enorme e um jeitão caloroso e divertido que a fazia rir — coisa extremamente necessária depois de todo o drama emocional da noite anterior.

"Andar de camelo é basicamente a mesma coisa que montar a cavalo", Rahim explicou, enquanto eram castigados pelo vento da montanha, "mas a carne é muito melhor."

"Acho que você está perdendo um pouco o foco aqui, Rahim."

"Se der alguma coisa errada na trilha e a gente precisar comer os camelos pra sobreviver, eu quero que você saiba o que esperar: um sabor agradável e defumado."

Eles se dirigiram a um pequeno platô na encosta da montanha, onde Asher, Jefferson e a equipe de operadores de câmera já estavam a postos para registrar a chegada de Bea.

"Oi, pessoal!" Ela fez um aceno, descendo do 4×4 toda desajeitada, a ponto de Jefferson ir correndo ajudá-la.

"Cuidado aí que a gente ainda nem subiu nos camelos." Jefferson soltou uma gargalhada e Bea se lembrou da sensação que teve na primeira noite, quando foi chamada de "mocinha" e ficou sem saber se ele estava ou não tirando sarro de sua cara. Mas em seguida ele abriu um sorrisão e lhe deu um beijo no rosto, o que a fez afastar aquele pensamento; estava contente de verdade em vê-lo.

"Olá, Bea."

Bea espichou os olhos e viu que Asher ainda estava a vários metros de distância — ele não havia feito nem menção de se aproximar.

"Oi." Bea foi até Asher, notando como ele parecia maravilhosamente normal com seu jeans desbotado e seu suéter de lã: um típico pai de família de Vermont. Sentiu vontade de abraçá-lo, apoiar a cabeça no seu ombro e se aninhar em seus braços, mas alguma coisa na postura dele a refreou, fazendo-a se sentir desconfortável.

"Parece que você teve uma semana bem divertida", ele falou, com um toque de irritação na voz.

"Sim, esse país é maravilhoso. Estou adorando." Bea ficou bem confusa — na última vez em que se viram, eles haviam declarado seus sentimentos e se beijado apaixonadamente. O que tinha mudado?

"Muito bem!" A voz de Rahim interrompeu seus pensamentos. "Andar de camelo pode ser meio complicado. Eles cospem, conseguem dar coices em todas as direções e na verdade não estão muito felizes com a presença de vocês. Então, preciso que todo mundo tome *muito cuidado* ao montar. Os camelos se abaixam até o chão, e vocês precisam se curvar para *trás* enquanto eles se levantam. Caso se inclinem para a frente, existe uma chance razoável de vocês serem jogados no chão por cima da cabeça deles, e temos um monte de câmeras aqui, então mesmo que ninguém se machuque seu vexame vai ficar eternizado no YouTube. Estamos entendidos?"

Bea, Asher e Jefferson assentiram com a cabeça, apreensivos. Ela estava começando a pensar que, no fim das contas, talvez a dança do ventre não fosse a opção de lazer mais assustadora do Marrocos.

"Ótimo!" Rahim bateu palmas. "Que comece a diversão."

Os camelos eram fedidos e indóceis, e Bea fez uma prece silenciosa enquanto o seu se levantava para que não fosse arremessada de cara na trilha pedregosa. Quando o bicho começou a andar, porém, ela se deixou levar pelo caráter majestoso da experiência. Os camelos eram bem mais altos que os cavalos e, apesar de montar neles não ser exatamente confortável, o balanço de seu caminhar tinha um quê de hipnótico.

Durante meia hora, eles seguiram montanha acima, até chegarem a um platô onde a produção tinha montado um belíssimo piquenique. Trinta minutos em um camelo nem pareciam tanto tempo, mas, ao fim do passeio, ela estava mais do que disposta a parar um pouco para descansar — e um pão marroquino bem grosso com cordeiro assado era o pretexto ideal para isso.

"Como assim, não tem carne de camelo?", Bea brincou com Rahim.

"Shhh, eles vão ouvir você!" Rahim lançou um olhar para os bichos. "Eles não podem ficar sabendo o quanto a carne deles é magra e nutritiva."

"Acho que você deveria se candidatar ao cargo de porta-voz da indústria da carne de camelo."

"Por que você acha que eu topei ser o guia de um passeio de camelo em um reality show? Eu tenho minhas ambições, amiga!"

Depois do almoço, a produção deu um jeito de proporcionar tanto a Jefferson quanto a Asher um tempo a sós com Bea. Primeiro, ela saiu para caminhar com Jefferson até um mirante natural onde era possível apreciar uma vista de toda a cidade de Marrakesh, com suas muralhas, torretas, palmeiras e ruelas sinuosas reluzindo sob o sol da tarde.

"Isso é tão lindo", comentou Bea, se sentindo muito grata por estar em um lugar tão incrível. O momento a fez lembrar de uma viagem de carro que fez com Ray pela costa da Califórnia até Malibu, dez anos antes — um sábado agradável de recompensa depois de uma semana terrível na agência. O conversível com a capota abaixada, o vento nos cabelos, as caminhadas pelas falésias enquanto riam e conversavam durante horas, apreciando vistas tão deslumbrantes quanto a de agora. Bea se deu conta de que quase não havia pensado em Ray naquela semana — seria por causa do oceano entre os dois, que o fazia parecer tão distante? Ou se abrir a novas possibilidades com aqueles homens estava fazendo com que ele ocupasse menos espaço em sua mente?

220

"Tá pensando em quê?" Jefferson cutucou Bea de leve, trazendo-a de volta ao presente. Ela se virou e o viu banhado por aquela luz dourada, mais bonito do que nunca.

"Só estou pensando em como meu tempo aqui tem sido significativo, apesar de só fazer cinco semanas." Bea deu uma risada, sentindo-se envergonhada por um instante. "Nossa, acho que eu estou falando igualzinho a todo mundo que já participou desse programa, né?"

"Mas isso é uma coisa boa. Eu também estou me sentindo assim." Jefferson suspirou e se inclinou sobre o muro de pedra do mirante. "Faz anos que eu me sinto pronto pra casar, e fico frustrado por não encontrar uma mulher pra ser minha esposa. Mas estando aqui com você, eu fico me perguntando, será que eu estava pronto mesmo? Porque isso aqui é... tão diferente."

"Sério mesmo?" Bea não queria parecer incrédula, mas só havia conversado de verdade com Jefferson duas vezes. Tinha sido agradável, claro, mas nada capaz de transformar a vida de alguém.

Jefferson riu. "Pois é, você deve achar que sou maluco... e, pode acreditar, parece uma maluquice também pra mim. E pode ser que eu esteja só me deixando levar pela situação, pelas coisas incríveis que estou fazendo no programa. Mas sei lá, Bea. Depois de ver tudo o que aconteceu no último mês, o jeito como você lidou com a coisa toda, se mostrando vulnerável, mas sem perder o senso de humor... sim. Foi uma coisa especial. E me ajudou a entender que tipo de pessoa eu quero ser."

"Uau", Bea comentou baixinho, sem saber ao certo como reagir. "Eu queria muito que a gente tivesse passado mais tempo juntos antes."

"Ainda não é tarde demais, né?" Ele segurou sua mão — e ela notou que a dele estava um pouco suada. Será que Jefferson estava nervoso com aquela conversa? Se estivesse, aquilo era incrivelmente fofo.

"Que engraçado", ela comentou, "o jeito como você falou da sua vida em Kansas City, a procura por alguém, enfim... é uma coisa muito parecida com o que eu vivi nos últimos anos."

"É mesmo?" Jefferson parecia cético.

"É... sei que quase todas as mulheres que entram no programa estão em busca de um casamento, mas eu não sou assim. Não mesmo. E, apesar de dizer que estou pronta pra casar, nunca dei a ninguém a chance de ter um relacionamento de verdade comigo, muito menos assumir um compromisso sério."

"E por que você acha que as coisas tomaram esse rumo?"

Bea encolheu os ombros. "A resposta mais fácil é que eu estava concentrada na minha carreira... e é verdade, eu estou."

"E a mais difícil?" Jefferson lançou para ela um olhar cheio de significado..

"Acho que..." Bea se interrompeu, mas então se forçou a continuar. Se aquela seria sua única chance de descobrir se havia o potencial para um relacionamento sério com Jefferson, então era necessário — tanto em favor dele como dela — baixar a guarda.

"Quando eu era menina, sempre encarei os garotos com desconfiança. Na minha infância, as outras crianças eram cruéis comigo — e até no ensino médio... eu era tratada como uma piada, sabe? Só comecei a sair de verdade com outras pessoas na faculdade, e os caras não viam problema em me levar pra cama, mas não queriam ser vistos em público comigo. Depois disso, acho que eu meio que me fechei e decidi não me expor mais. Eu me apaixonava por pessoas inacessíveis e botava a culpa no azar, mas a verdade era que estava evitando alguma coisa que fosse de verdade, porque isso ainda me deixava morrendo de medo."

"E agora?" Jefferson a olhou bem nos olhos. "Você ainda tem medo?"

"Pode apostar que sim." Bea deu uma risadinha. "Esse programa é a coisa mais assustadora que eu já fiz na vida. Mas também... tem todo esse potencial, e é uma coisa estimulante. Parece que estou prestes a me lançar dessa montanha, mas acreditando que de alguma forma vai dar tudo certo."

"Talvez você caia num lugar no qual será feliz pra sempre", brincou Jefferson.

"Ah, é?" Bea sorriu. "E como é esse lugar?"

"Bom..." Jefferson passou o braço por cima dos ombros dela quando os dois se viraram para apreciar a vista. "Seríamos eu e você, uma casa bem espaçosa com um belo quintal, um cachorro, com certeza — você gosta de cachorros?"

"Eu amo cachorros." Bea abriu um sorriso.

"*Graças* a Deus." Jefferson fingiu ter sentido um alívio imenso. "Então seríamos nós, a casa, o cachorro, uma ou duas crianças, viagens de carro nos fins de semana para uma churrascaria bacana ou um parque nacional. Amigos visitando para um jogo de baralho, asinhas defumadas e uma carne assada pros domingos de futebol americano, envelhecer feliz. Sabe como é, a vida."

"Parece ótimo." Bea encostou a cabeça no peito de Jefferson, e ele ergueu seu rosto para que ela o encarasse.

"Então, como não tem crianças nem parentes por perto", ele falou com um sorriso, "tudo bem se eu beijar você?"

Não havia absolutamente nenhum motivo para negar — mas em seu íntimo Bea ainda se sentia hesitante, não parecia ser a coisa certa a fazer.

"Fica tranquila, Bea", disse Jefferson, em um tom gentil. "Não precisa mais ter medo de ser feliz. Vai ficar tudo bem."

Bea assentiu, e quando Jefferson se inclinou para beijá-la — um beijo suave, respeitoso e carinhoso —, ela ainda não estava certa de que tinha um futuro com ele, mas sabia que adorava aquela segurança que ele transmitia, a maneira como a abraçava, estava na cara que eles combinavam.

E aquilo era muito, muito bom.

Depois de voltar para a área principal das filmagens, Bea entrou em outro veículo 4×4, agora com Asher, que não parecia nem um pouco mais feliz em vê-la do que de manhã. Eles percorreram em silêncio o trajeto até uma cachoeira espetacular, em que a água despencava ruidosamente de um desfiladeiro até uma piscina natural de águas verdes e profundas lá embaixo, e caminharam também sem dizer palavra até uma formação rochosa cor de cobre, onde a névoa da queda-d'água lançava prismas com as cores do arco-íris sobre eles. Era um dos lugares mais românticos que Bea já tinha visto na vida, mas Asher praticamente se recusava a olhar para sua cara. Ela passara um tempão ansiosa pela chance de os dois ficarem a sós, revivendo o beijo trocado em Ohio em sua memória, e agora ele agia como se estivesse ofendido — mas, como eles nem sequer haviam se visto aqueles dias, não dava sequer para imaginar qual seria o motivo.

"Ei!", ela gritou por cima do som da queda-d'água. "Está tudo bem?"

"Como assim?", ele perguntou, ainda de costas para ela.

Bea o segurou pelo braço, e ele se virou, surpreso. "Você pode pelo menos olhar pra mim enquanto estou falando?"

Ele obedeceu, mas com uma expressão bem séria e ainda na defensiva.

"Está estressado por causa dos seus filhos?", ela arriscou. "O que quer que seja, a gente pode pelo menos conversar a respeito?"

Asher cerrou os dentes. "Você dormiu com o Luc ontem à noite?"

"*Quê?*" Bea sentiu como se tivesse levado um tapa na cara.

"Nós dois dividimos o mesmo quarto no *riad*", Asher falou, em um tom bem seco, e o estômago de Bea se revirou. "Ele saiu perto da meia-noite e só voltou às quatro da manhã. Quando perguntei aonde tinha ido, ele sorriu e falou que estava com você."

Bea ficou toda vermelha. Além de Asher estar furioso, o único momento de privacidade que ela conseguiu ter com um pretendente na temporada inteira agora ia se tornar um dos principais temas do episódio da semana.

"Não que eu goste de discutir seus assuntos particulares na televisão", continuou Asher, "mas, se for pra você conhecer os meus filhos, acho que antes disso tenho o direito de saber o que aconteceu."

"Sério mesmo?", rebateu Bea. "Porque eu não estou entendendo o que uma coisa tem a ver com a outra."

"Bea, eu nunca apresentei *ninguém* pros meus filhos desde que a mãe deles foi embora. Acha mesmo que eu deixaria você se aproximar da minha família se não estiver levando a coisa a sério?"

"E você acha que eu faria isso? Qual é, Asher. Eu não sou um monstro. Não quero expor os seus filhos contra a sua vontade — jamais pediria isso, de jeito nenhum, muito menos se não achasse que..."

Seu coração estava disparado. Ela não conseguiu terminar a frase.

"O quê?", ele insistiu. "Se você não achasse o quê?"

Bea fechou os olhos. "Se eu não achasse que posso me apaixonar de verdade por você."

Ela olhou para Asher — ele parecia magoado.

"Eu odeio isso", ele disse, por fim.

"Isso o quê?"

"Você saindo com outros caras."

"Você sabia que era essa a premissa do programa antes de topar participar, né?"

"Isso não significa que eu sou obrigado a gostar", resmungou ele.

"Ninguém está pedindo pra você gostar! Mas eu não vejo como a gente pode dar certo se, no pouco tempo que podemos de fato passar juntos, você se fecha assim e tudo porque está ocupado pensando nos outros."

"Pois é, eu sei", ele admitiu. "Pode acreditar que eu detesto ficar assim. Não consegui mais dormir depois que o Luc voltou. Fiquei pensando em vocês dois, e me perguntando..."

"O quê?"

Pela primeira vez naquele dia, ele olhou diretamente para Bea.

"Se você sente por mim o mesmo que sente por ele."

Bea soltou um suspiro de frustração. Por mais que fosse desagradável ter aquela conversa na televisão, ela sentia que era a única coisa capaz de trazer aquele encontro (e aquele relacionamento) de volta aos eixos.

"Asher, eu não dormi com o Luc."

Ele a encarou com uma expressão surpresa, até um pouco esperançosa. "Ah, não?"

Bea sacudiu a cabeça. "Longe disso. E sinto muito se ele deu a entender que sim. Você sabe como ele é, com certeza estava só querendo te provocar."

"Não foi só ele", Asher falou baixinho.

"Hã?"

"Sam também estava todo feliz quando voltou do encontro."

Bea respirou fundo. Estava com tanto medo de ser magoada por aqueles homens que nem cogitou a hipótese de que *ela* poderia magoar um deles.

"Vem cá", ela disse para Asher, pegando a mão dele e trazendo-a até a altura de seu coração, como ele havia feito com ela em Ohio. "Eu sei que é horrível ver alguém que você gosta com outra pessoa, tá bom? Pode acreditar, eu já vivi isso na pele. Mas, se você não acredita que eu estou levando a gente a sério, é melhor ir embora agora mesmo. É isso o que você quer?"

Asher soltou um suspiro profundo e abraçou Bea.

"Isso não é de jeito nenhum o que eu quero", ele murmurou, com a boca colada aos seus cabelos, e Bea relaxou nos braços dele. Era aquilo que ela vinha querendo o dia todo, e agora finalmente conseguia aliviar um pouco a tensão em seu corpo.

Ele se afastou um pouco para poder encará-la. "Me desculpa por ser um babaca ciumento?"

Ela assentiu, então segurou a mão dele e o conduziu até o local com uma toalha de piquenique e várias almofadas que a produção havia preparado. Eles se sentaram para tomar chá quente e apreciar a queda--d'água.

"Então", começou Bea, "nós temos uma decisão importante pra tomar essa semana."

"Sobre os meus filhos."

Bea confirmou com a cabeça. "Você pode me contar mais sobre eles? Quantos anos eles têm?"

"Gwen tem doze e Linus tem nove."

"Uau, então você foi pai bem jovem."

"Sim, eu só tinha vinte e três anos quando a Gwen nasceu."

"Como ela é?"

"É uma menina bem séria." Asher sorriu. "Quer ser cientista — se apaixonou por zoologia esse ano, e fez uma pesquisa enorme sobre as diferenças entre leopardos e guepardos."

"Hã, eu adoro estampa de pele de leopardo...", arriscou Bea.

"Acho que isso não conta como algo em comum." Asher deu um tapinha na coxa de Bea. "Gwen é osso duro de roer às vezes... é bem parecida comigo, pra ser sincero. Muito observadora, muito crítica. Reservada até demais. Ela não queria que eu participasse do programa."

"Sério? Por que não?"

"Achava uma perda de tempo — e, como você sabe, eu também. Mas era uma coisa tão importante pro Linus... Não consegui dizer não pra ele."

"E o que você pode me dizer sobre o Linus?", Bea perguntou, e a expressão de Asher se suavizou na hora.

"Ele é de uma simpatia que transforma o dia das pessoas. E é muito sensível — percebe na hora quando a Gwen está de mau humor, ou quando eu estou. Quer que todo mundo ao redor dele esteja feliz."

Bea percebeu que havia uma pontada de sofrimento na voz de Asher. "Ei, o que foi?"

Ele a encarou por um tempão, e em seguida soltou um suspiro.

"Eu fico com medo de deixá-lo aparecer na televisão."

"Porque ele é muito novinho?"

Asher sacudiu a cabeça. "A grande questão é não conformidade de gênero. Linus ainda usa os pronomes masculinos, mas não sei como vai se identificar no futuro — por enquanto, estou seguindo o que ele prefere. Ele adora usar vestido, tutu, glitter, essas coisas. É a alegria em pessoa. Mas a criançada da escola..."

"Rola muito bullying?"

"Por um tempo, rolou sim. Na verdade, os professores sempre colaboraram comigo pra tornar a escola um ambiente acolhedor pra ele, e os outros pais também. Nós temos muita sorte em viver numa cidade muito mente aberta. Mas mostrá-lo assim pro país inteiro, pra ser submetido às coisas horrorosas que as pessoas dizem na internet?"

"Com isso eu tenho alguma experiência", Bea disse baixinho.

"Eu sei que sim." A voz de Asher soou bem tensa. "Então você entende por que eu estou tão hesitante em deixar as câmeras entrarem na minha casa."

"Eu posso estar falando bobagem", murmurou Bea, "mas você não acha que isso pode ser uma forma de mostrar pro Linus que você não tem medo de dizer ao mundo inteiro que tem orgulho dele? Que pra você ele é perfeito do jeitinho que é?"

"Você não está falando bobagem, de forma nenhuma", ele respondeu num tom gentil, segurando a mão de Bea. O coração dela se derreteu todo por descobrir aquele outro lado dele.

"É engraçado como a gente cria impressões erradas sobre as pessoas", Bea falou. "Quando a gente conversou pela primeira vez, lá no barco, eu pensei que você fosse um tremendo de um esnobe."

"E você não está totalmente errada", Asher comentou, e Bea deu uma risada.

"Aí, lá no museu, pude te conhecer melhor, e comecei a gostar de você", ela continuou. "Só que não sabia desse fato tão importante, que você é pai — e que cria os filhos sozinhos, ainda por cima."

Asher baixou os olhos. "Eu deveria ter falado antes."

"Não, a questão não é essa", Bea falou, apertando a mão dele. "O que estou dizendo é que você está sempre me surpreendendo. E, quanto mais eu descubro, mais quero saber. Sei que não é assim tão simples você me apresentar pros seus filhos. E quero conhecer os dois, ver como eles são. Mas também quero muito ver como *você* é com eles. Conhecer esse seu outro lado."

Asher a puxou mais para perto, e ela se aninhou no peito dele enquanto era abraçada.

"Tem certeza de que está pronto pra isso — pra me apresentar pra eles?", ela perguntou, se afastando um pouco para olhá-lo nos olhos. "Se não estiver, eu entendo."

Asher a encarou com uma expressão determinada. "Bea, isso também depende de você. A questão não é só conhecer os meus filhos — é também o que vem depois. Comigo, ter uma família não é uma perspectiva distante; é uma realidade imediata. Então, principalmente levando em conta o que uma visita sua significaria pro Linus, a verdadeira pergunta é: *você* está pronta?"

"Você tem razão", concordou Bea. "A pergunta é mesmo essa."

"E... qual é a resposta?"

Bea sacudiu a cabeça. "Eu não tenho certeza, Asher. Ainda não. Acredite em mim, bem que eu gostaria."

"Eu entendo. Mas posso te pedir uma coisa?"

"Claro. Qualquer coisa."

"Pensa bem nisso antes da cerimônia de hoje à noite. E, se você achar que a resposta é definitivamente não — ou até provavelmente não —, me manda embora."

"Isso parece impossível pra mim."

"Pra mim também", ele respondeu, abraçando-a com mais força.

Ela enterrou o rosto no suéter meio áspero de Asher, sentindo cheiro de lã e pinho, enquanto ele acariciava seu rosto, levantando seu queixo de leve para que os dois pudessem se olhar. Ele a beijou no rosto, depois na boca; e a abraçou cada vez mais forte até que não restasse mais espaço nenhum entre os dois, até que todos os questionamentos e dúvidas fossem silenciados pelo rugido da queda-d'água.

* * *

Quando todos voltaram ao *riad*, cansados e cobertos de poeira, Bea não queria saber de mais nada além de comer um pouco de cuscuz, deitar na cama e dormir, mas não era essa a programação: depois de um banho mais curto que o desejável, ela precisava falar com Alison sobre o que vestir na cerimônia do beijo, passar duas horas fazendo o cabelo e a maquiagem e depois disso ainda encarar mais uma hora diante das câmeras explicando como sua decisão seria difícil — tudo isso enquanto estava preocupada de verdade com o que fazer.

Para tornar a decisão ainda mais complicada, todos os cinco pretendentes tinham gravado mensagens em vídeo, que ela precisou ver diante das câmeras para que suas reações fossem registradas. O primeiro foi Sam, com sua alegria contagiante e seu interesse mais do que óbvio em Bea.

"Bea! Faz dois dias que a gente não se vê, o que é realmente péssimo!" Ele lançou olhares de um lado para o outro em um gesto dramático, e então se inclinou para mais perto da câmera. "Mas passei o tempo todo pensando nos nossos beijos lá no *hammam*, o que foi realmente *ótimo!*"

"Marin estava certa sobre ele", Bea murmurou com um sorrisinho.

Em seguida veio Luc, sempre lindíssimo, com uma camiseta branca lisa, olhando diretamente para a câmera com seus olhos faiscantes.

"Minha Bea, essa semana acho que conheci um outro lado seu. Obrigado por confiar em mim, por me mostrar todo o seu carinho."

Ele deu uma risadinha, e Bea sentiu uma onda de náusea. Luc pensou que seria uma referência a algo que só os dois entenderiam, mas, por ter se gabado com Asher, todo mundo que assistisse entenderia que ele estava falando da noite que passaram juntos. Uma noite que a princípio pareceu ter criado uma frágil confiança entre os dois, mas àquela altura Bea já voltava a duvidar de cada palavra que saía da boca dele. Porém, o questionamento permanecia: Bea estava certa de que Luc estava mentindo a ponto de mandá-lo para casa, apesar de sentir mais química com ele do que com qualquer outro pretendente no programa?

Em seguida veio o vídeo de Asher, que foi a cara dele: "Bea, considerando a nossa conversa, eu sei que é uma decisão difícil pra você. Espero que escolha continuar tentando fazer nosso relacionamento dar certo".

Seria fácil considerá-lo frio ou insensível, mas Bea estava começando a aprender a ler Asher nas entrelinhas, a ver as coisas que não eram ditas explicitamente, a confiar nele e na ligação que havia entre os dois. Deixar Asher ir embora era inimaginável — mas era preciso considerar a hipótese, pensando no bem dele (e de seus filhos).

O quarto vídeo era o de Jefferson, e Bea sentiu uma pontadinha de desconfiança ao ver o rosto dele.

"Oi, linda", ele falou com um sorriso. "Eu me diverti muito hoje, e mal posso esperar pra te apresentar pra minha família — e mostrar o que você tá perdendo por nunca ter experimentado o churrasco ao estilo KC! Mas, falando sério, nós dois combinamos muito bem. Eu senti isso assim que botei os olhos em você — será que pelo menos uma partezinha sua não sentiu isso também?"

Tudo o que Jefferson falou era verdade — e bem fofo, inclusive —, então por que ela estava tão incomodada? Bea estaria de fato com medo de ser feliz, como Jefferson (e Marin, e sua mãe) havia insinuado? Ou seria o contrário: estaria simplesmente se forçando a gostar de um cara que tinha a aparência esperada de alguém que se casaria com ela? Talvez fosse preciso passar mais tempo com Jefferson para consolidar o vínculo entre os dois — só que, se o que ele queria era uma esposa e uma família em Kansas City e não era isso que Bea visualizava para seu futuro, por que perder tempo?

Por outro lado, Wyatt vivia em uma fazenda em Oklahoma, um ambiente ainda mais desconhecido para Bea, mas era impossível não reconhecer a alegria que ela sentiu quando viu o rosto dele aparecer na tela. Seus sentimentos pelos outros caras eram complicados; com Wyatt, ela se sentia simplesmente feliz.

"Senti sua falta essa semana." Ele abriu um sorriso. "O Marrocos é um lugar muito bonito. Sabia que dá pra comer carne de camelo? Uma vez eu experimentei um hambúrguer de camelo. E foi bem... diferente! Enfim, espero que a sua semana tenha sido ótima, e que você queira visitar a minha família lá na nossa fazenda. A gente tem um trator que eu acho que você vai adorar."

Bea ainda tinha mais questionamentos do que respostas quando o assunto era Wyatt: ele queria mesmo um relacionamento, e ainda mais com ela? E ela queria mesmo um relacionamento com ele — ainda mais se isso significasse uma mudança para Oklahoma? Porém, quaisquer que fossem as respostas para essas perguntas, uma coisa era certa: de todos os pretendentes restantes, era com Wyatt que Bea se sentia mais segura. E ela não queria abrir mão disso de jeito nenhum.

"E então?", Lauren perguntou depois que ela viu os vídeos. "Já sabe o que você vai fazer?"

Bea assentiu. "Acho que sim."

"E está contente com a sua decisão?"

"Não. Estou com um nó no estômago e me sentindo esgotada, e é bem provável que eu tenha tomado a decisão errada."

"Ótimo." Lauren sorriu. "Isso é exatamente o esperado pra essa fase do programa. Vamos lá gravar!"

Ela conduziu Bea até a sala de estar do *riad*, de onde toda a mobília havia sido retirada, e os cinco pretendentes a aguardavam em semicírculo.

"Oi, pessoal." Bea sorriu, tentando afastar o nervosismo. "Conseguiram se adaptar bem ao fuso horário? Estão prontos pra voltar pra casa e bagunçar seu relógio biológico outra vez?"

Os pretendentes riram, e Bea não pôde deixar de se surpreender ao constatar pessoalmente como eram poucos. O batom da semana era de um tom forte de vinho, então ela se preparou para deixar marcas vermelhas no rosto dos quatro dentre eles que, contrariando todas as possibilidades, haviam conquistado sua afeição genuína.

"Sam?", ela chamou, e ele se aproximou com um sorriso radiante. Era Bea que decidia quem iria ficar, mas Lauren determinava a ordem em que eram chamados. Depois da noite no *hammam*, não era surpresa que Sam houvesse conquistado o status de favorito.

Depois de Sam veio Luc, que abraçou Bea possessivamente pela cintura e beijou seu rosto. Bea ficou incomodada — ela não gostava da ideia de que ele a estivesse usando para provocar ciúmes nos outros, mas, naquele momento, não havia muito o que pudesse fazer a respeito. Seria mais fácil na semana seguinte, Bea refletiu, quando cada um iria para sua cidade, em vez de ficarem na mesma casa, convivendo o tempo todo.

"Wyatt", Bea chamou a seguir, sentindo sua confiança se renovar quando ele abriu um sorriso fácil e tranquilo e se aproximou para abraçá-la com força.

"Estou muito feliz por poder receber você na minha casa."

"Eu também", ela garantiu a ele depois que o beijou no rosto.

Quando Wyatt foi se juntar a Luc e Sam, isso significava que só restavam Asher e Jefferson. Bea olhou para os dois e respirou fundo.

"Asher e Jefferson", ela disse, "eu gostaria de agradecer aos dois por terem se aberto comigo hoje lá na montanha. Vocês me fizeram pensar no papel que a família tem na minha vida, em como eu quero que seja a minha, e se estou pronta para dar esse passo. Não foi uma decisão fácil."

Ela olhou para Johnny, que aproveitou o gancho para pronunciar seu tradicional discurso antes que o último nome fosse chamado.

"Muito bem, rapazes, Bea está prestes a escolher o último pretendente a continuar no programa. Se o seu nome não for chamado, você deve deixar o *riad* imediatamente. Bea, quando estiver pronta, pode anunciar sua decisão."

Bea puxou o ar com força — não tinha a menor convicção de que estava fazendo a coisa certa. Mas, fosse como fosse, tinha chegado a hora.

"Asher", ela disse, e o alívio que surgiu no rosto dele foi perceptível.

"Você me deu um belo susto", ele murmurou depois de receber um beijo no rosto.

"Nem me fale", ela disse, e Asher a abraçou com força. A verdade era que Bea não tinha nem um pouco de certeza de que estava pronta para assumir o papel de mãe, mas sabia que ainda não estava pronta para se despedir dele.

"Com isso, encerramos a cerimônia de hoje", declarou Johnny. "Jefferson, pode aproveitar seus últimos momentos para se despedir."

"Eu sinto muito, Jefferson", Bea começou a falar, proferindo o discurso que ensaiara com Lauren, na esperança de soar compassiva, e não condescendente. "Gostei muito do tempo que passamos juntos hoje, e fico feliz por ter tido a chance de te conhecer melhor. Só acho que os nossos planos pro futuro são muito diferentes, mas sei que você vai ser um marido incrível pra mulher que tiver a sorte de ser a sua esposa."

Bea detestou a sensação de eliminá-lo, ainda mais considerando como Jefferson havia sido legal com ela. No entanto, era inegável que sentia uma proximidade muito maior com os outros quatro.

"Posso te acompanhar até a porta?", ela perguntou, seguindo as instruções de Lauren. Ela precisava acompanhar Jefferson até a entrada do *riad*, fazer uma despedida breve — e, de preferência, cheia de emoção! — e ficar observando enquanto ele entrava no carro que o levaria ao aeroporto para nunca mais voltar a fazer parte da sua vida (a não ser no episódio especial de reencontro).

Jefferson, porém, não parecia nem um pouco disposto a agir de acordo com o roteiro. Seu corpo estremeceu de leve, talvez por estar rindo, e ele estreitou os olhos.

"Está falando sério? Você acha mesmo que vai conseguir alguém melhor que eu? Pode acreditar, Bea, eu nunca tive problema pra arrumar namoradas — e nenhuma delas era como você."

Bea sacudiu a cabeça, confusa. "Eu não... Jefferson, a questão aqui não é ser melhor que ninguém, e sim o que eu desejo pro meu futuro..."

"E o que você quer é morar numa fazenda em Oklahoma? É esse o seu sonho? Qual é, Bea. Você é uma gorda hipócrita — e foi bom descobrir isso."

Bea deteve o passo. "Como é que é?"

"É isso mesmo que você ouviu." Ele foi caminhando junto dela, sem a menor pressa, se deleitando com o fato de ter todas as atenções voltadas para si. "Agora que eu fui eliminado, acho que finalmente posso ser sincero com você — o que também é bom, já que mais ninguém aqui fez isso."

"Do que você está falando?", ela perguntou, com a voz trêmula.

"O que eu estou falando, Bea, é que nenhum dos outros caras aqui está nem remotamente interessado em você. E eu muito menos."

Bea lançou um olhar para os demais pretendentes, mas Jefferson continuou falando.

"Eles estão fazendo um belo papel, claro, mas você nunca viu nenhum deles fora das câmeras. E não faz ideia das piadinhas horríveis que fazem a seu respeito, das gargalhadas que dão às suas custas. E nem teria como, aliás. Você está tão desesperada pra ser amada que acreditaria em qualquer bobagem. Isso é triste, Bea. E provavelmente pega bem na televisão. Só que em algum momento você vai ter que cair na real e encarar o fato de que é a única pessoa aqui que acredita que algum desses caras pode se apaixonar por você."

"Que absurdo." Bea sentiu seus olhos se encherem de lágrimas. "Se nenhum de vocês tem interesse em mim, porque ficaram no programa, então?"

Jefferson deu risada. "Você é burra, por acaso? Quanto mais tempo a gente ficar, maior a chance de ser o próximo protagonista! Acha que não vale a pena fingir que eu gosto de você por algumas horinhas por semana em troca da chance de ter vinte e cinco mulheres competindo por mim? E você tornou isso bem fácil, Bea, de verdade. Sério mesmo que você acreditou que eu não quis te beijar semana passada porque tinha *crianças* por perto? Dá pra ser mais iludida que isso? Eu só estava adiando o contato físico com você pelo maior tempo possível."

"Para com isso." Bea estava trêmula. "Para, por favor."

"Acho que com o tempo você vai se dar conta de que na verdade eu estou te fazendo um favor aqui. Ninguém nunca foi sincero com você na sua vida — foi por isso que você veio parar nesse programa, pra começo de conversa, se deixou enganar pra virar motivo de piada em rede nacional. Então acredita em mim: você não está solteira porque está concentrada na sua carreira, ou porque só se interessa por homens inacessíveis, ou porque está tentando proteger seu coração de forma inconsciente porque tiravam sarro de você na escola, ou qualquer que seja a justificativa de merda que inventa pra si mesma. Sabe por que os caras não querem ser vistos em público com você? Não é muito difícil de entender. Sabe o que faria você conseguir um marido em dois tempos? Uns quarenta quilos a menos."

Bea não sabia o que fazer, nem para onde ir. Ela deu um passo para trás e quase tropeçou na barra do vestido, sentindo seus passos instáveis sobre os sapatos de salto alto.

"Bea", Wyatt deu um passo à frente, "ignora o que ele está falando, isso não é verdade..."

"Não", ela gritou, e Jefferson deu risada. Bea ficou com raiva de si mesma por chorar na frente daqueles homens nos quais havia começado a confiar, mas que poderiam facilmente estar apenas querendo usá-la — como Jefferson, como Ray, como sempre acontecia. Ela não precisava estar ali, passando por isso. Não queria passar nem mais um segundo naquele set de filmagens que tornava sua existência uma grande piada, que começava ridicularizando seu tipo físico e tinha como desfecho sua solidão.

"Com licença, eu... me deem licença." Ela engasgou com as palavras e saiu da sala com os passos mais acelerados que os sapatos de salto alto eram capazes de lhe proporcionar. Em seguida, subiu a escada às pressas de volta para seu quarto e bateu a porta com força.

Episódio 6
"Declaração"
(4 pretendentes restantes)

Filmado em locações em Nova York,
Boone (Oklahoma), Middlebury (Vermont),
Newark e Short Hills (Nova Jersey)

TRANSCRIÇÃO DO CHAT DO CANAL #PRASHIPAR NO SLACK

NickiG: EU QUERO QUE O JEFFERSON MORRA

Beth.Malone: Em algum momento isso vai acontecer

NickiG: MAS NÃO TÃO CEDO QUANTO ELE MERECE

Enna-Jay: Já aconteceu alguma coisa assim antes no programa?? Isso foi... horrível

KeyboardCat: Bom, nunca teve uma pessoa plus-size no programa antes, então não, nunca rolou.

Enna-Jay: A Bea não pode ir embora? Aliás, não DEVERIA?

KeyboardCat: Não!! Ainda sobraram uns caras legais!!

Beth.Malone: Essa é uma suposição meio arriscada, Cat

KeyboardCat: Eu acredito!! #TimeAsher

Beth.Malone: 🙄

Collin7784: putz, no fim vocês estavam certas o tempo todo

Beth.Malone: Pode ter certeza. Sobre o que, aliás?

Collin7784: homem não presta mesmo 🙄

@AndersMMQB Vocês falaram um monte de merda quando eu disse que não deviam pôr uma gorda no É Pra Casar, e vejam só o que aconteceu!

@AndersMMQB Esse negócio não é a ONU, seus trouxas. É um reality show. Se puserem uma baleia lá, é disso que ela vai ser chamada. Jefferson não tem culpa nenhuma por dizer a verdade. A culpa é da Bea por achar que a coisa toda poderia ser diferente.

* * *

Nas horas que se seguiram às agressões de Jefferson e à saída dramática de Bea, seu maior consolo foi poder trancar a porta do quarto. Era uma porta pesada de madeira maciça com acabamento em verniz escuro e entalhes intricados em forma de treliça. A chave era à moda antiga, bem grossa e de metal, e a fechadura fez um clique agradável quando Bea se isolou da grande palhaçada que era sua vida.

Ela ficou andando de um lado para outro na frente do canapé em que, na noite anterior, Luc a abraçara e lhe dissera que era linda. Como foi idiota em acreditar naquilo.

O que ela sabia sobre aqueles caras, afinal? Luc era um interesseiro, Wyatt era uma graça, mas um tanto misterioso, Sam era só um menino empolgado, e Asher... Asher talvez estivesse só enganando a si mesmo. Assim como ela.

Já passava da meia-noite — seu voo de volta para os Estados Unidos partiria em sete horas.

"Preciso arrumar as malas", Bea falou para ninguém em particular. Mas não fez isso. Ela se sentou na cama, ainda de vestido, com o rosto escondido entre as mãos. Inspirando, expirando. Todas aquelas semanas mantendo os caras à distância, tentando não se apegar a ninguém — por mais que doesse, era melhor que isso. Ela deveria ter ouvido Lauren.

Bea tentou se convencer de que não era nada de mais — afinal de contas, o que tinha a perder? Eles não passavam de meras esperanças. Poderia haver momentos de maior carga emocional, mas no fim ela conseguiria viver sem eles. Bastava adiar sua chance de ser feliz por mais algumas semanas, até que tudo terminasse, como já fizera tantas vezes. Deixar para voltar a marcar encontros depois que voltasse para casa, depois que encerrasse aquele projeto, depois que perdesse algum peso. Depois, sempre depois — até sua vida romântica entrar em uma espécie de estase, criogenicamente suspensa em um estado perpétuo de expectativa.

Depois que esse programa acabar, minha vida vai ser outra. Vou conhecer um monte de gente nova. Talvez consiga encontrar alguém.

Nesse momento, ela ouviu uma batida na porta.

Vai embora.

Mais uma batida.

"Bea, você tá aí?"

Era Sam?

"Claro que está. O pessoal da produção falou."

E Asher.

"Cara, eu sei que ela tá aí, mas é mais de meia-noite. Só tô tentando ser educado."

"E se ela estiver dormindo?"

Quem perguntou foi Wyatt.

"Não, a luz ainda está acesa."

Era Luc.

"Vamos bater de novo?"

"Parece que ela não quer falar com a gente."

Em silêncio, os quatro se puseram a escutar. Bea não queria odiá-los.

"Acho melhor bater de novo."

Mas o clique alto da fechadura revelou que ela estava abrindo a porta.

"Oi, pessoal."

Lá estavam eles, ainda de terno, com as gravatas afrouxadas, ao mesmo tempo aliviados e apreensivos — e cercados de câmeras e técnicos de som.

"O que tá acontecendo?", Bea perguntou, desconfiada.

Sam deu um passo à frente, sem muita convicção. "Podemos conversar um minutinho?"

Enquanto os pretendentes e a equipe entravam no quarto, Bea se sentou na cama, com Sam e Wyatt ao seu lado. Luc se acomodou no canapé e Asher ficou de pé, todos sem jeito, observando a cena. Por um instante, eles trocaram olhares, sem saber quem falaria primeiro. Por fim, Luc quebrou o silêncio.

"Alguém precisa dizer isso. O Jefferson era um cara burro e convencido, e nenhum de nós gostava dele."

Wyatt sacudiu a cabeça. "Luc, não é bem sobre esse assunto que viemos conversar..."

"A gente não pode permitir que esse... esse... como é o nome do ajudante do são Nicolau?"

"Um duende?", Sam arriscou.

"*Oui, c'est ça*, não podemos permitir que esse duende insolente jogue Bea contra nós."

"Bea", acrescentou Sam, "o que o Jefferson falou lá embaixo... não era verdade, tá bom?"

Bea engoliu em seco. "Então ninguém aqui gostaria de ser disputado por vinte e cinco mulheres?"

"Em outras circunstâncias, claro que sim." Luc parecia tranquilo e cabeça fria como sempre. "Mas, Bea, não é esse o prêmio que nós queremos. Ficar com você — essa seria a vitória para nós. É por isso que estamos aqui."

"O Jefferson só estava com raiva", interferiu Wyatt. "E quis magoar você."

"O que a gente pode fazer?", Sam quis saber. "Como podemos ajudar você a superar isso?"

Bea baixou os olhos, se esforçando para não chorar de novo. Sam a cutucou de leve, batendo com o ombro no seu. Ela se lembrou do *hammam*, das mãos dele em seus quadris — tinha sido um gesto sincero, não? Não era só para enganá-la, uma mentira para as câmeras? De repente, já não era possível ter certeza.

"Estou cansada de ter que ficar questionando tudo — principalmente o que vocês fazem", ela admitiu. "Desde a primeira noite no programa, eu estou me sentindo uma espécie de investigadora, sempre desconfiada, procurando sinais de que tudo aqui é puro fingimento. E agora que resta tão poucos de vocês... ainda está tudo confuso. O que o Jefferson falou... acho que de certa forma é mais fácil de acreditar naquilo."

Wyatt parecia bem preocupado. "Você acha mais fácil pensar que todo mundo está mentindo do que acreditar que nós gostamos mesmo de você? Por que, Bea?"

Um nó se formou no peito dela, como se uma parte profunda e nada agradável de seu corpo estivesse sendo escavada, abrindo suas entranhas e deixando tudo vir à tona. "Se vocês estiverem mentindo e os meus piores medos forem verdadeiros, então... então eu estou segura. E nenhum de vocês vai ser capaz de me magoar."

"A gente não quer te magoar", Sam disse baixinho.

Bea olhou para Asher. Dos quatro, ele era o único que ainda não tinha se manifestado.

"E se magoarem mesmo assim?", Bea perguntou para ele. Mas Asher não respondeu — em vez disso, pôs a mão no bolso do paletó.

Os outros começaram a remexer nos bolsos também, e Bea ficou intrigada quando viu o que eles estavam pegando: tubos de hidratante labial ChapStick.

"Mas o que...?"

"Você pensa que é a única que sabe dar beijinhos e fazer charme?" Sam perguntou enquanto todos passavam o hidratante nos lábios. "Nós também sabemos, Bea."

"Estou vendo." Bea não conseguiu segurar o riso, apesar de as lágrimas escorrerem de seus olhos.

Então Wyatt ficou de pé — ele estendeu a mão para Bea e a ajudou a se levantar. Em seguida, os outros fizeram o mesmo.

"Bea", Wyatt perguntou, "quer ficar comigo mais uma semana? Sei que essa semana foi toda exótica e tal, mas acho que você vai se surpreender com a plantação de trigo da minha família."

Bea sorriu. "Sim, eu fico." Wyatt a beijou no rosto e deu um passo para o lado. Então, foi a vez de Sam se aproximar.

"Bea Schumacher, que ganhou o grande prêmio do meu coração", começou Sam.

"Você vai tentar me convencer com esses trocadilhos?"

"Com certeza, porque eu quero você na minha equipe." Ele sorriu, e Bea deu uma risada. "Eu adoro a sua companhia, e quero muito que você conheça a minha família. Fica comigo mais uma semana?"

Bea assentiu. "Fico, sim." Mais um beijo no rosto. Sam deu um passo ao lado, dando passagem a Luc.

"Bea, essa semana foi especial para nós. Mas sei que o melhor ainda está por vir."

Ele segurou sua mão e a levou aos lábios, beijando apenas um dedo, como ela fez ao provar o sabor irretocável do açafrão. Foi impossível não dar uma espiada em Asher quando Luc fez isso — os dentes dele estavam cerrados, a cara emburrada. Mas não havia nada que pudesse ser feito a respeito naquele momento.

"Bea, você fica comigo mais uma semana?"

"Fico." Luc a beijou no rosto também.

Então só restava Asher — que estava com os lábios contraídos e a postura rígida. Bea ficou tensa, sem saber se ele se deixaria abalar pelo ciúme que sentia de Luc. Mas, no fim, ele estava chateado por outro motivo.

"Você duvida de mim?", ele perguntou. O quarto inteiro ficou em silêncio, e o nível de tensão se elevou consideravelmente.

"Eu não queria", Bea falou, com toda a sinceridade.

"Você acredita que eu deixaria as câmeras entrarem na minha casa e te apresentaria pros meus filhos se não levasse isso a sério — se não levasse você a sério?"

"Não." A voz de Bea saiu como pouco mais que um suspiro. "Eu sei que você não faria isso."

"Não suporto ver caras como o Jefferson fazendo de tudo pra magoar você, Bea. Fiquei com muita raiva naquela hora. Mas nunca vou dar motivo pra você acreditar nele. Quero que você conheça a minha família. Quero ficar com você, ponto-final. Fica comigo, Bea. Certo? Você pode ficar comigo?"

Ela não conseguiu encontrar palavras para responder, mas assentiu, e Asher lhe deu um abraço e um beijo no rosto. Nos braços dele, Bea fechou os olhos e se permitiu esquecer por apenas um instante que havia outros homens no quarto, que havia câmeras registrando tudo, que ela ainda tinha dúvidas.

* * *

––––––– **Mensagem Encaminhada** –––––––

De: Jefferson Derting <u>\<j.derting@gmail.com></u>
Para: Serviço de Recuperação de Bagagem da MoroccanAir <u>\<baggage@</u>
<u>wegomorocco.com></u>
Assunto: RE: RE: RE: Bagagem perdida
Olá. Depois de vários e-mails e um telefonema de duas horas, ainda
ESTOU ESPERANDO uma resposta sobre o que aconteceu com minha bagagem. Voltei para os EUA há cinco dias, e parece que vocês
não fazem ideia do que aconteceu com minhas coisas. Passei um mês
na *TELEVISÃO*, então *TODAS AS MINHAS ROUPAS* estavam naquela mala, além de *UM KIT CARÍSSIMO DE CUIDADOS PARA BARBA*
que eu comprei num *LEILÃO*. Vocês podem me ajudar ou não? Não
quero ter que fazer uma queixa no Yelp sobre isso, então tratem de
me responder, certo?

––––––– **Mensagem Encaminhada** –––––––

De: Serviço de Recuperação de Bagagem da MoroccanAir <u>\<baggage@</u>
<u>wegomorocco.com></u>
Para: Jefferson Derting <u>\<j.derting@gmail.com></u>
Assunto: RE: RE: RE: RE: Bagagem perdida

Prezado sr. Derting,

Pelo que pudemos apurar, o extravio aconteceu durante sua escala em
Madri, onde o senhor embarcou no voo para os Estados Unidos. Sua
bagagem, porém, foi enviada para Londres, depois Creta, depois Bu-
careste, depois Bratislava. A essa altura, um colaborador nosso a iden-
tificou e a enviou para nosso centro de recuperação de bagagem do
One Globe em Frankfurt. Porém, em razão de uma tempestade na
região, infelizmente não sabemos o que aconteceu a partir daí. É possível que sua mala tenha sido recebida e armazenada em Frankfurt,
mas um apagão elétrico fez o registro desaparecer de nosso sistema,

ou então a bagagem nunca chegou. Estamos procurando obter essa informação e responderemos assim que possível. Agradecemos muito pela paciência, e fazemos questão de lhe oferecer bebidas de cortesia em seu próximo voo pela MoroccanAir. Tenha um ótimo dia!

Atenciosamente,

R.M.

R.M. Nostam

Especialista em Recuperação de Bagagem

Linhas Aéreas MoroccanAir

Uma Empresa do Grupo One Globe Alliance

One globe. One you. One planet.

EU FUI AO RESTAURANTE DO CHEF BONITÃO DO
É PRA CASAR PARA VOCÊ NÃO TER QUE IR
por Leslie Curtin, eater.com

Depois do episódio da semana passada de *É Pra Casar*, a discussão que dominou a internet girou em torno de um único tema: o chef francês (e galã com charme europeu) Luc Dupond e a noite que passou às escondidas com Bea no Marrocos. Eles só dormiram juntos ou rolou *algo mais*? Será que ele está no programa pelos motivos certos? E, o mais importante: esse cara sabe ou não cozinhar de verdade? Esta repórter encarou a multidão que tirava mil fotos por minuto no restaurante dele, Canard Chanceux (que significa, literalmente, "pato sortudo"), para descobrir.

Alerta de spoiler: a resposta é *não*.

Todo mundo que deseja abrir um restaurante no coração de Manhattan está sujeito a aluguéis altíssimos e a concorrência acirrada, o que significa que existem duas opções: ou a pessoa cozinha absurdamente bem ou prepara pratos que fiquem muito, muito, muito bonitos nas fotos do Instagram. Quer arriscar um palpite sobre qual caminho o Canard Chanceux resolveu seguir?

E sim, eu admito, é divertido ver as costeletas de carneiro posicionadas em uma escada em espiral feita de batatas fritas desidratadas com uma coluna de fumaça com infusão de foie gras (eu bem que gostaria de não estar falando sério, caro leitor) subindo pelo meio. Mas sabe o que é ainda melhor? *Uma comida que seja saborosa.*

Em defesa de Luc, o restaurante não é dele, nem o conceito do cardápio (ele foi contratado para substituir o chef anterior depois de um infame escândalo de desvio de dinheiro). Não dá para saber o que ele é capaz de fazer se conseguir realizar seu sonho de abrir o próprio restaurante — um sonho que se tornou possível agora que virou uma subcelebridade. Mas uma coisa infelizmente é certa: sua fama sem dúvida atrairá uma horda ainda maior de pessoas para um restaurante em que todo mundo pode fotografar a comida à vontade, mas ninguém, muito menos você, deveria comer.

* * *

A semana da volta para casa tinha o cronograma de filmagens mais puxado da temporada: quatro cidades em diferentes regiões dos Estados Unidos em apenas seis dias. Como não havia nem tempo nem verba para ir à Normandia conhecer a família de Luc, Bea passaria uma tarde com ele em Nova York, seria apresentada a seus amigos e comeria em seu restaurante. Ainda incomodada com o comportamento de Luc no Marrocos e desconfiada em relação a suas motivações, Bea disse a Alison que queria parecer durona naquele encontro — uma mulher que não estava para brincadeira. Elas se decidiram por uma legging Veda de couro bem justa e uma camisa de seda preta (com vários botões abertos para mostrar a blusinha bem decotada de renda que Bea usava por baixo), sapatos McQueen de saltos altos finíssimos e um luxuoso sobretudo Baja East sobre os ombros. Para completar o look, cachos bem pronunciados, olhos esfumaçados, cílios postiços e um batom que realçava o volume dos lábios — Bea se sentia sexy como em nenhum outro momento da temporada.

Quando apareceu no hall de entrada chique e espelhado do restaurante, Bea viu que Luc concordava com sua avaliação. Ele tirou o casaco de seus ombros e deixou as mãos descerem até sua cintura e seus quadris enquanto a cumprimentava com um beijo no rosto.

"Meu Deus." A voz dele soou bem rouca em seu ouvido. "Hoje o que eu mais queria era devorar você."

"E eu ficaria só com água na boca?" Bea sorriu ao entrar no restaurante, obrigando Luc a segui-la.

O salão era escuro e anguloso, as cadeiras eram duras, o teto era baixo e as superfícies eram pretas e reluzentes. A atmosfera era a de um lugar subterrâneo — e, para Bea, fazia todo o sentido que fosse o tipo de lugar onde operadores do mercado financeiro e baladeiros ostentadores iam para torrar mil dólares em uma noite de terça. No fundo do recinto, uma parede de vidro esfumaçado proporcionava um vislumbre distante da cozinha, onde os preparativos para o jantar aconteciam em ritmo acelerado; a filmagem estava sendo feita às duas da tarde para não atrapalhar o movimento normal da casa. Bea ficou tão distraída com a movimentação enérgica e caótica dos chefs e cozinheiros cumprindo suas rotinas de trabalho, e com o fato de que todas aquelas pessoas eram subordinadas a Luc, que mal notou os amigos dele à sua espera na mesa.

"Pessoal, essa é a Bea", Luc anunciou, e três dos seres humanos mais bonitos que ela já tinha visto na vida se viraram para olhá-la.

"Bea, eu sou Stefania." Uma mulher alta com cabelos castanhos, pele lisa e branquíssima e um sotaque britânico carregado se levantou para dar um beijo no rosto de Bea e apertar sua mão como se já fossem velhas amigas. "Luc falou muito sobre você."

"Coisas boas, eu espero..."

"Claro! Ele está absolutamente encantado por você. Mas Luc é assim mesmo, né? Ele sabe como desfrutar dos prazeres da vida."

"Isso eu já notei." Bea lançou um olhar para Luc, que abriu um sorrisinho malicioso.

"E essa é a minha companheira, Isabeau."

Isabeau era uma mulher negra de Paris, tão chique que Bea se sentiu de volta ao mundo da moda; usava uma calça de seda esvoaçante de cintura bem baixa, e seus cabelos estavam presos em coques bantu.

"*Enchantée* — adorei sua camisa." Isabeau também deu um beijo no rosto de Bea.

"Obrigada. Sua calça é incrível."

"Isso aqui?" Isabeau fez um gesto com a mão como quem minimiza o elogio. "Foi só uma coisinha que fiz numa tarde."

"Você é estilista?" Os olhos de Bea se iluminaram.

"Não, ela trabalha com marketing, vai entender." Stefania revirou os olhos. "Só é mais bonita e talentosa que qualquer um de nós mesmo."

"Não mais que você, *chérie*." Isabeau sorriu e beijou Stefania. Bea simpatizou com as duas imediatamente.

O último membro do grupo era Boaz, um israelense que também era chef de cozinha. Ele tinha conhecido Luc em "um restaurante *fusion* de merda em Flatbush que era só pretensão e zero sabor" (nas palavras de Boaz), mas agora era sócio de um restaurante em Cobble Hill. A inveja de Luc a esse respeito era palpável.

"Você também vai chegar lá, muito em breve", Boaz disse a Luc, passando o braço por cima de seus ombros e massageando seu pescoço.

"Sim, mas já faz anos que você diz isso", resmungou Luc.

"Mas agora você é um astro da TV, né?" Boaz deu uma piscadinha para Bea. "Você está fazendo todos os sonhos dele se tornarem realidade."

Bea franziu os lábios — era exatamente esse seu medo.

Mas não havia tempo para falar a respeito, pois os garçons chegaram com bandejas de peixe branco grelhado com limão e tomate, tigelas de legumes com molho azedo de mostarda e uma panela com um cassoulet de dar água na boca.

"Tá vendo?", Boaz falou para Luc. "É isso que eu sempre digo. Na sua cozinha, esquece essa merda toda de Instagram. É *essa* a sua comida."

"Esses pratos não estão no cardápio daqui?", Bea perguntou.

"*Non*", explicou Luc. "Pra você eu queria preparar uma coisa mais tradicional, como minha mãe faria se estivesse aqui."

"Você precisava ver as coisas que ele cozinha aqui." Boaz deu risada. "Tudo parecendo uma torre, umas porçõezinhas minúsculas empilhadas. A apresentação interessa mais que o sabor."

"*Mais non*, esse menu não é meu", protestou Luc.

"Claro." Bea lançou um olhar para Luc. "Mas, mesmo trabalhando no restaurante de outra pessoa, você não acharia melhor estar em um lugar em que pudesse cozinhar sua própria comida? Você não se cansa de fingir ser uma coisa que não é?"

"Eu não finjo o tempo todo", ele falou baixinho. Um silêncio constrangedor se instalou na mesa.

"O peixe está magnífico." Foi Stefania quem quebrou a tensão. "Luc, você lembra quando a gente foi naquele lugar minúsculo em Calais, como era o nome mesmo?"

"Angelie Sur la Mer", respondeu Luc.

"Sim, Angelie à beira-mar!", ela falou, traduzindo o nome. "Era um lugarzinho muito charmoso, com vista para as falésias, e *o peixe...*" Ela soltou um grunhido de prazer só de lembrar. "Luc e eu mal saíamos do quarto, quase não víamos a luz do dia, mas, quando chegava a hora do jantar, a gente se trocava rapidinho e saía correndo porta afora."

"Esse cara aqui..." Boaz deu risada. "Se tem uma coisa que ele gosta mais do que sexo é de comida."

Bea suspirou. Claro que Luc já tinha dormido com Stefania — era óbvio.

"Depende da comida... e do sexo." Luc sorriu e deu um beijo no rosto de Bea, e o resto da mesa soltou uma risadinha quando ela ficou vermelha como um pimentão. Bea estava incrédula. Quantas vezes aquele homem ainda insinuaria que eles haviam dormido juntos sendo que isso não tinha acontecido?

"Está aí uma questão interessante", comentou Isabeau. "Se a gente precisar responder qual das duas coisas prefere repetir, a melhor refeição que já teve ou o melhor sexo que já fez, duvido que alguém escolheria a comida."

"Não sei, não", falou Bea. "Acho que eu talvez escolhesse."

"Sério?" Isabeau parecia intrigada.

"A lembrança do sexo é bem mais subjetiva. Se a pessoa em questão mais tarde se revelar uma decepção, a lembrança pode se tornar incômoda." Bea encolheu os ombros. "Mas um cheesebúrguer espetacular continua sendo um cheesebúrguer espetacular, não importa quem estava na mesa com você."

"Essa é a melhor refeição da sua vida?", provocou Luc. "Um cheesebúrguer? Que coisa mais americana."

"Lamento decepcionar você." Bea o encarou com uma expressão levemente brincalhona.

"Jamais", rebateu Luc. "Mas estou curioso pra saber qual foi a noite maravilhosa que acabou se tornando tão incômoda pra você."

Bea sacudiu a cabeça. "É exatamente isso que estou dizendo. Certas noites não merecem ficar na memória."

Luc ergueu sua taça. "Então vamos brindar às noites que gostamos de lembrar. E às pessoas que queremos ao nosso lado, mesmo que seja pra comer um cheesebúrguer."

Os outros ergueram as taças, e Luc se inclinou para beijar Bea de leve. Quando se afastou, ela o encarou, se perguntando como, apesar de ter passado tantas horas com ele, sentia que não o conhecia.

Depois do jantar e das despedidas, ainda estava claro — eram pouco mais de cinco da tarde —, e Lauren decidiu que Bea e Luc poderiam dar uma caminhada pelo High Line. Era um dia frio, então o parque estava quase vazio, mas alguns corredores e turistas circulavam por lá, e vários espicharam os olhos na direção de Bea e Luc e da equipe de filmagem, e alguns inclusive pararam para tirar fotos. Um vento gelado soprava, e o sol começava a se pôr sobre Nova Jersey enquanto os dois caminhavam lado a lado.

"Então", Luc falou, rompendo o silêncio, "gostou do jantar? E das companhias?"

"A comida e as pessoas foram ótimas", respondeu Bea.

"Então por que você está chateada?"

"Não estou chateada", retrucou Bea.

Luc deu uma encarada nela. "Além de chateada, está mentindo."

Bea bufou. "Pelo jeito, você e a Stefania já namoraram."

"Sim, e daí?"

"Eu não sabia que ia conhecer uma pessoa com quem você já foi pra cama."

"Duas pessoas, *en fait*."

Bea franziu a testa. "Isabeau também?"

"*Non*." Luc sorriu para Bea, que inevitavelmente ficou vermelha quando entendeu o que aquela resposta significava. "Isso é um problema pra você?"

"Eu só acho que você poderia ter me avisado que iria me apresentar pra pessoas lindas com quem já teve um caso no passado."

"É por isso que você está incomodada? *Non*, você já estava de mau humor antes de conhecer o pessoal, então não pode ser isso."

"Eu não estava de mau humor", esbravejou Bea.

Luc sorriu para ela — não estava acreditando de jeito nenhum. Ele a segurou pelos ombros.

"Vamos lá, pode dizer o que está acontecendo. Ainda está chateada por causa do Jefferson?"

"Não." Bea se sentia frustradíssima. "Talvez! Sei lá."

"Ainda acha que eu não estou sendo sincero com você? Bea, nós já conversamos sobre isso no Marrocos."

"Quer dizer, quando você veio até o meu quarto no meio da noite?"

Luc fez um gesto na direção das câmeras. "Talvez seja melhor não mencionar isso?"

"Ah, dá um tempo, o mundo inteiro já sabe. Você mesmo se encarregou disso quando ficou se gabando pro Asher, dando a entender que nós dormimos juntos. Isso não pegou nada bem pra mim."

Luc fechou os olhos. Enfim, havia obtido a resposta que queria.

"É por isso que você está irritada."

"Não só", resmungou Bea.

"Muito bem, então", ele falou. "*Dites-moi*. Pode falar."

"Você fez a mesma coisa hoje! Toda essa conversa sobre sexo, fazendo seus amigos pensarem que eu era mais uma na sua lista. Você disse que isso tudo não era um jogo pra você, mas está agindo como se fosse, Luc. Como se eu fosse uma peça num tabuleiro de xadrez, e não um ser humano."

"Ah, sim, claro! Você é um prêmio, e eu preciso te conquistar." Ele sorriu e segurou sua mão, puxando-a mais para perto. Bea o afastou.

"Você não está me escutando!" Ela bufou de irritação.

"Estou, sim, Bea." Ele a puxou de novo para perto. "Me desculpa por ter causado ciúmes no Asher. Depois de Ohio, ele passou o tempo todo com um sorrisinho presunçoso no rosto, como se você já estivesse no papo. Então eu quis deixar claro que ele não é o único por quem você sente alguma coisa. Não pensei que ele fosse ficar choramingando por isso."

"Não tente botar a culpa nele", retrucou Bea. "Ele ficou chateado de verdade."

"*Alors*, eu também posso ter ficado."

Bea franziu a testa. "Por que você ficaria chateado?"

"E agora, quem é que não está escutando?", questionou Luc.

Bea o encarou com ceticismo. "Você tem ciúme do Asher? Sério?"

"Em Ohio, quando conheci sua família e conversei com seus irmãos, fiquei pensando: *Uau, está tudo correndo tão bem*. Aí vi você aos prantos, e correndo para o bosque com Asher, e demonstrando um interesse nele que jamais mostrou por mim."

"E aí você quis se vingar dele." Bea sacudiu a cabeça, entendendo tudo. "Mas, Luc, o que você ganha insinuando uma coisa que só prejudica a minha imagem? Ainda mais considerando que foi você que tomou a iniciativa de ir até o meu quarto conversar — não fui eu que te convidei."

Ele segurou as mãos dela e as ergueu para beijá-las. "Eu lamento muito por isso, Bea. Não pensei que ele fosse comentar a respeito disso com você, muito menos na frente das câmeras. Isso foi meio cruel, não?"

Bea suspirou — ela detestava admitir que Luc tinha razão.

"E hoje?", Bea questionou. "Você não estava tentando despertar em mim... sei lá... inveja, ou um sentimento de inferioridade, quando me apresentou àquelas pessoas lindas com quem já foi pra cama?"

"Bea, são só meus amigos", Luc insistiu, levando as mãos dela à sua nuca, fazendo o corpo dela se colar ao seu. "Eu prometo que não foi nenhum deles que imaginei na minha cama hoje."

"Ah, não?" Bea sentiu uma onda de calor quando os lábios dele tocaram seu queixo, seus cabelos. "E por que você acha que eu iria pra sua cama depois de se comportar desse jeito?"

"Humm", Luc murmurou. "Se eu me comportei mal, você pode me castigar."

"Quê?" Bea o encarou, sem saber aonde ele queria chegar.

"Você está com raiva", ele falou. "De mim, do Jefferson, dos outros, talvez. Acha que o poder está todo nas nossas mãos. O controle. Mas nesse programa, Bea, é você que me controla — e a todos os outros também."

Bea sacudiu a cabeça. "Não é assim que eu me sinto."

"Sério?" Luc parecia surpreso. "Você não pensa na gente, em como nós ficamos sempre esperando naquela mansão, ou no hotel em Ohio, ou no *riad* no Marrocos, por horas a fio, morrendo de tédio, falando o tempo todo de você, pensando em você, ansiosos pra saber quando vamos poder voltar a te ver? E, depois que isso finalmente acontece, o sofrimento de reviver cada instante, pensando o que poderia ser diferente, sem saber se você vai deixar a gente ficar ou mandar a gente pra casa. Estamos todos nas suas mãos, minha Bea. Mas a pior parte... é que eu acho isso o máximo, eu gosto disso."

Bea soltou uma risada constrangida. "Luc, fala sério."

Luc a puxou mais para perto, e ela o empurrou de volta, mas ele insistiu, desta vez com mais força — e esse embate deixou um clima de erotismo no ar.

"Eu *estou* falando sério." Ele cravou os olhos nela. "É muito frustrante ver você abrir mão desse poder. Sinto vontade de gritar pra você assumir as rédeas, pra usar isso a *seu* favor. Lembrar que é você quem está no controle."

"Como?", ela perguntou baixinho. "Como você quer que eu faça isso?"

Luc olhou profundamente nos olhos dela por um bom tempo, e em seguida segurou a mão direita dela e a levou ao rosto, para que Bea sentisse o calor da sua pele, o toque áspero de suas costeletas.

"Me bate", ele murmurou.

"Quê?!" Bea puxou a mão de volta. "Você tá louco."

"Nunca fez isso antes? Um tapinha?"

"Hã, não, Luc. Nunca fiz."

Os olhos dele faiscaram. "Uma virgem."

"Você tá sendo ridículo."

"E você está com medo." Ele chegou mais perto. "Quando Jefferson disse aquelas coisas horríveis, você disse que era fácil acreditar nelas porque, se ele estivesse certo e a gente estivesse só fingindo, você não teria como se magoar. Mas esse não é o verdadeiro motivo pra você ter acreditado nele."

"Como assim?", Bea questionou, sem entender nada.

"Você acreditou nele porque é assim que você se vê. Mas não é assim que eu te vejo. E eu quero que você se sinta como essa mulher que eu vejo."

O hálito de Luc era quente, e suas mãos fortes não paravam de puxá-la para mais perto.

"Eu não quero ser motivo de piada", ela murmurou.

"E não é." Ele mordeu a orelha dela de leve. "Eu garanto."

Bea o encarou — aquilo era loucura.

"E se eu te machucar?"

"Nós somos humanos", ele argumentou. "Vivemos machucando uns aos outros o tempo todo."

A adrenalina tomou conta do corpo de Bea quando ela recuou e fez contato visual com Luc. "Tem certeza?"

Ele abriu um sorrisão. "*Oui, mademoiselle.*"

Bea sorriu. "Tudo bem, então."

Ela puxou o braço para trás e deixou a mão voar solta.

TRANSCRIÇÃO DO CHAT DO CANAL #PRASHIPAR NO SLACK

Colin7784: PUTA MERDA, ELA METEU A MÃO NELE

Beth.Malone: COLIN, NADA DE SPOILERS O EPISÓDIO AINDA NEM ACABOU

Colin7784: Desculpa aí mas puta merda

NickiG: Que diabos foi isso

KeyboardCat: Uau fiquei até com tesão agora

Enna-Jay: ELES ESTÃO SE BEIJANDO ESTÃO SE BEIJANDO GRUDADOS NA PAREDE

NickiG: Esse é o melhor programa que eu já vi na vida

Beth.Malone: Pessoal, qual é, SEM SPOILERS POR FAVOR

Colin7784: Está literalmente todo mundo vendo o programa agora, como é que alguém pode estar dando spoilers?

Beth.Malone: As regras são importantes! Elas precisam ser respeitadas!

NickiG: Kkkk tudo bem rainha Beth

Beth.Malone: Ai meu deus, por favor não me chama assim nunca mais

Colin7784: Por que não? Você vai castigar a gente, rainha Beth?

Beth.Malone: 😕

Colin7784: 😈

Enna-Jay: 🔗

NickiG: 🔨

Beth.Malone: 😕

KeyboardCat: 🐱

CARTAZ AFIXADO EM UMA LOJA DE PRODUTOS AGROPECUÁRIOS
EM BOONE, OKLAHOMA

AMANHÃ: DESFILE DE TRATORES
RODOVIA 47 — MEIO-DIA
BOAS-VINDAS A WYATT
DO *É PRA CASAR!!*

TRAGA UM PRATO DE COMIDA
SE QUISER COLABORAR

* * *

Wyatt prometeu que mostraria um trator a Bea quando ela fosse visitar a fazenda de sua família, mas quando Bea o encontrou, na rua principal de Boone, descobriu que ele tinha ido além disso. Havia um desfile de mais de *uma dezena* de tratores, com centenas de espectadores de ambos os lados — parecia que a cidade inteira tinha aparecido para desejar boa sorte a Wyatt e ver pessoalmente a garota que ele trouxera para casa.

"Minha nossa." Bea ria enquanto ele a ajudava a subir no reluzente trator vermelho ao seu lado. "Isso é inacreditável!"

"Lá na sua terra também tem fazendas... ninguém nunca te levou num desfile de tratores?"

"Nunca." Bea ficou de braços dados com ele. "Minha primeira vez vai ser com você."

A intenção de Bea não era dizer nada com duplo sentido, mas, vendo como Wyatt ficou vermelho e desviou o olhar, ela ficou com medo de tê-lo envergonhado. Eles ainda não haviam conversado melhor sobre a questão da virgindade, sobre por que ele nunca tinha transado, e sobre como isso poderia afetar um possível relacionamento entre os dois. Mas, considerando a velocidade com que as coisas estavam avançando com os outros três nesse quesito (em especial, o fim de tarde incrivelmente sexy que ela tinha passado com Luc, prensada contra a parede de um prédio de tijolos no Chelsea High Line), Bea sabia que a conversa não poderia ficar para depois — ela só esperava não ter que fazer isso na frente da família dele.

Bea e Wyatt se inclinaram para fora das janelas do trator e acenaram para a multidão, que aplaudia e até gritava seus nomes. Depois que completaram o percurso com o veículo, Wyatt a ajudou a descer, assim eles podiam se misturar ao público e beber uma limonada.

"Mas vê se não come nada", Wyatt avisou. "Minha mãe vai ficar louca da vida se você estiver sem fome quando chegar lá em casa."

O pessoal que participava do desfile de tratores era simpático e despretensioso, e foi um alívio para Bea ser vista como normal, e *se sentir* normal — apesar de estar em um evento em sua homenagem.

Quando chegaram à fazenda, porém, a pressão sobre Bea se tornou um pouco maior quando ela conheceu Hattie, a mãe de Wyatt, Peg, sua irmã, Miguel, o marido dela, e os dos dois filhos do casal.

"Você já experimentou o pão?", Hattie quis saber. "É feito com o trigo aqui da fazenda."

"É uma delícia." Bea mal conseguia falar com a boca cheia de pão fresco e douradinho. Talvez a vida na fazenda não fosse tão ruim, no fim das contas.

"Essa receita tá na nossa família faz quatro gerações", contou Hattie. "Mas diz pra mim, Bea... você sabe fazer pão? Comer eu estou vendo que você sabe!"

Hattie gargalhou com gosto — ela também não era uma mulher magra.

"Mãe", advertiu Wyatt, mas Bea pôs a mão no braço dele para tranquilizá-lo.

"Não, sra. Ames, eu não sou muito boa com pães e bolos. Me dou melhor com o fogão do que com o forno — e mesmo assim não sou muito boa, eu acho."

"E a sua mãe? Ela não cozinhava?"

"Minha mãe fazia um monte de caçarolas, massas, hambúrgueres, essas coisas. Tenho três irmãos mais velhos, então o consumo de comida era bem alto. Com meus pais sendo professores e ganhando pouco, a gente precisava economizar."

Hattie assentiu em sinal de aprovação. "Isso é uma coisa que Bill e eu sempre tentamos ensinar pros nossos filhos. Não faz sentido gastar o que não se tem — é o jeito mais fácil de perder tudo pro banco."

"Você pode me falar mais sobre o Bill?", Bea pediu. Wyatt só contou que seu pai havia morrido quase uma década antes, em razão de um derrame repentino.

"Ele era um homem muito bom." Hattie sorriu, com os olhos levemente marejados. "Sei que as pessoas sempre falam isso sobre quem já morreu, mas no caso de Bill é verdade. Você sabia que a Bíblia manda os fazendeiros deixarem algum milho nos campos pra alimentar os famintos?"

"No Antigo Testamento, né?"

"Isso mesmo, moça", disse Hattie em tom de aprovação. "A maioria do pessoal daqui não segue isso à risca — são tempos difíceis, quem vai querer deixar uma lavoura sem colher? E o que os pobres vão fazer, mastigar trigo cru? Mas Bill media os cantos da propriedade, como manda a Bíblia, e todo ano pegava o dinheiro da venda do trigo dos quatro cantos e doava pro banco de alimentos. Imagina só!"

"É uma tradição muito bonita", Bea falou, em um tom gentil.

"Bill sempre quis ver o Wyatt casado e com filhos. Conseguiu levar a Peg até o altar, e nós somos muito gratos por isso. Mas para um pai, ver o único filho formar família? Ah, isso é especial. Eu sei que ele estaria muito feliz hoje, Bea. Sim, tenho certeza."

Para Bea, aquele era um momento adorável, mas, com o canto do olho, ela percebeu que Wyatt estava pálido.

Depois do almoço, Bea e Wyatt foram gravar suas impressões para as câmeras separadamente. Wyatt e Hattie ficaram na varanda da frente, enquanto Peg, a irmã de Wyatt, acompanhou Bea em um passeio pela horta.

"Aqui temos alface-romana, e ali, couve-de-folhas", Peg falou, apontando para as verduras.

"Eu moro em Los Angeles, e lá todo mundo é louco por couve", brincou Bea.

"Humm." A postura de Peg era impossível de decifrar. "Então, como estão indo as coisas com você e o meu irmão?"

"Wyatt é maravilhoso, de verdade." Bea sorriu. "Com os outros caras, eu me sinto vulnerável, mas com ele... sei lá. Eu me sinto protegida."

Peg se ajoelhou para colher rabanetes frescos. "Sabia que Wyatt nunca trouxe uma garota pra família conhecer antes?"

Bea franziu a testa. "Não, eu não sabia."

"Humm. Ele é uma pessoa reservada, não gosta de falar das pessoas com quem está saindo. Pra gente foi uma baita surpresa quando ele contou que ia tentar arrumar uma noiva num programa de tv."

"Claro", Bea concordou, sem saber aonde Peg queria chegar com aquela conversa.

"Acho que o que estou querendo dizer é que, quando ele contou que ia participar do programa, ninguém entendeu o motivo. E agora a gente tá aqui, várias semanas depois, vendo o Wyatt na tv toda segunda — e eu ainda não entendi. Você já?"

"Ele está em busca de um amor", Bea garantiu. "Assim como eu."

Peg encolheu os ombros. "Se é isso que você tá dizendo..."

Enquanto as duas voltavam para a casa, Bea pensou em suas interações com Wyatt: a gentileza dele na primeira noite de filmagens, a maneira como a fez se sentir à vontade para falar sobre sua formatura, mencionando a dele, a tranquilidade que sentia na companhia dele, a sutileza do beijo que trocaram. A conexão entre os dois era sincera, não? E aquilo tudo era romântico... certo?

Bea tinha pensado que a virgindade de Wyatt era o maior segredo que ele guardava. Mas depois daquele dia, e daquelas conversas, estava começando a desconfiar que não.

Em breve a noite cairia, então a produção levou Wyatt e Bea até as lavouras para a última gravação do dia: um caloroso beijo de despedida. Depois disso, ela voltaria a Nova York para dormir, acordaria logo ao amanhecer e encararia mais um dia de filmagens, desta vez com Asher, em Vermont. Era um cronograma cruel, e Bea sentiu inveja de Lauren, que pôde se dar ao luxo de deixar as gravações em Oklahoma a cargo de seus subordinados. Bea suspeitava que ela tivesse passado o tempo todo na sala de edição, mas mesmo assim a ideia de um dia de folga das filmagens parecia um sonho.

"Como é que você está?", Wyatt perguntou enquanto a equipe fazia o que parecia ser o milionésimo ajuste no equipamento de iluminação.

"Tudo bem." Bea assentiu com a cabeça, cansada. "E você?"

Ele assentiu, mas seu sorriso parecia tenso.

"Muito bem", um dos operadores de câmera gritou, "estamos prontos... e VAI!"

E, claro, justo nesse momento, um dos geradores pifou, e o campo ficou às escuras. Os produtores e os membros da equipe técnica foram às pressas atrás de um gerador reserva, perguntando em quanto tempo dava para consertar tudo. O atraso era irritante, mas Bea logo se deu conta de outra coisa: pela primeira vez, poderia ter uma conversa com Wyatt sem que ninguém ouvisse.

"Ei", ela disse baixinho, "por que você não me contou que nunca tinha apresentado uma garota pra sua família?"

"Eu não queria que você se sentisse ainda mais pressionada", ele respondeu. "As pessoas já estão exigindo demais de você aqui. E eu não quero ser mais um."

Bea sentiu um imenso carinho por ele, que sempre se esforçava para ser tão gentil. Mas ainda havia uma pergunta a ser feita, por mais dolorosa que fosse.

"Wyatt, a gente na verdade ainda não conversou sobre... hã, o motivo por que você decidiu não ir pra cama com ninguém até hoje. Sei que é uma coisa pessoal, e uma escolha que só diz respeito a você. Mas acho que eu preciso saber se você pretende fazer isso... Se for comigo, né?"

Wyatt baixou os olhos, e Bea sentiu um nó no estômago. Sabia que ele não era como Jefferson, que não estava fazendo uma encenação para promover seus próprios interesses — mas, caso ele não quisesse nada físico, sendo que havia outros três que, ao que tudo indicava, queriam, então ela precisava saber a verdade.

"Tá tudo bem", ela garantiu. "Se você não sente esse tipo de interesse por mim, pode me falar."

"Não é isso", Wyatt se apressou em dizer.

"Então o que é?", insistiu Bea. "Você tem algum medo em relação ao sexo? Confia em mim, eu sei bem como é isso... você sabe como eu fico na defensiva com os homens. Nós podemos resolver isso juntos, se for essa a sua vontade."

"Não." Wyatt sacudiu a cabeça. "A questão não é o medo."

Wyatt havia dado diversas provas de que era um bom amigo. Bea se lembrou da mãe dele durante o almoço, toda contente por achar que o filho tinha encontrado um amor — e como Wyatt havia se incomodado com aquilo. De repente, tudo pareceu fazer sentido: o que Wyatt estava fazendo naquele programa, o motivo para nunca ter apresentado uma garota a sua família, a razão por que Bea se sentia tão à vontade com ele, de uma forma que não se sentia com os outros homens.

"Wyatt, você é gay?"

Ele ergueu os olhos, surpreso.

"Ai, meu Deus, me desculpa", ela falou logo em seguida. "Não sei por que achei que tinha o direito de perguntar isso... que falta de noção a minha..."

"Não, não", ele falou, segurando sua mão. "Eu não sou gay, Bea."

"Ah." Bea assentiu. "O.k."

Ele suspirou e ficou contemplando os campos por um bom tempo.

"Eu até já pensei nisso. Quer dizer, sempre achei que um dia fosse encontrar uma garota com quem ia querer namorar. E, como isso nunca aconteceu, nem no colégio e nem na faculdade, achei que eu poderia gostar de homens. Só que nunca encontrei um cara com quem eu quisesse namorar também. Então achei que era uma questão de esperar a pessoa certa, e aí eu saberia. Só que isso nunca aconteceu."

"E foi por isso que você entrou no programa?", Bea continuou. "Pra ver se encontrava essa pessoa?"

Wyatt assentiu. "Eu vi algumas temporadas do programa, e parecia o lugar *perfeito* pra começar um romance, sabe? Tipo uma história de

258

cavaleiros e princesas, só que na vida real. E eu pensei... sei lá. Sabe quando a gente toma uma dose cavalar de vitamina c porque não quer pegar um resfriado? Eu achei que participar do programa ia ser como uma baita dose de romance, e que isso ia despertar os sentimentos que estavam escondidos dentro de mim. Se eu participasse desses encontros de contos de fadas com alguém como você, talvez eu entendesse de uma vez por todas esse lance que acontece tão naturalmente com todo mundo."

Bea lançou um olhar tristonho para ele. "Mas não aconteceu, né?"

"Não." Ele soltou um suspiro profundo. "Acho que finalmente vou poder ser sincero comigo mesmo e admitir que essa coisa de romance — e de sexo, e até de beijos — não é pra mim. Quando beijei você, fiquei pensando: ela é tão bonita, e eu gosto tanto dela, mas não é assim que quero ficar com ela... nem com ninguém. Sabe como é? Simplesmente não parecia certo."

Ele estava trêmulo de nervoso, e Bea pensou que fosse acabar chorando.

"Durante todos esses anos", ele falou com a voz embargada, "eu me senti uma pessoa incompleta. Como se tivesse uma parte de mim que... que não existia."

"Ei." Bea segurou o braço dele. "Eu não acho que você seja uma pessoa incompleta, de *jeito nenhum*. Você é um dos caras mais legais que já conheci, e não ter um relacionamento não é o que te define. Isso é só uma parte de quem você é, e me sinto muito honrada por ter se aberto comigo, aliás."

"Eu não quero ser uma decepção pra minha família", ele sussurrou. "Você viu o quanto a minha mãe gostaria de me ver casado. É um sofrimento pra mim, sabe, não ser capaz de proporcionar isso pra ela."

"Sei que nossas situações são diferentes, mas eu me sinto um pouco assim em relação à minha família também", Bea disse baixinho. "Os meus pais dizem que não estão decepcionados comigo, e eu acredito neles, mas sei que eles querem muito isso pra mim. E não só eles — todas as pessoas que gostam de mim, todo mundo que está vendo o programa. Morro de medo de acabar sozinha e decepcionar todos os que torceram pra que eu encontrasse um amor. Mas é claro que é possível ter uma vida totalmente plena sem um relacionamento amoroso — você é a prova viva disso, Wyatt."

Wyatt se inclinou para trás para encará-la, com uma expressão curiosa no rosto.

"E se você e eu encontrarmos o amor?"

Bea ficou olhando para ele, sem entender o que aquilo significava. "Como assim?"

"Escuta só", Wyatt começou a explicar, e seu tom de voz assumiu um tom de urgência, "a gente só faria isso se você quiser, mas é só não me descartar ainda — no programa, eu estou dizendo. E aí, se você quiser ficar com algum dos outros caras, beleza. Mas, se não quiser, eu posso te pedir em casamento, e você ficaria comigo. Não pra sempre, e não de verdade. Só no final do programa, e por um tempinho depois."

"Meu final feliz", murmurou Bea.

"Exatamente."

"Mas, Wyatt, eu não quero que você negue a sua verdade. Além disso, você não acha que a sua mãe ficaria ainda mais chateada se rolasse um noivado que depois não desse certo?"

Wyatt sacudiu a cabeça. "Se o noivado acontecesse, e a minha mãe pudesse ver... acho que ela ficaria feliz com isso, pelo menos por um tempo. E se eu pudesse fazer isso por você, ficaria feliz também."

Bea pensou em sua primeira noite no programa, na impressão de que Wyatt poderia ser o príncipe encantado perfeito para um joguinho de aparências. Agora, tantas semanas depois, lá estava ele oferecendo exatamente o que ela queria quando decidiu embarcar naquela experiência: um homem gentil, sincero e lindo para pegá-la pela mão e conduzi-la pelas águas pantanosas habitadas pelos trolls e pelos críticos e fazer com que o mundo a visse como uma mulher bonita. Como uma pessoa amada.

Quando o gerador finalmente voltou a funcionar, Bea não teve dificuldade nenhuma para dar um beijo ardente em Wyatt sob o pôr do sol que tingia o campo de dourado. Podia não ser um amor verdadeiro, mas ali, naquele simulacro de realidade, talvez fosse algo bem próximo disso.

AVALIAÇÕES DO SITE RATEMYPROFESSOR.COM: ASHER CHANG-REITMAN

RobF19: NÃO ENTREGUE TRABALHOS COM ATRASO PARA ACR. Ele não está nem aí pro seu cachorro, pro seu resfriado, ou pra qualquer imprevisto que você possa ter tido. Ele dá bastante prazo pra fazer tudo, então se você deixou pra última hora ele manda um belo de um foda-se. Nenhuma desculpa cola com esse cara. Acreditem em mim, eu tentei.

AliS18: O profe mais gato do departamento de história com certeza. Mas não dá abertura pra ninguém, o que é uma pena.

MarcusT17: Você não viu o cara na TV? Vai ver ele só não dá abertura pra você.

YahelC19: Ou pra nenhuma aluna???? Pq isso é mto escroto??????

AliS18: Nada com ele seria escroto 😖

MarcusT17: Argh mas você é

AliS18: Cala a boca Marcus você só tá com inveja.

* * *

Bea estava absurdamente apreensiva com o que aconteceria quando fosse apresentada aos filhos de Asher, mas primeiro era preciso conhecer os alunos dele: ela estava em um encontro do curso de História da imigração asiática para os Estados Unidos de 1850 a 1900. A sala era aconchegante, com uma mesa comprida de nogueira e janelas enormes com vista para as árvores; o coração de Bea disparou quando ela entrou e viu Asher de calça jeans e camisa social, ainda mais bonito do que ela se lembrava.

"Como assim, e o paletó de tweed?", ela brincou. "Você está arruinando a minha fantasia com um professor bonitão."

Ele sorriu, se aproximou e deu um abraço nela — que ficou animada e aliviada por Asher estar muito mais à vontade ali do que no Marrocos.

"Acho que você vai ter que se contentar com um professor de aparência normal", ele falou.

Bea se sentou à mesa enquanto os alunos do penúltimo e último anos do curso de história iam entrando, todos aparentemente bem à vontade com a ideia de haver câmeras no recinto.

"Muito bem." Asher bateu palmas para dar início à aula. "Com certeza vocês sentiram muita saudade de mim no último mês, mas acho que o professor LaBruyere me substituiu à altura, não?"

Os jovens concordaram de uma forma não muito convicta, e Asher deu risada.

"Não custa nada fazer um elogio, ainda mais na televisão. Vocês são terríveis."

Os alunos se ajeitaram nas cadeiras e Asher começou a falar sobre a participação pouco conhecida de soldados de ascendência asiática na Guerra de Secessão, fornecendo detalhes baseados em relatos de primeira mão que havia lido em diários e transcrições de documentos militares para reconstituir os movimentos de uma unidade específica do Exército da União liderada por um cabo chinês.

"Algum asiático lutou pelos Confederados?", questionou um aluno.

"O que vocês acham?", Asher perguntou para a classe. "Como isso funcionaria?"

"Não funcionaria", disse uma garota com cabelos loiros compridos e blusa de lã azul-marinho. "A Confederação tinha uma lei que proibia soldados não brancos."

"Sim, mas só até 1865, quando eles estavam prestes a ser derrotados", rebateu uma outra garota, que era negra e usava óculos de armação de tartaruga. "Mas os asiáticos não eram uma raça reconhecida na época. Isso dificultava as coisas."

"Exatamente", confirmou Asher. "Vocês já ouviram falar de Chang e Eng Bunker?"

Os alunos o encararam com uma expressão de interrogação, mas Bea abriu um sorrisinho; finalmente uma resposta que ela sabia.

Asher reparou nela — ele nunca deixava passar nada.

"Bea?", perguntou, com os lábios se curvando em um leve sorriso.

"Eram gêmeos xifópagos tailandeses que vieram aos Estados Unidos para fazer turnês em espetáculos itinerantes", ela respondeu, lembrando-se dos retratos em aquarela e carvão da dupla que havia estudado na faculdade uma década antes. "Foi por causa deles que surgiu a expressão 'gêmeos siameses'."

Asher ficou radiante de orgulho. "Isso mesmo. Depois que terminaram suas turnês, Chang e Eng se estabeleceram na Carolina do Norte, onde se casaram com duas irmãs de lá, tiveram vinte e um filhos e...? O que mais você acha que eles fizeram, como homens ricos na Carolina do Norte na década de 1850?"

A jovem loira sacudiu a cabeça. "Compraram escravos."

"Sim." Asher assentiu. "Na Guerra de Secessão, dois dos filhos de Chang e Eng, Christopher e Stephen, lutaram para proteger o direito de seus pais de serem proprietários de escravos. Eram dois dos cinco soldados de ascendência asiática que sabemos terem lutado pelos Confederados."

Bea ficou impressionada. Desde que o conhecera, considerava Asher uma pessoa tensa e travada, mas talvez o motivo do desconforto fosse o fato de ele estar tão distante de seu habitat. Ao vê-lo ali, tão à vontade, tão cheio de carisma, sua atração por ele se tornou ainda mais forte — assim como sua apreensão a respeito de como seria o resto do dia.

Depois que a aula acabou, eles fizeram um passeio pelo bucólico campus do Middlebury College, com seus prédios em estilo colonial entre enormes gramados e densos arbustos.

"Você parece se sentir em casa aqui", ela comentou.

"É o lugar perfeito pra mim", ele disse, segurando sua mão. "Quando terminei o doutorado, estava sozinho com duas crianças pequenas, e não tinha tempo pra me dedicar a um cargo de professor titular. A posição de professor convidado caiu como uma luva. Posso fazer o que eu gosto, mas ainda me sobra tempo pra ser pai."

"Que maravilha." Bea apertou a mão dele. "Você acha que vai fazer carreira aqui?"

Asher interrompeu a caminhada. Bea se virou para ele.

"Na verdade, não."

"Ah, é?"

"Eu não sabia quando seria a hora certa pra te contar isso", ele começou, "mas acho que pode ser agora mesmo. Como os meus filhos já estão maiores, eu estou pensando se não está na hora de assumir um cargo de professor titular. Não tem nenhuma cadeira livre aqui, então vou me mudar no segundo semestre."

"Você já sabe pra onde?"

"Já recebi ofertas de Michigan e de Columbia." Ele fez uma pausa. "E da USC."

"Lá em...?"

"Los Angeles."

"Oh", Bea suspirou.

"Obviamente, tenho muitos fatores a considerar. O que é melhor pra minha carreira, pras crianças — e sei que os meus pais iam adorar se eu fosse pra Nova York. Eles ainda moram em Westchester."

"Claro", concordou Bea. "Faz todo o sentido."

Ele segurou suas mãos. "Mas eu ainda estou pensando. Certo?"

Bea assentiu. "Ok."

Durante a pausa nas filmagens depois do almoço, enquanto ela vestia uma calça jeans justa e um suéter de caxemira Marc Jacobs cor de vinho com uma gola V que mostrava um decote discretíssimo ("Uma mamãe gatíssima", como observou Alison), Bea tentava se convencer de que aquele jantar era só mais um entre os tantos encontros daquele programa. Mas, quando se viu nos degraus da frente da casa de Asher com presentes embrulhados nas mãos e câmeras às suas costas, Bea sentiu o peso daquela noite — não só por causa do que aconteceria caso desse alguma coisa errado, mas também do que significaria se corresse tudo bem.

Ela mal havia encostado na campainha quando ouviu gritos de "EU ATENDO, EU ATENDO, EU ATENDO" e um tropel de passos dentro da casa. A porta se escancarou, e lá estava Linus, com óculos enormes, um moletom do Homem-Aranha, uma calça legging escura e um tutu chiquérrimo.

"Você é a Bea?", ele perguntou, dando um passo ao lado para que ela entrasse.

"Sim", ela respondeu no mesmo tom solene. "Você é o Linus?"

Ele assentiu.

"Gostei muito do seu tutu", Bea comentou, e a expressão dele se iluminou imediatamente.

"É azul, de menino! Entra, a gente vai comer FRANGO", ele gritou enquanto entrava, deixando a porta aberta atrás de si.

"Olá, olá, me desculpa." Asher foi correndo até a porta, usando um avental e luvas térmicas. "Eu estava tirando o frango do forno. Posso te ajudar com o casaco?"

"Com essas coisas nas mãos?" Bea deu uma risada. "Tudo bem... só me mostra onde é o closet."

Bea imaginava o lar de Asher como uma casa moderna e organizada — um ambiente *clean* e minimalista —, mas isso não era uma opção viável para alguém que tinha filhos, claro. Na verdade, era uma casa cheia de vida, lotada de livros, badulaques e equipamentos esportivos, sem falar em fantasias e roupas de dança espalhadas por toda parte. Em uma vitrola antiga tocava um disco de Leon Bridges, e Linus rodopiava pela sala de estar enquanto Asher terminava o jantar na cozinha, que era aberta e dava para o resto da casa.

"Quer um vinho?", ele ofereceu.

"Por favor", ela disse.

Nesse exato momento, Linus chamou: "Bea, vem dançar comigo!".

Asher lançou para ela um olhar de quem pede desculpas. "Amiguinho, a Bea acabou de chegar, então que tal ela sentar um minutinho?"

"Eu adoro dançar." Bea se esquivou de um operador de câmera para se juntar a Linus, mas um pigarrear bem alto a fez deter o passo.

"*Hã-ham.*"

Bea se virou e viu de pé, nas escadas, uma menina de doze anos que mais parecia uma cópia em miniatura de Asher: a mesma postura rígida, os mesmos óculos de armação preta, a mesma expressão meio desdenhosa no rosto. Se não fosse pelos cabelos brilhantes e escuros que vinham até a altura do queixo e terminavam numa franjinha bem definida, Bea poderia muito bem ter confundido Gwen com uma versão mais jovem do pai.

"O jantar já está saindo?", Gwen perguntou de um jeito seco, olhando para Asher e evitando intencionalmente o contato visual com Bea.

"Já estou terminando", Asher falou. "Quer vir aqui ficar com a gente?"

"Não, obrigada, eu tenho lição de casa pra fazer." Gwen virou as costas e começou a subir de volta. "Me avisa quando estiver pronto."

"Pode deixar", Asher gritou, mas a essa altura a porta do quarto já havia se fechado.

"Então, aquela era a Gwen." Asher sorriu enquanto levava a taça de vinho para Bea, que aceitou de bom grado e deu um belo gole.

"Acho que ela gostou de mim", Bea brincou, apreensiva, torcendo para que a noite não tivesse sido arruinada antes mesmo de começar.

Asher lhe deu um beijo no rosto. "Não se preocupa. Logo ela se acostuma com a ideia."

Bea se recostou nele e tentou relaxar. Se Asher não estava incomodado, ela também não precisava ficar. Alguns minutos mais tarde, porém, a mesa já estava posta, mas Gwen ainda não tinha descido. O pai gritou o nome dela pela terceira vez, a irritação já se tornando aparente.

"Gwen, vem *logo*. Hora de comer!"

"Eu tinha uma planilha pra terminar", ela falou, bem séria, enquanto descia as escadas, mas deteve o passo no andar de baixo. "O que é isso?"

Ela apontou com o queixo para os presentes deixados na mesinha da entrada. Bea se levantou para pegá-los.

"É pra gente?", Gwen quis saber.

Linus foi pego de surpresa. "*Presentes*", murmurou, arregalando os olhos por trás dos óculos enormes.

"Eu ia esperar pra depois do jantar, mas..." Bea lançou um olhar para Asher, que assentiu.

"Vocês podem abrir agora, mas não demorem. Não estão com fome também?"

"Não!", Linus exclamou enquanto rasgava o papel de presente. Gwen, por sua vez, recebeu seu pacote em silêncio e se acomodou à mesa sem fazer menção de abri-lo.

"Richard A-vê-don", Linus leu em voz alta. "Quem é esse?"

"Se pronuncia Á-ve-don", corrigiu Bea em um tom gentil, abrindo o gigantesco livro de fotos que havia comprado. "Ele é um dos fotógrafos de moda mais famosos de todos os tempos. Tem fotos expostas até em museus."

"Uau, não acredito!" Linus foi virando as páginas delicadamente. "Que nem o museu que você foi com o meu pai?"

"Exatamente." Bea sorriu e arriscou um olhar para Asher. "Seu pai me falou que você adora roupas, assim como eu. Aí tem algumas das minhas fotos favoritas quando tinha sua idade, então pensei que você fosse gostar também."

Linus deu um abraço apertado em Bea — o máximo que o tutu permitia —, e ela fechou os olhos, sentindo o peso daquele pequeno corpo contra o seu. Quando ergueu o olhar, notou que Asher os observava com uma expressão cheia de emoção.

Do outro lado da mesa, porém, Gwen encarava Bea de cara fechada.

"Pensou que ia ser simples assim?", questionou. "Que era só trazer presentes e a gente ia querer que você fosse a nossa nova mãe?"

"Gwen!", exclamou Asher.

"Que foi?" O tom de Gwen era impassível. "É verdade, né?"

"Não", Bea respondeu com um tom suave. "Claro que eu sei que vocês não vão formar suas opiniões sobre mim só pelos presentes que estou dando. Eu vim até aqui pra passarmos um tempo juntos — é esse o objetivo desta noite."

"Então por que você trouxe presentes?"

"Pra causar uma boa impressão." Bea sorriu. "Viu só? Meu plano funcionou perfeitamente."

Houve um instante de silêncio enquanto Gwen olhava para Bea, como se a avaliasse. Bea não desviou o olhar... e foi nesse momento que Gwen abriu o presente: um DVD do clássico de 1938 *Levada da breca*.

"É um dos meus filmes favoritos", explicou Bea, "e pensei que você fosse gostar."

"Por que você acharia isso?" Gwen torceu o nariz. "Parece ser um romance."

"E é", admitiu Bea, "mas a protagonista tem um leopardo como bicho de estimação, e muita coisa gira em torno disso, e o seu pai, hã... Ele me contou que você gosta de leopardos, sabe? Cary Grant faz o papel de um diretor de museu, e tem um cachorro que rouba um osso de dinossauro, então..."

Bea olhou para Asher em busca de ajuda, mas ele encolheu os ombros com ar de quem pede desculpas. "Eu nunca vi."

"Então o meu pai contou sobre o meu projeto de pesquisa." Gwen virou o DVD de um lado para o outro nas mãos. "Pelo jeito vocês conversaram bastante sobre Linus e eu."

"Claro que sim", explicou Bea. "Ele tem muito orgulho de vocês."

"Mas no Marrocos você disse que não sabia se estava pronta pra ser mãe."

"Gwen", advertiu Asher, "esse é um assunto meu e da Bea, certo?"

"Não é, não", Gwen tratou de corrigir. "Passou na tv, todo mundo sabe. E o assunto é nosso também, pai. E se a Bea resolver cair fora também, como a nossa mãe?"

Bea respirou fundo — ela não tinha a menor ideia das circunstâncias em que se dera o divórcio de Asher, e estava louca para saber mais.

"Não é a hora nem o lugar de conversar sobre isso." O tom de Asher se tornou mais tenso, e Bea percebeu que ele estava ficando vermelho de raiva.

"Então quando vai ser?", questionou Gwen. "Essa é a única vez que teremos para conhecer a Bea, e você espera mesmo que no fim do jantar a gente diga 'Ai, nossa, mal posso esperar pra ela vir morar aqui'?"

Asher fez menção de responder, mas Bea pôs a mão no braço dele para interrompê-lo.

"Ei", ela disse para Gwen e Linus, "vocês sabiam que o meu pai biológico abandonou minha família quando eu ainda era bebê?"

Os dois se viraram para ela, Linus arregalando os olhos, Gwen estreitando os seus.

"Aquele cara de Ohio não era o seu pai?", Linus quis saber.

"Ele é o meu padrasto", explicou Bea. "Minha mãe está com ele desde quando eu tinha quatro anos e, pra mim, o meu pai de verdade é ele. Não mostraram isso na tv, mas aquele dia na casa dos meus pais eu fiquei muito chateada... fui me esconder no meu quarto, e os meus pais foram me procurar. Eu disse que tinha medo de nunca conseguir me apaixonar, de ficar sozinha pra sempre."

Asher a encarou com uma expressão de incômodo.

"E o que eles disseram?", Linus perguntou.

"Meu padrasto disse que, se eu quisesse me casar, não bastava só me apaixonar. Eu estaria escolhendo alguém pra fazer parte da minha família, e precisaria ser aceita pela família dele. Então ele me contou como isso se deu entre ele e minha família — e que nada aconteceu por acaso.

Nós escolhemos ficar juntos, de ambos os lados. Sabem o que eu fiz logo depois disso?"

Gwen deu uma boa olhada em Bea quando se deu conta do que estava ouvindo. "Você foi falar com o meu pai."

"Pois é." Bea engoliu em seco. "Foi quando eu falei sobre os meus sentimentos por ele, e o seu pai me contou sobre vocês."

"Eu não sabia disso", Asher falou baixinho. Bea se virou para ele, tentando transmitir com o olhar o quanto aquele momento tinha sido significativo — assim como o que estavam vivendo ali.

"Sei que isso é muito importante pra você, Gwen, pode acreditar", Bea garantiu. "Mas quero te dizer também que, pra mim, todos nós precisamos decidir se queremos fazer parte da vida uns dos outros. A decisão não é só minha, nem só do seu pai, mas de vocês dois também. Todo mundo precisa escolher ficar junto. Não tenho como falar pelo seu pai, mas sei que jamais ficaria à vontade fazendo parte da sua família se nós quatro não achássemos que é assim que tem que ser. Tudo bem?"

Gwen encarou Bea por um bom tempo e... assentiu. "Tudo bem."

"Querem saber de mais alguma coisa?", Bea perguntou. "Espero não deixar nada sem resposta."

"Ei, pessoal", Asher falou num tom gentil, "que tal a gente parar de interrogar a Bea e começar a jantar? A comida está esfriando!"

As crianças acataram a sugestão do pai e, por alguns instantes, os únicos ruídos na casa foram os dos garfos e facas arranhando os pratos enquanto todos comiam. Então Gwen se virou para Asher.

"Você vai estar em casa amanhã, né?"

Asher fez que sim com a cabeça. "Viajo pra Nova York no sábado."

"A gente pode ver o filme da Bea amanhã à noite, então? Aí você pode falar pra ela se eu gostei ou não da próxima vez que se encontrarem."

"É uma ótima ideia", respondeu Asher. Ele olhou para Bea do outro lado da mesa e, com um sorriso discretíssimo, formou as palavras: *Eu te disse.*

"Legal", disse Gwen, e voltou sua atenção para o frango com purê de batatas como se nada tivesse acontecido, como se aquela não tivesse acabado de se tornar uma das melhores noites da vida de Bea.

* * *

Bea não conseguia acreditar que só faltavam duas semanas para aquela experiência insana chegar ao fim; também não acreditava que as coisas parecessem estar correndo *tão bem*, considerando a maneira como se sentira depois do chilique de Jefferson, apenas uma semana antes. O ânimo de Bea estava em alta quando ela chegou para se encontrar com Sam na frente da escola Shirley Chisholm Elementary, no centro de Newark, onde ele havia dado aulas por dois anos e ainda era treinador voluntário do time de basquete feminino.

"Oi, linda." Ele deu um abraço bem forte em Bea. "Senti sua falta essa semana."

"Eu também", ela falou, se dando conta da sinceridade de suas palavras enquanto o cumprimentava com um beijo no rosto.

"Eu não queria acabar com a diversão logo de cara, mas tenho uma má notícia pra te dar."

"Ah, é? O que foi?"

"No nosso último encontro, lá no *hammam*, eu tirei a roupa pra impressionar você..."

"Ah, então foi esse o motivo?"

"Pois é, e deu bem certo." Sam sorriu.

"Certo, um cara confiante, gosto disso", brincou Bea. "E qual é a má notícia?"

"Bom", Sam fingiu um tom sério e comedido, "aqui é um lugar de *aprendizado*. Para *crianças*. Então acho que vamos ser obrigados a ficar de roupa."

"Talvez fosse uma boa a gente voltar pro Marrocos", falou Bea, chegando mais perto dele.

"Seria uma ótima ideia", ele murmurou, puxando-a para perto para lhe dar um beijo. "Só precisamos fazer uma coisa primeiro."

"Ah, é?" Bea levantou uma sobrancelha, e Sam a conduziu de mãos dadas pelos corredores cobertos de murais até o ginásio da escola. Bea esperava que fosse ser apresentada ao time de basquete, mas, quando ele abriu a porta, ela viu que o local estava lotado de gente — crianças e adultos sentados em cadeiras dobráveis dispostas em fileiras, com um corredor largo no meio —, e todos aplaudiram quando os dois entraram.

"Tudo bem com vocês?", gritou Sam, e a resposta veio na forma de gritos empolgados.

"Sam, o que está acontecendo aqui?", Bea perguntou enquanto ele a levava até uma cadeira na primeira fila.

Sam se postou diante da plateia e começou a falar em um microfone. "Bea, quando falei pras meninas do time de basquete que você vinha fazer uma visita e sugeri que a gente preparasse uma recepção especial, elas disseram: 'Treinador, conta mais sobre a Bea. Como ela é? Do que ela gosta?'"

A plateia se virou para Bea como se fosse possível adivinhar tudo só de olhar para ela, mas Sam continuou falando.

"E eu respondi: 'A Bea é muito bonita, muito divertida, muito inteligente. E adora moda — o trabalho dela é escrever sobre moda'. As meninas adoraram isso. Então sugeriram dar as boas-vindas a você com um desfile de moda."

Nesse momento, a iluminação do ginásio mudou, uma música da Lizzo começou a tocar em volume altíssimo e o corredor entre as cadeiras virou uma passarela improvisada.

"Ai, meu Deus!", Bea gritou, aplaudindo toda vez que uma garotinha entrava na passarela, enquanto Sam fazia o papel de locutor.

"Keria está usando um modelo drapeado à mão, em uma referência aos trajes da Grécia antiga", ele explicou enquanto uma menina de bastante atitude mostrava o que havia feito com seu lençol.

"Ficou *excelente*, Keria", gritou Bea, e a garota jogou o cabelo para o lado e fez uma meia-volta perfeita quando chegou ao fim da passarela.

"Sam, onde foi que você aprendeu sobre drapeados no estilo grego?", Bea gritou para ele.

"Eu li num blog bastante informativo", ele respondeu, e Bea corou de orgulho.

Quando o desfile terminou, as crianças e as famílias se juntaram para comer pizza e beber suco, e Sam apresentou Bea a muitos de seus antigos alunos e colegas, que claramente o adoravam.

"Ainda bem que o Sam arrumou um time de meninas de dez anos pra jogar basquete, porque ele não se garante na quadra, não", provocou um professor de meia-idade.

"Qual é, eu ainda tenho a manha", respondeu Sam.

"Ah, é? O que você acha, Bea? Sam tem mesmo a manha?" O professor deu uma piscadinha para Bea, que se virou para Sam e sorriu.

"Sei lá, Sam. Acho que você precisa me mostrar se tem ou não a manha."

"Você quer ver se eu tenho a manha?", Sam gritou. "O que vocês acham? Eu posso mostrar pra Bea se tenho a manha?"

A plateia vibrou, e Bea pensou que ele fosse buscar uma bola de basquete, mas ficou absolutamente chocada quando Sam a pegou nos braços e a beijou. E não foi só um selinho: foi um beijo demorado e sexy, enquanto ele a inclinava para trás como no desfecho dos velhos filmes de Hollywood. A plateia gritou e assobiou; Bea sentiu seu rosto ficar vermelho como um pimentão, mas também curtiu o momento, sentindo como era bom ser beijada por Sam.

"Então, o que acha?", ele perguntou baixinho enquanto a punha de novo em pé.

"Eu admito." Bea o beijou de novo, de leve. "Você tem a manha."

Naquela noite, Bea conheceria a família de Sam em um jantar na casa dos pais dele em Short Hills. O trajeto até lá era de apenas vinte minutos, mas aquele bairro endinheirado era bem diferente das ruas lotadas e cheias de vida de Newark. As avenidas eram largas e arborizadas, e as casas ficavam tão afastadas da calçada que Bea mal conseguia vê-las ao anoitecer.

"Puta merda", Bea exclamou enquanto atravessava o portão e subia a longa rampa de acesso à casa dos pais de Sam — um belíssimo imóvel em estilo colonial com fachada de tijolos caiados, janelas com venezianas escuras e telhado de placas de cobre envelhecido com uma bela camada de pátina.

"Está me julgando um pouco menos por morar com os meus pais agora, né?", perguntou Sam, aos risos, quando a recebeu na varanda da frente.

Ao entrar naquela casa luxuosa, adornada com entalhes no teto e paredes com lambris, ricamente mobiliada e decorada com uma belíssima coleção de obras de arte, Bea se sentiu grata por ter trocado de roupa antes do jantar. Calça jeans era uma roupa apropriada para visitar uma escola, mas agora Sam estava usando uma calça social preta bem ajustada e um suéter escuro elegante, e Bea ficou aliviada por estar igualmente bem apresentável, com uma calça Prabal Gurung rosa-framboesa de pernas largas e uma camisa de um vermelho bem vivo.

"Você está parecendo um presente de Dia dos Namorados", Sam comentou ao beijar Bea no rosto.

"Isso significa que o meu presente é você?", provocou Bea.

"Espero que sim." Sam continuava brincalhão como sempre, mas Bea notou um toque de ansiedade em sua postura enquanto a conduzia à sala de jantar formal, onde a família estava à espera dos dois.

Sam apresentou Bea a Steve, seu pai, vice-presidente de uma importante firma de investimentos de Wall Street, e a Claudette, sua mãe, cirurgiã-chefe do setor de cardiologia do Mountainside Hospital. Zoe e Jessica, as irmãs de Sam, também estavam lá. Juntos, eles formavam um grupo imponente: eram pessoas inteligentes, elegantíssimas e uma mais bem-sucedida que a outra. Bea entendeu que viver naquele ambiente era capaz de provocar um complexo de inferioridade em qualquer um, e se sentiu grata por fazer parte de uma família de gente simples, que oferecia sempre apoio incondicional.

Steve e Claudette tinham uma cozinheira, que havia preparado uma belíssima travessa de salmão assado com laranjas, aspargos e batatas gratinadas. Eles comeram em uma mesa antiga ao estilo Queen Anne, bebendo vinho Sancerre em taças largas de cristal. Bea desfrutou da refeição o melhor que podia, enquanto rezava, com todas as forças, para não derrubar nada.

"Então, Bea, onde você estudou?", Steve perguntou enquanto se servia de mais uma taça do vinho branco.

"Na UCLA", respondeu Bea. "Estudei história da arte lá e na Sorbonne no penúltimo ano... Paris ainda é meu lugar favorito no mundo."

"Você vai sempre para lá?", Jessica quis saber.

"Vou, sim, a trabalho."

"Bea escreve sobre moda", Sam falou com orgulho.

"É mesmo?" Claudette pareceu levemente impressionada. "Para uma revista?"

"Não, eu tenho meu próprio site."

"Uma empreendedora", elogiou Steve. "Bem que você podia ensinar para o Sam o que significa ter iniciativa."

"Pai", interveio Sam, mas Steve continuou falando.

"Me diga uma coisa, Bea, se você não tivesse uma carreira, seus pais continuariam te sustentando para sempre? Qual é a hora certa de expulsar um passarinho do ninho?"

Bea olhou para Sam em busca de uma pista sobre o que fazer, mas ele estava olhando para baixo, com uma expressão indecifrável.

"Ora, pai", Zoe tentou apaziguar. "Vamos ter um jantar agradável hoje, está bem?"

"Eu só não consigo entender muito bem, assim como a sua mãe, o que está acontecendo aqui. A Bea parece ser uma mulher competente, com uma carreira próspera, enquanto nosso filho passou a maior parte do ano desempregado, e ainda recusou os vários trabalhos e estágios que consegui para ele..."

"Porque eu não quero trabalhar em Wall Street", esbravejou Sam.

"E a melhor ideia que conseguiu para o seu futuro foi entrar em um reality show."

"Ainda bem que ele fez isso", interrompeu Bea, incapaz de continuar ouvindo aquilo em silêncio.

"Ah, é?", Steve perguntou, com um toque de irritação na voz. "Então nos explique o motivo."

"Bom..." Bea olhou para Sam, cuja expressão continuava indecifrável. "Não sei se vocês viram o programa, mas não foi uma experiência das mais fáceis. Alguns dos homens que conheci por lá foram muito cruéis comigo."

"Eu sinto muito por isso", Claudette falou em um tom sincero.

"Em alguns momentos a coisa ficou tão feia que pensei em ir embora. Mas, desde o nosso primeiro encontro, Sam foi um grande exemplo de energia positiva e compaixão. Ele é inteligentíssimo, está na cara, mas não é arrogante. Sempre encontra uma maneira de me fazer rir, por mais que eu esteja me sentindo pra baixo. Ele é paciente, carinhoso, e não fica me apressando quando eu preciso ir mais devagar com as coisas — o que, infelizmente, é um traço raríssimo em um homem."

"E não lhe incomoda que ele seja um desempregado que ainda mora com os pais?", insistiu Steve. "Se vocês ficarem noivos ao final dessa experiência absurda, você está preparada para garantir o sustento financeiro dos dois?"

"Ah, não sei se ele ficaria feliz se a gente precisasse viver só com o que eu ganho", Bea disse, rindo. "Mas acredito nele. Sam daria um jeito. Nós encontraríamos uma solução juntos."

Sam olhou para ela como uma expressão sofrida e um tanto difícil de decifrar, e Bea estendeu o braço para apertar a mão dele por baixo da mesa. O restante da refeição foi acompanhado por uma conversa educada, mas fria — e Sam quase não abriu a boca, deixando Bea com a impressão de que talvez tivesse agido muito mal por se intrometer em um desentendimento familiar.

No fim da noite, Sam acompanhou Bea até a van da produção, que estava à espera para levá-la de volta a Nova York, onde a cerimônia do beijo seria gravada no dia seguinte.

"Bea", disse Sam, segurando suas mãos. "Eu preciso te falar uma coisa."

De repente, Bea sentiu seu coração disparar — havia algum problema?

"Não sei se você foi sincera em tudo aquilo que disse pro meu pai lá dentro ou se só estava tentando me defender, mas, seja como for, significou muito pra mim."

Bea ergueu os olhos para encará-lo: ele parecia inquieto, nervoso, quase irreconhecível.

"E eu sei que tem caras no programa que podem te oferecer bem mais do que eu. Eles têm um trabalho, uma carreira, uma vida encaminhada. E, como você viu hoje, eu estou longe disso."

"Sam...", Bea interrompeu, mas ele pôs a mão em seu ombro para silenciá-la.

"Eu gostei de você desde o primeiro dia", ele falou. "Nunca conheci ninguém que fosse tão durona e tão meiga ao mesmo tempo. Você não aceita que ninguém te diga o que pensar — nem os idiotas que a gente conheceu no programa, nem os produtores, nem o meu pai. E hoje, vendo o jeito como você se impôs enquanto falava com ele, eu só conseguia pensar: *Ei, seu imbecil. Você tá apaixonado por essa garota. E precisa dizer isso pra ela.*"

Bea quase perdeu o fôlego. "Quê?"

"Eu estou apaixonado por você, Bea." Ele a abraçou e a puxou para junto de si. "Eu te amo."

Um sorriso maravilhado surgiu no rosto de Bea. Seu primeiro impulso foi duvidar de Sam, dizer que ele estava confuso, que aquilo que estava sentindo não podia ser amor. Mas, enquanto se beijavam e se abraçavam, um outro pensamento, mais convincente — e, sinceramente, muito mais assustador —, passou pela mente de Bea: e se aquilo tivesse futuro?

E se virasse um relacionamento de verdade?

@Reali-Tea E aí pessoal, todo mundo pronto pra cerimônia do beijo?? Bea tá GATA com esse vestido bronze, e tô aqui torcendo pra quem for eliminado não virar um monstro raivoso.

@Reali-Tea É a cerimônia mais difícil de todas e blá, blá, blá, todos eles significam muito pra ela, O QUE IMPORTA BEA, VAMOS LOGO PRO QUE INTERESSA!

@Reali-Tea Lá vamos nós! O primeiro a ser chamado é Asher, claro. Ah esses dois são tão fofos juntos, e Bea não foi uma linda com os filhos dele???

@Reali-Tea O próximo é Sam, o que não é surpresa — bem difícil eliminar o cara depois daquela declaração de amor. Ah, ele tá *tão* feliz, que legal!

@Reali-Tea Ops, agora sobraram Luc e Wyatt! HUMMM. Quem vai ser????

* * *

Bea estava com um vestido Maria Cornejo com um drapeado maravilhoso, que havia escolhido em homenagem à criação com a qual Keria havia desfilado no dia anterior. Ela usava o batom cor de pêssego da semana e olhava de Luc para Wyatt e de Wyatt para Luc.

Ela não tinha a menor ideia do que ia fazer.

Aquela era a primeira cerimônia do beijo na qual havia entrado sem nenhum plano em mente, e Lauren não gostou nem um pouco.

"Bea, eu preciso saber em quem focalizar a câmera antes de você tomar sua decisão", Lauren explicou pelo que parecia ser a bilionésima vez.

"Eu não sei o que te responder." Bea jogou as mãos para o alto, frustrada. "Você está me dizendo que estamos com uma hora de atraso, e eu estou dizendo pra você que ainda não sei o que fazer."

Lauren levou a mão à testa e fechou os olhos.

"Manter o Wyatt é a decisão mais inteligente", ela falou. "Você mesma diz isso desde a primeira noite, e a conversa que tiveram em Oklahoma confirmou tudo. Você sabe que ele vai ficar ao seu lado até o fim. Sem encheção de saco, sem drama."

"E você não acha que a gente ia ter de novo aquele mesmo problema?", argumentou Bea. "As pessoas duvidando da nossa relação, dizendo que eu parecia estar infeliz?"

"Bea, quando está com o Wyatt, você não parece *nem um pouco* infeliz. Fica super à vontade, como se tivesse encontrado um homem com o qual pode enfim ser você mesma. Acredita em mim, com aquela trilha sonora e aquele pôr do sol, vocês viraram a imagem perfeita do romance de conto de fadas — exatamente o tipo de casal que eu venho vendendo para o público há anos."

"Acho que esse é o grande problema dos contos de fadas", Bea falou em um tom amargurado. "Eles não são de verdade."

Lauren se aproximou de Bea e pôs a mão em seu braço, com um olhar cheio de preocupação. "Eu sei que você passou a acreditar que é possível encontrar um amor nesse programa, e espero que dê certo, de verdade. Mas você e eu sabemos muito bem como esses relacionamentos são frágeis. E se tudo for por água abaixo nas próximas duas semanas? Eu não quero filmar um episódio final em que você termina sozinha. Não é isso que eu quero pro programa, e não é isso que eu quero pra você."

Bea assentiu. Ela sabia que Lauren tinha razão, que seria uma loucura descartar sua opção garantida, sua rede de segurança naquela corda bamba. Mas não conseguiria eliminar Sam, não depois de ele ter se declarado daquela forma, e terminar com Asher estava fora de cogitação. O que significava que era preciso escolher entre Luc e Wyatt — ambos a encaravam com expressões cheias de expectativa, e ela continuava tão em dúvida como quando falou com Lauren, meia hora antes.

"Bea?", chamou Johnny. "Bea, nós precisamos que você anuncie a sua decisão."

Olhando para Luc, com a ansiedade estampada em um rosto que parecia sempre tão seguro, Bea sinceramente não sabia dizer se ele estava com medo de sair do programa ou de perdê-la — e, como as duas coisas estavam interligadas, não havia como separar uma da outra.

Wyatt, por outro lado, parecia calmo e controlado como sempre. Em geral, só de olhar para ele Bea se sentia mais tranquila também — mas não naquela noite. Seu estômago estava embrulhado, e não havia absolutamente nada capaz de desatar aquele nó.

"Bea?", Johnny voltou a chamar.

Estavam todos olhando para ela — a equipe começava a ficar inquieta. Era preciso escolher. Lauren ergueu uma sobrancelha com uma expressão de expectativa: *Você sabe o que fazer*.

Ela sabia. Não havia dúvida da coisa certa a fazer. Só restava tomar a iniciativa.

"Wyatt", Bea falou em voz alta, fechando os olhos, sem conseguir ver a aproximação de Wyatt ou olhar para além dele e ver a decepção no rosto de Luc.

"Oi." Wyatt estava ao seu lado, segurando sua mão, sorrindo para ela com seu jeito afetuoso e tranquilizador.

"Wyatt." As palavras de Bea pareciam vazias. "Fica comigo mais uma semana?"

"Claro." Ele sorriu, se curvando para ser beijado no rosto. Pronto, a decisão estava tomada. Só restava se despedir de Luc.

Luc.

Ela olhou por cima do ombro de Wyatt, e lá estava ele. Parecia em choque. Parecia arrasado.

Wyatt segurou sua mão e deu um apertão para encorajá-la.

"Está tudo bem, Bea", ele falou baixinho. "Juntos nós estamos seguros."

Mas será que aquilo era o mais garantido? Mandar embora um homem por quem sentia alguma coisa de verdade para preservar uma fachada? Ficar com Wyatt e encenar um amor era mesmo a escolha certa, ou ela só estaria provando que Jefferson tinha razão — estaria vendendo uma mentira, mostrando para todos que a admiravam que, mesmo depois de tudo, ela não acreditava que fosse capaz de encontrar um amor verdadeiro?

Ela olhou de novo para Luc. Não havia como evitar. Ela precisava ir até ele e se despedir.

"Minha Bea." Ele parecia arrasado. "Não sei o que dizer."

"Luc, eu..." Bea sacudiu a cabeça; estava se sentindo anestesiada. Wyatt havia assumido seu lugar junto com Sam e Asher. Não. Aquilo estava errado.

"Desculpa, esperem um pouco", ela falou, mas ninguém pareceu dar ouvidos — havia coisa demais acontecendo ao mesmo tempo. Bea ergueu o tom de voz. "Será que vocês podem esperar um minutinho?"

Todo o burburinho e a movimentação no set pararam imediatamente — fez-se um silêncio total.

"Wyatt, eu... me desculpa. Eu sinto muito *mesmo*. A gente pode conversar um pouco?"

Wyatt parecia totalmente perplexo — ele não nutria sentimentos românticos por Bea, mas o público em casa não sabia disso. Bea ficou morrendo de raiva de si mesma por humilhá-lo daquela maneira.

Enquanto ele caminhava em sua direção, Bea respirou fundo. Ela não podia desmoronar enquanto fazia aquilo, não seria certo.

"Bea, o que está acontecendo?"

"Agora há pouco", ela começou, "quando você disse que juntos nós estamos seguros... Foi a coisa perfeita pra dizer, porque é assim que eu me sinto sempre que estou com você, sabe? Sei que você sempre vai me ouvir, me reconfortar. E você me ajudou a sair da concha, Wyatt. Em Ohio, principalmente — você me ajudou a ver como os homens que estão aqui são diferentes dos homens do meu passado, e que eu tinha uma chance de ser feliz. Mas só se estivesse disposta a correr o risco de me magoar.

"Então agora estou pensando... acho que preciso seguir o seu conselho. Mesmo querendo fazer a escolha segura de passar mais tempo com você, e sabendo que seria bom e tranquilo, porque viramos ótimos amigos. E pode ser muito egoísmo da minha parte, Wyatt, mas eu torço muito pra que seja possível manter essa amizade, apesar de ser o fim da nossa jornada juntos no programa."

"Bea", respondeu Wyatt, "eu não posso deixar você fazer isso."

"Quê?" Bea estava em choque. "Como assim?"

"Eu não posso deixar você fazer o papel de vilã aqui, sendo que a verdade é que eu... não." Ele sacudiu a cabeça. "Você está sendo muito corajosa, e eu também preciso ser."

Johnny se aproximou dos dois. "Wyatt? Tem alguma coisa que você queira dizer?"

"Na verdade, tem, sim. Hã, eu queria dizer que Bea e eu nos tornamos ótimos amigos, como ela falou. Adoramos a companhia um do outro, mas a conexão entre nós... não é romântica. E o motivo disso é que... Bom, é porque eu não sou alguém que tenha sentimentos românticos por outras pessoas. Eu simplesmente não sou assim. Bea foi a primeira pessoa com quem conversei sobre isso, e ela foi ótima comigo. Então não é justo eu ficar aqui, sendo que ela tem a chance de viver um amor de verdade com um de vocês três." Ele se virou para Asher, Sam e Luc. "Espero que ela consiga ter isso com um de vocês. De verdade."

Bea deu um passo à frente e segurou a mão de Wyatt, que a puxou para um abraço apertado.

"Eu vou sentir sua falta", ele murmurou, com a boca colada aos cabelos dela.

"Não tanto quanto eu vou sentir a sua."

Ele a beijou na testa e, com um breve aceno, se virou e foi embora.

"Uau." Johnny deu uma risada, tentando manter um clima leve. "Está aí uma coisa que nós nunca vimos antes."

Só que ninguém mais riu — um silêncio atordoado se instalou no set.

"Muito bem, Bea", ele continuou. "Acho que agora você tem uma última questão a resolver."

"Ah", ela falou. "É mesmo."

Bea se virou para Luc, de repente se sentindo muito nervosa. Ela havia acabado de rejeitá-lo em rede nacional — será que ele iria querer ficar mais uma semana, no fim das contas?

"Luc, eu preciso te pedir desculpas", ela falou baixinho enquanto ele se aproximava.

A expressão no rosto de Luc era diferente de tudo o que ela havia visto antes, uma mistura da malícia habitual com alguma coisa mais visceral, mais triste.

"Está vendo?", ele falou, pegando suas mãos e as beijando. "Eu disse que você estava no controle, mas você não quis acreditar. Será que entendeu agora?"

"Então você vai ficar?", ela murmurou. Ele concordou com a cabeça, e Bea lançou os braços em volta dele, sem conseguir acreditar como, poucos minutos antes, estava prestes a mandá-lo embora. No entanto, lá estava ele — sem rancor, sem cara feia. Simplesmente acariciando suas costas. Fazendo com que se sentisse amada.

"Por que você é tão bom comigo?", ela perguntou, enterrando a cabeça em seu peito.

"Você sabe por quê", ele murmurou.

Ela o beijou no rosto, e Luc se posicionou ao lado de Sam e Asher para que Johnny encerrasse o episódio e a gravação enfim chegasse ao fim. Olhando para os três pretendentes restantes, Bea se sentiu bem, pensou que estava tudo *certo*. Era aquilo mesmo que ela deveria fazer para tentar viver algo real, deixar de lado a solidão que, por tantos anos, havia rotulado erroneamente como garantia de segurança. Pela primeira vez naquele dia, Bea começou a relaxar.

Quase o suficiente para ignorar o olhar sombrio que se revelou por um breve instante no rosto de Asher quando Luc se postou ao lado dele.

Episódio 7
"Revelação"
(3 pretendentes restantes)

Filmado em locações em Épernay,
Moustiers-Sainte-Marie e Amboise, França

Todos têm um lugar no mundo onde se sentem felizes. Para Bea Schumacher, esse lugar era a França.

Bea não sabia ao certo a origem de sua francofilia, embora alimentasse a embaraçosa suspeita de que tivesse alguma coisa a ver com o fato de ter visto diversas vezes na infância o filme *Sabrina* (e seu remake) na TV a cabo. *Paris é sempre uma boa ideia*, ela dizia, imitando a protagonista e se imaginando às margens do Sena. Achava a história tão romântica — uma garota que começava como uma espécie de patinho feio e se tornava um cisne sofisticado, deixando de ser uma invisível quase para virar uma mulher que monopolizava os olhares, com bonitões disputando seu afeto e partindo seu coração várias vezes ao longo do caminho.

Quando a equipe do *É Pra Casar* aterrissou em Paris para uma semana com três encontros nos quais ela passaria a noite com os pretendentes, Bea se pegou desejando que suas fantasias inspiradas em *Sabrina* não se realizassem de forma tão literal.

Uma coisa era manter relacionamentos simultâneos com três homens tendo Lauren e o restante da produção supervisionando tudo, mas naquela semana a situação seria bem diferente: pela primeira vez (sem contar a conversa às escondidas com Luc no Marrocos), Bea teria a opção de dormir num quarto de hotel com cada um dos pretendentes. Longe das câmeras. Com a expectativa de que, caso o relacionamento tivesse a intenção de se tornar sério, haveria a possibilidade de sexo. Bea não passava uma noite com um homem desde Ray — se por um lado estava empolgadíssima, por outro morria de medo de se colocar em uma posi-

282

ção tão vulnerável com homens que ainda tinham uma chance enorme de magoá-la, e de um jeito tão público.

Bea voltou a pensar em Wyatt, em como ele havia sido corajoso ao revelar sua verdade para milhões de pessoas, mesmo que isso pudesse causar um desentendimento sério com sua família. Havia muita coisa que Bea não tinha contado a Asher, Sam e Luc por medo de ser julgada ou rejeitada. Mas sabia que, se esperava ter um relacionamento de verdade com um deles, era preciso seguir o exemplo de Wyatt.

O primeiro encontro da semana foi com Sam, em Épernay, no coração da região de Champagne, nordeste da França. Eles se encontraram na Avenue de Champagne, o grande bulevar no centro da cidade. Com o pano de fundo das colinas repletas de vinhedos, a avenida era distinta e elegante, mas sem exageros. As pedras cinzentas do calçamento eram arranjadas em arcos graciosos, e a via era ladeada por lindas construções de tijolos com jardins gradeados e um paisagismo impecável, revelando o orgulho que os proprietários tinham daquelas casas com séculos de história.

"*Bonjour, Sam!*" Ela acenou quando o viu, e ele veio correndo cumprimentá-la.

"*Enchanté, chérie.*" Ele fez uma mesura teatral.

"Uau, seu sotaque é péssimo."

"Uau digo eu, que só estava tentando ser *romântico*."

Bea riu e foi caminhando com ele até a sede da Moët & Chandon, onde fariam um passeio privativo pelas adegas subterrâneas. Uma jovem sem qualquer expressão os conduziu por um vasto labirinto de cavernas, onde milhares de garrafas de champanhe eram conservadas em diferentes estágios do processo de envelhecimento.

"Não encostem nessas", ela falou, fazendo um gesto casual para mostrar uma parede coberta de garrafas.

"Por que não?", Bea quis saber.

"Se alguma delas for derrubada durante esse estágio da fermentação, vai explodir como uma bomba de pequeno porte. Voaria vidro pra todo lado, seria um problemão." Ela estalou a língua e continuou andando.

Bea lançou um olhar dramático para Sam pelas costas da guia, e ele riu e a beijou; desde que havia se declarado a ela, a empolgação dele parecia maior do que nunca.

No fim do passeio, eles visitaram a sala de degustação, onde tudo era decorado e pintado com tons radiantes de dourado. Bea e Sam experimentaram ótimos champanhes vintage, variedades especiais que os produtores criavam quando tinham uma safra excepcional, ao contrário das garrafas comuns, que eram uma mistura de uvas colhidas em dois anos diferentes, para criar um sabor sempre consistente. O sommelier era animadíssimo; eles conversaram sobre os vinhos favoritos de cada um, e Bea se apaixonou por um champanhe rosé com um tom acobreado e uma acidez maravilhosa; ele a presenteou com uma garrafa para beber no hotel.

"Ou será que vocês vão beber juntos?" Ele abriu um sorrisinho cúmplice para Bea e Sam.

"Isso fica a cargo dela." Sam deu um beijo no rosto de Bea.

"Vamos ver." Ela tentou falar aquilo em um tom sexy e brincalhão, mas suas palavras soaram mais como um gritinho agudo. Sam deu um leve tapinha em sua mão para tranquilizá-la.

Depois da degustação, eles passaram à atividade seguinte: um passeio de balão sobre as colinas cobertas de vinhedo ao entardecer. O piloto era um sujeito bigodudo, robusto e jovial chamado Albert, que usava um terno de três peças marrom e uma cartola, como se tivesse vindo diretamente da virada do século xx.

"Vai ser um belíssimo passeio, um programa espetacular para dois pombinhos espetaculares!" Ele agitava os braços em gestos grandiosos, esperando que Bea e Sam demonstrassem a mesma empolgação.

"Acho que preciso dizer uma coisa." Sam parecia um pouco pálido. "Eu não... eu não me dou muito bem com altura..."

"Ai, meu Deus." Bea lançou um olhar acusatório na direção dos produtores. "Vocês não sabiam disso? Sam, eu sinto muito, a gente não precisa fazer isso."

"Não." Ele sacudiu a cabeça. "Não, essa é a nossa aventura romântica, e eu não vou estragar tudo. Tem certeza de que essa coisa é segura?"

Ele apontou para a silhueta do balão à distância, e Albert assentiu vigorosamente com a cabeça.

"Mas é claro, *monsieur*, meu balão é mais do que seguro! Você vai ver, é tranquilo e suave como uma nuvem."

"Suave como uma nuvem. Então tá. Eu dou conta." Sam parecia estar se esforçando para convencer a si mesmo.

"Tem certeza?", perguntou Bea. "É sério, você não precisa fazer isso... a gente pode voltar pro hotel e beber nosso champanhe."

Sam balançou a cabeça. "Vamos fazer o passeio."

"*Alors, allons-y!*", Albert chamou, todo animado, e os conduziu até o balão, que era simplesmente incrível: feito de náilon, mas tingido para parecer de lona antiga, com uma coloração de marfim e uma estampa com um padrão de vinhas e flores em tons de sépia e rosa claro.

O fogo ardia na boca do balão, e Bea esperava que a decolagem fosse turbulenta como a de um avião, mas não foi nada disso — quando os ajudantes de Albert soltaram as cordas que prendiam o balão ao solo, eles simplesmente começaram a flutuar pelo ar. Bea pensou que seria barulhento, mas não havia quase nenhum ruído além do som da brisa e do fogo durante aquele sobrevoo por incontáveis vinhedos, onde milhares de parreiras exibiam os primeiros sinais de folhagem verdejante.

"Isso é deslumbrante", Bea falou com um tom de reverência, preocupada em não quebrar o encanto do momento. Ela se virou para Sam. "Você está bem?"

Ele assentiu. "Suave como uma nuvem."

"É assim que nós estamos mesmo", Bea concordou.

"Que tal se você me abraçasse um pouco? Pra me acalmar?"

"Você é um sem-vergonha." Bea deu uma risada, mas se aninhou nos braços dele mesmo assim. E foi muito bom abraçá-lo, vendo aquela paisagem rural se descortinar abaixo deles como se estivessem em um piquenique.

"Então, o que você me diz?", Sam perguntou.

"É incrível", respondeu Bea.

"Não... eu estava falando do que eu te disse lá em Nova Jersey. A gente ainda não conversou a respeito."

"Ah." Bea o encarou. "Sobre o que você quer conversar?"

"Eu exagerei? Falei cedo demais? Estou preocupado com isso."

"Não, de jeito nenhum. Na verdade, eu..."

"O quê?", Sam perguntou, ansioso, levantando o queixo de Bea.

"Eu preciso te falar... nossa, que vergonha." Ela sentiu o rosto ficar vermelho.

"Eu sou um homem adulto que tem medo de voar de balão, então, seja o que for, acho que dou conta."

Bea tentou sorrir, mas seu coração disparava dentro do peito. "O que você me falou, hã... Ninguém nunca me disse isso antes. Em termos românticos."

Sam franziu a testa. "Está falando sério?"

Ela fez que sim com a cabeça. "Eu sei que fiz um estardalhaço por causa da questão da sua idade, mas às vezes parece que a jovenzinha sou eu."

"E você também nunca disse pra ninguém?"

Bea repetiu o gesto. "Nunca."

Ela queria dizer para Ray — ou, pelo menos, achava que sim —, mas ele nunca lhe dera a oportunidade.

"Tá certo." Sam assentiu, pensativo. "E como você se sentiu quando ouviu que eu te amo?"

"Encantada." Bea sorriu. "Muito, muito feliz — e também apavorada."

"Então o efeito da coisa foi sério." Desta vez, Sam não estava totalmente de brincadeira. "Você pode me dizer por que ficou assustada?"

"Posso tentar", Bea disse baixinho, sentindo o sol bater em seu rosto, a brisa em seus cabelos, a estranha convicção demonstrada por aquele homem incrível que estava a seu lado no céu.

"Passei um bom tempo me apaixonando por pessoas que na verdade eram inatingíveis", ela falou, em tom cauteloso. "Ou seja, por mais triste que possa parecer, boa parte da minha vida amorosa aconteceu só na minha imaginação. Pensando em como seria se eu pudesse estar junto com a pessoa, procurando sentidos nas entrelinhas, em coisas que nunca foram ditas. Mas aí você disse que me ama e..."

"E o quê?"

"Foi como se, de um momento pro outro, eu me desse conta de tudo o que estou perdendo. Tipo, as outras pessoas vivem assim, de verdade? Elas se apaixonam, e dizem isso umas pras outras, sem sentir vergonha, nem constrangimento, mesmo sem saber se o sentimento é correspondido? E então... se está apaixonado por mim, e se eu me apaixonar de verdade também, isso significa que eu tenho que aprender a precisar de você? A depender de você? O que acontece se você sumir da minha vida como todo mundo?"

"A outra opção também existe", Sam falou, bem sério. "Aquela em que eu não vou embora."

"E isso não é assustador pra você?", Bea questionou.

A expressão de Sam mudou. "Não, Bea, de jeito nenhum. Antes, em meus outros relacionamentos, eu sempre soube que em algum momento a coisa chegaria ao fim, quando eu me formasse na faculdade, ou arrumasse um emprego em outro lugar ou alguma coisa do tipo. Eu *precisava* saber que era uma coisa temporária pra ficar à vontade. Com você, é o contrário. Não quero pensar em prazos, porque não quero que isso acabe."

"Mas, Sam, você só tem vinte e quatro anos! Sei lá, você não quer morar no Japão por um ano, ou ir trabalhar no circo, ou qualquer coisa assim?"

"Pra começo de conversa, palhaços são assustadores, e eu já estou tendo que lidar com uma das minhas fobias no momento... sabe como é, o fato de estar tão longe da terra firme, então eu adoraria se você não piorasse ainda mais a situação."

"Desculpa, desculpa."

"Mas, respondendo à sua pergunta, com você eu me sinto outra pessoa. Não no mau sentido. Sinto que passei a vida inteira em um prédio, mas sempre no mesmo piso. E eu pensava: *Beleza, eu moro aqui no térreo, tenho tudo de que preciso, e posso morar aqui pra sempre.* Aí você apareceu e me mostrou que o lugar tinha um elevador, e que a gente podia ir até lá no alto. Eu estava morando num arranha-céu esse tempo todo."

"É uma analogia meio irônica, considerando seu medo de altura", murmurou Bea.

"Você não percebeu?" Ele se inclinou em sua direção para beijá-la. "Quando estou com você, eu não sinto medo."

Já era noite quando eles voltaram ao hotel, um belíssimo palacete do século xviii com uma fachada de pedra branca entalhada. A última cena programada para Sam e Bea naquela noite seria dos dois entrando no quarto, que seria uma suíte luxuosíssima, sem dúvida. As câmeras os deixariam a sós por oito horas depois que eles pendurassem a plaquinha de "Não perturbe" na porta — ou, como estavam na França, *"Ne pas déranger"*.

Mas, antes de chegarem a essa parte, Bea precisava convidar Sam formalmente a passar a noite com ela, e ele precisava aceitar. Essa parte da noite era mero protocolo: no *É Pra Casar*, as pessoas nem sempre transavam, mas sempre passavam a noite juntas.

Pelo menos, era isso o que Bea estava dizendo a si mesma para acalmar os nervos quando ela e Sam se posicionaram nos degraus imponentes na frente do hotel, sob as luzes potentes operadas pela equipe técnica.

"Sam, eu me diverti muito com você hoje."

"Eu também... apesar do medo de morrer."

"Fazer o quê? Eu sempre desperto o que existe de melhor nas pessoas."

Sam deu uma gargalhada, e ela estendeu a ele a chave pesada de metal presa a uma fita vermelha. Aquilo não servia para nenhuma porta no hotel — era o mesmo objeto de cena genérico usado em dezenas de convites similares ao longo das diversas temporadas do *É Pra Casar*.

"Sam, eu adorei conhecer você, e acho que estamos prontos pra dar um passo adiante. Você gostaria de passar a noite comigo?"

Sam abriu a boca para responder, mas a fechou logo em seguida. "Na verdade, eu andei pensando. Sei que no passado você foi tratada como se não fosse digna de um relacionamento de verdade. E sei que tem preocupações a meu respeito — sobre a minha idade, minha capacidade de assumir um compromisso. Bea, eu quero te provar que estou levando a gente a sério. Não estou aqui só pra me divertir, não entrei nessa só pra te levar pra cama. Me deixa mostrar que estou pronto pra me comprometer de verdade. Vamos esperar."

Bea sentiu um nó no estômago, e seu corpo inteiro gelou. Era possível entender o raciocínio por trás daquilo — na cabeça de Sam, ele estava mostrando a ela (e a todo o país) que era um adulto de verdade. Mas ela não sabia como explicar para ele, na frente das câmeras, que ninguém em casa pensaria que aquela recusa tinha sido um ato de cavalheirismo. As pessoas entenderiam simplesmente que Sam não a desejava.

E talvez não deseje mesmo, uma voz ecoou em sua cabeça.

Bea afastou aquele pensamento; claro que Sam a desejava. Não havia deixado isso bem claro no *hammam*? Bea garantiu a si mesma que aquela decisão não deveria ser encarada pela perspectiva das inseguranças dela, e sim da imaturidade dele. Sam e Bea não haviam compartilhado nenhum momento longe das câmeras e, diante da possibilidade de uma noite toda para se conhecerem melhor — isso sem falar que estariam sozinhos em um quarto pela primeira vez —, ele estava dizendo "não, obrigado" em razão de um gesto mal calculado. Será que Sam estaria preparado para um relacionamento sério — para um casamento, ainda por cima?

Bea respondeu que entendia e lhe deu um beijo ardoroso, como se quisesse eliminar suas próprias dúvidas — mas por algum motivo aquilo pareceu estranho, ensaiado. Antes de se despedirem, ele a abraçou de novo e sussurrou em seu ouvido:

"Eu te amo, Bea. Entendeu? Eu te amo."

Desta vez, porém, Bea teve mais dificuldade para acreditar em Sam.

Quando Bea ficou sabendo que viajaria para a França para os encontros em que passaria a noite com os pretendentes, tinha em mente o lugar exato aonde queria ir com Asher, e ficou animadíssima quando Lauren concordou: Moustiers-Sainte-Marie, seu vilarejo favorito na Provença. Moustiers se localizava um pouco a leste do planalto de Valesole, onde, no verão, cada hectare de terra se cobria de lavandas e girassóis, e o ar seco e denso ficava todo perfumado de mel. Mas àquela altura, no início da primavera, a região estava bem menos viva, com apenas algumas flores silvestres aqui e ali e um ou outro turista, nada comparado às multidões que em breve chegariam.

Lauren havia proposto originalmente que Bea e Asher fizessem um passeio de caiaque perto de Moustiers, mas Bea logo vetou; de forma alguma entraria em um barquinho daqueles diante das câmeras. Em vez disso, elas combinaram um passeio de pedalinho no Lac de Sainte-Croix, perto da entrada do Gorges du Verdon.

"Você está aqui." Asher estava sorrindo no píer quando os dois se encontraram, com o lago de águas azul-turquesa absurdamente lindas reluzindo sob o sol do meio-dia.

"Oiê." Bea correu para os braços dele e, depois da incerteza que sentira com Sam, foi bom ser tão descomplicado poder beijar Asher assim, em plena luz do dia.

Vestir os coletes salva-vidas (Bea precisou usar um modelo masculino xxG, que ficou ridiculamente comprido) e se acomodar no pedalinho exigiu um certo esforço de produção, mas quando estavam no lago, cercados de canoas cheias de operadores de câmera, Asher e Bea pedalaram tranquilamente pelas águas esverdeadas até a entrada do cânion ladeado por enormes penhascos de pedra calcária.

"Então, os meus filhos adoraram você", Asher falou, incapaz de conter o sorriso.

"Como assim?" Bea se manteve cética. "Gwen me achou tolerável, no máximo."

"Nada disso", corrigiu Asher. "Ontem à noite ela me mandou uma matéria que achou que você fosse gostar, sobre os tratadores que cuidam dos animais em filmagens em Hollywood. Isso é basicamente Gwen dizendo 'quero ser sua melhor amiga'."

Bea ficou sinceramente surpresa. "E eles gostaram do filme?"

"Bea, juro pra você, só se falou nisso depois que você foi embora. Linus quer que você o ensine a fazer o *contour* certo pras maçãs do rosto dele ficarem iguais às da Katharine Hepburn."

Bea morreu de rir. "E o que você sabe sobre *contour*?"

Asher pareceu ofendido. "Pois saiba que eu passei duas horas do meu sábado em uma Sephora em Burlington aprendendo o que é *contour* e como fazer. Foi assustador."

"Não *acredito* que você foi fazer uma aula na Sephora."

"Enfim, eu tentei convencer o Linus de que ia ser mais divertido ver a reconstituição de uma batalha da Guerra de Independência dos Estados Unidos, mas ele não se deixou convencer."

"Então me diga, jovem gafanhoto..." Bea se esforçou para ficar séria. "O que foi que você aprendeu na Sephora?"

"Bem", Asher começou a passar os dedos no rosto de Bea, "quando você faz o *contour*, precisa passar o *bronzer* embaixo das maçãs do rosto, aqui, e na mandíbula. Pra criar uma sombra."

"Não pode esquecer o contorno do cabelo."

"Sim, claro." Asher passou os polegares no centro da testa de Bea, e então pelas têmporas, massageando de leve. "O contorno do cabelo."

"Ótimo." Bea relaxou ao sentir o toque dele. "E o que mais?"

"Você precisa realçar todos os lugares onde bate mais luz: as bochechas, o nariz, acima dos lábios."

Ele pôs o dedo bem perto da boca de Bea, e ela o beijou de leve.

"Sabia que também dá pra fazer *contour* no decote?"

Asher sorriu, com uma expressão que misturava excitação e incredulidade. "Sério?"

"Sério. Mas eu não posso mostrar isso agora." Bea estava segurando o riso. "Porque seria perigoso tirar o colete salva-vidas."

Asher balançou a cabeça e sorriu. "Agora posso deixar essa conversa toda de lado e te dar um beijo?"

"Eu juro que vou ficar com muita raiva de você se não fizer isso."

Estava um pouco frio para jantar ao ar livre naquela noite, mas Bea fez questão — eles estavam comendo em um de seus restaurantes favoritos no mundo: La Bastide de Moustiers, no hotel butique de Alain Ducasse na Provença, onde também passariam a noite. O terraço do restaurante ficava encravado na encosta de um morro, e todas as mesas ficavam viradas para fora, de forma que os clientes pudessem comer enquanto desfrutavam da linda vista. Os atendentes providenciaram mantas grossas de lã para mantê-los aquecidos, e serviram, em diversas etapas, a comida mais deliciosa que Bea já havia provado. Os dois tinham o restaurante só para si e juntos assistiriam ao pôr do sol, com as montanhas sendo envolvidas pela luz alaranjada, depois rosada, depois dourada.

Depois que a refeição terminou e a luz natural tinha quase acabado, Bea e Asher se aninharam para brindar com champanhe, e a intensidade da conexão entre os dois — a força dos sentimentos que afloravam, o fato de os filhos dele estarem envolvidos — era ao mesmo tempo reconfortante e preocupante para Bea.

"Eu não esperava por isso", ela murmurou. "Nada disso."

"Eu sei." Ele se achegou ainda mais. "Depois de Vanessa, pensei que não fosse querer mais ninguém. E por um bom tempo não quis. Mas agora..."

"Agora o quê?", ela quis saber.

"Estou repensando as coisas."

Asher a beijou, e ela se manteve colada a ele, movida pela curiosidade e pelo desejo de prolongar o momento.

"Você nunca tinha falado dela", Bea disse baixinho.

"Vanessa?"

Bea assentiu, e Asher soltou um suspiro.

"Eu sempre fico esperando o dia em que vou acordar e isso não vai mais me doer. Quando finalmente vou entender o que aconteceu e virar a página. Faz sete anos, e mesmo assim... Ainda não rolou."

"Eu sei como é."

"Ah, sabe?" Asher a encarou. "Por causa do cara que magoou você ano passado?"

"Claro que não é a mesma coisa", Bea se apressou em dizer. "Eu jamais compararia as duas situações, ela deixou os filhos pra trás. Mas acordar toda manhã querendo não pensar a respeito de alguém e não conseguir? Essa parte sei bem como é."

"Pensei que conhecer uma pessoa nova fosse ajudar", admitiu Asher. "E em certo sentido ajudou — estar aqui com você, sentir esse otimismo pela primeira vez em tantos anos. Mas, por outro lado, parece que estou pensando nela ainda mais. A cada coisa nova que faço com você, me lembro de como foi com ela. Não quero comparar vocês duas, e não queria pensar tanto nela."

Bea soltou o ar com força. "Asher, é natural comparar as experiências do passado. Como daria pra evitar? Ainda mais se a gente estiver procurando por sinais de alerta pra não acabar se magoando de novo."

"Acho que com força de vontade nós podemos virar a página e seguir em frente."

"Mas essa possibilidade não parece muito realista, né?"

Ele tomou um gole de vinho. "Talvez não."

"Então, hã... Como foi que vocês se conheceram?", Bea perguntou, torcendo para que, se ela abordasse o assunto aos poucos, ele aceitasse se abrir.

"Foi na faculdade", começou Asher. "Ela era cheia de brilho e energia, e eu fiquei encantado. Tinha uma loja perto do campus onde a gente pedia pãezinhos e chá nepalês, e ficava lá por horas, conversando sobre determinismo moral e a natureza humana. Eu estava muito apaixonado — e estava longe de ser o único, já que tinha a impressão de que os caras caíam de amores por ela. Mas ela disse que me amava por ser assim tão confiável. Por saber que eu nunca seria uma decepção."

Bea tentou imaginá-lo, aquele rapaz jovem e sincero que ainda não havia aprendido a desconfiar da vida. E lamentou um pouco pelo que ele havia perdido — e ela também.

"No último ano, começamos a falar sobre a possibilidade de continuarmos juntos depois da graduação. Ela queria viajar, mas eu consegui entrar no doutorado. A gente não queria terminar a relação, mas parecia que não tinha jeito. Foi aí que ela descobriu que estava grávida."

"Ah, nossa." Bea soltou um suspiro. "Vocês chegaram a pensar em um aborto?"

"Claro. Mas a gente se deixou levar pelo caráter romântico da situação. Ela falou que ia ser uma aventura, uma vida sustentável, cuidando da nossa pequena família. Era um sinal, segundo ela. De que nós dois tínhamos sido feitos um pro outro. E eu mal conseguia acreditar na sorte que tive por ela querer ficar comigo pelo resto da vida."

"O que aconteceu depois que vocês foram morar juntos?"

A expressão de Asher assumiu um tom mais sombrio. "A gente não fazia ideia de como ia ser. Nenhum dos dois tinha dinheiro, e fomos morar num apartamentinho minúsculo. Eu passava o tempo todo estudando, e o frio em Ithaca é de matar. Ela passou o inverno todo tendo só uma bebê como companhia. Eu fiz amizade com o pessoal da pós-graduação, mas, quando tentava incluir a Vanessa em alguma coisa, ela arrumava uma desculpa, dizia que precisava ficar com a Gwen. Eu não percebi que ela estava deprimida."

"Deve ter sido muito duro pra vocês."

"Mas depois melhorou", Asher contou, "por um tempo, pelo menos. Quando Gwen cresceu o suficiente pra ficar na creche, Vanessa arrumou um emprego na cidade, numa cooperativa rural de lá. Ela começou a trabalhar no campo, fez um monte de amigos. A gente finalmente se mudou pra uma casa, e ela parecia feliz de novo. Vivia aprendendo receitas com ingredientes exóticos, convidava gente pra ir em casa, fazia jantares e rodas de música no quintal."

"Rodas de música?" Bea ergueu uma sobrancelha. "Isso não parece nem um pouco a sua cara."

"E não era mesmo", ele admitiu, com uma risada, "mas eu estava muito feliz com a felicidade dela. Quando descobrimos que ela estava grávida do Linus, eu pensei: *Dessa vez vai ser diferente. Dessa vez a nossa família vai ser como sempre deveria ter sido.*"

"E foi? Diferente?"

Asher fez que não com a cabeça. "Foi pior... muito pior. Depois que o Linus nasceu, Vanessa estava sempre nervosa. Tinha acessos de raiva por qualquer coisinha, por eu comprar a marca errada de leite, sei lá; saía de casa e não voltava por vários dias. Se recusava a ficar com as crianças, passava o tempo todo na fazenda da cooperativa. Comecei a sentir que eu estava mantendo o amor da minha vida numa prisão, e que ela me detestava por isso."

"Então o que aconteceu?"

"Acho que eu deveria ter desconfiado", ele falou, com raiva. "Considerando o tempo que ela passava fora de casa, era meio óbvio. Mas mesmo assim fiquei arrasado quando descobri a traição."

"*Quê?*" Bea soltou um suspiro de susto. Para ela, não parecia nada óbvio. Asher assentiu com um ar de tristeza.

"Eu fui até a cooperativa um dia para buscar Vanessa, e lá estava ela, beijando outro cara em plena luz do dia. E não era só um selinho, não." Asher sacudiu a cabeça, como se estivesse tentando afastar a lembrança. "Ela disse que esqueceu que eu passaria lá, mas acho que, na verdade, ela queria ser vista fazendo aquilo. Talvez quisesse me mostrar o que estava acontecendo fazia tempo, mas eu me recusava a ver. Eu simplesmente não conseguia suportar a ideia. Sabia que a gente não era feliz, mas daí a ver a minha mulher com outro... eu perdi o chão. Senti minha vida inteira desmoronar. Aquela palavra ficava ecoando na minha mente — 'confiável'. Eu ficava pensando: é isso o que eu sou? O meu caráter é definido pela minha capacidade de ser usado e abusado por uma pessoa que não está nem aí para os sentimentos dos outros?"

"De jeito nenhum", protestou Bea. "Você merece muito mais que isso."

"Não era o que eu achava." Ele parecia bem magoado. "Eu bem que queria dizer que gritei com ela, que defendi a minha dignidade e tudo mais. Só que fiz o contrário. Fui chorar no sofá de casa, e depois implorei pra ela ficar. Mesmo depois de tudo, de toda a raiva que sentia dela, e de toda a raiva que eu sabia que ela sentia de mim, ainda não conseguia abrir mão dela. Mas não fez diferença. Ela foi embora ainda assim."

"Asher", murmurou Bea, puxando-o para junto de si, incapaz de se conter. Ele ficou tenso de início, mas depois suspirou e se deixou abraçar.

"E onde ela está hoje?", Bea perguntou, acariciando de leve os cabelos dele. "Ela ainda vê as crianças?"

"Da última vez que fiquei sabendo, era instrutora de mergulho na Tailândia, mas nós praticamente cortamos relações depois do divórcio. Eu mandava e-mails implorando pra ela visitar os filhos, ou pelo menos telefonar no dia do aniversário das crianças. Hoje acho melhor que seja assim. Isso só criaria falsas esperanças... não seria justo com eles."

"Nem com você", Bea acrescentou.

"Eu só espero..." A voz dele ficou embargada. "Só espero que Gwen e Linus consigam me perdoar."

"Ei, ei, que história é essa?" Bea sentiu seu coração se partir. "Você ficou ali, firme, não ficou? Você não abandonou ninguém. E não tinha nada que você pudesse fazer pra controlar a mãe deles, ela fez as próprias escolhas. Você faz de tudo pros seus filhos, entrou neste programa por causa deles, e posso garantir que eles sabem disso. Eles idolatram você."

Asher olhou bem nos olhos de Bea; havia um toque de desespero em seu rosto.

"Será que eu exagerei?", ele perguntou. "Seria melhor não ter contado pra você?"

"Não", Bea respondeu com toda a sinceridade. "Fico feliz que você tenha contado... isso me ajudou a te entender muito melhor."

Asher lançou um olhar envergonhado para ela. "Tipo o meu surto quando pensei que você tivesse dormido com o Luc?"

"Pois é, isso também." Bea deu uma risadinha. "E o motivo pra você ser tão protetor. Com seu coração, com seus filhos. Comigo."

"Eu bem que queria ser capaz de te proteger e impedir que você sofra", disse Asher, com a voz cheia de emoção. "Se quiser conversar sobre isso... sobre o que aconteceu no ano passado. Fica à vontade. Eu sou todo ouvidos."

Bea suspirou; ela quase nunca tocava nesse assunto, muito menos na televisão. Mas Asher tinha se mostrado tão vulnerável, ela sabia que também precisava ser igualmente sincera. E corajosa.

"Eu nunca tive sorte com namorados", ela começou a contar, sentindo seu coração disparar. "Às vezes eu digo a mim mesma que é por causa do meu tipo físico, mas é claro que isso é um absurdo, tantas mulheres como eu têm relacionamentos maravilhosos. Só que comigo nunca aconteceu.

"Mas então apareceu... um cara." Bea se interrompeu antes de dizer o nome dele. Não poderia fazer isso diante das câmeras; não seria justo com Sarah. "Nós fomos grandes amigos durante anos; com ele, eu me sentia a mulher mais inteligente, divertida e interessante do mundo. E, apesar de ser só uma amizade, e mesmo depois de ele ter mudado pro outro lado do país, eu estava apaixonadíssima. Era meio que uma fuga pra mim, sabe? Um refúgio do medo que eu sentia de sair com outras pessoas. Durante anos, comparei todos os caras novos que conhecia com ele, o que não era nem um pouco justo. Eu não tinha motivo nenhum pra acreditar que poderia rolar alguma coisa entre nós, mas continuava alimentando a esperança. Enfim, também não era como se tivesse uma fila de gente querendo sair comigo, mas eu também não dava chance pra ninguém."

Bea respirou fundo, e Asher acariciou a palma da mão dela com o polegar.

"No verão passado, ele foi me visitar e, sei lá por quê, dessa vez foi tudo diferente. Foi como se existisse alguma coisa entre nós, como se sempre tivesse existido, como se de repente tivesse se tornado óbvio que a coisa nunca havia sido platônica. A gente teve uma noite perfeita, e foi como se a minha vida toda estivesse entrando nos eixos. Como se todos os anos de solidão finalmente tivessem ficado pra trás. Mas aí..."

Asher apertou a mão dela. "Mas aí o quê?"

"Ele foi embora. Quando acordei, ele não estava mais. E parou de responder às minhas mensagens e aos meus e-mails, ignorava as minhas ligações. Deixou inclusive de ser meu amigo, cortou relações por completo. Eu fiquei arrasada. Me senti tão fraca por ter sido destruída por uma única noite. Mas ter sonhado a vida toda em encontrar um amor, e perder isso depois de apenas algumas horas..."

"Por que ele sumiu desse jeito?", Asher quis saber. "Vocês tinham um passado juntos, não faz sentido o cara desaparecer sem explicação."

Ele não precisava explicar nada — porque tinha uma noiva. Mas Bea não conseguiu contar isso para Asher, não depois de ver como ele tinha ficado arrasado com a traição de Vanessa. Então ela se limitou a encolher os ombros.

"Ele nunca me falou nada", ela disse. "Acho que eu não era o que ele queria."

"Ele não merecia você." Asher puxou Bea para junto de si, e era muito bom estar com ele. O alívio de ter contado sobre Ray era grande, mas também havia o sentimento de culpa por não ter revelado a verdade sobre o noivado dele. Por outro lado, pensou Bea, dar tantos detalhes diante das câmeras equivaleria a citar o nome de Ray — era melhor manter a história um pouco nebulosa.

"Então, o que você me diz?", Asher perguntou. "Vamos deixar nossos fantasmas pra trás?"

Bea o encarou — será que ele estava pedindo para passar a noite com ela? Uma esperança surgiu em seu peito, e uma convicção.

"Eu já vou avisando", ela disse. "Não fiquei com mais ninguém depois dele, desde o verão passado. Mas eu quero... quer dizer, a gente não precisa... desculpa, estou toda sem jeito. O que estou dizendo é que eu quero passar a noite com você, se não tiver nenhum problema."

Para o pavor de Bea, a expressão de Asher mudou — ele pareceu envergonhado e constrangido, sem a menor ideia do que dizer.

"Ai, meu Deus", Bea murmurou. "Não é possível que eu tenha entendido tudo errado."

"Bea", Asher se apressou em dizer, "eu quero passar a noite com você; pode acreditar, é essa a minha vontade. Você acredita em mim?"

Bea se forçou a concordar com a cabeça, mas estava com o estômago embrulhado.

"Eu preciso pensar nos meus filhos. Isso vai passar na tv daqui a alguns dias, e eu *acabei* de te conhecer... está tudo acontecendo rápido demais. Eu não posso simplesmente abandonar a cautela de uma hora pra outra. Preciso mostrar que levo o futuro deles a sério. Me desculpa, eu devia ter dito antes que passar a noite juntos estava fora de cogitação."

"Mas..." Bea mal conseguia respirar. "Eu pensei que tivesse ido tudo tão bem com eles..."

"E *foi*", garantiu Asher. "Bea, foi muito melhor do que eu esperava. Mas nós temos tempo, né? Não precisamos fazer isso hoje. Temos todo o tempo do mundo."

Ele a abraçou com força, e ela queria ser reconfortada, mas um vazio incômodo e doloroso tomou conta de sua mente, como um sussurro: *Primeiro Sam, agora Asher. Ele não te ama. Nenhum dos dois, aliás.*

Depois de encerrada a filmagem, Bea teve que atravessar sozinha todo o hotel até sua suíte privativa e romântica, onde ela e Asher deveriam dormir juntos. Ele se ofereceu para acompanhá-la até lá, mas por algum motivo isso parecia ainda pior. Quando chegou ao quarto, ela fechou a porta e apagou as luzes, na esperança de que, se o silêncio fosse total, as vozes em sua cabeça parariam de gritar.

Por muito tempo, a lembrança de sua noite com Ray pareceu um filme rodado em looping na cabeça de Bea, mais vívida e realista que qualquer outra — com cores mais intensas, e sensações mais agudas. Naquelas últimas semanas, porém, Bea sentia que a imagem estava se esvaindo. Depois de tantos meses, era como se ela pudesse enfim mudar de canal. Mas naquela noite, depois de horas rolando na cama sozinha, Bea cedeu. Deixou que o filme tomasse conta de sua mente, intenso e arrebatador, e imaginou Ray a seu lado, mantendo viva em sua memória por mais uma noite a sensação de adormecer nos braços dele.

Bea acordou se sentindo grogue, com a cabeça latejando de cansaço, desidratação e desânimo. Queria estar animada para o último encontro da semana — um dia com Luc em seu *château* favorito —, mas, depois de toda a mágoa e rejeição das noites passadas com Sam e Asher, ela acabou se arrependendo de não ter mantido Wyatt no programa.

Pelo menos uma parte daquilo tudo poderia ser mais fácil com ele por perto.

"Oi." Lauren se sentou ao lado dela no pequeno avião fretado. "Essa poltrona está ocupada?"

"É toda sua", Bea falou, tristonha, e Lauren se acomodou ao seu lado e afivelou o cinto.

"Que semana de merda, né?" Lauren parecia estar sendo realmente sincera ao lamentar a situação de Bea.

"Não está sendo das melhores", Bea disse baixinho. "Alguma chance de adiar o que está marcado pra hoje e irmos pra casa?"

"Infelizmente, não", suspirou Lauren. "Eu bem que gostaria de dizer que tudo isso foi pra agitar as coisas no programa, que decidi dizer pros caras dormirem sozinhos pra aumentar a audiência com uma reviravolta. Mas eu avisei que tudo ficaria muito mais difícil se envolvesse sentimentos de verdade."

"Meus parabéns." Bea revirou os olhos. "Você acertou em cheio."

"Qual é, Bea, não foi isso o que eu quis dizer."

"O que você quer dizer, então?"

"Algumas coisas, na verdade, porque sei que você está se sentindo muito mal agora, e fico sabendo de um monte de coisas que não chegam até os seus ouvidos. Sou eu que entrevisto esses caras durante horas quando você não está por perto, esqueceu?"

Bea encarou Lauren. "O que é que você sabe?"

"Por exemplo, que Sam e Asher gostam de verdade de você. Sei que as coisas que o Jefferson falou te deixaram abalada, fizeram ressurgir todas as suas inseguranças. E sei que é terrível ver dois caras em sequência se recusando a passar a noite com você, só que um não sabia o que o outro ia fazer. Você se esforçou tanto pra confiar neles... não desiste agora."

"Porque seria ruim pro programa?"

Lauren bufou de irritação. "Bea, a gente já conversou sobre isso — a esta altura, o que é ruim pro programa também é ruim pra você. Quer passar as últimas semanas sentindo pena de si mesma e terminar sozinha? Fica à vontade. Mas sou obrigada a te lembrar que tem um cara gatíssimo te esperando em Amboise, e faz semanas que ele não fala de outra coisa a não ser da vontade que tem de ir pra cama com você."

"Sério?" Luc já tinha dito a mesma coisa para Bea, mas ouvir aquilo da boca de Lauren por algum motivo fazia tudo parecer mais verdadeiro.

"Sim." Lauren suspirou. "É sério. Então, que tal a gente começar a olhar essa semana sob outro ponto de vista? Você passou momentos *ótimos* com Sam e Asher. Vocês agora estão mais próximos, e os dois disseram claramente que estão interessados num relacionamento de longo prazo. Você não passou a noite com eles? Tudo bem. Hoje começa tudo do zero com o Luc — e eu planejei uma coisa especial pra vocês dois. Não vai perder essa chance... nem deixa o medo e essas opiniões ruins sobre si mesma te impedirem de viver a fantasia maravilhosa que você fez por merecer."

Bea sabia que Lauren precisava agir de acordo com o que era melhor para o programa, para evitar outro episódio deprimente no mesmo nível da catástrofe que foi o dia no iate. Mas também sentia que Lauren gostava dela, e que estava começando a torcer pelo sucesso de sua tentativa de encontrar um amor. E Lauren estava certa, aliás, sobre o fato de os objetivos das duas estarem alinhados àquela altura. Não era culpa de Luc se Sam e Asher a haviam rejeitado — não fazia sentido que ele pagasse pelo que os outros fizeram.

"Tudo bem", Bea disse a Lauren. "Eu vou dar o meu melhor."

Bea não sabia ao certo o que Lauren quis dizer com "uma coisa especial", mas, quando chegaram ao hotel em Amboise e as filmagens começaram, ela viu Johnny ao lado de uma carruagem no melhor estilo Cinderela. Era pintada de dourado, conduzida por um homem de fraque e peruca branca e puxada por quatro cavalos brancos com as crinas presas em tranças elaboradíssimas.

"O que é isso?" Bea deu uma risada, se sentindo empolgada e horrorizada ao mesmo tempo.

"Eu tenho um convite aqui que explica tudo", Johnny anunciou, e lhe entregou um pergaminho amarrado com uma fita vermelha. Bea o desenrolou e leu em voz alta:

"*Querida Bea, você passou a temporada inteira planejando encontros incríveis comigo e com os outros pretendentes.*" Isso não era exatamente verdade, ela pensou — Lauren e o pessoal da produção tinham se encarregado de planejar quase tudo. Mas ela continuou lendo mesmo assim: "*Pois hoje eu quis planejar uma coisa especial para você. Que tal se juntar a mim no baile de gala da realeza no Château de Chenonceau? Nos vemos quando o relógio bater as cinco horas.* Ai, meu Deus", ela deixou escapar.

"Você aceita o convite?", Johnny quis saber.

"Quem recusaria um convite para um baile de gala da realeza?", respondeu Bea, rindo e cedendo ao ridículo da situação como um todo.

"Excelente." Johnny abriu a porta da carruagem e Bea entrou.

Quando chegou ao Château de Chenonceau, não dava para ver o castelo em si, apenas uma casinha usada para vender ingressos e uma bela alameda arborizada que atravessava os jardins impecavelmente bem cuidados até chegar ao palácio mais além. A bilheteria também tinha um espaço que em geral funcionava como uma loja de presentes, mas naquele dia havia sido convertida em sala de figurino para Bea.

"Espere só para ver." Alison sorriu. "Christian Siriano se ofereceu para fazer uma roupa para você."

Ela conduziu Bea até um espaço muito iluminado, onde um vestido de gala espetacular estava à sua espera. O corset era de um verde bem escuro, com decote largo; as mangas três quartos eram justas; e a saia, ao estilo princesa bordada à mão, tinha milhares de camadas de tule franzido, formando um degradê que ia do verde mais clarinho, na cintura, até chegar a um tom forte como o do corpete, na bainha. Não era só um vestido feito sob medida: era alta-costura, uma peça digna da capa da *Vogue* e de qualquer passarela do mundo. E feito especialmente para Bea.

"Sei que não é bem o seu estilo", Alison comentou, "mas, quando Christian ligou, eu soube na hora que era a ocasião perfeita. O que você acha?"

A voz de Bea saiu como um mero sussurro. "É o vestido mais lindo que eu já vi na minha vida."

Enquanto a equipe dava os toques finais em seu cabelo e sua maquiagem, Bea se lembrou da entrevista que havia dado para a *People* — seria mesmo possível que tivesse sido apenas sete semanas antes? —, quando disse à repórter que não conhecia nenhum conto de fadas protagonizado por uma princesa gorda. E lá estava ela, se sentindo linda como nunca, a caminho de um baile de gala com um homem bonito o bastante para fazer o papel de príncipe em qualquer filme, e que passara grande parte de seu tempo com Bea tentando convencê-la da sinceridade de seus sentimentos. Seria um momento grandioso e especial na televisão — e, mais que isso, parecia ser um ponto de virada na vida de Bea. No inverno anterior, sozinha e sofrendo por Ray, ela desejou intensamente que sua vida mudasse; naquele dia, era impossível negar que havia mudado. Ela estava se tornando outra pessoa e acreditava que, apesar de toda a confusão vivida naquela semana, estava no caminho para algo melhor.

"E então?", perguntou Alison. "Como você está se sentindo?"

Ela se sentia como em um sonho. Como uma fraude. Como uma princesa.

"Muito grata." Bea se virou para Alison com lágrimas nos olhos. "Estou me sentindo muito, muito, muito grata mesmo."

Voltar a entrar na carruagem foi bem mais difícil, agora que estava de traje de gala, mas Bea estava mais do que disposta a fazer aquilo — com a ajuda de dois intrépidos técnicos de som, no fim deu tudo certo. A carruagem seguiu pela alameda arborizada até o Château de Chenonceau, com o sol da tarde filtrado pelas folhas deixando tudo ainda mais mágico.

O vale do Loire tinha dezenas de castelos magníficos que pertenceram à aristocracia francesa, mas o Château de Chenonceau era o favorito de Bea — construído *sobre* o rio Loire, e não em suas margens, o castelo em si era uma espécie de ponte, com pilares e arcadas servindo de fundação para a estrutura como um todo. Quando os contornos da magnífica construção se tornaram visíveis, Bea se deu conta de que havia pessoas por toda parte, todos em traje de época, como os cortesãos que deviam frequentar o local centenas de anos antes.

"Isso é incrível", Bea comentou, com um riso maravilhado. E então viu Luc.

Ele estava parado na entrada do castelo com um smoking preto impecável e uma gravata-borboleta — de todos os presentes, os dois eram os únicos em trajes modernos —, tão lindo que Bea mal acreditava que estava lá só para ela. Luc a ajudou a descer da carruagem e parou por um momento para admirá-la.

"Bea, com esse vestido... você está perfeita."

"Você também não está nada mal com esse terno."

Ele a conduziu pelo braço para dentro do palácio, passando por uma entrada arqueada, onde um mordomo lhes serviu taças de espumante rosé, e eles seguiram pela galeria principal, construída diretamente sobre o rio.

A galeria de Chenonceau era diferente dos salões de todos os outros castelos por causa do formato incomum da construção, mas Bea o considerava ainda mais especial por isso. Era longa e estreita, com pé-direito imenso, chão de pedra em padrão preto e branco e fileiras de janelas altas de ambos os lados com vista para o rio, conferindo ao local a sensação de se estar suspenso no ar. Dezenas de homens e mulheres em trajes de gala dançavam ao som de uma pequena orquestra; quando Luc convidou Bea para se juntar a eles, ela não hesitou.

A dança não era o ponto forte de Luc, mas eles se divertiram muito, obrigando a equipe de câmeras a suar para acompanhá-los enquanto riam e rodopiavam pelo salão, até precisarem fazer uma pausa porque Bea estava se sentindo zonza.

"Que foi? Está tudo bem?" Luc a olhou com uma expressão preocupada, mas ela simplesmente sorriu.

"Não é nada." Bea se recostou nele. "A gente pode beber mais alguma coisa?"

Ele pegou duas taças com um garçom que passava por perto e sugeriu que dessem uma volta para conhecer o *château*.

Subindo as escadas, eles vagaram pelos quartos onde Diana de Poitiers e Catarina de Médici tinham dormido um dia, admirando os entalhes das lareiras e as tapeçarias ornamentais. O sol já tinha se posto, e as estrelas começavam a aparecer; Luc levou Bea até a varanda sobre a entrada do castelo para que pudessem contemplá-las melhor.

Da varanda, Luc e Bea conseguiam ver os jardins do castelo, cheios de lamparinas acesas — a produção havia se superado mesmo naquela noite. O corset de Bea estava apertado demais, o que a impedia de comer muito (então era *por isso* que aquelas mulheres eram tão magras, ela pensou, amargurada), mas o espumante tornava tudo agradavelmente leve e animado: as pessoas passeando pelos jardins, o som distante da orquestra tocando lá embaixo, os braços de Luc envolvendo sua cintura.

"Eu penso em você toda noite." O tom rouco da voz dele soou bem próximo de seus ouvidos. Luc era bem mais forte do que parecia, Bea pensou. Os braços dele puxavam o corpo dela contra o seu, sempre querendo mais. Todos queriam tanta coisa dela — acredite em si mesma e enxergue sua própria beleza, mas não seja arrogante, saiba o seu lugar. Transcenda sua aparência, mas nunca fale quando não for chamada. Não seja definida por um amor, mas nunca esqueça: você não é nada se não tiver alguém para amar. Seja uma princesa. Encontre seu príncipe. Você não precisa de um homem para se sentir completa. Aprenda a se virar sozinha.

Tudo se fundiu em uma coisa só: aquele castelo, aquele vestido, aquele homem, aquele papel a executar, aquela pessoa que no fim não era ela. Princesas não vão para a cama com homens comprometidos nem são rejeitadas duas vezes em dois dias. Ela não deveria estar lá, aquele não era seu lugar, havia sido só uma ideia de Lauren para alavancar a carreira das duas. Lauren queria que ela tivesse uma noite agradável, que se divertisse com Luc, mas como, se estava tão confusa? Já Luc não estava nada confuso: estava bem ali, pressionando o peito contra o seu, com um leve gosto de fumaça em seu beijo. Eles estavam se beijando. Quando aquele beijo havia começado?

"Espera", Bea se afastou, recobrando o fôlego, "espera... Desculpa, é a minha cabeça. Desculpa."

Estava tudo girando, e ela precisava se sentar — não havia nenhum lugar para sentar ali?

"Eu sabia que tinha alguma coisa errada." Luc a levou até um dos bancos da varanda, e então se virou para uma pessoa da produção. "Você pode pedir pra mandarem alguém aqui? Ela não está se sentindo bem."

"Não, eu estou bem, sim." Bea tentou respirar fundo, mas não conseguia. O corset a estava esmagando, o ar parecia rarefeito. "Que bobagem. Acho que eu bebi demais."

"Não é bobagem. Você bebeu o quê, duas taças? É melhor deixar o pessoal dar uma olhada em você, está bem?" Ele estava sentado ao seu lado, acariciando de leve seus cabelos.

Logo em seguida, uma equipe de paramédicos apareceu e confirmou que Bea estava exausta e desidratada. A recomendação: comer, beber bastante água e, como ela não conseguiria se alimentar com aquele vestido, pôr roupas mais confortáveis.

"Mas e o baile?", Bea protestou, virando-se para Luc. "Estou estragando nosso encontro."

Luc a beijou na testa. "Você só está começando a nossa próxima aventura. Vamos vestir nossos pijamas e comer batata frita. Afinal de contas, estamos na França, *non*? Não é assim que os americanos falam, fritas francesas?"

Uma hora depois, vestindo uma calça de caxemira chique e confortável, Bea estava ao lado de Luc no pátio do *château*, bebendo água e admirando a beleza dele naquela calça de smoking com camisa branca e uma gravata-borboleta desamarrada no pescoço. A equipe do *château* havia providenciado uma belíssima mesa com comida para os dois, cercada de dezenas de velas.

"Como foi que conseguiram montar tudo isso tão depressa?", questionou Bea.

"Perguntei se tinha jeito e eles disseram que, como eu sou francês, podiam fazer isso, desde que você prometesse me escolher." O tom de voz dele se tornou mais brincalhão. "Eles não querem que você case com um americano. Querem muito ver nós dois terminando juntos."

Bea sabia que ele estava brincando, mas, quando olhou ao redor, percebeu que vários dos funcionários os observavam avidamente enquanto os dois desfrutavam do queijo, dos embutidos e das baguetes quentinhas que haviam providenciado. Luc tratou de deixar o prato e o copo de Bea sempre cheios, dispensando os empregados sempre que tentavam fazer alguma coisa — estava determinado a cuidar dela sozinho.

Ela se lembrou dos vários pequenos momentos em que Luc a havia salvado durante as filmagens. Na primeira noite, quando ela pensou que fosse ter um ataque de pânico, foi ele quem a fez se sentir bonita. Depois do catastrófico dia no iate, foi Luc quem apareceu para fazer crème brûlée para ela, e que a consolou com um beijo. Ele aguentou as palavras duras que Bea disse no Marrocos, e passou horas a seu lado. E em Nova York, quando ela o dispensou em público e depois mudou de ideia, ele não ficou com raiva nem na defensiva. Simplesmente a tomou nos braços e lhe disse mais uma vez o quanto a queria.

Desde o início, Bea considerava Luc o homem mais bonito da casa. Era por isso que não conseguia confiar nele — como era possível acreditar que alguém como ele gostava dela tanto quanto dizia? Bea acreditava que Asher tinha sentimentos por ela, e Sam também. Por acaso era impossível que Luc também tivesse? E, uma questão mais imediata, Bea tinha tanta certeza assim de que Luc era um mentiroso a ponto de desperdiçar a chance de passar uma noite com ele longe das câmeras e tirar a prova?

Luc a encarou profundamente, com a luz das velas iluminando a sombra da barba que começava a surgir em seu rosto.

"Está pensando em quê, minha Bea?", perguntou, levando a mão ao seu rosto.

Ela estava pensando no tempo que havia passado no programa, em como tinha mudado desde aquela primeira noite de filmagens. Estava pensando em Asher e em Sam. Estava pensando em Ray, em como ainda sentia falta dele, por mais distante que parecesse.

"Eu estava pensando..." Bea articulou as palavras lentamente, como se elas pudessem fugir antes de serem proferidas. "Que tal você e eu irmos lá pro hotel?"

O lindo rosto de Luc se iluminou, e os lábios dele se curvaram em um sorriso. "Juntos?"

Ela assentiu. "Juntos."

Enquanto eles se preparavam para voltar para as vans, Bea viu Lauren perto da entrada do castelo, conversando com alguns operadores de câmera. Ela se virou para Bea e, quando seus olhares se cruzaram, assentiu com a cabeça para encorajá-la. Bea retribuiu o gesto, e Lauren sorriu.

Passar a noite com Luc foi bem diferente de dormir com Ray.

Com Ray, havia um sentimento de urgência, um conhecimento compartilhado de que aquilo que aconteceria entre os dois só poderia durar algumas poucas horas, uma única noite. Era tanto um início quanto um fim, uma felicidade por tanto tempo adiada que já começava a se misturar com sua inevitável destruição. Eles não desfrutaram sem pressa do corpo um do outro — não havia tempo. Em vez disso, se consumiram mutuamente e, quando a manhã chegou e Ray não estava mais lá, Bea se sentiu esvaziada, destruída.

Com Luc, foi tudo diferente. Os beijos carinhosos, as roupas tiradas sem pressa.

"Tem certeza de que está tudo bem?" Luc deve ter perguntado isso uma dezena de vezes. Bea sempre respondia rindo e dizendo que sim, e ele sempre sorria com um alívio visível no rosto, e ela se sentia cada vez mais conquistada e entregue.

"Você precisa entender a minha preocupação", ele falou, beijando seu maxilar logo abaixo da orelha. "No *château*, quando eu te beijei, tivemos que chamar a equipe médica. Eu não quero que você tenha um ataque cardíaco."

Bea tentou pensar em uma resposta engraçadinha, mas não estava muito para brincadeiras. Em seguida, Luc começou a beijar seu pescoço e passar a boca lentamente por seu corpo, e a partir daí se tornou impossível formar qualquer tipo de pensamento.

"Tem certeza de que é isso que você quer?", ele perguntou alguns minutos (ou talvez algumas horas) depois. Tinha ido procurar uma camisinha e estava de volta à cama, deitado ao seu lado, com o corpo musculoso todo à mostra sob a luz do abajur. Bea passou os dedos pelas tatuagens escuras nos braços dele, maravilhada ao ver como ele se sentia confortável na própria pele — ela, por sua vez, havia puxado os lençóis até pouco acima do peito assim que Luc se levantara.

"Acho que sim", ela falou, mas com um tom de voz baixo e inseguro.

"Bea", ele falou, beijando-a de leve. "Tudo bem se você não estiver pronta. Pode ser hoje, na semana que vem, no mês que vem. Eu estou com você seja quando for."

Ela estendeu o braço para agarrá-lo pelo pescoço e o puxou para um beijo. "Estou pronta."

Luc puxou o lençol para baixo, e o toque leve dos dedos dele passando por seu peito lhe provocou arrepios. Ela se virou para apagar o abajur, mas ele a impediu.

"Por que fazer isso?"

Bea ficou vermelha. "É que... é assim que eu faço geralmente."

Luc sorriu para ela. "Mas, como você sabe, os chefs comem primeiro com os olhos."

"Não sou nenhuma especialista, mas pensei que os chefs comiam com a boca."

Luc jogou a cabeça para trás e deu risada, e em seguida a beijou intensamente.

"Eu quero ver você", ele murmurou. Bea assentiu.

"Me fala", ele pediu. "Me fala o que você quer."

"Quero você", ela pediu, e a insegurança havia desaparecido de sua voz. "Quero isso que estamos fazendo."

Ele se deitou sobre ela. "Lembra o que eu falei na noite em que a gente se conheceu?"

Bea procurou os olhos dele — as situações se misturaram em sua mente, e ela não sabia ao certo a que Luc se referia. Bea fez que não com a cabeça, e soltou um leve gemido quando o sentiu dentro de si. Ele a pressionou com o peso do corpo, e ela adorou a sensação de estar afundando no colchão. Bea se remexeu em torno dele, puxando-o mais para perto, beijando-o com mais vontade.

"Fala pra mim", ela pediu, de repente se sentindo ansiosa para saber. "Fala pra mim o que você me disse na noite em que a gente se conheceu."

Luc foi baixando os dedos pelo corpo de Bea, e ela sentiu tudo se esvair de seu corpo e de sua mente; só restavam Luc, aquele momento, os sons graves e primitivos que emitiam.

"Eu disse", ele murmurou com a voz rouca, "que você merece tudo o que quiser."

Ele gemeu seu nome com a voz carregada; aquele som a invadiu, ao mesmo tempo áspero e suave como os seixos rolando pela correnteza de um rio, e isso a fazia lembrar e esquecer, e então se perder de vez.

Na manhã seguinte, Bea acordou com um bom humor formidável, apesar da audácia do pessoal da produção de ter começado a bater em sua porta indecentemente cedo.

"Não vamos atender", ela murmurou para Luc, inclinando-se para beijá-lo. "Se a gente fizer silêncio, eles vão embora."

"É uma ótima estratégia", ele murmurou de volta, começando a beijá-la para valer.

"Pessoal, qual é, a gente precisa ir!", gritaram do lado de fora.

"Tudo bem, tudo bem", ela falou, fechando o roupão. "Podem entrar!"

A produção trouxe café, suco de laranja natural e *pains au chocolat* quentinhos. Bea estava faminta, e não se incomodou que as câmeras registrassem a inevitável comilança pós-coito, fazendo as imagens dela e de Luc tomando o café da manhã juntos.

Depois disso, ela se despediu dele e foi se preparar para o restante do dia. Faltava mais ou menos uma hora para sua entrevista sozinha diante das câmeras, e então viria a cerimônia do beijo — a última da temporada, aliás. O que levantava uma questão importante: quem diabos Bea mandaria para casa?

Sam era o único que dissera com todas as letras que estava apaixonado, e depois daquela noite seria impossível eliminar Luc. Apesar de ter ficado magoadíssima quando foi rejeitada em Moustiers, dispensar Asher era uma ideia ridícula — ela não podia mais imaginar sua vida sem ele. Por outro lado, Asher havia demonstrado bastante instabilidade ao longo da temporada e, considerando a revelação que fizera sobre a ex-mulher, Bea tinha dúvidas de que ele fosse capaz de abrir seu coração e se mostrar vulnerável outra vez.

Seu coração dizia que Asher era o homem certo para ela, mas sua mente queria a gentileza e o bom humor de Sam — e a certeza que ele podia oferecer. E quanto a seu corpo? Ah, sem dúvida havia sido arrebatado por Luc. Bea continuou girando em círculos, pensando nos prós e nos contras, mas, no final da entrevista, ainda não estava nem perto de uma decisão. De todas as pessoas no set, só havia uma cuja opinião ela queria ouvir.

"Ei", Bea falou, interrompendo a conversa entre duas pessoas da produção, "você viu a Lauren? Preciso falar com ela antes da cerimônia."

A produtora franziu a testa. "Ela não está com o walkie-talkie, mas deve estar na ilha de edição... Sei que ela ficou lá até tarde ontem. É no quarto 108."

"Legal, obrigada!", Bea agradeceu e subiu para o primeiro andar. Bateu duas vezes na porta do quarto 108, mas sem resposta — Lauren estaria dormindo? Bea ficou se sentindo culpada por acordá-la, mas depois de ter sua privacidade invadida milhares de vezes por Lauren a qualquer hora do dia e da noite, decidiu que tinha esse direito. O hotel era uma magnífica construção antiga que não usava cartões magnéticos, e sim chaves convencionais — o que significava que a porta poderia estar destrancada. Sendo assim, Bea tentou virar a maçaneta da porta do quarto 108, que se abriu prontamente.

O quarto espaçoso estava quase às escuras, lotado de mesas e bancadas cobertas de notebooks e monitores. Lauren sempre viajava com uma unidade móvel de edição para que pudesse montar as cenas quase em tempo real e enviar tudo via servidor de internet para a sede da emissora, em L.A. — era a única forma de produzir o episódio com a velocidade necessária para levá-lo ao ar dias (ou, às vezes, horas) depois de terminadas as filmagens. O lugar parecia vazio, mas uma luz se insinuava por uma fresta da porta entreaberta do banheiro, e Bea ouviu vozes lá dentro.

Ela se aproximou com passos cautelosos, mas parou imediatamente quando ouviu um gemido — com certeza tinha alguém transando, e com certeza era Lauren. *Uau*, Bea pensou, *acho que não fui só eu que me dei bem hoje.*

Sua intenção não era espiar, de forma nenhuma, mas quando se virou para sair do quarto acabou vendo de relance o espelho do banheiro: Lauren estava sentada na pia, com as pernas em torno do corpo de um homem — o rosto dele estava encoberto, mas os olhos de Bea foram direto para as tatuagens espalhadas pelos seus braços.

Ela deu um passo involuntário para trás e acabou esbarrando em uma das mesas de edição.

"Merda!", exclamou, sentindo uma dor aguda na coxa.

"Eu *falei* que precisava de vinte minutinhos a sós! Quem é que está aí?", Lauren gritou.

Bea tentou dar o fora dali o mais depressa que podia, fazendo o mínimo ruído possível, mas não foi rápida o bastante; Lauren saiu do banheiro e acendeu a luz.

Luc estava logo atrás dela.

"Ah, Bea, puta merda." Lauren foi andando em sua direção, ainda abotoando a camisa. Luc ficou imóvel, parecendo estar em choque.

Bea fechou os olhos. "Não é possível que isso esteja acontecendo. Nem eu posso ser tão azarada assim."

"Bea, eu sinto muito", Lauren se apressou em dizer, "você não imagina a humilhação que eu estou sentindo agora."

"Ah, acho que eu sei exatamente como é essa sensação", Bea respondeu em um tom gelado.

"Puta que pariu." Lauren começou a esfregar as têmporas. "Bea, você precisa acreditar em mim, eu não queria que você ficasse sabendo disso de jeito nenhum..."

"Tá, mas e daí?" Bea deu uma risada, se sentindo quase enlouquecida. "Tudo bem se você transasse com o Luc pelas minhas costas desde que eu não ficasse sabendo? Onde é que você estava com a cabeça?"

"Claramente, bem longe de onde deveria!", admitiu Lauren. "É que a gente ficou conversando uma noite, logo no começo da temporada, antes de você se interessar de verdade pelos caras, e eu sei que parece clichê... pode acreditar que sei como estou sendo ridícula. Mas a gente estava bebendo e... bom, você sabe como é o Luc. Simplesmente rolou."

Bea cerrou os dentes. "A gente não tá mais no começo da temporada."

"Eu sei", concordou Lauren. "E sei que não deveria nem ter deixado isso começar. É que... a gente faz uma vez, depois outra, e aí vai se acostumando com a ideia. E, como você nunca soube ao certo o que sentia pelo Luc, jamais imaginei que ele ainda estaria aqui a esta altura. Pensei que o nosso lance fosse terminar assim que ele fosse eliminado."

"Foi por isso que você sugeriu que ele fosse embora na semana passada?", questionou Bea. "Pra facilitar as coisas pra você?"

"Esse pode ter sido um motivo, talvez", admitiu Lauren. "Mas também porque sei que você quer um relacionamento sério, e está na cara que isso não ia ser possível com o Luc."

Bea se virou para Luc pela primeira vez durante aquela conversa. Foi doloroso olhar para ele, ver aquela boca, aqueles braços, aquele corpo que poucas horas antes estava junto ao seu. Os olhos dele estavam baixos, com uma expressão de culpa e vergonha.

"Era isso que você pensava também?", ela perguntou. "Que um relacionamento entre nós estava fora de cogitação?"

"*Non*", Luc falou baixinho. "Você é muito especial pra mim."

"Como eu posso ser especial se você está transando com outra?", Bea retrucou, amargurada.

"E você não?", ele rebateu. "Você dormiu com outros dois caras essa semana!"

O rosto de Bea ficou vermelho — ela não queria e não iria contar a Luc que, na verdade, aquilo não tinha acontecido.

"Bea", ele deu um passo em sua direção, "pode acreditar, com a gente é diferente. Com a Lauren, com as outras..."

"E ainda tem outras?", Bea questionou.

Luc suspirou. "Pra mim, foi só por diversão, entendeu? Uma forma de passar o tempo. Mas com você — as nossas conversas, o jeito como eu me sinto quando estamos juntos... É uma coisa que me faz feliz, minha Bea. Você não acha que nós podemos ser felizes juntos depois que tudo isso terminar?"

"E essa felicidade inclui você poder dormir com outras pessoas?"

"Pra mim, o amor não tem nada a ver com possessividade", ele respondeu de forma direta. "Eu jamais exigiria isso de você, e espero que não exija isso de mim."

Bea o encarou, se perguntando como era possível que nunca tivessem conversado sobre aquilo. Ela estava sendo ridícula por se sentir magoada? Por acaso tinha direito de exigir um compromisso monogâmico quando estava abertamente envolvida com outras duas pessoas?

"Bea", Lauren falou. "Mais uma vez, me desculpa."

"Já chega", interrompeu Bea. "Eu só... eu preciso de um tempo, tá bom?"

Bea obrigou seu corpo a se mexer. Ela saiu do quarto 108 e voltou ao corredor, atravessou o saguão e pegou o elevador que levava à sala de figurino. Enquanto esperava, percebeu com uma amarga ironia que sua visita a Lauren teve exatamente o efeito desejado: Bea não tinha mais dúvida nenhuma sobre quem deveria mandar para casa.

Três horas depois, Bea estava de pé no belíssimo pátio do hotel, cercada de fontes de mármore e árvores com uma topiaria sofisticadíssima, sob um céu nublado. Usava um vestido Brandon Maxwell justo de velu-do preto com decote profundo e fenda alta, cabelos ondulados à la Vero-nica Webb e tinha os lábios pintados com um batom de um vermelho bem vivo. Sam, Asher e Luc estavam postados diante dela: Sam parecia nervoso, mas animado; Asher estava tenso e com a boca franzida, como sempre tinha naquelas ocasiões; Luc olhava para o chão.

"Antes de começarmos", Johnny falou quando as câmeras já estavam gravando, "Bea tem uma coisa a dizer. Bea? A palavra é sua."

Bea assentiu e deu um passo à frente. Estava nervosíssima, com a imagem ainda fresca na mente de Luc e Lauren no banheiro, a sensação do toque de Luc ainda à flor da pele e a lembrança das rejeições de Sam e Asher corroendo suas entranhas. Ela sabia que, se quisesse alguma coisa séria com qualquer um daqueles homens, era hora de deixar bem claro o que queria. Sem isso, nenhum deles teria chance.

"Foi uma semana muito difícil", ela começou, com a voz trêmula. "Tivemos muitos mal-entendidos e, apesar de achar que não foi a inten-ção de vocês, todos os três me magoaram muito. E sei que em parte foi culpa minha, por não ter deixado totalmente claro o que eu quero. Então vou fazer isso agora."

Ela respirou fundo e olhou para os três, que a observavam com toda a atenção.

"Eu quero me apaixonar por alguém que me ame também", disse com a voz embargada. "Que queira assumir um compromisso de se relacionar apenas comigo. Pra descobrir se somos compatíveis e, se der tudo certo, construir uma vida juntos. E se não é isso o que vocês que-rem, bom... Então é melhor me dizerem. E é melhor irem embora. Certo?"

Os três assentiram, parecendo bem desconfortáveis, e Johnny fez a introdução para que Bea iniciasse a cerimônia na ordem combinada.

"Sam?"

Sam soltou um suspiro de alívio e foi andando na direção de Bea com a expressão mais séria que ela já havia visto em seu rosto.

"Bea" — ele segurou suas mãos — "eu lamento muito, muito mes-mo, por ter te magoado essa semana. Você sabe que não foi a minha intenção, mas a culpa foi minha por ter tomado uma decisão que afeta nós dois sem pedir a sua opinião primeiro. Espero que me desculpe por isso, que queira um futuro comigo assim como eu quero com você."

O alívio se misturou à tensão que Bea estava sentindo quando Sam se inclinou e ela deu um beijo no rosto dele. Ainda não havia como ter certeza de que Sam estava pronto mesmo para um relacionamento sério, mas a cada etapa ele continuava superando suas expectativas, e ela se sentia grata por poder passar mais uma semana em sua companhia.

"Muito bem, Bea", Johnny continuou. "Você só pode escolher mais um pretendente para a grande final. Quem vai ser?"

Bea sabia quem ela queria que fosse — só não sabia se ele estava pronto para dar esse passo. Ela chamou o nome de Asher, que parecia bem menos contente que Sam ao se aproximar.

"Não sei por que você continua duvidando de mim", ele falou, todo tenso. "Não sei o que mais eu posso fazer."

"Asher, você precisa entender", insistiu Bea, "que durante todo esse tempo tem sido muito difícil pra mim entender o que é real e o que não é. E eu... eu preciso saber se a gente está na mesma sintonia, se não estou querendo uma coisa que você não está disposto a dar."

Bea sabia que Asher tinha todo o direito de se sentir frustrado, mas a verdade era que ela também estava se irritando com ele. Sam não tinha problema nenhum em expressar suas intenções — nem seus sentimentos, aliás —, então por que com Asher precisava ser tão difícil?

Ele bufou, como se estivesse lendo os pensamentos de Bea — ou talvez o rosto dela estivesse expressando tudo.

"Eu sei." Asher sorriu. "Eu sei que é difícil pra você. E pode acreditar que estou empolgado pra viver uma vida com você fora daqui. Sem câmeras. Sem pressão. Só nós. Certo? É isso o que eu quero."

Ele se curvou para receber seu beijo, e Bea aproveitou para ficar um tempinho perto dele, assimilando suas promessas, torcendo para que aquilo bastasse para mantê-la firme para o que viria a seguir.

"Luc, eu sinto muito." Johnny usou seu tom de voz mais sério. "Nossa cerimônia terminou. Por favor, aproveite este momento para fazer sua despedida."

Enquanto caminhava na direção de Bea, Luc estava ainda mais bonito aos olhos dela do que na noite da estreia — como se isso fosse possível. Parecia desgastado, mais cansado, mais triste. Mas não era mais um estranho, Bea pensou. Ela o conhecia, o que o tornava ainda mais lindo. Não importava o que ele tivesse feito, seria muito triste se despedir dele.

"Eu sei que te decepcionei essa semana", ele murmurou, "e nunca vou me perdoar por isso. Quero que você saiba que nossa noite juntos foi perfeita; uma das melhores da minha vida. Você acredita em mim, não é?"

O nó na garganta de Bea a impedia de falar, mas ela assentiu. Luc a tomou nos braços e abraçou com força; por cima do ombro dele, Bea viu Asher fechar a cara, e começou a ficar apreensiva de novo. Ele estaria pensando em Vanessa? Estaria furioso por saber que ela havia passado uma noite com Luc?

"Minha Bea", Luc falou, afastando uma mecha de cabelos do rosto dela. "Ainda acredito que você merece ter tudo o que quiser. Só lamento não ter sido capaz de te dar. Nós dois sabemos por que eu preciso ir embora hoje. Mas eu gostaria que não fosse assim."

Bea abriu um sorriso tristonho para ele. "Eu só acho que deveria ser contra a lei alguém ser tão charmoso."

Luc riu baixinho — aquela risada agradável de sempre —, e Bea se deu conta do quanto sentiria falta dele.

"Preciso me despedir de você agora", ela sussurrou.

"Não diga adeus", Luc falou em tom brincalhão. "Diga '*adieu*'."

"Ai, meu Deus." Bea deu risada. "Você é muito francês mesmo, cacete..."

"*Mais, bien sûr.*" Luc sorriu e, com seu familiar brilho de malícia no olhar, se afastou e desapareceu dentro do hotel.

Bea suspirou — tudo resolvido, certo? A parte mais difícil tinha ficado para trás; era hora de encerrar a cerimônia, carregar as vans e voltar a Paris para a última semana de filmagens. Mas as câmeras ainda estavam gravando, e ninguém saiu de onde estava.

"O que está acontecendo?", ela quis saber. "Ainda não acabou?"

"Não exatamente", Johnny falou, e em seguida fez uma pausa dramática. "Porque ainda falta mais um pretendente a apresentar."

"Quê?", perguntou Bea. "Quem?"

Ela olhou ao redor, toda agitada, mas não viu ninguém. Johnny continuou seu discurso.

"Bea, todo mundo aqui no *É Pra Casar* admira a sua coragem na busca pelo amor. Queremos que você encontre o homem certo com quem poderá passar o resto da sua vida, então, apesar de ser uma coisa um tanto incomum, quando ficamos sabendo que você estava sendo privada de uma opção importante, achamos que a coisa certa a fazer seria trazer esse pretendente para cá."

Johnny estendeu o braço na direção da porta do hotel, e Bea viu uma figura se aproximar. Não era ninguém que ela reconhecesse do programa, mas havia algo familiar naquela silhueta e naquele jeito de andar. Quando suas feições se tornaram visíveis, um pavor inominável tomou conta de Bea.

Era Ray.

As entranhas de Bea se contraíram — ela não conseguia respirar. Lá estava ele, caminhando em sua direção. Era a primeira vez que o via desde que tinham dormido juntos, nove meses antes. Ele havia se transformado em um fantasma, uma bomba, uma granada de estilhaços que irradiava dor para todas as partes de seu corpo.

"Asher, Sam", falou Johnny, "eu peço desculpas por essa mudança inesperada de rumo. Este é Ray, alguém que fez parte do passado de Bea, e ele acha que pode fazer parte do presente também."

Bea tentou ler as expressões de Asher e Sam. A de Sam era puro choque; a de Asher, assustadoramente séria. Mas então Ray surgiu à sua frente e segurou suas mãos.

"Olá", ele falou, e deu para perceber que estava nervoso também; suas mãos estavam trêmulas.

"O que você está fazendo aqui?", Bea perguntou, quase sem fôlego.

"Eu estava tentando entrar em contato fazia um tempão, mas nenhuma das minhas mensagens chegava até você", ele explicou. "Aí resolvi mandar um e-mail pra produção dizendo que a gente precisava conversar."

"Apesar de você ser noivo?", Bea questionou, antes de se dar conta do que estava dizendo — puta merda, ela não devia ter falado aquilo na TV. Mas, se Ray estava ali, então... Ela procurou nos olhos dele a confirmação do que passara tantos meses querendo ouvir, o desejo fervoroso e não declarado que a fazia sentir uma culpa terrível.

"Eu terminei o noivado", admitiu Ray. "Saí de casa na semana passada; deveria ter feito isso muito tempo atrás. E eu sei que... escuta só, eu sei que escolhi o pior momento possível, e não era assim que eu queria fazer isso por você — por nós. Queria que a gente tivesse mais tempo. Só que eles falaram que você ia ser pedida em casamento na semana que vem, e eu não podia deixar isso acontecer. Precisava ver você. Então aqui estou eu."

Ele fez menção de abraçá-la, mas Bea deu um passo para trás, com as pernas bambas sobre os saltos.

"Muito bem!" Johnny bateu palmas. "Vocês vão ter tempo de sobra para conversar, mas agora precisamos tomar algumas decisões. Bea, preciso saber se você aceita que Ray entre no programa ou se ele deve ir embora agora mesmo."

A cabeça de Bea girava, mas, antes que pudesse dizer qualquer coisa, Asher deu um passo à frente.

"Ah, não... Me desculpem, mas não mesmo." Ele se virou para Bea. "Esse é o cara de quem você me falou?"

Bea assentiu, incapaz de continuar segurando o choro, com o corpo convulsionado pelos soluços.

"E você... espera aí, você simplesmente esqueceu de contar que ele era comprometido?"

"Asher..." Ela começou a andar na direção dele.

"Não *acredito*", ele esbravejou. "Depois de conhecer os meus filhos, depois de eu contar sobre Vanessa, depois de prometer ser sincera comigo... você mentiu?"

"Não." Bea sacudiu a cabeça. "Não, Asher, eu... A nossa conversa estava sendo gravada, e eu pensei que eles ainda estivessem juntos, não dava pra contar tudo na TV, não seria certo..."

"E você ainda está mentindo", Asher retrucou. "Está mentindo na minha cara. Não me contou o que aconteceu pra preservar a sua imagem, e ainda quer que eu ajude a acobertar tudo."

"Isso não é justo." A voz de Bea saiu rasgada pelo choro. "Eu sei que errei, Asher, por favor, já faz tanto tempo..."

"Não", ele rebateu. "Foi anteontem. E pensar que eu me senti mal por não ter ido pro seu quarto, sendo que o tempo todo você estava escondendo o que realmente é."

"Escondendo o que eu realmente sou? Está falando sério?", Bea gritou. "Asher, se a gente tivesse passado um tempinho que fosse longe das câmeras, eu poderia explicar tudo, mas você não me deu essa chance."

"Já entendi tudo." Ele comprimiu os lábios. "Então eu sou o responsável pelas suas mentiras, porque decidi priorizar as necessidades dos meus filhos? Com certeza você acharia melhor se a gente fosse logo pra cama, mas, pra sorte de todo mundo, eu não sou o Luc."

"Então é esse o problema?" Bea estava furiosa. "Me diz uma coisa, Asher... e sem mentir pra mim. Você está puto porque eu omiti uma informação que tinha o direito de não expor? Ou está nervosinho porque eu dormi com outra pessoa?"

Asher a encarou com uma expressão de pura frieza, o olhar cheio de desprezo.

"Eu não estou nervosinho, Bea. Estou contente por ter visto quem você é de verdade antes que isso tudo fosse mais longe do que deveria."

E, dito isso, Asher virou as costas e saiu andando. Bea pensou em correr atrás dele, em gritar para que esperasse, que voltasse, mas sabia, com certeza absoluta, que Asher iria embora de qualquer forma — e, o que era pior, que ele estava certo. Durante todo aquele tempo, ela dissera a si mesma que era azarada, mas talvez não fosse verdade. Talvez ela fosse apenas uma mentirosa, uma traidora, e finalmente estivesse recebendo o que merecia.

Episódio 8
"Decisão"
(2 pretendentes restantes)

Filmado em locações em Paris, França

FURO DE NOTÍCIA EXCLUSIVO DO TMZ: PRODUTORA DE *É PRA CASAR* DORME COM PARTICIPANTE; PRODUÇÃO É SUSPENSA

PARIS, FRANÇA: A reviravolta mais dramática de todos os tempos? O TMZ apurou com exclusividade que o motivo da eliminação do chef francês (e favorito do público) **Luc Dupond** do reality show *É Pra Casar* é que a protagonista **Bea Schumacher** não foi a única mulher a ir para a cama com ele! Diversas fontes confirmaram que Dupond estava tendo um caso às escondidas no set com a produtora executiva do programa, <u>Lauren Mathers</u>. Uma das fontes afirma que Bea pegou Dupond e Mathers *no flagra*, mas essa versão da história ainda não pôde ser confirmada pela equipe do TMZ. Bea tomou conhecimento da infidelidade de Dupond pouco antes da cerimônia do beijo em que o eliminou. Dupond e Mathers se recusaram a dar entrevistas, mas, pelo que apuramos, a produtora está em maus lençóis com os diretores da ABS — principalmente porque a PRODUÇÃO NA FRANÇA ESTÁ SUSPENSA!

O elenco e a equipe de *É Pra Casar* chegaram a Paris ontem à noite para a última semana de gravações, mas até o momento ninguém pôs os pés para fora do hotel. Depois de Bea ter ido embora no meio da cerimônia do beijo, todos voltaram a Paris no horário programado, mas as filmagens previstas para hoje foram canceladas. Ainda não se sabe se a produção irá recomeçar nem se a finalíssima da semana que vem irá ao ar na data prevista. Também não sabemos se o advogado **Ray Moretti** irá se juntar ao elenco como um pretendente ou se **Sam Cox** será declarado o vencedor da temporada por falta de adversário. (*QUEM É RAY MORETTI? CLIQUE AQUI PARA VER O SLIDESHOW.*) Caso você esteja em Paris ou tenha alguma informação a respeito, envie seus relatos e fotos para tips@tmz.com.

TRANSCRIÇÃO DO PODCAST *BOOB TUBE*
EPISÓDIO #056

Cat: Como é que você está, Ruby?

Ruby: Cat, como dizem os jovens por aí, eu tô de cara.

Cat: O pessoal que faz as chamadas do *É Pra Casar* costuma abusar da frase "a cerimônia mais dramática de todos os tempos", mas dessa vez acho que eles cumpriram o prometido.

Ruby: Acho que você esqueceu de me avisar até que ponto esse programa era capaz de baixar o nível pra entreter os telespectadores.

Cat: Algumas coisas a gente só descobre vendo mesmo.

Ruby: Certo, vamos dar uma recapitulada rápida em tudo o que aconteceu. Em primeiro lugar, acho que podemos dizer quem de nós acertou o palpite sobre a pessoa certa pra Bea.

Cat: Como assim?? Eu escolhi o Asher, que SE MANDOU ao primeiro sinal de dificuldade, e você escolheu o Sam...

Ruby: Que é o único pretendente restante do elenco original. Eu ganhei!

Cat: Uau, então tudo isso foi só um pretexto pra você ficar se gabando?

Ruby: Eu sou esperta e malandra que nem uma certa produtora de TV.

Cat: Aliás, falando nela...

Ruby: Pois é... pra quem ainda não está sabendo, o TMZ noticiou que Luc estava tendo um caso com a produtora executiva do programa, o que pra mim é uma loucura completa. Cat, como a especialista em *É Pra Casar* desse podcast, você pode confirmar pra mim que não é normal um dos participantes dormir com quem comanda o show?

Cat: Bom, eu não sei se já aconteceu antes, mas com certeza foi a primeira vez que uma história desse tipo foi parar na mídia.

Ruby: Será que ela vai ser demitida?

Cat: Eu diria que com certeza isso é motivo pra demissão, mas quem é que sabe? Estamos falando de um reality show de tv, e não de um fórum de discussão sobre ética e filosofia moral.

Ruby: É muito errado eu dizer que assistiria um negócio desses?

Cat: Bom, o nome disso é *The Good Place*, e é a melhor série que já existiu na tv. Mas estamos fugindo do assunto aqui.

Ruby: Certo, recapitulando: Asher, que parecia um adulto decente e uma boa opção para Bea, deu o fora do programa. Você acha que ele foi embora mesmo ou ainda volta?

Cat: Ainda não dá pra ter certeza, mas pelo que eu andei lendo no Reddit...

Ruby: Ai, Cat...

Cat: Nem vem me julgar, agora você faz parte da comunidade de fãs também. Enfim, de acordo com o pessoal do Reddit, isso não é coisa da produção — o Asher saiu do programa mesmo.

Ruby: E acho que dá pra dizer que o Luc também já era, né?

Cat: Adeus, Luc, seu canalha lindo, lindo, lindo.

Ruby: Será que ele é bom de cama?

Cat: Os caras bonitos assim raramente são, mas Bea parecia feliz de verdade na manhã seguinte, então vai saber...

Ruby: E teve o lance dos tapas e beijos em Nova York, que foi meio safadinho, então acho que não dá pra dizer que o cara é totalmente sem sal.

Cat: Bom, pelo bem da Bea, tomara que ela tenha conseguido pelo menos transar gostoso antes de ser totalmente sacaneada.

Ruby: Então os pretendentes que sobraram são Sam e esse tal de Ray, que é meio que um ex dela, mas que na verdade estava noivo até pouco tempo atrás?

Cat: Todas as contas das redes sociais do Ray estão em modo privado ou foram apagadas, o que não é surpresa, considerando as circunstâncias em que o cara ficou famoso. Mas alguns blogueiros muito destemidos conseguiram fuçar nos perfis de amigos dele: descobriram que é um advogado que mora em Atlanta, que trabalhou com a Bea em Los Angeles quando os dois eram mais jovens, e tem fotos dele com uma mulher linda, que só pode ser a tal noiva.

Ruby: Já aconteceu alguma coisa parecida com isso no programa antes?

Cat: Um ou outro ex dá as caras de vez em quando, mas em geral são dispensados logo de saída, tipo: "Ah, qual é, Brian, como você pode ter achado que isso era uma boa ideia?". Muito raramente, apareceram casinhos antigos pedindo pra fazer parte do elenco, e até já rolou, mas nunca a esta altura da temporada. Um cara aparecer às vésperas da final é uma coisa inédita — isso sem contar que Bea saiu da cerimônia sem dar o beijo nele, então a gente não sabe nem se ele vai ficar!

Ruby: E aí, se ela não quiser que ele fique? Sobra só o Sam na final e ele vira o vencedor automaticamente?

Cat: É uma possibilidade.

Ruby: É a possibilidade que eu escolheria, Cat.

Cat: Por falar em escolha, nós sabemos que existem muitas opções de comida semipronta, mas as refeições Je ne sais quoi oferecem algo a mais: um ingrediente secreto pra ser acrescentado a cada prato. Eu estou preparando esses pratos lá em casa, e é super-divertido: a gente recebe um envelope com um "X" vermelho pra acrescentar à receita, e é sempre uma coisa especial... um "*Je ne sais quoi*", digamos assim.

Ruby: Uau, então você literalmente não sabe o que é...

Cat: Literalmente! É um mistério total, assim como a finalíssima do *É Pra Casar*. Nós voltamos depois do intervalo.

* * *

Bea não disse palavra depois da chegada de Ray e da saída repentina de Asher. A despeito dos apelos de Johnny e dos protestos de Lauren, ela simplesmente se retirou do pátio, se trancou na sala de figurino com Alison e se recusou a sair. No fim, os produtores foram obrigados a ceder: disseram que as filmagens em Amboise estavam encerradas e que a viagem de volta a Paris seria na manhã seguinte, conforme planejado. Bea não saiu do lado de Alison durante todo o trajeto, e ignorou qualquer um que viesse tentar conversar com ela.

Depois que chegou a Paris e a produção a liberou para ir para o quarto, Bea trancou a porta e se enfiou debaixo das cobertas de roupa e tudo. Estava exausta por ter passado quase duas noites acordada — a primeira, uma noite de sonho com Luc; a segunda, uma noite de agonia, virando de um lado para o outro na cama e tentando entender como as coisas tinham degringolado a tal ponto. Pelo menos não havia gravações marcadas para aquele primeiro dia em Paris, que foi reservado apenas para a viagem, e assim ela poderia descansar. Porém, por mais que tentasse, e por mais exaurida que estivesse, o sono não vinha. Bea se lembrou da primeira noite de filmagens, daquele desconhecido que bateu o olho nela, virou as costas e foi embora. Que grande ironia o fato de que seu medo de que outros fizessem o mesmo só tivesse se materializado naquele momento, e que agora era um homem de quem Bea gostava de verdade deixando o programa — não por causa de sua aparência, mas de suas mentiras.

Em certo sentido, Bea sabia que a culpa não era exclusivamente sua. Sabia que Asher era ciumento e julgava demais as pessoas, que a havia deixado insegura desde o início, e que provavelmente estava em busca de uma desculpa para se mandar, já que fez isso de forma tão convicta e definitiva. Mas, em seu lindo quarto de hotel com vista para o Sena, Bea se sentia vazia sem ele, como se uma parte vital de seu corpo tivesse sido arrancada.

O dia amanheceu, e o horário de início das filmagens para Bea chegou e passou. A produção ligou várias vezes no telefone do quarto. Com quem ela deveria sair naquele dia: Sam ou Ray? Tecnicamente, ela não havia convidado Ray a ficar, mas achava que Lauren faria questão disso — a finalíssima do programa seria um tédio se Sam fosse o único pretendente restante. *Além disso*, ela pensou, *Ray terminou o noivado e veio até aqui.* Para impedir que ela ficasse noiva de outro. Alguém como Asher... o homem que Bea realmente pensava que pudesse ser seu marido. E agora, por causa de Ray, ele tinha partido para sempre. Isso era motivo para dispensar Ray logo de cara? Ou havia a possibilidade de que, no fim das contas, eles estivessem destinados a ficar juntos?

Havia muito em que pensar, muitas emoções conflitantes para digerir, e Bea não sabia nem por onde começar. Por falta de outra ideia, decidiu que a melhor opção disponível era tomar um banho bem quente e demorado.

O banheiro da suíte tinha piso de madeira clara, paredes reluzentes de ardósia e uma banheira gigantesca feita de porcelana branca. Bea prendeu os cabelos em um coque e entrou na água fumegante, sentindo que uma pequena parte do pesadelo das vinte e quatro horas anteriores começava a se dissipar. Ela fechou os olhos e, ainda que apenas por um instante, tentou relaxar.

Foi quando as batidas na porta começaram.

"Puta que pariu", Bea resmungou, mantendo os olhos fechados e desejando que a deixassem em paz. Ela enfiou a cabeça dentro d'água, mas, quando emergiu de novo, alguns segundos depois, as batidas estavam ainda mais altas, acompanhadas de gritos.

"Bea, qual é?" A voz de Lauren chegava abafada do corredor, mas a estridência era impossível de ignorar. "Vou ficar aqui berrando o dia todo, e você sabe disso! Nós reservamos o andar inteiro, então não tem ninguém pra reclamar! Qual é, Bea! Temos um episódio final pra gravar, você não pode ficar escondida aí pra sempre! Você não está com fome? Eu trouxe umas coisinhas pra comer!"

Bea suspirou alto. A verdade era que ela estava morrendo de fome. E, por mais que quisesse ficar trancada no banheiro até todos os seus conhecidos (e a consciência coletiva da internet) se esquecerem de que algum dia ela fizera parte daquele programa, ela sabia que seu desejo era irrealizável. Então se arrastou para fora da banheira, enxugou os cabelos com a toalha de qualquer jeito e vestiu um roupão de algodão finíssimo antes de abrir a porta.

"Du Pain et Des Idées é a sua favorita, não?", Lauren falou, com uma despreocupação fingida. "Aquela padaria no décimo *arrondissement*? Mandei um assistente comprar umas coisas."

"Você achou que era só me trazer uns palmiers de pistache e eu te perdoaria imediatamente?" Bea estreitou os olhos, mas pegou o pacote que Lauren ofereceu mesmo assim, e foi inevitável soltar um grunhido de prazer ao dar a primeira mordida. Lauren entrou no quarto e fechou a porta.

"Bea." Lauren parecia arrependida — e um pouco mais desleixada que o normal, Bea notou. Estava usando calça legging e blusa de moletom, o que era uma diferença brutal em relação a seus looks sempre elegantes. "Mais uma vez, eu te peço desculpas por causa do Luc."

"E o Ray?" O tom de voz de Bea era suave, mas firme. "Vai pedir desculpas por isso também? E o Asher?"

"Eu não fazia ideia de que o Asher poderia virar as costas e ir embora." Lauren sacudiu a cabeça. "Quer dizer, fala sério, o cara não podia ficar um pouco mais e ter uma conversa decente? Não podia nem esperar pra ver se você ia querer que o Ray ficasse? Pensei que ele fosse agir com mais maturidade... você não?"

"Talvez, se você tivesse me avisado", Bea argumentou, "eu poderia ter agido diferente, ou pelo menos ter contado pra ele que o Ray era noivo."

"Bea, qual é. Eu ainda estou comandando um programa de tv aqui, você não podia ficar sabendo com antecedência da maior reviravolta da temporada."

"Mas por que fazer isso?", questionou Bea. "Pra que trazer o Ray aqui?"

"Porque achei que era a coisa certa a fazer!" Lauren parecia genuinamente confusa. "Você decidiu que queria encontrar um amor no programa e, considerando tudo o que ele me contou, o cara te ama de verdade — e parecia ter certeza de que o sentimento era correspondido. Ele me garantiu que você não ia querer assumir um compromisso com ninguém sem se resolver com ele, e eu acreditei. Sim, eu fiz de tudo pra chegada dele acontecer da forma mais dramática possível, mas nunca, nunca mesmo, pensei que você fosse ficar tão chateada. E, se for pra ser bem sincera, ainda não entendi direito por quê."

"Porque ele me magoou muito", Bea disse baixinho. "Mais do que qualquer outra pessoa na minha vida."

"E você não acha que", Lauren perguntou em um tom gentil, "se ficou tão magoada assim, é porque é mesmo apaixonada por ele?"

Bea escondeu o rosto entre as mãos, ciente de que Lauren estava certa, mas morrendo de medo do que poderia acontecer se, depois de todo aquele tempo, ela abrisse seu coração para um homem que a havia tratado com tanto descaso.

"Não sei", ela disse com a voz embargada. "Sinceramente, não sei se consigo fazer isso."

"Bea, eu sei que você está sofrendo. Nem poderia ser diferente, né? Ontem de manhã você ainda tinha o Luc e o Asher, e agora nenhum dos dois está aqui. É claro que você está confusa; seria loucura se não estivesse. Mas eu preciso que você também veja o lado bom da situação. Você está em Paris. O Sam está aqui, e ele te ama. O Ray está aqui, e terminou o noivado dele por sua causa. Milhões de pessoas estão torcendo pra você encontrar um amor, e toda essa gente acha que o Asher e o Luc são uns babacas. Elas querem que você seja feliz. A grande pergunta é se você também quer."

"E se eu disser que o que quero mesmo, mais do que tudo, é ir embora desse set, comprar uma passagem de avião e voltar pra casa?", Bea perguntou.

Lauren soltou um suspiro. "É isso mesmo que você quer? Deixar esses caras pra trás e negar a si mesma a chance de descobrir se as coisas dariam certo com um deles? Se você me dissesse isso quando eu te conheci, Bea, eu acreditaria. Mas depois de tudo o que aconteceu, do tanto que você mudou? Agora não acredito, não."

"Mesmo se isso for verdade", Bea argumentou, "eu não sei o que dizer pro Sam, e não sei *mesmo* o que dizer pro Ray, e eu..."

A voz de Bea falhou. Ela nunca tinha se confrontado com emoções tão intensas na vida, e estava começando a achar que era melhor enterrar tudo aquilo bem fundo e nunca mais pensar a respeito.

Lauren a encarou com um olhar de compaixão. "Uma conversa com a Marin ajudaria?"

"Sério?" Bea sentiu uma pequena pontada de esperança. "E como isso seria possível?"

"Em um passe de mágica!", brincou Lauren. "Não, por Skype mesmo, claro. A equipe de filmagem pode trazer um notebook com Marin do outro lado da linha, e vocês podem conversar por vídeo."

"Não vejo a hora de voltar a fazer as coisas sem milhões de pessoas acompanhando", suspirou Bea.

"Eu mesma estou sentindo um gostinho do que significa isso essa semana", Lauren comentou. Bea olhou para ela com uma expressão intrigada.

Lauren pegou o celular e entregou para Bea, que franziu a testa.

"Eu não tenho permissão pra usar celular."

"E eu não tenho permissão pra transar com ninguém do elenco, mas enfim. Dá uma olhada. Você vai se sentir melhor."

Bea olhou para a tela: o celular de Lauren estava aberto em uma matéria do TMZ que revelava em letras garrafais que ela tinha ido para a cama com Luc.

"Puta merda", murmurou Bea.

"Tá vendo?", falou Lauren. "E você achando que é a única que está tendo uma semana infernal..."

"Bem, dá pra dizer que foi você mesma que se meteu nessa enrascada", retrucou Bea.

"Pois é."

"Isso é verdade?" Bea ergueu os olhos da tela. "Eles podem mesmo demitir você?"

"Estou pagando pra ver", debochou Lauren, mas Bea sentiu um leve abalo em sua confiança habitual. "O episódio de ontem teve a maior audiência da história da franquia."

"Sério?" Bea baixou o telefone. "Maior do que na vez em que aquelas duas mulheres deram um pé na bunda do protagonista e fugiram juntas?"

"Sim!" Lauren abriu um sorriso. "O que foi que eu te falei, Bea? As pessoas te amam! Isso sem contar que aquele lance das lésbicas foi totalmente armado, mas aquele Greg era tão sem graça que eu precisava fazer *alguma coisa*, né?"

Bea fechou os olhos e sorriu, feliz por poder pensar na situação absurda de outra pessoa e esquecer um pouco a sua.

Lauren saiu para se trocar e, minutos depois, uma equipe de filmagem chegou com um notebook, conforme prometido.

"Meu bem!", Marin gritou da tela. "O que tá acontecendo aí? Você tá bem? Ninguém me disse nada, só me falaram que você precisava conversar."

"O Ray está aqui", Bea respondeu, e a gravidade da situação pesava cada vez mais à medida que ela dizia aquilo em voz alta.

"Eu vi... que diabos foi aquilo?? O episódio acabou do nada, depois que você saiu da cerimônia do beijo. O que aconteceu depois? Você teve notícias do Asher?"

Bea sacudiu a cabeça. "Parece que ele foi embora mesmo, Mar."

"Bea, não..." Marin cobriu a boca. "Ele é louco por você, eu sei disso."

"Não mais." Bea soltou um suspiro pesado. "Você ouviu o que ele falou."

"Ele só estava magoado", consolou Marin. "E inseguro, e com ciúme, claro... sobre isso você estava certíssima. Mas depois a gente fala sobre ele. E o Sam? E o Ray?"

"Eu não vi nenhum dos dois depois da cerimônia."

"PERFEITO! Manda o Ray pra casa imediatamente!"

"Sem nem uma conversa? Mar, ele terminou o noivado com a Sarah e veio até aqui..."

"Foi até aí quando *ele* quis, por interesse *próprio*, sem nem pensar em como isso te afetaria. Ele por acaso ouviu dizer que você seria pedida em casamento e pensou: *Uau, acho que a Bea finalmente vai ter a chance de ser feliz com alguém?* Não. Ele pensou: *Ei, eu sou o Ray, preciso pegar um avião agora mesmo e bagunçar a vida da Bea, porque sou especialista nisso. E, como*

328

as atitudes dele fizeram um cara muito legal desistir de você, deve ter achado ótimo, porque as chances de conseguir o que quer aumentaram. Esse cara é um puta de um egoísta, Bea. Sempre foi assim, e sempre vai ser. Manda esse babaca pra casa."

Bea respirou fundo. "O Asher não foi embora porque o Ray apareceu, e sim porque eu menti pra ele."

Marin revirou os olhos. "Não dava pra contar pro mundo inteiro pela televisão que você tinha dormido com alguém comprometido, né? Você não teria conversado isso em particular com o Asher em algum momento se o Ray não tivesse aparecido forçando a barra?"

"Não sei. Mas acho que isso não faz diferença agora."

"Claro que faz, Bea. E faz toda a diferença você não deixar que esse homem que te magoou tanto te magoe ainda mais."

"Só sobraram dois pretendentes", Bea rebateu.

"Pois é, e um deles é um cara simpático, doce e apaixonado por você, e o outro fez de tudo pra te deixar se sentindo um lixo por quase uma década."

"Bom... e isso não significa nada?", Bea argumentou, sentindo sua raiva crescer. "Eu ter passado tanto tempo apaixonada por Ray, querendo tanto que a gente estivesse junto, e agora finalmente ele está aqui, dizendo que quer a mesma coisa? Eu teria que ser maluca pra jogar isso fora, não?"

"Maluca você seria perdendo ainda mais tempo com ele. Você quer voltar a ser como no ano passado? Chorando todo dia, desfazendo planos, sem conseguir sair com ninguém? Você estava despedaçada. Por que raios vai querer esse cara de volta na sua vida?"

"Você não faz ideia de como é isso." Bea sentiu a amargura tomar conta de sua voz. "Passar tantos anos pensando em alguém, sonhando com ele, imaginando uma vida juntos. Você nunca sentiu isso por ninguém."

"Não faz isso, Bea. Não inverte as coisas. O assunto aqui não sou eu, é ele. Foi exatamente por isso que eu falei pra ele parar de tentar entrar em contato com você."

Bea fechou a cara. "Quando foi que você fez isso?"

Marin abriu a boca para responder, mas fechou logo em seguida.

"No começo das filmagens", admitiu. "Ele me mandou uma mensagem dizendo que estava tentando entrar em contato com você, mas não estava conseguindo..."

"Isso foi antes ou depois de você ir me visitar no set?"

Marin baixou os olhos. "Foi antes."

"E você não me contou?" Bea ficou horrorizada. "Depois de todos os meses que eu passei implorando pra ele falar comigo, você mentiu pra mim quando isso aconteceu?"

"Bea, eu gostei muito dos caras que conheci, e não queria que o Ray estragasse tudo — o que, aliás, foi exatamente o que ele fez."

"Não é culpa do Ray se a produção fez as coisas de um jeito que pegou o Asher totalmente de surpresa!", Bea rebateu. "Talvez você não saiba o que é o melhor pra mim, Marin. Talvez eu possa tomar as minhas próprias decisões de vez em quando, mesmo se isso significar que vou ficar sozinha que nem você pra sempre."

Marin sacudiu a cabeça. "Você vai se sentir uma grande idiota quando ouvir todo esse despeito na televisão."

Bea se virou para a equipe de filmagem. "A conversa já acabou. A gente pode encerrar por aqui?"

Mas ninguém disse nada — a equipe simplesmente continuou filmando.

"Essa não é você, Bea", falou Marin. "Ele traz à tona o que existe de pior em você, porque te faz achar que não merece nada melhor."

Bea não aguentava mais. Ela fechou o notebook, foi pisando duro para o banheiro e bateu a porta.

―――――― **Mensagem Encaminhada** ――――――

De: Ray Moretti <u>\<rmoretti@gmail.com\></u>
Para: Kiss Off Entertainment <u>\<info@kissoff.com\></u>
Assunto: Eu sou o cara do passado da Bea

Olá, pessoa que estiver lendo isso. Não sei muito bem o que dizer, mas no episódio de ontem à noite, em Ohio, Bea falou que, quando o programa começou, ainda estava tentando esquecer alguém. E eu acho que esse alguém sou eu. E a verdade é que eu não me esqueci dela. Muito pelo contrário. Sei que a temporada já está no meio e que talvez seja tarde demais. Mas, se tiver alguma chance de eu me encontrar com ela, ou falar com ela, posso ir pra qualquer lugar, eu pago passagem, faço o que for preciso. Então, se existir a mínima chance de isso acontecer, entrem em contato comigo. Por favor. Eu não quero perdê-la.

* * *

Em certo grau, Bea se sentia tentada a aceitar a sugestão de Marin de mandar Ray embora sem ao menos uma conversa — afinal, seria mais fácil do que confrontá-lo, do que admitir para ele (e para o país inteiro) o quanto havia sofrido. Mas, apesar de ficar cara a cara com Ray ser uma péssima ideia, Bea precisava descobrir finalmente a verdade sobre o que existia entre eles, se ele algum dia retribuíra seu amor. Ela disse a Lauren que poderia ver Ray naquela tarde, mas não em um encontro ao estilo do programa; queria apenas uma caminhada pela sua cidade favorita com um homem que um dia havia sido seu melhor amigo. Lauren concordou de imediato, parecendo aliviada só com o fato de Bea concordar em falar com ele.

Uma parte de Bea queria passar horas fazendo cabelo, maquiagem e figurino antes de ver Ray, para se transformar em uma diva poderosa e sexy da TV — usar sua "armadura", como Luc havia descrito. Porém, por mais tentadora que fosse essa ideia, ela vestiu uma calça jeans e uma camisa de flanela que tinha trazido em sua bagagem pessoal, passou rímel nos cílios e um batom vermelho. Sabia que não ficaria nada bem diante das câmeras, mas pelo menos estaria à vontade. Com Ray, não fazia sentido ser a Bea do *É Pra Casar*, aquela pessoa cheia de brilho e glamour. Os artifícios do programa, as fantasias românticas suntuosas, nada disso combinava com eles dois. Eram apenas velhos amigos com um longo histórico de alegrias e mágoas.

Quando abriu a porta do quarto de hotel, ele se limitou a dizer: "Oi".

Ele parecia cansado, como se também estivesse sem dormir, e talvez havia mais de uma noite.

Então ela disse: "Quer dar uma caminhada à beira do rio?".

"Talvez para o norte, até o canal?"

"Eu adoro o canal."

"Bea." Ele abriu um sorriso tristonho. "Eu lembro."

Eles mal conversaram durante a caminhada — era como se ainda estivessem se readaptando à presença um do outro. O dia estava frio e cinzento à beira do Sena, a água agitada, e os turistas paravam toda hora para olhar quando viam a equipe de filmagem do *É Pra Casar*. No entanto, à medida que se afastaram do centro da cidade, a quantidade de gente foi diminuindo, e Bea começou a sentir a mesma tranquilidade dos meses em que vivera naquela região, dez anos antes.

Quando chegaram ao canal, Bea entrou em uma adega e comprou uma garrafa de vinho com dinheiro do próprio bolso. Os dois se sentaram nos degraus de uma das dezenas de pontes do canal, bebendo em copos de papel, com duas câmeras apontadas para seus rostos e um microfone de som ambiente pairando acima das cabeças. Tudo aquilo era estranhíssimo, mas estar com Ray era mais do que normal.

"Pensei que não fosse mais ver você", Ray falou, num tom tão baixo que era preciso se inclinar mais para perto para ouvir.

"Quando? Depois do verão passado?"

"Não, depois da cerimônia. Nunca vi você tão chateada."

"Bom, é claro", Bea retrucou, bem seca, "em geral, quando eu fico assim, você já se mandou."

"Em geral?" Ray parecia apreensivo. "Quantas vezes isso aconteceu?"

"Hã... inúmeras?" Bea ficou surpresa com a raiva presente em sua voz. "Em julho do ano passado, por exemplo. Na noite em que a gente se beijou no Chateau Marmont. Nas milhões de vezes em que fomos a algum bar e você me largou pra ir ficar com uma garota qualquer em L.A."

"Qual é, Bea." Ray ficou vermelho de vergonha. "Você sabe que eu gostava mais de você do que de qualquer uma delas."

Bea corrigiu a postura e deu um gole no vinho. "Então por que você nunca demonstrou isso?"

"Como não?", protestou Ray. "Eu passava todo o meu tempo livre com você."

"Não... não é disso que eu estou falando. Ray, você veio até Paris pra me dizer que tinha terminado seu noivado por minha causa. E eu... eu não estou entendendo por que resolveu fazer isso só agora, tantos anos depois, sendo que nunca quis nada comigo quando a gente morava na mesma cidade, quando eu era completamente apaixonada por você."

"Eu não sabia." Ele baixou a cabeça. "Bea, eu juro que não sabia."

"Não sabia que eu era apaixonada por você? Ou não sabia que sentia alguma coisa por mim?"

"As duas coisas. A minha cabeça estava uma zona. Você lembra como eu era, saía pra beber toda noite, acordava de ressaca todo dia."

"E me ligava pra pedir um milk-shake de baunilha e um McChicken com molho agridoce pras batatas fritas?"

"Ai, meu Deus", murmurou Ray. "Quando você aparecia na minha porta com aquele pacote, era como se tivessem aberto os portões do paraíso."

"Sim, e quando eu entrava no seu apartamento e percebia que outra garota tinha passado por lá, era como se tivesse sido transportada pro inferno."

Bea sacudiu a cabeça, piscando algumas vezes para segurar as lágrimas.

"Ray, no verão passado..."

"Eu sei", ele interrompeu. "Sei o tamanho da cagada que eu fiz."

"Não", ela rebateu. "Você não sabe, porque não estava lá pra ver. Eu te amei por tanto tempo, e bem no meio da maior crise da nossa relação você resolveu sumir, como se não tivesse nada a ver comigo? Nós não temos mais vinte e dois anos. Você não pode continuar dizendo que a sua cabeça está uma zona e usar isso como pretexto pro seu comportamento."

"Bea", Ray falou em tom de súplica, "eu estava confuso pra caralho. Fiquei me sentindo um filho da puta por trair a Sarah, e achei que o melhor a fazer era ficar com ela, mas sempre que falava com você... eu queria ir embora. Deixar de falar com você era a minha única escolha."

"Você poderia ter me dito isso! Poderia ter gastado cinco minutos do seu tempo pra me explicar que queria encerrar nossa amizade e nunca mais falar comigo."

"Eu ficava pensando: *Pode ser que amanhã eu acorde melhor. Aí vou conseguir falar com a Bea, e não vou sentir mais nada por ela, e ela não vai me odiar.*" Ray deu um gole no vinho. "Mas todos os dias eu acordava ainda te amando. E com a certeza de que você me odiava."

Bea ficou pasma. "Ray, você nunca me disse isso."

"Que eu te amo? Já falei um milhão de vezes."

"Eu sei, mas... do jeito que você está falando, fica parecendo que... Você sabe."

Ray a encarou, com uma expressão que era uma mistura de tristeza e esperança. "Que eu sou *apaixonado* por você?"

"Isso..." O coração de Bea disparou. "E você é?"

Ele segurou as mãos dela. "Sim, Beatrice Eleanor Schumacher, claro que sou. Completamente e inevitavelmente apaixonado por você."

Bea fechou os olhos. Era uma coisa que ela havia desejado tanto ouvir por oito anos, que imaginou saindo da boca dele milhões de vezes.

Mas àquela altura, depois de tudo o que tinha acontecido, não parecia suficiente.

"Você ainda não me explicou por quê."

"Por que eu sou apaixonado por você? Quer fazer um daqueles lances de comédia romântica, tipo uma lista? Eu até posso, mas..."

"Não, Ray. Você não me explicou por que demorou tanto pra me dizer isso. Por que nunca ficamos juntos quando nós dois morávamos em L.A. Por que você me beijou uma única vez, foi embora da cidade e nunca mais tocou no assunto. Por que dormir comigo te deixou tão apavorado que você precisou cortar relações."

"Eu já te falei, por causa da Sarah..."

"Mas por que você ficou noivo da Sarah, pra começo de conversa? Você sempre dizia que queria voltar pra L.A., então por que foi com ela pra Atlanta? Por que não ficou comigo?"

Ray sacudiu a cabeça em um gesto de frustração. "Não sei o que você quer que eu diga."

Bea não sabia se valia a pena insistir, se não estava só jogando sal nas próprias feridas. Mas precisava ouvir a verdade. Para seguir em frente, fosse com ele ou com outra pessoa, era preciso saber.

"Eu li uma matéria uma vez", ela falou, "sobre uma pesquisa científica que analisou o padrão de buscas das pessoas no consumo de pornografia."

"Espera aí, como é que é?" Se Ray parecia confuso antes, àquela altura estava totalmente perplexo.

"Pois é, o pesquisador teve acesso a um monte de dados, e comparou o que as pessoas diziam que queriam em um parceiro romântico com o que elas queriam de verdade. E descobriu que um número enorme de homens — eu esqueci a porcentagem exata, mas uma boa parte — via na internet pornografia com mulheres gordas. Mas quando tinham que responder que tipo físico desejavam em suas parceiras, quase ninguém mencionava uma gorda."

O rosto de Ray revelou seus sentimentos quando ele entendeu aonde Bea queria chegar.

"Então a pesquisa explicava como a coisa funciona na prática", Bea continuou, "que tem um monte de mulheres tentando perder peso por achar que é o que os homens querem, e os caras estão saindo com mulheres magras porque pensam que é isso o que querem. Sabe como o responsável pela pesquisa definiu isso?"

Ray não respondeu, apenas baixou os olhos.

"Um comportamento ineficiente. Uma perda de tempo."

Ele piscou os olhos várias vezes. "Eu sei que desperdicei seu tempo, Bea. Por anos."

"Mas *por quê*?", Bea quis saber. "Ray, eu não tenho como te perdoar se você não me disser o que fez de errado."

"Na época eu estragava tudo com todas as mulheres com que me envolvia, e não queria fazer isso com você. Eu precisava muito estar com você." Ele sacudiu a cabeça. "Pra mim, eu estava protegendo a nossa relação."

"Até onde eu sei, as últimas duas mulheres com quem você dormiu foram Sarah e eu, e não dá pra dizer que deu muito certo."

Ray deu um longo gole no vinho, e Bea percebeu que as mãos dele estavam tremendo.

"Quando a gente estava em l.a., eu sabia que adorava a sua companhia. E o quanto você era importante pra mim. E sabia... porra, Bea, eu sabia que te queria."

"E é tão difícil assim dizer isso?" O tom de voz de Bea era baixo e frio.

"Sim, mas não pelos motivos que você imagina. É difícil porque tenho vergonha de como fui burro. Na época, quando tentava imaginar nós dois juntos — juntos de verdade —, eu não conseguia. Simplesmente não fazia sentido. Quando conheci a Sarah, pensei: *Certo, isso, sim, faz sentido*. Fui morar com ela porque fazia sentido, fiz o pedido de casamento porque fazia sentido. Foi só no último verão que percebi que estava sendo idiota, que tinha cagado a minha vida — e a sua, e a dela —, mas àquela altura parecia tarde demais. Eu não sabia como corrigir as coisas."

"E agora?", insistiu Bea. "E agora, o que mudou? Você me viu na TV e de repente tudo se encaixou e seu caminho se iluminou? Ray, como é que eu vou acreditar que você mudou mesmo? Depois de tudo? Como é que eu vou conseguir acreditar?"

"Porque eu estou aqui." Ele pôs as mãos em seus joelhos, e ela sentiu um calor se espalhando por seu corpo, exatamente como tinha acontecido no Quatro de Julho. "Porque eu roubei o exemplar da *People* da Sarah e fiquei olhando pra você com aquela roupa por horas. Comprei todas as revistas que falavam de você, aliás. Comecei a ler todos os blogs, a acompanhar todos os boatos, fiquei desesperado por qualquer informação sua, sobre esses caras que estavam tentando tirar você de mim."

Bea estava tão nervosa que começou a tremer. "Eles não estavam tentando me tirar de você, Ray. Foi você que não me quis."

"Aí é que você se engana." Ray segurou os pulsos de Bea. "Quando entrei naquele pátio e te vi com aquele vestido, eu quis você mais do que qualquer outra coisa na vida. Queria te beijar de um jeito que fizesse você se esquecer da existência daqueles caras todos. Pra você lembrar que um dia também me quis."

Ele subiu as mãos até seus cotovelos, juntando os antebraços com os dele, chegando mais perto.

"O problema nunca foi eu te querer ou não", ela murmurou.

"Então qual é o problema?" Ray estava a poucos centímetros de distância, e Bea se lembrou do gosto dele, do cheiro de cravo-da-índia com almíscar, como sabia que seria, o mesmo de sempre.

"O jeito como você me fez sofrer... Sei lá. Não sei se consigo confiar em você. Nem se devo fazer isso."

"Me deixa tentar consertar as coisas. Eu estou aqui, Bea. Apaixonado por você. Me deixa te provar isso. Me deixa te provar isso pelo resto da nossa vida."

Em seguida ele começou a beijá-la, e foi tudo muito estranho e familiar, se sentir confortada e em pânico com o toque inconfundível dele, e de repente foi como se algo dentro dela tivesse voltado pro lugar certo num clique: era a resposta à dúvida que por tanto tempo a tinha perseguido — se algum dia ela voltaria a sentir os lábios de Ray contra os seus.

Bea não sabia dizer quanto tempo aquilo durou, aqueles beijos na ponte, com as pernas entrelaçadas como um casal de adolescentes. No fim, alguém da produção teve que interromper e avisar que estavam ficando sem luz; a equipe precisava encerrar o trabalho do dia, e era hora de voltar ao hotel.

Na van que os trazia de volta rumo ao Sena, Ray perguntou a Bea se eles podiam passar a noite juntos. Uma voz na cabeça dela gritava: *Sim, por favor, sim*, mas ela afastou esse pensamento e disse que não estava pronta, que precisava de mais tempo.

"Você tem todo o meu tempo, Bea." Ray a abraçou e a puxou para si, como se ela fosse dele. "Cada minuto que me resta é seu."

Naquela noite, Bea ficou com medo de passar outra noite acordada, mas o cansaço finalmente a venceu. Depois de tanta confusão e euforia e angústia e satisfação, ela percebeu que não havia nada mais a fazer além de dormir.

Bea não via Sam desde a fatídica cerimônia do beijo em Amboise, e não tinha uma conversa séria com ele desde o encontro em Champagne, uma semana antes — uma eternidade para os padrões temporais do *É Pra Casar*, ainda mais considerando a jornada emocional que Bea havia enfrentado desde então. Para o último encontro dos dois, Alison vestiu Bea com uma calça cinza-clara e um suéter preto de merino, e lhe entregou um saquinho de seda que cabia na palma de sua mão.

"Dezoito moedinhas amarradas com uma fita vermelha — uma velha superstição da minha avó", explicou Alison. "Ela sempre dava uma pra nós em dias especiais, pra trazer sorte. Depois que ela morreu, meu avô manteve a tradição, e agora os netos também fazem isso. Eles foram casados por sessenta anos, dá pra imaginar?"

"Sinceramente, não." Bea virou o saquinho nas mãos algumas vezes.

"Enfim, foi só uma ideia... para o seu último encontro da temporada."

"Obrigada." Bea abraçou Alison, impressionada com o fato de aquela experiência só ter durado oito semanas. Parecia um tempo minúsculo em comparação com uma vida.

De todas as coisas que Bea havia visto na semana anterior — a expressão de choque na cara de Luc ao ser flagrado com Lauren, os ombros caídos de Asher ao partir, o alívio nos olhos de Ray quando ela cedeu e aceitou o beijo —, não havia nada nem remotamente tão descomplicado e bem-vindo quanto encontrar Sam diante da torre Eiffel, sorrindo ao vê-la se aproximar.

"Eu sei que parece papo de turista, mas olha o TAMANHO dessa coisa!", ele exclamou, com um olhar maravilhado.

Bea deu uma bela risada. "Pois é, ela é famosa por isso. Quer ir lá em cima?"

"Não, de jeito nenhum!"

Ele a puxou para um abraço apertadíssimo, dando beijos carinhosos em sua testa e seus cabelos.

"Que saudade de você." Ela suspirou.

"Foi uma semana difícil, né?"

"Um-hum."

"Escuta só, eu tive uma ideia... pode ser bobagem, aí você me diz, mas eu estava pensando em passar o resto da minha vida te fazendo feliz. Então que tal se a gente começasse hoje?"

"Como é que você consegue ser tão legal?" Bea o encarou, com o coração transbordando de afeto.

"Você conheceu os meus pais... eu também não faço ideia", ele brincou, e Bea soltou uma gargalhada que comprovava como era simples e tranquilo estar com Sam.

Depois da filmagem na torre, eles entraram na van e foram para a loja de departamentos Galeries Lafayette, a favorita de Bea. De fora, parecia uma construção como outra qualquer, mas por dentro era espetacular: dezenas de galerias lotadas de roupas lindíssimas, todas dispostas ao redor de um átrio com pé-direito altíssimo e um lindo domo de vidro formando padrões intricados. De cada *galerie*, era possível ver o ambiente inteiro, e a entrada de cada uma era emoldurada com arcadas de um dourado reluzente.

"É bem diferente da Macy's", Sam comentou, e Bea riu.

"Estou muito feliz por estar aqui", ela falou. "Eu tenho uma tradiçãozinha pessoal. Toda vez que venho a Paris, passo aqui pra comprar um batom Chanel."

"Uau." Sam sorriu. "Como foi que eu encontrei uma garota classuda como você?"

Bea retribuiu o sorriso. "Acho que você deu sorte."

"Eu sei", Sam murmurou, puxando-a para um beijo demorado.

Depois disso, eles se separaram por um tempo: naquela parte do encontro, cada um teria um assistente pessoal para ajudar a escolher o que vestir no jantar daquela noite, que aconteceria em um cruzeiro pelo Sena ao pôr do sol. Enquanto Sam ia para a seção masculina com um sujeitinho esnobe chamado Augustin, Bea seguiu para o departamento de artigos de luxo com sua consultora, Lorraine — uma daquelas parisienses inacreditavelmente chiques de cinquenta e poucos anos que ficava mais elegante com uma blusa preta de gola rulê do que qualquer americana em trajes de alta-costura.

"Muito bem", ela falou para Bea em um tom simpático, mas bastante direto, "para você infelizmente eu acho que as opções não são muitas."

"Pois é, eu sei." Bea soltou um suspiro. "Sempre tento fazer compras aqui, mas em geral acabo levando só sapatos e maquiagem — nunca dei sorte com roupas."

"Ah, mas isso é culpa desses estilistas de mentalidade antiquada", Lorraine explicou. "Hoje não vamos precisar de sorte."

Lorraine mostrou alguns vestidos maravilhosos para Bea e, ainda que alguns tivessem ficado melhor que outros, nenhum era perfeito — pelo menos até ela experimentar um Tanya Taylor. Era uma peça preta de seda em estilo quimono com bordados floridos de paetês coloridos, com lantejoulas que refletiam a luz a cada movimento de Bea. E, o melhor de tudo, tinha bolsos, assim ela poderia guardar o saquinho de moedas de Alison pelo resto do encontro.

"*Parfait*", aprovou Lorraine.

Uma hora depois, o sol começava a se pôr, e Bea encontrou Sam em um barco elegante com o convés todo decorado com lamparinas de luz suave.

"Finalmente estou num barco com você, mas ainda *nada* de biquíni", ele provocou. "Isso é pura maldade, Bea."

"Não gostou do vestido?"

"Não, eu adorei." Ele se inclinou em sua direção e a beijou no rosto.

"Você também não está nada mal." Ela sorriu. Na verdade, ele estava maravilhoso: terno azul-marinho e camisa branca impecável com o colarinho aberto. Bea notou que Sam tinha algo nas mãos — uma caixinha preta e brilhante.

"O que é isso?", ela perguntou, embora tivesse a sensação de que já sabia.

"Eu terminei minhas compras antes de você, então tinha um tempinho pra matar", explicou Sam. "Como você não conseguiu passar no balcão de maquiagens, eu achei que..."

Bea abriu a caixa e puxou o batom Chanel de um vermelho vibrante, o tom 104: Paixão.

"Espero que o nome não seja óbvio demais", Sam falou. "Mas eu olhei e pensei: *Isso, é esse mesmo.*"

"É perfeito." Bea sorriu. "Você é perfeito."

"Bom", disse Sam, com um tom de voz mais baixo que o normal, "talvez você possa usar quando me der o beijo amanhã."

Enquanto eles dançavam no convés ao som de um quarteto de cordas que tocava canções de amor clássicas, Bea sentiu que estava vivendo o ápice da experiência de sonho do *É Pra Casar*: aquele lugar, aquele vestido e, claro, aquela companhia. Se fosse para escolher um final feliz, não tinha como ser melhor que aquele. Mas, ao sentir o peso das moedas no bolso, ela pensou nos sessenta anos de casamento dos avós de Alison — uma vida longa e nada extraordinária em comum. Não uma encenação de conto de fadas, um relacionamento de aparências, apenas a realidade: as brigas bobas, as idas ao hospital, os momentos emocionantes e inesquecíveis e todos os dias tediosos que preenchem a maior parte do tempo. Bea percebeu que, na verdade, não estava à procura de um final. Estava em busca de um começo.

"Sam", ela disse baixinho, "posso perguntar uma coisa?"

"Claro, qualquer coisa."

"Se fosse alguma outra garota aqui e não eu, você acha que teria se apaixonado por ela?"

Sam pareceu perplexo. "Está aí uma pergunta hipotética das mais esquisitas."

"Desculpa, eu não me expressei direito. O que estou querendo dizer é: a gente se conheceu num lugar bem específico, num momento bem específico da vida. No meu caso, eu estava tentando esquecer uma pessoa."

"O cara lá do outro dia?"

Bea assentiu. "Quer conversar sobre isso?"

"Sei lá", murmurou Sam. "Na verdade, isso não é da minha conta."

"Claro que é." Bea franziu a testa. "Se você está pensando em me pedir em casamento amanhã, tem todo o direito de saber que diabos está acontecendo na minha vida."

"Você está pensando em casamento?" O tom de voz de Sam era um tanto cauteloso. "Porque... eu com certeza estou. E aquele cara, enfim... Eu não sei quem ele é, nem o que rolou entre vocês. Mas confio em você, Bea. Então, se você disser que quer ficar comigo, pra mim isso já basta."

"Como sempre, você sabe exatamente o que dizer", Bea murmurou. "Quanto ao casamento... sim, eu andei pensando. Bastante, na verdade. Era sobre isso que eu estava tentando falar, na verdade."

Sam assumiu uma expressão mais séria. "E o que você tem em mente?"

"Levando em conta tudo o que está acontecendo na sua vida, eu estaria errada se pensasse que nós dois ficarmos juntos, darmos o próximo passo, ou assumirmos um compromisso firme... que isso seria meio que um alívio pra você?"

"Está me perguntando se eu te pediria em casamento como um pretexto pra sair da casa dos meus pais?"

"Não! Eu jamais diria isso. Mas é que você parece ter tanta convicção sobre nós, e eu preciso entender o motivo."

"Porque não pode ser simplesmente porque eu sou apaixonado por você?"

"Disso eu não duvido, Sam", Bea falou baixinho.

"Mas parece que sim." Ele a segurou pelos ombros. "Está com medo de quê?"

Bea o encarou. "Estou com medo de que você esteja em busca de um próximo capítulo, enquanto eu estou em busca do restante do livro."

"É isso que eu quero te dar, Bea", Sam garantiu. "Eu prometo pra você."

Ela o beijou com carinho e disse que acreditava nele.

Quando o dia se transformou em noite, o barco atracou perto do Louvre, e fogos de artifício explodiram no céu em chuvas de faíscas e cores. Bea pensou no Quatro de Julho, no frágil vínculo que havia formado com Ray, e em como a vida podia ser imprevisível e fugaz. No fim, só restavam as escolhas. Ela relaxou nos braços de Sam, finalmente se sentindo pronta para fazer a sua.

Na manhã seguinte, Bea acordou em sua linda suíte de hotel para o último dia de filmagens da sua temporada do *É Pra Casar*. Depois de fazer o cabelo e a maquiagem, vestiu um robe de seda bordado com suas iniciais e foi conhecer o fornecedor de diamantes das celebridades, Nils van der Hoeven, que lhe mostrou uma imensa variedade de alianças deslumbrantes. De acordo com a tradição do programa, Bea deveria eleger sua favorita e, de alguma forma, em um passe de mágica, em um ritual elaboradíssimo, o homem que escolhesse para ser seu marido optaria pela mesma joia para fazer o pedido mais tarde, provando que conhecia profundamente os desejos do coração dela.

Bea não sabia nem se queria uma aliança de diamantes, mas o sr. Van der Hoeven ("Por favor, me chame de Nils") tinha gastado uma boa grana para anunciar suas joias na televisão. Então ela soltou suspiros maravilhados diante de suas criações luxuosíssimas, que eram mesmo deslumbrantes, mas de forma alguma tinham a ver com seu gosto.

"Tenho mais um lote para te mostrar", ele falou com seu sotaque britânico. "Esses são antigos."

Ele abriu um mostruário de veludo preto com vinte alianças — a maioria com pedras ao estilo eduardiano, e algumas com toques de art déco. Uma delas chamou a atenção de Bea: o aro era de ouro rosé, bem menos reluzente que o das demais peças; olhando mais de perto, ela notou que o metal havia sido entalhado para parecer um galho de árvore. A pedra principal era um diamante cor de champanhe redondo com alguns defeitos bem evidentes, ladeado por triângulos de minúsculas opalas que brilhavam em tons de branco, azul e verde. Era a aliança mais linda que Bea já tinha visto na vida.

"Qual é a história dessa?"

"Ah, é uma escolha muito interessante", Nils falou, tirando o anel do mostruário e erguendo para a luz. "Foi feita para uma famosa herdeira da década de 1920, mas ela cancelou o casamento — morreu solteira, e a aliança nunca foi vendida. Consegui arrematar em um leilão algum tempo atrás, e está no meu acervo desde então. Sempre me perguntei por que ninguém nunca comprou — mas, cá entre nós, acho que a maioria das noivas fica meio assustada ao ouvir essa história. Acham que a aliança deve estar amaldiçoada ou alguma bobagem do tipo."

"Amaldiçoada", repetiu Bea, se lembrando das vezes em que havia usado aquela mesma palavra para se referir a si mesma. "O que aconteceu com essa herdeira?"

Nils pareceu confuso com a pergunta. "Como eu disse, ela nunca se casou."

"Sim, o que ela fez da vida? Seguiu uma carreira? Viajou pelo mundo?"

Nils encolheu os ombros. "Ninguém nunca me perguntou isso antes, e não tenho como saber. Quer provar a aliança?"

Bea sacudiu a cabeça e disse que não, obrigada. Falou que preferia um diamante impecável de três quilates lapidado em formato de almofada com um aro de platina. Ele disse que era uma excelente escolha.

Depois que o joalheiro se retirou, Alison apareceu na suíte de Bea para sua última escolha de figurino.

"Espero que você não fique com raiva de mim", ela falou, "mas separei esse aqui pra você. Temos outras opções, se você não gostar."

Alison estendeu um vestido longo e esvoaçante de cetim rosado com mangas largas, decote profundo e fenda pronunciada, tudo ressaltado com bordados de camélias de cristal em locais estratégicos. Bea foi contando nos dedos os problemas da peça.

"Tecido de caimento difícil, cor clara, sem estrutura, e essa fenda *com certeza* vai exibir minhas coxas por inteiro."

"Eu sei, eu sei, você detestou. Certo, vou mostrar outras coisas..."

Mas então Alison notou que Bea estava rindo.

"É fantástico." Bea sorriu. "Quem foi que fez?"

"Na verdade...", Alison falou, toda tímida. "Fui eu."

"Como é?" Bea estava pasma. "Alison, isso é uma bênção. *Você* é uma bênção. Minha nossa, como é que eu vou conseguir viver sem você?"

"Ora, você ainda não se livrou de mim. Ainda vamos nos ver para o episódio de reencontro, para os tapetes vermelhos em l.a.... vamos estar sempre juntas."

"Você promete?" Bea sorriu. Alison assentiu e, quando terminou de ajustar o vestido e prender metade dos cachos perfeitos de Bea com uma fivela de strass, ela se sentiu como uma delicada flor de primavera, pronta para se abrir.

O pedido de casamento fechava com chave de ouro todas as temporadas de *É Pra Casar*, e naquele ano Bea foi obrigada a admitir que Lauren havia se superado: o ritual aconteceria no meio da Pont des Arts, a pontezinha estreita no meio do Sena onde os namorados prendem cadeados com suas iniciais para simbolizar seu amor eterno, com uma vista panorâmica espetacular de Paris. Bea estava à espera no lado sul da ponte, junto com Lauren e a maior parte da equipe; Sam e Ray estavam a postos no outro extremo, acompanhados de outros membros da produção. Ambos aguardavam em carros com vidros escurecidos, para que nenhum dos dois visse quem falaria com Bea primeiro para receber sua recusa e quem estava prestes a descobrir que havia ganhado a temporada — e o coração de Bea.

Enquanto as equipes de iluminação e som se preparavam para gravar (aparentemente, uma filmagem no meio de uma ponte, além do drama, implicava uma série de desafios técnicos), Lauren se aproximou de Bea para falar sobre a última cena da temporada.

"Você está pronta?", Lauren quis saber.

"Na verdade, estou, sim." Bea olhou para suas mãos recém-feitas, com o dedo anelar vazio.

"E está certa da sua decisão? Não vai mudar de ideia na última hora?"

"Isso acontece bastante?" Bea deu risada.

"Você ficaria surpresa se soubesse." Lauren revirou os olhos. "Então, se está pronta, podemos começar a filmar?"

"Você acha que eu tomei a decisão certa?", Bea questionou.

"Sinceramente? Não é o que eu faria", admitiu Lauren. "Mas a vida é sua, Bea. Depois de tudo isso, você merece ser feliz."

Enquanto caminhava até o centro da ponte, com seu vestido farfalhando ao vento, a Île Saint-Louis se erguendo a leste e o sol se pondo a oeste no céu de Paris, Bea respirou fundo. Ela queria se lembrar exatamente da sensação daquele momento: cheia de alegria, sob a luz morna e rosada do crepúsculo, com a consciência de que, depois do ano mais difícil de sua vida, tudo iria acontecer exatamente do jeito que deveria.

"Muito bem, Bea", o produtor gritou. "Tudo pronto!"

Bea se posicionou e olhou para o outro lado da ponte, onde, naquele exato momento, com um smoking de caimento perfeito, Sam saía da limusine e vinha em sua direção com um lindo e reluzente sorriso no rosto.

Episódio 9
Reencontro

Filmado e transmitido ao vivo nos estúdios
da ABS em Los Angeles

@People NOTÍCIA DE ÚLTIMA HORA: @OMBea rejeita os dois pretendentes na #GrandeFinalPraCasar! <u>Clique aqui</u> para ler a matéria completa!

@YayStephy PERAÍ PERAÍ PERAÍ ELA DISSE NÃO PROS DOIS PERAÍ PERAÍ #GrandeFinalPraCasar #comoassim

@MichaelLovesSoccer puta merda por essa eu NÃO esperava #GrandeFinalPraCasar

@KristeeAhNuh AHAHAHA ela deu um pé na bunda dos dois BOOOA BEA UAU

@TheEllenShow Você já tem muito amor na sua vida, @OMBea, esteja sozinha ou com alguém. Obrigada por mostrar toda sua beleza e sua FORÇA!

> **@ChrissyTeigen** além disso @OMBea obrigada por mostrar como é que se trata um canalha gostosão francês você tem a nossa gratidão eterna

@Data_Emily Eu tô MORTA e foi a @OMBea que me matou

@ArianaGrande ●●) ●●) ●●) muito obrigada, próximo! @OMBea

@AbyssinaStapleton Bea Schumacher é um exemplo clássico de #autossabotagem. Em vez de se casar com um dos ótimos pretendentes que tinha à disposição, decidiu ficar sozinha. E, se ficar assim até morrer, a culpa vai ser só dela — leia mais sobre isso no meu novo livro!

@SueSchu614 @AbyssiniaStapleton QUE HISTÓRIA É ESSA DE FA-LAR ASSIM DA MINHA FILHA ELA TOMOU UMA DECISÃO CORAJOSA DE ESCOLHER A PRÓPRIA FELICIDADE E NÃO CEDER À PRESSÃO SOCIAL

@DerringDuncan Dá duro nela, mãe!

@CheshireBob Sra. Stapleton, estamos todos muito orgulhosos de Bea, e agradeceríamos se *você* parasse de falar que é *ela* que está se sabotando.

@TimSchumacher999 A dona aranha vai subir pela sua parede, sua pilantra 🕷 🕷 🕷

@CoachJonS Tim, essa piada é péssima. Você precisa parar com isso.

@ChrisEvans81 Espera aí, então quer dizer que a Bea ainda tá solteira?! O que eu tenho que fazer pra ela me ligar?!?!?!? #GrandeFinal-PraCasar #olhaeupassandovergonha #podeligarmesmo

FINAL BOMBÁSTICO EM *É PRA CASAR*:
BEA REJEITA OS DOIS PRETENDENTES!
por Amy Bello, people.com

A protagonista do *É Pra Casar*, **Bea Schumacher**, dispensou não um, mas DOIS pedidos de casamento no bombástico episódio final desta noite! Depois de um reencontro carregado de emoção com seu ex-namorado **Ray Moretti** e um dia de conto de fadas em Paris com o queridinho dos fãs **Sam Cox**, Bea estava pronta para tomar sua decisão — mas, em uma reviravolta inesperada, escolheu a si mesma!

Sam foi o primeiro a sair da limusine — como os espectadores do *É Pra Casar* já sabem, isso sempre significa rejeição —, mas Bea fez a gentileza de avisar isso a Sam antes que ele se ajoelhasse. Assim que ele tirou a caixinha com a aliança do bolso do paletó, ela o interrompeu, dizendo que havia aprendido a amá-lo muito como pessoa, mas achava que seria melhor que os dois seguissem cada um seu próprio caminho. Sam ficou claramente arrasado, mas recebeu a notícia com o bom humor e a elegância que lhe são característicos.

O mesmo não vale para Ray, que se mostrou uma figura turbulenta e volátil desde o dia em que apareceu no meio da cerimônia do beijo em Amboise. Assim que ele saiu da limusine, os espectadores pensaram que Ray e Bea ficariam noivos — assim como Ray, que ficou de joelhos e a pediu em casamento usando o diamante de três quilates que ela havia escolhido com o joalheiro das celebridades Nils van der Hoeven naquele mesmo dia. Mas Bea disse a Ray que, por mais que um dia houvesse sonhado em passar a vida com ele, agora tinha sonhos maiores — e que não incluíam um homem que a havia magoado tanto e por tanto tempo. (E, em vez de ligar para os pais para anunciar o noivado, Bea telefonou para sua melhor amiga Marin para pedir desculpas e dizer que ela estava certa sobre Ray o tempo todo — um momento de redenção para as melhores amigas de todo o mundo.)

A reação do Twitter ao episódio final foi veloz e furiosa, com fãs e famosos se juntando para apoiar a decisão de Bea de se tornar a *primeira* protagonista mulher a recusar ambos os pretendentes. Então, o que espera por Bea? Para descobrir, precisamos esperar o episódio especial de reencontro do mês que vem, quando ouviremos em detalhes o que ela tem a dizer, mas a *People* vai continuar acompanhando a história e trazendo mais notícias à medida que forem surgindo. Por ora, desejamos à protagonista mais polêmica da história do *É Pra Casar* toda a felicidade do mundo.

POSTAGEM DO BLOG OMBEA.COM
137 418 COMPARTILHAMENTOS ○ 281 927 CURTIDAS

Oi de novo, OMBeldades! Faz um tempão que não venho aqui, e estou com *saudade* de vocês!! Então me contem tudo. Como está a primavera? Já estão passeando com seus vestidinhos curtos? Quanto a mim, como vocês sabem, sem muitas novidades. Tudo bem, tudo bem, é brincadeira, a minha vida foi virada de cabeça para baixo, sacudida sem dó nem piedade e então revirada outra vez, mas depois de tudo isso voltei para casa, e é muito bom estar aqui. Parece que tudo mudou e ao mesmo tempo continua a mesma coisa, no melhor dos sentidos — mal posso esperar para contar a vocês sobre os meus novos projetos.

Por enquanto, o que eu queria dizer é que vou dar um tempo deste blog. Muito do que faço aqui é compartilhar com vocês a minha vida: os meus planos, os meus looks, as minhas esperanças, as minhas opiniões. Sempre considerei um privilégio ter vocês aqui do meu lado, e nunca vou poder expressar toda a minha gratidão por receber esse apoio. Principalmente durante a loucura dos últimos dois meses, saber que vocês estavam me vendo, torcendo por mim e ficando do meu lado apesar dos meus (muitos) erros fez toda a diferença.

O *É Pra Casar* foi uma experiência intensa e, em breve, vou descobrir o que quero dizer a respeito de tudo o que rolou (e como). Por enquanto, estou contente com a ideia de poder respirar um pouco e NÃO ter cada segundo da minha vida exposto aos olhos do público, para poder decidir com calma o que vem a seguir.

Desejo a vocês todo o amor e todo o brilho que existem no universo.

Beijinhos, Bea

Comentário de MattyMorgan921: Quais são os projetos???? FALA DOS PROJETOS!!!! (será que podemos torcer por um remake de Splash com Channing Tatum e Bea como sereia????)

Comentário de djgy23987359: oi bea vc provavelmente ainda vai morrer em breve pq é mto gorda mas fez bonito naquele programa e que tal entrar pros vigilantes do peso???

Resposta de DrKamler32998: 😮 😮 😮 por acaso você VIU o episódio 2? A obesidade por si só não é causadora de nenhuma doença fatal

Comentário de Steven929: Bea se você está feliz solteira, que ótimo e tal, mas falando sério que tal ligar pro Chris Evans? O cara parece ter ficado chateado de verdade. É só uma opinião. Parabéns!

TRANSCRIÇÃO DE MENSAGENS DE TEXTO, 2 DE MAIO: BEA SCHUMACHER E MARIN MENDOZA

Marin [14h28]: Ei, você já foi? Eu tô muito atrasada!!!

Bea [14h30]: VEM LOGO PRA CÁ!!!! O David acabou de dizer que aprendeu a fazer *twerk*, e vai mostrar pra gente!! Marin ele tá muito bêbado vai ser um HORROR

Marin [14h31]: NÃO! A Sharon fez aquela sangria de novo?? Aquele negócio é um perigo

Bea [14h35]: 1) ela fez sim 2) eu tô bebaça 3) seria uma ideia muito ruim pegar alguém da família da Sneha?

Marin [14h36]: Homem ou mulher

Bea [14h36]: Homem eu ainda sou hétero Mar

Marin [14h37]: Legal então é todo seu!!!! Desde que ninguém vaze pra imprensa, VAI FUNDO!!!!

Bea [14h37]: Eu não vou pegar ele na verdade

Marin [14h38]: Eu sei, gata. Mas você poderia se QUISESSE

Bea [14h39]: ISSO, EU PODERIA

Marin [14h42]: Certo tô chamando o carro logo mais chego aí e diz pro David não dançar enquanto eu não estiver aí!!!!!!

Bea [14h47]: Tarde demais ele já dançou e foi tipo ARTE

─── **Mensagem Encaminhada** ───

De: Olivia Smythson, The Agency <u>smithson.olivia@theagency.</u>
<u>com</u>
Para: Bea Schumacher <u>bea@ombea.com</u>
Assunto: RE: Projetos

Oi, Bea! Estou escrevendo só para dar uma repassada sobre em que pé andam os nossos projetos. Sua reunião com o pessoal da CondéNast está CONFIRMADA para quinta-feira, e Jenna Lyons vai estar na cidade na semana que vem e quer saber se você está livre na quarta para falar de eventuais parcerias. Katy e Corey vão mandar um e-mail para marcar. Também estamos recebendo contatos de várias editoras sobre a possibilidade de lançar um livro autobiográfico, mas já avisei que você ainda não se sente pronta para isso. Alguma ideia do que podemos fazer como alternativa? Um guia de moda ou coisa do tipo? Só estou levantando a bola aqui, a criadora é você!

E, mais uma vez, tem certeza de que não quer fazer mais nada na televisão?? Olha, Bea, eu ando recebendo tantas ligações que não estou mais nem dando conta de responder. Você por acaso se interessaria em ser apresentadora substituta no The View? Me liga quando puder!

P.S.: Sei que você está "dando um tempo" das redes sociais, mas poderia POR FAVOR postar pelo menos um story no Insta por semana? Precisamos manter o engajamento, caso contrário todos esses novos seguidores que você ganhou não vão servir para NADA! Obrigada, Bea!

ROTEIRO DE CHAMADA TELEVISIVA DE *É PRA CASAR* VEICULADA ANTES
DO EPISÓDIO ESPECIAL DE REENCONTRO DA TEMPORADA 14

IMAGENS DO CÉU DE PARIS AO ANOITECER. OUVIMOS UMA VOZ —

VOZ EM OFF

Um mês atrás, em Paris, não um, mas *dois* homens estavam dispostos a se casar com Bea Schumacher.

INSERIR TRECHO DE VÍDEO: SAM E BEA NA PONT DES ARTS

SAM

Eu te amo, Bea. Quero passar o resto da minha vida com você.

INSERIR TRECHO DE VÍDEO: RAY AJOELHADO

RAY

Bea, você aceita se casar comigo?

MÚSICA ROMÂNTICA TOCANDO ENQUANTO A IMAGEM DÁ UM ZOOM NO ROSTO DE BEA. ENTÃO A IMAGEM TRAVA E — EFEITO SONORO: DISCO SENDO RISCADO

VOZ EM OFF

Mas ela rejeitou os DOIS.

CORTE RÁPIDO PARA UMA MONTAGEM ACELERADA COM CENAS DE TODA A TEMPORADA, COM MÚSICA ANIMADA AO FUNDO

VOZ EM OFF

Nesta segunda, no episódio especial AO VIVO de reencontro do elenco de *É Pra Casar*, todas as perguntas serão respondidas. Por que Bea não quis ficar noiva nem de Sam nem de Ray? Eles a perdoaram? E ela, conseguiu perdoar Luc? O que ela vai dizer quando ficar cara a cara com Asher pela primeira vez desde que ele saiu do programa?

INSERIR TRECHO DE VÍDEO: BEA, ASHER, GWEN E LINUS RINDO DURANTE O JANTAR

VOZ EM OFF

Não perca nem um segundo do dramático episódio de reencontro do elenco de *É Pra Casar*. Nesta segunda, às oito da noite, só aqui na ABS.

* * *

Retomar a vida em Los Angeles foi como entrar em um pequeno universo paralelo, onde Bea era quase a mesma pessoa e a maioria das coisas não havia mudado. Mas às vezes ela percebia o olhar de reconhecimento no rosto de desconhecidos, e ocasionalmente estranhos a abordavam com opiniões não solicitadas sobre sua vida amorosa. Bea não frequentava o tipo de bares e restaurantes em que o fato de ter participado de um reality show bastava para não ter que pagar a conta (para a infelicidade de Marin). Durante aquelas primeiras semanas, Bea preferiu ser discreta, evitar lugares movimentados, manter distância das redes sociais — pelo menos na medida em que sua agente permitia — e curtir na vida real a companhia de seus amigos da vida real. Ainda não tinha visto nenhum episódio do programa, apesar de ter todos à disposição. Por ora, estava feliz de voltar a sua própria casa, usar suas próprias roupas e dormir em sua própria cama.

Com a aproximação do episódio especial de reencontro, um mês depois da final, porém, o interesse do público por sua vida voltou a crescer, e Bea sentiu de novo aquele familiar nervosismo. Não era nada comparável à ansiedade que havia vivenciado antes da gravação da temporada e durante o período que passou filmando, mas ela não parava de pensar em como seria ver alguns daqueles homens pela primeira vez desde o fim das filmagens — Luc, Sam, Ray e Asher, caso ele aparecesse.

Não havia nada que Bea pudesse fazer para deter a espiral de preocupações, mas ela pelo menos teria Marin por perto para lhe dar um apoio moral, e a emissora mandou um SUV de luxo com motorista para levá-las até o estúdio em Burbank.

"Quem você está mais ansiosa pra ver?", Marin perguntou, comendo alguns M&Ms que encontrou no frigobar do carro. "Ray ou Asher?"

"O Asher não vem", Bea se apressou em dizer.

"Você não tem como saber. No TMZ disseram que ele pode aparecer."

"Pelo que eu ouvi dizer, ele não estava respondendo aos e-mails do pessoal da produção. Eles disseram que isso configura quebra de contrato."

"Sério? Você acha que eles vão processar o Asher?"

"Não, acho que foi só uma forma esperta de me ameaçar de leve e garantir que eu não ia atrapalhar as gravações. Acho que eles não ligariam se ele não aparecesse no episódio de reencontro."

O tom de voz de Bea era despreocupado, mas na verdade ela vinha pensando em Asher mais do que gostaria — quando lia alguma coisa engraçada, quando usava alguma peça com estampa de leopardo, quando ia à Sephora e se pegava procurando por coisas das quais Linus poderia gostar. Ainda que estivesse furiosa por Asher tê-la abandonado ao primeiro sinal de dificuldade, a saudade falava mais alto. Tinha pedido a Alison para tentar descobrir se ele iria ao reencontro, e ficou sabendo que ele havia rompido os contatos com a produção por completo. Só isso já explicava tudo: era impossível mandar um recado mais claro de que ele não tinha a menor intenção de revê-la algum dia. Isso era doloroso (e muito), mas Bea sabia que, se tinha conseguido superar Ray, poderia fazer o mesmo em relação a Asher.

"Mas agora, falando sério", Marin disse para dissipar a tensão, "posso dar um soco na cara do Ray?"

"Marin!" Bea deu uma risada.

"Não um soco de krav maga, só um daqueles soquinhos no ar que a gente dá no crossfit. Por favor!"

"O cara se ajoelhou na minha frente em rede nacional e eu disse que preferia ficar sozinha a me casar com ele. Acho que ele já teve o que merecia, não?"

Marin fechou a cara. "Nem de longe."

Quando chegaram ao estúdio, as coisas tomaram um ritmo mais acelerado: Bea foi para a cadeira de cabelo e maquiagem e depois para a sala de figurino, onde Alison a vestiu com um terninho Jason Wu feito sob medida, com calça justa, lapelas largas e uma camisa transparente de chiffon que dava a impressão de que Bea não estava usando nada por baixo. Seus cabelos foram presos em um belíssimo coque chignon, seus olhos estavam bem destacados com delineador preto, e era quase impossível se equilibrar nos saltos de doze centímetros de seus sapatos Manolo Blahnik. Em resumo, Bea parecia uma mulher de negócios poderosíssima — o total oposto de um típico episódio de reencontro do *É Pra Casar*, em que a protagonista em geral usava algo branco e rendado, evocando a aparência de um vestido de noiva.

"Uau", elogiou Marin, "se esses caras ainda não estiverem se remoendo por terem perdido você, vão começar a fazer isso agora."

"Né?" Alison sorriu. "Minha missão aqui está cumprida."

"Ai, não", Bea suspirou, "seu trabalho comigo literalmente terminou."

"Nada disso, eu vou pensar em looks pra você pelo resto da vida." Alison deu um abraço carinhoso em Bea, então se virou para Marin. "Onde você vai assistir? Da plateia?"

"Você pode ver de onde quiser", Bea fez questão de dizer. "Quer ficar com a Alison nos bastidores?"

"Hã, claro, tudo bem pra você?" Marin se virou para Alison, que deu um sorriso charmoso como resposta.

Uau, Bea pensou, *talvez alguém ainda encontre um amor nesta temporada do programa, no fim das contas.*

Mas antes que ela conseguisse provocar um pouco suas duas amigas, uma pessoa da produção apareceu para buscá-la — a plateia já estava a postos, e eram quase cinco da tarde no horário do Pacífico, oito da noite no horário da Costa Leste. Estava na hora de o programa começar.

@Reali-Tea Certo shipadoras e bebericadoras, estão prontas pro episódio de reencontro do elenco do @PraCasarABS?? Estamos aqui tuitando enquanto vemos a lavação de roupa suja.

@Reali-Tea Johnny está apresentando um vt mostrando as idiotices dos caras na casa, que tédio. Quantas vezes eu vou ser obrigada a ver o Trevor bêbado caindo do trampolim?

@Reali-Tea pqp, eles estão fazendo todos os personal trainers (Kumal, Ben K. e o outro é o Ben Q., é isso?) responderem um quiz sobre gordofobia e toda vez que erram a resposta precisam pagar 10 flexões hahahaha eu adoro esse programa

@Reali-Tea PUTA MERDA trouxeram os aluninhos do jardim de infância do Ben G. pra ensinar pro Jefferson que é errado praticar bullying!!!

@Reali-Tea Garotinha diva: "Jefferson, você acha certo tratar mal as pessoas?"

Jefferson: ...

GD: "Bom, se você não acha, por que tratou a Bea mal?"

Jefferson: ...

Menininho de óculos: "Minha mãe disse que as pessoas praticam bullying porque se odeiam. Você se odeia?"

@Reali-Tea: Estão obrigando o Jefferson a fazer o juramento anti-bullying da Michelle Obama. Pessoal, eu vou ser fã desse programa até morrer, juro por deus.

@Reali-Tea: Awwwn, é o Wyatt! Oi lindo! Ele está agradecendo a @ombea e o público do programa por ter sido aceito como ele é, eu vou chorar 😭 😭 😭

@Reali-Tea Johnny está dizendo que tem uma convidada surpresa pro Wyatt???

@Reali-Tea PARA TUDO É A HATTIE A MÃE DO WYATT! Ela disse que ama o filho e está orgulhosa por ele ter se assumido, e acha que eles deveriam fazer outra tatuagem juntos. Podem tatuar essa família inteira na minha cara se quiserem HATTIE PFV ME ADOTA.

@Reali-Tea Certo, a primeira metade do programa ACABOU! A rainha @ombea vai aparecer depois do intervalo, então podem preparar os leques que AGORA a coisa vai esquentar.

* * *

"Oi, sumida." Lauren sorriu para Bea. Estava à sua espera atrás da porta do estúdio por onde Bea faria sua entrada triunfal depois do intervalo comercial.

"Oi!" Bea ficou surpresa ao vê-la. "Pensei que você fosse ficar lá na cabine com o diretor!"

"Eu já estou voltando pra lá", explicou Lauren, "mas queria te ver antes. Como você está? A vida de solteira está boa?"

"Sim, só um pouco diferente e cheia de novidades." Bea deu uma risada. "Mas sou obrigada a admitir que é ótimo acordar toda manhã sabendo que eu não sou a responsável pela turbulência emocional de homem nenhum."

"Está vendo?" Lauren sorriu. "Você está começando a pensar como eu."

"Sério mesmo?" Bea estava cética. "Depois de tudo o que aconteceu na temporada, você ainda não tem nenhum interesse em encontrar um amor?"

"De jeito nenhum", respondeu Lauren em tom de deboche. "Bom, você viu o cara que eu escolhi — Luc, logo quem. Eu não deveria nem pensar em ter um relacionamento, né?"

Bea se lembrou de seu primeiro contato com Lauren, da inveja que sentira da postura desinteressada dela em relação ao amor, desejando ser blasé como ela para não ter que viver a dor terrível de um coração partido. Mas àquela altura achava justamente o contrário. Talvez Lauren de fato não quisesse um relacionamento, ou talvez fosse apenas uma fachada para proteger seu coração (e Bea desconfiava que a segunda hipótese era a verdadeira). De qualquer forma, Bea não desejava regredir nesse sentido. Valorizava a abertura, a vulnerabilidade e o potencial que faziam parte de sua vida naquele momento, e não trocaria isso por nada, por mais que tivesse sofrido para chegar até ali.

"Ei", Lauren falou, interrompendo seus pensamentos, "acha que eu fiz a coisa certa te convidando pro programa? E que você fez a coisa certa aceitando?"

"Com certeza." Bea assentiu com a cabeça. "No mínimo, você fez exatamente o que eu esperava."

"E o que foi?"

Lauren parecia intrigada, e Bea abriu um sorriso carinhoso para sua produtora. "Você mudou minha vida."

"Bea?", chamou o produtor de palco. "Você entra em trinta segundos!"

Ele começou a contagem regressiva, e Lauren apertou a mão de Bea antes de correr para a cabine. Quando a transmissão recomeçou, Bea atravessou a porta do estúdio e se postou diante dos holofotes — acenando e sorrindo, mas sem conseguir enxergar nada. Os aplausos da plateia eram absolutamente ensurdecedores; Bea nunca tinha vivenciado nada parecido na vida. As pessoas aplaudiam, batiam os pés e gritavam seu nome. Johnny se aproximou para levá-la até o centro do palco, onde o infame sofá do *É Pra Casar* a aguardava.

"Uau", Johnny comentou quando o público finalmente ficou em silêncio, "eu não me lembro de nenhum protagonista do programa ter uma recepção como essa!"

Eles começaram a aplaudir de novo.

"Obrigada!", exclamou Bea. "A presença e o apoio de vocês são muito importantes pra mim, de verdade."

"Vamos falar um pouco sobre isso, Bea." Johnny começou a conduzir a conversa para a lista de tópicos que a produção tinha preparado de antemão. "Como você encarou toda a polêmica criada em torno dessa temporada?"

"Obviamente, algumas pessoas achavam que eu não tinha a aparência certa pra ser a protagonista de um reality show de romance" — vaias da plateia —, "mas eu já sabia que isso ia acontecer. Foi um dos motivos pra eu ter aceitado participar do programa."

"Você aceitou porque *sabia* que os comentários negativos viriam?"

"Eu queria mostrar que tinha o direito de estar aqui", Bea respondeu. "Que eu poderia fazer parte de um programa em que as pessoas buscam um amor, assim como qualquer outra mulher."

"E como você avalia a experiência, considerando que foi a primeira protagonista mulher na história do programa a recusar dois pedidos de casamento?"

Bea riu. "Acho que acabei mostrando que, além de merecer um amor, eu *também* tenho o direito de ser exigente."

A plateia gargalhou, em meio aos aplausos.

"Você falou sobre a maneira como o público te veria, mas e quanto à sua visão de si mesma? Isso mudou?"

"Sim, com certeza", Bea falou. "O programa teve um monte de reviravoltas inesperadas pra mim, desde o momento em que aquele cara virou as costas e foi embora na primeira noite. Quando bati os olhos em todos aqueles homens dentro dos parâmetros convencionais de beleza, me senti humilhada. E obviamente alguns deles deixaram claro que me consideram repulsiva. E eu lamento muito dizer isso, mas preciso ser sincera: houve momentos em que acreditei neles. Me senti afundando sob o peso de todas as coisas ruins que já disseram sobre mim e, pra piorar, todas as coisas ruins que já pensei sobre mim mesma."

"Em certo sentido, você era a sua pior inimiga."

"Não sei se eu era pior que o Jefferson, mas, sim, eu não estava sendo legal comigo mesma."

O público soltou uma risadinha ao ouvir isso.

"E a pior parte foi que, como eu estava acreditando em tudo de ruim que era dito sobre mim, não conseguia acreditar nos caras que estavam realmente interessados em me conhecer. Não estava dando nenhuma abertura pra eles."

"Você caiu em um buraco bem fundo, e precisou se esforçar muito para sair."

"Exatamente."

"E como foi que você fez isso?"

"Do mesmo jeito que as pessoas conseguem fazer o que quer que seja! Com ajuda! Minha melhor amiga Marin foi ao set logo no começo, e isso mudou tudo pra mim. E então, quando a gente foi pra Ohio, eu pude falar com a minha família, o que foi ótimo."

"Também foi a semana em que você começou a se aproximar de Wyatt", comentou Johnny.

"Sim, com certeza", confirmou Bea. "Wyatt e Sam, principalmente, foram fantásticos e me ajudaram a acreditar que eu não deveria me fechar em mim mesma e me afastar da possibilidade de encontrar um amor."

"E Asher?", questionou Johnny.

"As coisas com o Asher foram mais complexas — e a mesma coisa com o Luc. Tive ótimos momentos com os dois, e momentos difíceis também."

"Luc foi eleito o vilão da temporada, talvez um dos piores da história do *É Pra Casar*. Mas pelo jeito não é assim que você pensa nele, não é?"

"Não mesmo", Bea falou. "Eu não consigo. Pra mim não é assim tão simples. Luc me magoou muito, mas também fez com que eu me sentisse bonita quando ninguém mais foi capaz disso. Ele foi o primeiro homem na minha vida a me mostrar como é esse sentimento."

"Bem, então agora você tem a chance de dizer a ele exatamente como se sente. Vamos receber Luc aqui no palco!"

Um holofote iluminou Luc quando ele entrou, com uma calça jeans apertada e uma camisa preta estrategicamente desabotoada, os cabelos compridos o bastante para serem presos em um pequeno rabo de cavalo. A reação da plateia foi paradoxal: as pessoas aplaudiram, apesar de saberem que ele não merecia, mas era inevitável. Bea sabia exatamente como eles se sentiam.

"Bea." Ele a beijou no rosto, e seu cheiro continuava o mesmo: sal e fumaça. "Que bom ver você."

"Eu digo o mesmo", ela falou, educada.

"A última vez que vi vocês dois juntos foi na fatídica cerimônia do beijo em Amboise. Vocês se falaram alguma vez desde então?", Johnny perguntou.

Ambos sacudiram negativamente a cabeça.

"O público só ficou sabendo depois que o episódio foi ao ar que Luc estava tendo um caso com uma produtora do programa. Mas você já sabia, Bea? Foi por isso que Luc foi eliminado naquele dia?"

"Eu sabia, sim", Bea respondeu.

"Claro que ela sabia", Luc acrescentou. "Ela viu tudo com os próprios olhos."

Houve suspiros de espanto na plateia, e Bea sacudiu a cabeça. Até naquele momento Luc precisava ser dramático.

"Ora", Johnny arregalou os olhos, "essa é nova para mim! Bea, isso é verdade?"

"É, sim", admitiu Bea. "Naquela manhã, eu peguei os dois no flagra."

"Como você se sentiu quando isso aconteceu?"

"Foi difícil, sabe. Aconteceu logo depois de eu ter passado a noite com Luc, o que foi uma coisa muito significativa pra mim... e continua sendo."

"Porque ele foi a primeira pessoa com quem você teve um envolvimento físico depois de Ray?"

Bea suspirou. Se sua vida sexual seria exposta ao país inteiro, que soubessem logo de tudo. "Ele continua sendo a única pessoa com quem eu dormi depois de Ray."

Murmúrios de preocupação se espalharam pela plateia — coitada!

"Você se arrepende da decisão de passar a noite com Luc?"

"Não, de jeito nenhum", Bea fez questão de dizer. "Nós temos uma química incrível, e deixamos a coisa rolar. Sempre duvidei que eu conseguiria ter um relacionamento com ele fora do ambiente do programa, e agora tenho certeza disso. Nesse sentido, Luc me ajudou a entender que, apesar de ser tão bom estar com ele, eu não precisava me contentar com um relacionamento que não era o ideal pra mim. Eu gostaria que a gente tivesse se despedido em uma situação menos desagradável? Claro. Mas não guardo nenhum rancor. Levando tudo em consideração, Luc fez muito bem pra mim, foi muito sincero comigo e muito importante para a jornada que vivi no programa."

"Luc, você está surpreso por ouvir isso?"

"Sim, muito surpreso." Ele se virou para Bea. "Pensei que você estivesse furiosa comigo."

"Eu fiquei furiosa no momento em que aconteceu. Assim, você não podia esperar nem vinte e quatro horas depois de dormir comigo pra transar com outra?"

Luc abriu um sorriso constrangido.

"Ah, você é um sem-vergonha *mesmo*!", gritou uma mulher da plateia.

"Pois é, Luc é bem sem-vergonha", Johnny provocou, "e é por isso que vai ser *perfeito* na Mansão Pra Casar. O que você me diz, Luc? Que tal tentar de novo agora no verão?"

"Ah, sim, por que não?" Luc abriu um sorriso, claramente felicíssimo por participar de uma atração derivada do *É Pra Casar*. Johnny chamou um intervalo comercial e, quando Bea se levantou para dar um abraço de despedida em Luc, ele murmurou em seu ouvido.

"Vou deixar o meu celular com a Alison. Pode me ligar quando quiser, tá bem?"

Bea sorriu. "Melhor esperar sentado."

Ele deu uma risada, e seu hálito fez cócegas nos ouvidos dela.

"Nós tivemos ótimos momentos juntos, não é? Adeus, minha Bea."

Ele a beijou no rosto e saiu do palco, abrindo espaço para o convidado seguinte. Quando ele entrou, Bea se preparou para uma interação bem menos agradável.

"Oi", Ray falou secamente ao se sentar ao lado de Bea. Estava lindíssimo como sempre, mas parecia abatido, um pouco mais magro. Ele se recusou a olhar para ela e, antes que pudessem dizer qualquer coisa, um dos produtores deu início à contagem regressiva e a transmissão ao vivo recomeçou.

"Bem-vindos de volta ao nosso episódio especial", Johnny falou. "Nosso próximo convidado é um homem que Bea conhece bem, mas que só foi apresentado ao público recentemente. Ray, é um prazer tê-lo aqui conosco."

"Obrigado", Ray se limitou a dizer. Bea se perguntou que tipo de contrato ele teria assinado — não conseguia entender por que alguém concordaria em se submeter àquilo.

"Bea, vamos começar com a mesma pergunta que eu fiz a respeito de Luc: vocês tiveram algum tipo de contato desde o encerramento das filmagens?"

"Não", Bea falou no mesmo instante em que Ray disse "Sim".

"Ora, que interessante. Ray, você entrou em contato com Bea?"

"Sim, mandei mensagens pelo celular e por e-mail."

"Bea, você viu essas mensagens?"

"Hã, não. Depois do término das filmagens, tentei entrar em contato com a Sarah, ex-noiva do Ray, para me desculpar pelo que fiz e pra me colocar à disposição para ajudá-la em uma situação que deve ter sido muito dolorosa em diversos sentidos. Ainda não tive resposta — não que eu esperasse uma, afinal ela não me deve nenhuma satisfação —, mas fazer isso me deu a certeza de que seria melhor pra todo mundo se Ray e eu rompêssemos nossos laços de vez. Então eu bloqueei o número dele no celular e configurei meu e-mail pra mandar as mensagens dele direto pra caixa de spam."

"Sério mesmo?" Ray parecia sinceramente magoado.

"Ray, eu não posso mais continuar nesse seu jogo. Isso já durou tempo demais. Preciso virar essa página."

"Mas foi *você* que me rejeitou", ele falou, em um tom quase choroso. Bea teve que se segurar para não sentir pena dele.

"Você não faz bem pra mim, Ray." Aquelas palavras amargas saíram quase à força da boca de Bea. "Você falou que não tinha certeza dos seus sentimentos em relação a mim quando a gente morava em L.A., mas não viu problema nenhum em me beijar quando estava bêbado. E sabia muito bem que queria dormir comigo apesar de estar comprometido com outra pessoa."

"Então por que você quis me beijar lá em Paris? Por que me fez pensar que eu tinha alguma chance?"

"Eu estava perdida naquele momento. Muito magoada por causa do Luc e do Asher, e aí você apareceu e se declarou do jeito que sempre sonhei. Eu queria acreditar que, depois de tudo, a gente ainda podia ter um final feliz. Só que você ainda era a mesma pessoa que passou anos me magoando. A mesma pessoa que não teve coragem de namorar comigo quando podia, quando queria, porque não conseguia se imaginar tendo um relacionamento sério com alguém que se parecesse comigo."

"Mas eu superei isso!", protestou Ray. "Fui pra televisão pra dizer na frente do país inteiro que te amo... isso não quer dizer nada?"

"O meu corpo não é uma coisa a ser 'superada'", Bea falou com frieza. "Eu não tenho a menor intenção de dedicar a minha vida a um homem que tem vergonha de mim."

"Eu sei que dei todos os motivos pra você não confiar em mim", Ray insistiu. "Mas, Bea, eu juro que nunca mais vou te magoar."

"Eu sei que não." O tom de voz de Bea era triste, mas decidido. "Porque eu não vou permitir. Durante todos esses anos, os seus interesses estiveram acima dos meus — e, aliás, foi exatamente isso que aconteceu quando você apareceu do nada lá na França — e eu nunca consegui ver isso, porque te idealizava como um homem perfeito. Mas agora eu vejo quem você é, Ray. E sei que mereço coisa melhor."

A plateia aplaudiu com vontade e Johnny chamou um intervalo comercial. Um técnico de som apareceu para tirar o microfone de Ray, que pediu um instantinho e se virou para Bea.

"Então é isso?", ele quis saber. "A gente simplesmente não vai mais se falar?"

"Sim, Ray, acho que é isso." Bea teve que lutar para manter a compostura ao ver o rosto dele se contrair inteiro.

"A gente se ama. Eu sei que sim."

"Pode até ser", ela sussurrou. "Mas eu quero mais do que você tem pra me oferecer."

O técnico de som puxou Ray pelo braço, e ele se virou para sair do palco. Vê-lo partir foi terrível. Bea respirou fundo, e Alison apareceu para um retoque no figurino, dando uma ajeitada desnecessária em seus cabelos.

"Você está se saindo muito bem", ela sussurrou. "Continua firme."

Bea assentiu e, quando a transmissão recomeçou e Johnny chamou Sam ao palco, tudo ficou bem mais fácil.

"Oi, linda." Sam deu um abraço carinhoso em Bea, que se sentiu felicíssima ao vê-lo, como sempre.

"Nossa, como eu fui tonta por abrir mão de você." Ela sorriu e se virou para a plateia. "Não fui? Não foi uma péssima ideia recusar o pedido dele?"

"sim!", foi a resposta retumbante do público, e todos caíram na risada.

"Por que você fez isso, então?", Johnny questionou. "Para mim, e para muita gente assistindo em casa, foi um choque. Você e Sam pareciam formar um casal perfeito."

"Eu espero ter deixado claro pra todo mundo que o Sam é um cara absolutamente incrível, que foi maravilhoso comigo. E, de certa forma, foi por isso que eu sabia que a gente não daria certo."

"Isso não parece fazer muito sentido." Sam fez uma careta para Bea.

"Ah, pois é, a minha mãe vive falando sobre a minha tendência à autossabotagem, mas não foi bem isso que eu quis dizer. É que... o nosso relacionamento tinha um quê de artificial. Nós nos demos muito bem, ficamos muito à vontade juntos, mas nunca rolou nenhum desentendimento ou conflito, e acho que o motivo pra isso foi que nunca tivemos uma conexão mais profunda. Então pra mim, no fim do programa, a questão era o que aconteceria depois que acabasse toda aquela fantasia do *É Pra Casar*, as viagens, as limusines e os passeios de balão."

"Pra ser bem sincero, eu viveria numa boa sem os passeios de balão."

Bea deu risada. "Estão vendo? Sair com o Sam parecia mesmo uma fantasia perfeita. Mas no fim eu precisava ser sincera comigo mesma e entender que a gente não daria certo quando fosse preciso encarar a realidade. Fiquei com o sentimento de que estava ajudando o Sam na jornada dele em busca de uma futura esposa, mas que essa pessoa não seria eu."

"Sam, você concorda com isso?"

"Bom, eu não vou mentir, fiquei muito magoado quando a Bea me rejeitou. Ela foi a primeira mulher que eu amei de verdade, e isso vai deixar uma marca profunda em mim por um bom tempo. Mas, no fim das contas, acho que ela tomou a decisão certa, e sei que a gente se gosta e que deseja o melhor um pro outro."

"Você acha que está pronto para procurar um amor novamente?" Johnny ergueu uma sobrancelha.

"Quer saber?", Sam abriu um sorriso. "Acho que posso estar, sim."

"Por falar nisso, eu ouvi dizer que você tem um anúncio a fazer, não é mesmo, Sam?"

"Pela primeira vez na história", ele começou, com um tom de voz grave e dramático, "o protagonista do programa vai ser um cara de bigode."

A plateia vibrou, e Bea deu um abraço em Sam — ela sabia que não havia escolha melhor para um novo protagonista do *É Pra Casar*.

"Você sabe que eu vou precisar de uns conselhos seus", ele disse para Bea.

"Quando quiser!", ela falou, animada, mas torcendo em silêncio para não precisar participar daquele programa de novo na temporada seguinte.

"E eu queria dizer uma coisa aqui na frente de todo mundo, enquanto ainda tenho a chance", ele falou quando os aplausos diminuíram. "Acho ótimo que a Bea tenha criado um novo parâmetro pra este programa, e sei que estou fazendo a mesma coisa sendo o primeiro protagonista negro. Mas não quero nenhum retrocesso quanto à diversidade corporal — quero pretendentes de todos os estilos e tipos físicos, e ficaria muito chateado se a produção não respeitasse esse meu desejo."

Como era de esperar, a plateia foi à loucura, aplaudindo e gritando. Foi um momento formidável, e Bea ficou feliz por poder encerrar a noite com uma atmosfera positiva — até Johnny avisar que ainda faltava mais um bloco depois que Sam saiu do palco.

"Bea", ele falou, "sinto muito se for difícil para você, mas sou obrigado a perguntar: você está decepcionada por não ter encontrado um amor na sua jornada aqui?"

"Com certeza." Bea balançou a cabeça. "Demorei muito tempo pra acreditar — acreditar de verdade — que era possível começar um relacionamento duradouro em um programa como este, então claro que fiquei decepcionada quando as coisas não saíram como eu imaginava. Mas, em certo sentido, o que aconteceu foi até melhor."

"Como assim?"

"Se antes das filmagens você me contasse que Ray ia abandonar a noiva dele por minha causa, eu teria chorado de alegria. Teria corrido pros braços dele sem pensar duas vezes, o que seria uma péssima decisão."

"Então seu final feliz foi ter conseguido superar seus sentimentos por Ray?"

"Em parte, sim." Bea pensou a respeito. "Mas não só. Durante muitos anos, eu disse a mim mesma que sentia medo de ser rejeitada por causa da minha aparência, porque os homens só conseguem me ver como uma mulher gorda. Mas eu estava enganada: não preciso de um homem que não me veja como uma mulher gorda. Preciso de alguém que me veja como eu sou e que me ame exatamente assim. Apesar de tudo, este programa me fez acreditar que isso é possível."

"Você não é a única que pensa assim", Johnny falou. "Nós já falamos sobre as pessoas que não aceitaram tão bem a sua presença no programa. Mas você também deve saber que recebemos muito apoio da comunidade plus-size, não?"

"Sim!", respondeu Bea, toda animada. "Essa foi uma das melhores partes dessa experiência toda. Muitas mulheres e meninas compartilharam suas histórias comigo, e contaram sobre as atitudes corajosas que se sentiram inspiradas a tomar depois de assistir ao programa."

"E quais são suas favoritas?"

"Ah, nossa." Bea sorriu, pensando em todas aquelas cartas incríveis. "Uma menina me disse que estava com muito medo de se candidatar a rainha do baile, mas aí me viu na TV."

"E ela foi a rainha do baile?"

"Não. Em vez disso, decidiu concorrer a presidente do grêmio estudantil."

A plateia irrompeu em aplausos, e Bea abriu um sorrisão.

"Muito bem", Johnny continuou, "nós temos uma surpresa para você, Bea."

"Ô-ou." A resposta de Bea foi espontânea, e o público riu de bom grado.

"Como já dissemos, a produção do *É Pra Casar* recebeu muitas cartas, que nós repassamos a você. Nós também adoramos todas essas mensagens, e decidimos homenagear as mulheres que as escreveram. Vocês podem iluminar a plateia, por favor?"

Quando Johnny disse isso, a iluminação mudou totalmente: as luzes pesadas do palco diminuíram, as da plateia ficaram mais fortes e, pela primeira vez, Bea pôde ver quem estava lá.

Todas as mulheres presentes eram plus-size. E estavam aplaudindo de pé.

"Quê? Como assim?" Bea pegou na mão de Johnny, que segurou a sua com força, para mantê-la firme enquanto as lágrimas escorriam pelo rosto dela.

"Todas essas mulheres na plateia mandaram cartas para você, Bea", explicou Johnny. "E nós achamos que você merecia vê-las pessoalmente, já que muitas delas se enxergam em você."

"Não acredito que finalmente aconteceu uma reviravolta boa no *É Pra Casar*", Bea falou, e a plateia riu e aplaudiu ainda mais.

"Espero que você não se importe, mas isso não é tudo." Johnny a conduziu de volta ao sofá, e as luzes do palco voltaram ao normal. "Imagino que você tenha notado que um dos homens que fez parte da sua jornada no programa não apareceu hoje, certo?"

O coração de Bea se acelerou: Asher estaria lá, no fim das contas? Bea lançou um olhar ansioso para a porta do estúdio, imaginando como seria bom vê-lo e dizer que, depois de tudo, era ele quem ela queria.

"Eu lamento informar que Asher recusou nosso convite para vir aqui."

"Ah." A voz de Bea ficou presa na garganta, e ela não conseguiu dizer mais nada.

"Mas temos um convidado surpresa — um certo famoso que fez questão de deixar bem claro que estava interessado em conhecer você. Ele está lançando seu mais recente filme, *Tenente Luxemburgo*. Vamos receber Chris Evans!"

Quando viu um astro do cinema aparecer no palco para cumprimentá-la com um abraço carinhoso, Bea deixou de lado a mágoa que sentia por causa de Asher e tentou curtir o momento, apreciar o absurdo em que sua vida havia se transformado. E pensar que, menos de um ano atrás, ela estava na cama, contando os dias para a visita de Ray no Quatro de Julho. Agora estava ao vivo na televisão, jogando conversa fora com um super-herói hollywoodiano porque algum marqueteiro ou executivo achou que aquilo ajudaria a promover o filme.

Ou talvez, Bea se obrigou a pensar, Chris estivesse mesmo interessado em sair com ela. Olhando bem para aqueles lindos olhos azuis, não era uma hipótese a ser descartada por completo.

A milhares de quilômetros dali, em uma confortável casa alugada praticamente transformada em um depósito de caixas nos preparativos para a mudança, Gwen e Linus estavam com os olhos grudados na tv.

"Pai!", Linus gritou. "Por favor, vem aqui um minutinho?? É IMPORTANTE."

Asher veio correndo da cozinha, com o rolo de fita ainda na mão.

"O que foi, amigão? Está tudo bem?"

"A gente quer que você veja uma coisa", Gwen falou, direta e reta, mas, quando Asher viu o rosto estampado na tela da tv, virou as costas na hora.

"Qual é, pessoal, a gente já conversou sobre isso. Nada de *É Pra Casar*, certo?"

"Mas, pai, PERGUNTARAM pra ela sobre você", Linus insistiu. "Ela ficou supertriste porque você não estava lá."

"Com certeza você está exagerando", retrucou Asher. Mas, ao olhar para a tela, percebeu que Bea estava mesmo chateada, apesar de estar conversando com um homem que Asher reconheceu como um ator famoso, embora não soubesse ao certo quem era.

"O Linus não está exagerando", respondeu Gwen. "Ninguém na história do mundo ficou com essa cara de decepção ao ver o Chris Evans."

"Não sei, não", murmurou Asher, mas Linus interveio.

"Pai, não tem nem o que discutir. Ela *ama* você!" E pulou do sofá, com sua camiseta de um vermelho gritante, fartamente embelezada com franjas e brilhos.

"Pessoal, dá um tempo", pediu Asher. "Não é assim tão simples."

Gwen desligou a televisão e deu uma boa encarada no pai. "Foi você que pediu pra gente se abrir à possibilidade de que Bea mudasse a nossa vida pra melhor, por mais assustador que isso pudesse parecer. Esse conselho só vale pra gente? Você por acaso está com medo de correr um risco pra ser feliz?"

"Por que vocês estão tão preocupados com isso?", perguntou Asher, afundando no sofá. "Nós já não somos felizes, só nós três?"

Linus voltou para o sofá e se aninhou ao lado do pai.

"Mas, pai, você não tá feliz. Não tá feliz desde que voltou pra casa."

"Isso não é verdade", protestou Asher, com a voz ligeiramente embargada. "Ficar com vocês dois sempre me deixa feliz."

Gwen se sentou do outro lado de Asher. "Qual é, pai. Tá na cara o quanto você sente falta dela."

Asher deu uma olhada na filha. "Você é meio intimidadora, sabia?"

"Promete pra gente que você vai pensar a respeito, tá bem?", insistiu Gwen.

"Eu prometo", disse Asher. "Mas, por enquanto, estou cansado de pensar... e de encaixotar. Querem ver um filme?"

"É a minha vez de escolher!" Linus ficou de pé num pulo. "A gente pode ver *Levada da breca*?"

"O papai disse que a gente não pode ver esse filme", avisou Gwen.

Asher refletiu por um instante. "Acho que hoje podemos abrir uma exceção."

Gwen abriu a boca para retrucar, mas pensou melhor e pegou o controle remoto.

"A gente pode fazer pipoca no micro-ondas?", ela pediu.

"É pra já." Asher se levantou para buscar o pacote. Quando ele se afastou o suficiente, Gwen puxou Linus para cochichar no ouvido dele.

"Acho que vai rolar", ela disse.

Linus arregalou os olhos. "O quê?"

Assim como o pai costumava fazer, Gwen contorceu os lábios em um sorriso quase imperceptível.

"Tudo o que a gente queria."

Quando o episódio de reencontro terminou, Bea estava livre de seu compromisso com o *É Pra Casar*. Ainda havia algumas entrevistas para dar, claro, e seria preciso aparecer no tapete vermelho em eventos da emissora de tempos em tempos, mas, para todos os efeitos, era hora de voltar à vida real, e ela estava empolgadíssima. Alguns dias depois do último programa, Bea se deu conta de que não tinha nenhum compromisso marcado, então resolveu sair para se divertir em L.A. Pôs um vestido de verão Mary Katrantzou bem levinho com uma estampa floral supercolorida e saiu dirigindo Caco, o Carro, sem destino definido — com a capota abaixada, o vento nos cabelos e Taylor Swift tocando no último volume.

Quando se deu conta, ela percebeu que estava seguindo a oeste pelo Wilshire Boulevard e, em questão de minutos, a instalação de postes de luz do LACMA surgiu.

Sua carteirinha de membro permitia que ela entrasse no museu quando quisesse, mas Bea não aparecia lá desde o fim das filmagens, por razões óbvias. Naquele dia, porém, parecia a coisa certa a fazer. Ela estacionou e tirou uma selfie em meio aos postes de luz antes de entrar — era uma boa oportunidade para atender à exigência de Olivia de postar um story por semana no Instagram.

Hora de um tempinho a sós: só eu e Monet!

Postou a foto e entrou.

Assim que passou pela porta, ela percebeu que a lembrança dele estava impregnada em tudo. Nos Rothkos, nos Picassos, na escadaria larga que tinham descido juntos, lado a lado. A instalação com o carro e a música não estava mais lá; se Bea quisesse reviver aquele momento, teria que ver na televisão. Mas tinha sido real, não? Ele teria sentido a mesma coisa, gostado tanto dela quanto ela dele?

As lembranças eram vívidas e presentes demais ali: a sensação das mãos dele em sua cintura, a recusa dele em beijá-la. O alívio de terem confessado seus sentimentos em Ohio, as dolorosas dúvidas no Marrocos. Os pontos altos da visita à casa dele, o contato com as crianças, a confissão dos segredos um do outro — e depois o vazio desolador quando ele foi se afastando cada vez mais até deixá-la sozinha com seus pesadelos naquela suíte enorme e romântica em Moustiers; dois dias depois, o rompimento definitivo.

Uma mentirosa, foi assim que a chamou. Uma traidora. Ele não teve sequer a decência de voltar para uma conversa cara a cara, para explicar o verdadeiro motivo pelo qual foi embora, cedendo às próprias inseguranças em vez de buscar apoio nela. Simplesmente jogou a culpa de tudo nas costas de Bea e se mandou.

Ela ficou andando pelo museu por horas, visitando cada recinto, sentindo o peso das lembranças, até que seus pés involuntariamente a conduziram até a galeria dos impressionistas — o lugar onde tudo começara, onde os dois se revelaram um ao outro pela primeira vez.

Como sempre, a galeria estava vazia; o sol do fim de tarde entrava pela janela, dourado e empoeirado, e a única outra pessoa presente era um homem de calça justa azul-marinho e camiseta cinza-claro que observava um Monet. Ele estava de costas para Bea, mas os cabelos grisalhos dele imediatamente chamaram sua atenção — não. Seus olhos estavam pregando uma peça nela. Não podia ser...

Mas quando suas sandálias se chocaram contra o piso de madeira, ele se virou — e, Deus do céu, estava igualzinho, com os óculos e as rugas ao redor dos olhos, os ombros largos e a silhueta alta.

"Bea?" Ele não estava perguntando se era ela. Estava perguntando outra coisa.

"Como você sabia que eu estava aqui?", ela enfim conseguiu dizer.

"Eu estava alugando um carro no aeroporto quando vi seu story", ele explicou. "Gwen programou meu celular pra mostrar uma notificação sempre que você posta alguma coisa."

371

"Sério?" Bea ficou perplexa. "Gwen fez isso?"

Asher sorriu. "Ela se tornou uma das suas maiores defensoras."

Ele deu um passo à frente, mas Bea se afastou, sentindo seu corpo ficar tenso de repente.

"Não estou entendendo o que você veio fazer aqui", ela falou secamente.

"Eu..." Ele se interrompeu. "Não está na cara? Eu atravessei o país pra te ver."

"E daí?" Bea queria muito ficar felicíssima e correr para os braços dele, mas não conseguia. Sua raiva estava borbulhando. "Isso compensa tudo o que você fez?"

"Uau." Asher fungou. "Essa não era a reação que eu esperava."

"Está pensando o quê, Asher? Que eu estava sofrendo por você? Sonhando com o momento em que você ia aparecer na minha porta pra eu implorar pra ser aceita de volta, apesar de ter sido você quem me deixou na mão?"

"O que você está fazendo aqui, então?", ele questionou. "Se não está sentindo a minha falta, por que está aqui neste museu?"

"Porque eu adoro arte!", esbravejou Bea. "E a arte não tem nada a ver com *você*, assim como milhares de outras coisas."

Os lábios dele se curvaram em mais um daqueles sorrisos irritantes, mas não, dessa vez não iria funcionar.

"Ah, para com isso", ela falou. "Pode parar com esse sorrisinho de quem pensa que sabe tudo. Eu já vinha aqui muito antes de saber que você existia, tá bom? Não sou uma coitada, a minha vida não começou no dia em que te conheci."

"Não, Bea." Ele sacudiu a cabeça e começou a vir em sua direção. "Se tem algum coitado aqui, sou eu, certo? Pensa que eu não sei o tamanho da besteira que fiz em Amboise? Pensa que não me lembro daquele dia todas as manhãs quando acordo, me perguntando como fui capaz de arruinar uma coisa tão incrível? As últimas seis semanas foram um pesadelo pra mim."

"Então por quê?" A voz de Bea falhou. "Por que você foi embora?"

Ele estava próximo o bastante para tocá-la, mas parecia inseguro, sem saber se poderia.

"Você sabe como participar daquele programa foi difícil pra mim", ele disse, "mas a verdade é que foi ainda pior do que eu demonstrava. Pensar em você com outros homens era uma tortura — na minha mente, ver você com o Sam ou com o Luc não era diferente da maneira como Vanessa me traiu na frente de todo mundo. A sensação era a mesma, como se você estivesse esfregando aquilo na minha cara e eu fosse obrigado a aceitar. Naquele dia, depois de saber que você tinha dormido com o Luc, mas ainda tinha dúvidas em relação a mim... Eu enlouqueci, foi como se estivesse revivendo meu passado. Aí o Ray apareceu, e foi a gota d'água. Na minha cabeça, era a prova de que você era só mais uma Vanessa, e que eu acabaria voltando a ser o velho Asher, sempre confiável, sendo feito de gato e sapato e tendo meu coração dilacerado. Eu não consegui suportar essa ideia, e explodi. Minha única escolha era partir."

"Você ainda se sente assim?", Bea quis saber.

Asher suspirou. "Bea, eu não me sentia mais assim no dia seguinte. Quando voltei pra Vermont, pensei que fosse ficar aliviado, mas só me senti arrependido. Durante todos esses anos, eu me vi como uma pessoa que foi abandonada. Mas ser a pessoa que abandonou alguém foi ainda pior."

"Você podia ter me ligado", Bea disse baixinho. "Podia ter aparecido no episódio de reencontro."

Asher baixou a cabeça. "Eu estava tentando com todas as forças me convencer de que tinha feito a coisa certa. Se conseguisse acreditar que estava melhor sem você, isso significaria que eu não tinha cometido o pior erro da minha vida lá na França. Mas aí eu vi sua reação na tv quando te contaram que eu não iria ao programa... Nunca me senti tão envergonhado na minha vida, Bea. Nunca."

Bea fechou os olhos. Queria muito acreditar nele. Então por que não conseguia?

"Bea..." Ele segurou suas mãos, e estava trêmulo — os dois estavam. "Lembra do que você disse em Vermont? O que seu padrasto falou, sobre escolher sua família?"

Bea assentiu e o olhou nos olhos pela primeira vez. Claro que se lembrava.

"Eu fiquei pensando", ele continuou. "E se for assim com a gente?"

"Durante todos esses anos, eu tentei me convencer de que no fim ainda ia ficar com Ray", Bea falou, com a voz trêmula, "apesar de ele não querer nada comigo, de não morar mais aqui, de estar comprometido com outra pessoa. Eu estava fugindo, Asher, como você fez em Amboise. Parecia muito mais seguro me esconder de alguém que quisesse de verdade alguma coisa comigo."

"E agora?", ele perguntou com a voz rouca.

"Agora eu acho que nós dois já vimos o que o outro tem de pior." A voz de Bea falhou, e ela sentiu as primeiras lágrimas escorrerem pelo rosto. "Mas quero continuar olhando pra você todos os dias da minha vida."

"Eu deveria ter feito isso na primeira vez que estivemos aqui", ele disse em um tom gentil, e se inclinou para beijá-la.

A galeria estava em silêncio. Nada de orquestra, nada de fogos de artifício, nada do zumbido dos geradores das câmeras. Os únicos sons eram os da respiração dos dois, de Bea e do homem que ela amava. Ele não era uma fantasia, nem um sonho, nem um final feliz. Era puro carinho, inteligência, gentileza — e uma surpresa, sem dúvida. Não havia ninguém no mundo com o potencial para magoá-la mais do que ele, mas valia a pena correr o risco.

"Ei", Bea disse baixinho. "Eu escolho você."

Epílogo
(1 pretendente restante)

TRANSCRIÇÃO DO PODCAST *BOOB TUBE*
EPISÓDIO #065

Cat: Ora, ora, ora, ora, ora, ora, ora.

Ruby: Nossa, isso aqui vai ser insuportável hoje, né?

Cat: Por que você está falando isso, Ruby?

Ruby: Porque você é a pessoa que mais gosta de se gabar na história da humanidade?

Cat: É QUE EU TÔ MUITO FELIZ PELO ASHER E A BEA!

Ruby: E com você mesma, por ter acertado o vencedor de mais uma temporada do *É Pra Casar*?

Cat: Isso também, mas estou noventa por cento feliz por Asher e Bea e dez por cento orgulhosa da minha série invicta.

Ruby: Ou setenta e trinta?

Cat: Digamos que oitenta e vinte.

Ruby: Pra quem ainda não está sabendo, Bea Schumacher e Asher Chang-Reitman, da última temporada do *É Pra Casar*, foram fotografados juntos vendo o show de fogos de artifício do Quatro de Julho com os filhos dele, e a internet inteira está em festa.

Cat: Como é bom voltar a ter orgulho deste país!

Ruby: E ainda melhor é ver esses dois finalmente se resolvendo. Você acha que vai ter um episódio especial de casamento?

Cat: Quem dera! Infelizmente, a agente da Bea soltou um comunicado dizendo que eles estão juntos, mas não querem nenhum contato com a imprensa, e pediram pra ter sua privacidade respeitada. O que é bem compreensível, considerando tudo o que eles viveram no programa.

Ruby: Com certeza, mas eu queria tanto ver o casamento desses dois!

Cat: Sim, mas sabe o que você vai poder ver?

Ruby: O quê, Cat?

Cat: A estreia da nova temporada da *Mansão Pra Casar*, na semana que vem!

Ruby: Ai meu Deus, eu vou ser obrigada a acompanhar esse negócio tudo de novo?

Cat: Essa é sua vida agora, Ruby. Quando você vê uma temporada, acaba se apegando às pessoas, e aí é inevitável querer saber o que acontece depois. Além disso, você não está interessada em saber com quais mulheres — e homens também, aliás — o Luc vai pra cama dessa vez?

Ruby: Qual é, Cat, você não viu o programa? A resposta é todo mundo. Luc vai pra cama com todo mundo.

Cat: Verdade, é isso mesmo. E, se você quer ir pra cama com todo mundo, em primeiro lugar, meus parabéns, e, em segundo lugar, você vai querer ter um estoque de camisinhas sendo entregue na sua casa todo mês. As camisinhas SafetyGirl não contêm nenhum produto tóxico que possa ser absorvido pela vagina, e você pode customizar suas entregas para estar sempre preparada pra transar quando quiser: seja com milhões de pessoas diferentes, como Luc, seja com a pessoa que você vai amar pra sempre, como Bea e Asher, e eu sei que vai ser assim porque sempre acerto.

Ruby: Nossa, você tinha que dar uma última alfinetada, né?

Cat: Pode ter certeza! Nós voltamos logo depois do intervalo.

TRANSCRIÇÃO DO CHAT DO CANAL #PRASHIPAR NO SLACK
MENSAGENS PRIVADAS: COLIN7784 E BETH.MALONE

Colin7784: Ei, eu tenho uma pergunta.

Beth.Malone: O que foi?

Colin7784: Vai ter algum vencedor retroativo no bolão da temporada agora que o Asher e a Bea estão juntos?

Beth.Malone: PQP SÉRIO MESMO COLIN? EU FUI *BEM CLARA* SOBRE AS REGRAS DO BOLÃO, A GENTE JÁ FALOU ISSO NA ELIMINAÇÃO DO WYATT, OS PONTOS SÃO CONTADOS NA HORA DA TRANSMISSÃO DO EPISÓDIO

Colin7784: Beth, eu só tô enchendo o seu saco

Beth.Malone: Quê?

Colin7784: Vai ter outro bolão do Mansão Pra Casar? Ou só da temporada do Sam?

Beth.Malone: Uau, você curtiu mesmo a brincadeira, hein?

Colin7784: Pois é, você tinha razão, foi divertido

Colin7784: Você tem alguma coisa marcada, aliás? Pra estreia da Mansão Pra Casar? Porque se não tiver, tipo, sei lá, de repente pode ser legal a gente assistir junto e tal. Se você quiser.

Beth.Malone: Ah. Sim. Pode ser, acho que seria legal.

Colin7784: Ah, é? Legal.

Beth.Malone: Legal.

LAUREN MATHERS GARANTIDA NO COMANDO DO *É PRA CASAR* POR MAIS QUATRO ANOS
por Tia Sussman, deadline.com

Depois da temporada com a maior audiência em muitos anos, a polêmica produtora executiva do *É Pra Casar*, Lauren Mathers, assinou um contrato de quatro anos com a ABS para continuar comandando esse megassucesso dos reality shows. Mathers ganhou recentemente as manchetes por seu caso secreto com um dos participantes do programa, mas, de acordo com nossa fonte na emissora, isso não foi problema para a diretoria da ABS.

"Os números não mentem, e esta temporada do *É Pra Casar* foi um estouro", disse a fonte. "Além disso, os homens que comandavam esses programas fizeram coisa muito pior do que a Lauren durante anos, então por que o caso dela com Luc seria um problema? A audiência daquele episódio BOMBOU."

O contrato milionário de Mathers inclui todos os derivados da franquia *É Pra Casar*, inclusive a próxima temporada do programa, protagonizada pelo queridinho do público Sam Cox. Também se comenta que Lauren estaria desenvolvendo uma nova série estrelando seu antigo affair, Luc Dupond. Publicaremos novos detalhes à medida que forem divulgados.

ESPECIAL *É PRA CASAR*: POR ONDE ELES ANDAM?
por Kellie McGinty, usweekly.com

É difícil acreditar que já se passou um ano desde a estreia de **Bea Schumacher** como protagonista do *É Pra Casar* — entre aparições surpresa, traições e saídas surpreendentes, a temporada dela no fim atendeu às expectativas e foi a mais dramática *de todos os tempos*! Mas onde estão os principais participantes agora? Aqui nós mostramos por onde andam alguns dos nossos favoritos — e aqueles que amamos odiar!

O carismático fazendeiro **Wyatt Ames** não está cultivando só trigo ultimamente — também está plantando sementes de conscientização! Wyatt vem trabalhando para aumentar a visibilidade e a aceitação das comunidades assexual e arromântica, e diz que nunca esteve tão feliz. (*Clique aqui para ver fotos de Wyatt e Bea no tapete vermelho do* GLAAD *Media Awards!*)

Depois de dormir com meio mundo na sempre popular *Mansão Pra Casar*, o *bad boy* **Luc Dupond** conseguiu sua maior conquista: seu próprio programa de TV! A nova série de Luc sobre a vida na cozinha profissional de um restaurante, *Aqui a Coisa Ferve!*, estreia neste verão no canal Bravo. Quanto a sua vida amorosa, Luc diz que está muito feliz solteiro. (Grande surpresa!)

Ser rejeitado na grande final acabou sendo bom para **Sam Cox**, cuja temporada como protagonista do *É Pra Casar* terminou em dezembro — foi onde ele conheceu sua noiva, **Meghan Vazkin!** O casal está se preparando para uma viagem de volta ao mundo; Sam diz que está pronto para o casamento, mas não para uma rotina convencional.

O ex de Bea, **Ray Moretti**, ainda está solteiro e trabalha como advogado no ramo de entretenimento em Los Angeles. (Esperamos que ele não tenha se mudado para lá na esperança de ficar perto de Bea, porque ela não mora mais na cidade!)

E por onde anda a protagonista? Ela declarou à *Us* que está adorando sua vida no Brooklyn, onde mora com seu ex-pretendente (e atual amor!) **Asher Chang-Reitman**. Ele é professor de história na Universidade Columbia (alunos de sorte!). Bea tem trabalhado como editora convidada da *Teen Vogue*, e está desenvolvendo uma linha de roupas para mulheres de todos os tamanhos com a estilista **Alison Sommers** e escrevendo um guia de moda para mostrar que seus looks favoritos podem ser usados por mulheres de qualquer tipo físico. Ufa! Fico cansada só de pensar em uma vida tão ocupada, mas estamos muito felizes por Bea estar fazendo tanto sucesso e ter encontrado um amor.

O que vem a seguir para Bea e Asher? Com duas crianças e duas carreiras bem-sucedidas, o discreto casal afirma querer que tudo permaneça exatamente como está. Com uma vida tão boa, quem iria querer mudar alguma coisa?

* * *

Na vida com Asher no Brooklyn, tudo se encaixou logo de cara; foi como experimentar uma calça jeans linda e saber de antemão que serviria perfeitamente. Bea adorava o apartamento antigo em que moravam em Park Slope e passar as manhãs de sábado nas feiras de rua com as crianças e as noites cozinhando em casa; adorava seus colegas de trabalho maluquinhos na *Teen Vogue* e comer dim sum aos domingos com os pais de Asher; adorava passar fins de semana prolongados em l.a. bebendo vinho com Marin e Alison, dormir aninhada no peito de Asher, e acordar sentindo o mau hálito dele de manhã.

Só não adorava o inverno. Mas nem tudo na vida pode ser perfeito — não seria justo.

Aquele dia em particular era o melhor que a primavera em Nova York tinha a oferecer: tempo aberto e friozinho, com uma brisa suave que espalhava pela cidade o cheiro de flores recém-colhidas. Bea tinha passado o dia inteiro correndo de uma reunião para outra (as amostras da coleção que elaborava com Alison haviam acabado de chegar, e estava todo mundo surtando porque ainda havia muitas alterações a fazer). Seus pés doíam e ela estava morrendo de vontade de tomar um latte gelado, mas precisava ir de qualquer jeito à redação da *Vogue*, no prédio da CondéNast, porque aquele era um compromisso que ela havia planejando fazia meses e não poderia se atrasar de jeito nenhum.

"Me desculpem, me desculpem, por favor!" Ela entrou correndo no saguão, onde Asher, Gwen e Linus estavam à sua espera. O look de Linus era mais do que marcante: um quimono comprido e estruturado combinando com sapatos brogue robustos.

"Você está *incrível*", Bea falou, dando um abraço nele. "Vai ser a pessoa mais bem-vestida na *Vogue*."

"Tem certeza? Eu me troquei um monte de vezes." Ele remexeu as mãos nervosamente.

Bea percebeu pelo olhar de Asher que "um monte de vezes" não era exagero.

"Oi", ela falou, dando um beijo rápido em Asher e conduzindo todos para os elevadores. "Você teve um bom dia?"

"Melhor agora", ele falou com um sorriso.

"Pai, sinto muito informar, mas você virou um velho babão", Gwen comentou.

"Qual é, Gwen", provocou Bea. "Ele sempre foi, só não demonstrava."

Quando chegaram à redação da *Vogue*, uma colega de Bea os recebeu para o evento tão esperado: um passeio pelo lendário departamento de figurino da *Vogue*. Linus vinha implorando por uma visita desde que Bea tinha começado a trabalhar lá e, depois de meses de enrolação, o momento enfim havia chegado. Ele ficou absolutamente encantado enquanto passeava entre as araras de calças, vestidos de baile, casacos e macacões. A própria Bea ficou bem impressionada: não era todo dia que se podia ver peças de alta-costura que faziam parte dos anais da história da moda.

O passeio terminou na fabulosa sala de acessórios, lotada de echarpes, cintos, sapatos e até algumas capas. A colega de Bea falou que Linus poderia experimentar algumas coisas, e ela pensou que ele fosse desmaiar.

"Acho que ele está tendo o melhor dia da vida dele." Bea entrelaçou seu braço com o de Asher.

"E talvez ele não seja o único", Asher falou, curvando os lábios em um sorriso misterioso.

"Você está curtindo tanto assim?" Bea deu uma bela risada. "Tem um fetiche por sapatos e eu não estou sabendo?"

"Já que você tocou no assunto, acho que está precisando de um acessório novo. E eu tenho uma ideia bem específica em mente."

"Ah, é?", balbuciou Bea. "Está pensando em quê, óculos escuros? Um chapéu?"

"Não", Asher falou enquanto apoiava o joelho no chão. Ele tirou uma caixinha revestida de veludo preto do bolso do paletó e, quando abriu, Bea viu o brilho do ouro rosé e das opalas com os olhos cheios de lágrimas. "Eu estava pensando mais em um anel."

Agradecimentos

Emma Caruso, obrigada por ler minha proposta dentro de um trem e por ter movido mundos e fundos durante três anos para fazer com que ela virasse um livro. Obrigada pelos seus instintos afiados e por seu comprometimento inabalável, por me pressionar o tempo todo para aperfeiçoar o texto — e por arrancar o notebook da minha mão quando eu estava prestes a estragar tudo. Se a minha ideia era ser a Ashley I. do mundo literário (afinal, este foi meu primeiro livro), então você é o Jared de Rhode Island com quem sonhei a vida toda. E as cartas das editoras foram nosso Paraíso. E Caitlin McKenna foi o Chris Harrison. Emma, desculpe o meu linguajar, mas não sei dizer de outra maneira: nós conseguimos fazer *a porra toda*. Minha gratidão eterna a você.

Morgan Matson, obrigada por ser a primeira pessoa a me dizer que eu deveria escrever um livro, por ser uma fonte inesgotável de conselhos e por sua capacidade milagrosa/irritante de resolver os problemas de enredo mais complicados em questão de segundos. (Sério, como é que você faz isso?? Não importa, vamos pra Vegas assistir a um filme qualquer da Marvel.)

Julia Cox e Ali Schouten, obrigada pelas centenas de páginas lidas e pelas milhares de taças de vinho compartilhadas. Agradeço a Jenna Lowenstein, Sharon Greene, Amanda Litman, Sonia Kharkar e Sneha Koorse pela leitura de vários esboços e pelas opiniões valiosíssimas; a Meg Vázquez pelas ideias a respeito de todos os elementos visuais (e pela minha incrível foto oficial de autora!); e a Megan Lubin e Shareeza Bhola por serem minhas gurus pessoais de divulgação.

Tenho uma dívida de gratidão com muitos autores e autoras que influenciaram meu pensamento sobre aceitação corporal, como Your Fat

Friend, Roxane Gay, Michael Hobbes (cujo artigo "Everything You Know About Obesity Is Wrong" deveria ser leitura obrigatória para todos os seres humanos), Michelle V. Scott e Lindy West. Sou grata também a Samantha Puc, Tracy Russo e Sabrina Hersi Issa por me ajudarem a tornar Bea mais inclusiva e cativante para mulheres de todos os tipos físicos, e a Jenna Lowenstein, Jess Morales Rocketto, Amanda Litman e Danielle Kantor pelas sempre maravilhosas mensagens sobre a vida (e as escolhas de moda!) das pessoas plus-size.

Se Marin dá ótimos conselhos para Bea neste livro, é porque Sonia Kharkar, Megan Lubin e Meg Vázquez os deram para mim primeiro. Me desculpem por plagiar os seus conselhos na maior cara de pau; a culpa é toda de vocês, por serem inteligentes desse jeito. Obrigada. Eu amo vocês.

Agradeço à minha família: papai e Dede, que sempre acreditaram em mim (e generosamente me deram um espaço quando surtei porque SIMPLESMENTE NÃO CONSEGUIA TERMINAR O MANUSCRITO); Rebecca, Rob, Zoe e Jessica, que me arrastam para o meio do mato contra a minha vontade e me fazem a pessoa mais feliz do mundo; Jill (e Liz e Rich), por me receber com tanta gentileza em minhas dezenas de retiros de escrita à beira do lago; minha avó Bobby Stayman, cujo espírito indomável me inspirou a vida toda; Florence, que me ensinou sobre cores, bons modos e o idioma francês; Liz, Norah e principalmente Arlene, que me tornaram uma leitora, e mais tarde, escritora.

Tive a sorte de ser aluna de professores incríveis, e gostaria de mencionar alguns aqui: agradeço a Dolores Antoine, Marcia Greenwald, Gail Ciecierski, Dennis Murray, Tom Manos, Shana Stein, Brad Riddell, Ted Braun, Janet Scott Batchler, Aaron Rahsaan Thomas, Michael Saltzman, Steven Bochco, Trey Callaway e sobretudo a Connie Congdon, que me ensinou a ouvir e a não ter medo de nada.

Meu muito obrigada a Whitney Frick, por tocar o barco com tanta competência, a Sarah Horgan, pela capa maravilhosa, e a todos na Random House que trabalharam tanto para nos levar à linha de chegada: Jess Bonet, Melissa Sanford, Avideh Bashirrad, Cindy Berman, Maria Braeckel, Susan Corcoran, Barbara Fillon, Rachelle Mandik, Jen Valero, Sasha Sadikot e à incrível equipe de vendas da editora, cujo entusiasmo aqueceu meu coração. Também agradeço a Fiona Davis por nos ajudar a fazer um belo barulho no lançamento.

Obrigada a Corey Ackerman e Katy McCaffrey por sempre defenderem a mim e à minha escrita, e a Helen Land por mostrar que a minha vida pode ser muito melhor (e me ajudar a tomar a iniciativa para chegar lá). Agradeço a Trish Welte, Erin Kamler, Rachel LaBruyere, Tia Subramanian e Taylor Salditch. Da mesma forma como alguns artistas agradecem a Deus quando ganham um Grammy, eu preciso agradecer a Hillary Rodham Clinton. Obrigada por inspirar a família HFA todos os dias a fazer o melhor que podemos.

Muito bem. Um último agradecimento.

Obrigada, Julia Masnik. Obrigada por me tirar de um blog de maquiagem. Obrigada por Sondra. Obrigada por me dar uma razão para seguir em frente em 2016, quando eu não conseguia nem sair da cama, e por me mostrar que, embora escrever três páginas possa *parecer* grande coisa, não é o suficiente para conseguir vender uma proposta de livro. Obrigada por entender imediatamente a ideia deste aqui. Obrigada por ser minha esnobe favorita, por amenizar meu pânico um zilhão de vezes por ano, por me falar a real com a elegância de uma Lisa Vanderdump todos os dias da minha vida. E sabe aquela vez que eu estava realmente em crise e você ficou no telefone comigo até que eu me sentisse melhor, e eu te agradeci por ser uma ótima agente? Obrigada por me lembrar de que você também é, no fim das contas, minha amiga. Desejo a você muito champanhe e todo o resto. Só estamos aqui por sua causa.

TIPOGRAFIA Adriane por Marconi Lima
DIAGRAMAÇÃO Verba Editorial
PAPEL Pólen Soft, Suzano S.A.
IMPRESSÃO Gráfica Bartira, abril de 2021

A marca FSC® é a garantia de que a madeira utilizada na fabricação do papel deste livro provém de florestas que foram gerenciadas de maneira ambientalmente correta, socialmente justa e economicamente viável, além de outras fontes de origem controlada.